주식회사 물

Water Inc. by Varda Burstyn
ⓒ 2005 Varda Burstyn
First published Verso 2005
All Rights reserved.

Korean translation edition ⓒ 2007 Escargot Publishing Co.
Published by arrangement with Veroso, London, UK
via Bestun Korea Agency All Rights reserved.

이 책의 한국어판 저작권은 베스툰 코리아 에이전시를 통해
저작권자와의 독점계약으로 달팽이출판에 있습니다.
저작권법에 의해 한국 내에서 보호를 받는 저작물이므로
무단전제와 무단복제를 금합니다.

바르다 버스타인 지음 | 최승찬 옮김

주식회사 물

물 사유화를 놓고 벌어지는 거대 자본의 음모에 맞서는 사람들

달팽이

> 지난 50년간 자본은
> 석유를 확보하기 위해
> 전쟁을 일으켰지만 다음 50년간 자본은
> 물을 확보하기 위해
> 전쟁을 벌일 것이다.

프롤로그

로스앤젤레스 센추리 시티 병원 중환자실 병동. 멸균처리를 위해 지나치게 익힌 음식 냄새를 풍기며 공포가 배어 있는 이 병동의 작은 병실에서, 한 여자가 환자의 곁에 의자를 바짝 붙이고 괴로운 듯 웅크리고 앉아 있었다. 환자의 오른 다리와 몸통은 붕대를 감은 채 골절치료용 견인기구에 묶여 있었다.

문 앞에서 형사가 무언가 망설이며 서 있었다. 유리문 너머로 석고와 붕대로 미라가 된 환자의 침대를 더듬던 여자의 손이 환자의 창백한 손을 쥐는 모습이 보였다. 형사는 서류가방을 겨드랑이에 끼고 테이크아웃 커피를 왼손으로 옮겨 잡고는 빼꼼히 문을 열었다.

"제발." 형사는 분명히 들을 수 있었다. "죽으면 안 돼." 여자는 흐느끼며 중얼거렸다. "정말…… 미안해."

형사는 귀가 빨갛게 달아오르는 것을 느꼈다. 벽에 붙어 있는 파리나 잡으면서 여자가 쏟아내는 말을 엿듣는 것으로 수사를 대신한다면 좋겠지만, 수사라는 게 다 그렇듯이 이 여자도 그의 능력과 성실성의 한계를 시험대에 올릴 것이 뻔했다. 여자가 누구인지는 입원실 카운터에서 들어 알고 있었다. 지금으로 봐서는 그렇게 까다로운 성격은 아닌 것 같았다. 형사는 병실의 문을 닫고 헛기침을 했다.

여자는 화들짝 놀라 침대에서 떨어지더니 몸을 돌려 그를 마주 보았다. 얼굴에서 눈물자국을 지우면서 경계하는 눈빛이었다.

"안녕하십니까? 응급 구조대에 구조를 요청한 친구분 되시죠?"

"맞아요."

여자는 지쳐 있었다. 그녀는 힘을 내려고 애를 썼지만 몸은 처져 가고 있음을 볼 수 있었다. 여자의 얼굴은 지적인 인상을 강하게 풍겼다. 북받치는 슬픔을 주체하지 못하는 표정이었지만 그 슬픔 속에서 다른 무엇인가가 감지되었다. 분노? 공포? 여자는 이를 악물고 있었다. 직업상의 습관에 따라 형사는 여자가 입은 카키색 바지와 검정 티셔츠와 샌들을 파악했다. 여자는 그 옷을 입은 채 불편한 잠자리에서 잔 모양이다.

"당신 같은 친구를 두다니 환자는 운이 좋군요." 형사는 진심으로 그렇게 말했다. 여자는 웃지도 긴장을 늦추지도 않았다. 형사는 창턱에 서류가방과 커피를 올려놓았다. "전 LA경찰 소속입니다." 형사는 신분증을 펼쳐 보이며 말했다. "당신을 만나게 돼서 기쁘군요."

여자는 여전히 굳은 표정이었다. 그녀는 눈 하나 깜짝 않고 형사를 쳐다보았다. 울어서 빨개진 두 눈은 경계심과 적개심으로 가득 찼다. 형사는 뜻밖에도 그런 여자의 날카롭게 빛나는 눈이 감탄스럽게 느껴졌다. 맙소사, 저 표정. 형사는 그 표정이 딸애의 결의에 차 있던 표정과 닮았다는 생각이 들었다.

"당신이 구조를 요청하셨다고요?" 형사는 다시 물었다. "그것도 워싱턴에서 말이죠?"

"그래요," 여자는 냉랭하게 대답했다. "대단한 일이죠?"

여자가 보고 있는 남자는 꾸부정한 자세에 온통 밑으로 처진 주름투성이의 얼굴을 하고 있었다. 여자는 산전수전 다 겪은 듯한 형사의 얼굴이 비정하게 느껴져 의자를 방패 삼아 경계를 늦추지 않았다.

형사는 한숨을 내쉬며 말했다. "부인, 전 부인의 적이 아닙니다." 그는 사무적으로 들리지 않도록 신경을 쓰고 있었다. "당신 친구의 적도 아니고요, 못 미더우시겠지만."

"어떻게 밤 근무조의 절반이 출동한 현장에서 그녀가 저격당할 수 있는 거죠?" 여자의 질문은 독기를 품고 있었다. 형사는 할 말이 없었고 하릴없이 어깨를 으쓱해 보이는 수밖에 없었다. 여자는 벗겨져 가는 형사의 머리를 보았고 구겨진 폴리에스테르 옷과 파란 바탕에 빨간 줄무늬 넥타이에 묻어 있는 커다란 얼룩을 보았다. 피도 눈물도 없는 나치 돌격대 스타일은 아닌 것 같다는 생각이 들었다.

형사는 눈으로 환자가 부상당한 부위들을 짚어나갔다 - 몸통의 깁스는 엉덩이와 복부 부위에서 특히 두꺼웠고 구부러진 오른쪽 다리의 끝에는 아담한 발이 걸려 있었으나 환자는 미동도 하지 않았다. 마지막으로 형사의 눈은 환자의 얼굴에서 멈췄다. 앙증맞아서 천사 같다고까지 할 수 있을 만한 얼굴이었다. 비록 가톨릭 신자였던 때는 어린 시절뿐이었지만 환자의 등에서 깁스를 뚫고 커다란 날개가 뻗쳐 나온다고 해도 놀랄 일은 아닐 거라는 느낌이었다. 머리에 감긴 붕대 때문에 환자의 금발이 그녀의 얼굴을 후광처럼 둘러싸고 있었다. 형사는 한동안 그 얼굴에서 눈을 떼지 못했다. 환자가 소생하거나 의식이 돌아올 가능성은 희박하다는 의사의 말이 생각났다. 형사는 환자의 친구에게로 몸을 돌렸다.

"나도 당신 친구의 불행을 유감스럽게 생각합니다. 날 믿어요.

오늘 새벽에 국장한테 전화로 특별임무를 받고 조사하러 온 겁니다. 부인의 도움이 필요합니다. 부인 말고는 아무도 영문을 모르고 있어요. 환자는 아무런 단서도 주지 못하는 처지이고." 여자는 여전히 침묵을 지켰다.

"당신은 그녀를 쏜 사람이 누구인지 알고 있죠?"

제 1 부

1

그로부터 8개월 전……

　제트기는 순식간에 납빛과 자줏빛으로 물든 구름 기둥을 뚫고 로렌시안 고원의 아한대 숲 위를 날고 있었다. 아래로는 수백만 헥타르의 전나무 숲이 눈을 이고 사방의 수평선까지 펼쳐져 있었다. 군데군데 벌목한 자리와 지난여름 산불이 난 자리가 원형탈모증처럼 눈에 띄었다. 매니쿠건(Manicouagan 캐나다 퀘백주에 있는 직경이 65킬로미터에 달하는 거대한 크레이터 - 옮긴이)과 처칠 폭포의 남쪽 도시로 전기를 공급하는 전신탑들이 행진하는 거인들의 다리처럼 일정한 간격으로 박혀 있었다.
　광대한 사궈니강 피오르드 지대에는 회색빛이 도는 산더미 같은 얼음이 강을 따라 쌓여 있었다. 겨울의 정점에서 샬레부아와 치쿠티미 지역은 경이로운 위용을 자랑하고 있었다. 윌리엄 에릭슨 그릴은 이 엄청난 경관에 압도되어 숨조차 제대로 쉴 수 없었다.
　그들 일행은 가벼운 눈발 속에 치쿠티미에 착륙했다. 거위 털처럼 부푼 눈송이들이 그릴의 검은 캐시미어 외투에 들러붙었다. 작은 터미널 옆에 쌓인 눈이 둑을 이룬 것으로 보아 이미 많은 눈이 내린 것을 알 수 있었다. 터미널 안을 둘러보며 그릴은 실내의 습기를 머금은 따뜻한 공기에 배어 있는 담배와 식은 커피, 연료 냄새에 숨이 막힐 것 같아 얼굴을 찌푸렸다. 비록 두꺼운 오리털파카에 싸여 핫도그 속의 소시지처럼 보였지만 황갈색 머리와 빳빳이

선 콧수염 덕에 그릴은 가보 메줄리를 알아볼 수 있었다. 메줄리는 시애틀 소재 DM엔지니어링의 사장이자 그들이 기획 중인 거대한 프로젝트의 수문학 기술고문이었다.

"잘 지냈나, 가보? 반갑군." 메줄리와 악수하며 그릴이 말했다.

"덕분에, 치쿠티미에 오신 걸 환영합니다."

메줄리는 진한 오렌지색 그랜드 체로키의 시동을 켜놓고 있었기 때문에 차 안은 따듯하고 건조했다. 눈에 갇힌 교외를 통과하는 차창 밖으로, 나무판자로 지은 검소한 집들이 줄을 이었고 길이든 아니든 가릴 것 없이 평지를 수놓은 설상차의 자국들이 펼쳐졌다. 세인트 폴 대로에서는 지저분하게 늘어선 여관과 상점들을 지나쳤다. '제길, 무지 흉하군.' 그릴은 서리 낀 창 밖을 내다보며 눈살을 찌푸렸다. 지프는 육중한 언덕 위의 병원을 끼고돌아 첨탑이 높이 솟은 성당을 내려다보았다. 갈라진 구름 틈새로 햇빛이 쏟아져 내려 아래 마을을 비추고 있었다.

"여기가 훨씬 낫군." 그릴은 만족스러워하며 의자에 등을 기댔다. 신이 몸소 그를 위해 풍경을 배려해 준 것 같았다.

"퀘벡의 마을이란 게 전부 이렇죠." 메줄리가 급하게 경사진 언덕길 아래로 지프를 능숙하게 몰며 강의를 했다. "큰 교회 하나, 큰 병원 하나. 1950년대까지 가톨릭의 위계질서가 건강과 교육을 책임졌었죠. 믿거나 말거나."

"그래?" 그릴은 그런 것에는 흥미가 없었다. "사업 이야기나 시작하지, 가보. 자네와 이 이야기를 하기 위해서 내가 얼마나 오랫동안……"

"기다려요, 빌." 메줄리가 부드럽게 그릴의 말을 끊었다. "조금만 기다려 봐요. 집에 도착하면 내가 몽땅 다 제대로 펼쳐보여 줄 테니까." 그릴은 조급한 한숨을 내쉬었지만 메줄리의 말에 따랐다. 메줄리가 그러는 데는 그만한 이유가 있을 터였다.

석양이 하늘을 금빛과 연한 자줏빛으로 수놓았다. 그들은 다리를 건너고 언덕을 올라 산등성이를 타고 달려 피오르드 지역을 벗어나서 시작되는 사유지로 차를 몰았다. 어둠이 내리면서 다시 구름이 몰려들었고 북풍은 온통 유리와 콘크리트와 목재로 된 현대식 집의 정면을 향해 눈회오리를 몰아쳤다. 키가 큰 유리창들은 환하게 불이 밝혀져 있었다.

메줄리는 그릴의 간단한 수트케이스를 들고 안으로 안내했다. 그릴의 코트를 홀에 있는 옷장 문을 열고 오리털파카 옆에 걸었다. 긴 겨울용 장화가 그 옆에 서 있었다. "저건 당신 겁니다. 여기선 저게 필요할 거예요." 메줄리는 계단을 올라 홀 끝에 있는 큰 방으로 그릴을 안내했다. 그릴은 욕실에서 찬물로 세수만 하고 곧장 아래층으로 다시 내려왔다. 그는 잠시도 더 기다릴 수 없었다.

메줄리는 식당에서 거대한 티크 목재 식탁 위에 여러 가지 차트와 지도와 책을 늘어놓고 있었다. 그 사이에서 메줄리는 노트북 컴퓨터로 이메일을 확인 중이었다. 음식 선반에는 맛깔스러운 패스트리와 코코뱅(양념 적포도주 소스로 삶은 닭고기 스튜 - 옮긴이)과 프로피터롤(시럽 등을 얹어 먹는 작은 크림 - 옮긴이)이 펼쳐져 있었다. 그릴은 자신이 몹시 배가 고프다는 것을 깨달았다.

"어서 오세요." 메줄리는 잠깐 눈을 들어 말했다. "오늘밤엔 모디뜨를 드셔보는 게 어때요? 독특한 맥주죠."

그릴의 프랑스어 실력은 대학 졸업 후 다른 많은 것들과 함께 희미해졌지만 완전히 잊혀진 것은 아니었다. "저주받은? 파멸당한? 맥주 이름이 뭐 그래?"

메줄리는 재미있다는 듯이 웃었다. "반어적인 거겠죠. 이렇게 죽이는 맥주는 마셔 본 적이 없어요."

"난 스카치로 할래." 그릴은 음식을 접시에 담으며 퉁명스럽게 말했다. "이제 슬슬 시작해 볼까?" 그는 거실로 자리를 옮겨 벽난로 옆의 가장 크고 안락한 의자에 앉았다. 그는 오토만(긴 의자 또는 쿠션 달린 발판 - 옮긴이) 위에 발을 얹었다.

"난 자네가 보낸 모든 이메일과 팩스를 다 읽었네." 그릴은 음식을 먹으며 말했다. "자네도 알다시피 난 이 일에 열정적으로 몰두하고 있네. 내 생각에 대해 자네는 지난 한 달 동안 찬반양론을 펼치며 나를 아주 초주검이 되게 했지. 그러니 부탁이네. 결론부터 말해봐. 실현가능한 건가?"

"음……" 메줄리는 말을 고르며 대답했다. "기술적인 측면에서는 가능하다고 봅니다."

"도대체 그게 무슨 뜻이야? 이론적으론 가능한데 현실적으론 불가능하다? 그 따위 소릴 들으려고 내가 여기까지 온 줄 아나? 뭐가 문제인가?"

맥주 한 병을 든 메줄리는 라프로익 위스키가 담긴 두툼한 얼음잔을 그릴에게 건네며 버섯 빛깔의 소파에 앉았다. 큰 키에 잘 발달된 그릴의 몸이 주인의 자리를 차지하고 있는 꼴이 메줄리의 눈에 거슬렸다. 그릴은 지구상에서 가장 돈이 많은 사람들 중에 하나였다. 메줄리 생각에는 아마 20위 안에 들지 싶었다. 메줄리도 부자였지만 그릴 앞에서는 난쟁이나 다름없었다. 그릴은, 메줄리의 구미를 자극하는 맘모스 규모의 프로젝트를 추진할 자금이 있었고 그 때문에 메줄리는 그릴의 거만함을 견디는 수밖에 없었다.

"정치적인 문제죠." 메줄리가 물러앉으며 대답했다. "더 정확히 말하면, 투자환경의 안정성이라고 할 수 있겠죠."

그릴은 이 프로젝트를 성사시킬 수 있을 만큼 강한 사람이 필요했다. 필요하면 보스를 대신해서 군림할 수 있을 정도로. 그릴이 메줄리를 선택한 이유는 그가 산전수전 다 겪은 베테랑이고 이런 프로젝트가 으레히 일으키게 마련인 소란스러운 저항을 다루는 데에 능숙하기 때문이었다.

"더 자세히 말해보게."

"그러죠." 메줄리가 말했다. "대부분의 사람들은 퀘벡 분리주의라는 골칫거리는 옛일이 된 걸로 생각하죠. 《월 스트리트 저널》은 퀘벡당을 육 년 전에 장사지냈어요. 그들은 90년대에 분리 독립에 대한 주민투표에서 패했고 이를 되풀이할 계획은 없다, 몬트리올에 사는 40대 이하는 영어를 배워서 컴퓨터나 항공, 제약, 기타 등등의 분야에서 일하고 싶어한다, 등등." 그는 생각을 정리하기 위해 잠시 말을 멈췄다.

"하지만 제 생각은 달라요. 전 이곳에서 두 달 넘게 지내면서 둘러봤어요."

메줄리는 심호흡을 한 번 했다. "그릴씨, 난 당신의 기술고문으로서 조언을 하는 겁니다. 그리고 앞으로 이 사업에 막대한 돈을 투자할 사람으로서 전 제 투자가 안전한 투자가 되도록 최선을 다 할 거라는 걸 당신께 맹세할 수 있죠. 전 신문도 읽고 라디오도 듣고, 뉴스도 보고, 모든 감각을 열어 놓고 조사하는 사람까지 고용했어요. 우리가 하려는 사업이 어떤 사업인지는 누구보다 잘 압니다. 그러니 잘 들어보세요. 퀘벡 민족주의는 죽지 않았어요. 이곳 정치인이라면 이곳 정서에 아부하는 한 마디를 하지 않고는 하키 링크 개장식 테이프조차 끊을 수 없어요. 퀘벡 민족주의는 거실의 코끼리나 다름없어요. 외부인만 모르고 있을 뿐이죠."

그릴은 빙긋이 웃었다. "자네는 치쿠티미에 있네, 가보. 퀘벡 민족주의의 요람 안에 있는 셈이니 여기서는 전장의 북소리처럼 시끄럽겠지. 자네가 아마 옳겠지. 퀘벡 민족주의는 죽지 않았을 거야. 자네가 보고 느낀 걸 내게 알려 줘서 고맙네." 그의 말투에는 초등학생을 다루는 듯한 우월감이 배어 있었다. 메줄리에 대한 그의 검증은 성공적이었다.

메줄리는 어떻게 반응해야 할지 어리둥절했다. "고맙군요." 그는 빈정대는 말투로 대답했다.

"천만에. 난 자네의 노고에 대해 존경하는 마음뿐이네. 그건 자네도 알 거야. 다만 내 생각에 자네는 상황을 오판하고 있어."

"오판이요?" 메줄리는 믿기지가 않았다. 정말 거만덩어리군.

"퀘벡 민족주의가 우리에게 문제되는 것은 아니야." 그릴은 몸을 뉘여 거대한 의자의 품에 푹 안기며 사냥감을 쫓는 맹수의 미소를 지었다. "오히려 그게 우리 사업의 지렛대이고 우린 그걸 최대한 이용하는 거지."

2

이월의 어느 늦은 오후, 세 대의 리어제트기와 네 대의 걸프스트림과 한 대의 사이테이션이 미국 신시내티 동부 렁켄 비행장에 나란히 있는 두 개의 개인용 활주로에 신속하게 연속 착륙했다. 그리고는 곧바로 두 대의 헬기에 나눠 타고 북동쪽 인디언 힐 방향으로 이륙했다.

 테쿰세나 쇼니 같은 길 이름들에도 불구하고 인디언 힐은 아메리카 원주민과는 아무 관계가 없었다. 엉뚱하게도 프록터 앤 겜블이나 치키타 바나나 같은 대기업들이 신시내티에 본부를 두고 회사 간부들과 그들을 보좌하는 일류 전문가들, 영업사원들이 살고 있었다. 헬기는 머치모어 옆에 우뚝 솟은 고원 위를 날아 나무로 둘러쌓인 단지 쪽으로 선회하여 진눈깨비를 맞아 잠시 시든 정원 끝 콘크리트 바닥에 착륙했다. 식민지 농장식 3층 저택의 하얀 벽토를 바른 벽들과, 검게 래커 칠을 한 덧창들이 안개를 뚫고 빛나고 있었다. 그릴은 헬기에서 내리는 손님들과 악수하며 프로펠러의 소음을 이기기 위해 큰 소리로 인사를 나눴다.

 세 개의 대기업이 뭉쳐 그릴생명회사를 이루고 있었는데, 화공분야의 거대기업인 애그리켐사와 유기농분야의 거대기업인 테크니플랜트사, 인간과 동물을 다루는 생명공학분야의 선두주자인 진시스코사가 그들이었다. 특히 진시스코사는 유전자 이식 치료, 수명 연장, 유전자 감별 치료분야에서 두각을 나타내고 있었다. 세 기업은 모두 미네아폴리스에 본부를 두고 있는데 그곳에서 각각 그릴의 할아버지, 아버지, 그리고 그릴 자신에 의해서 차례로 설립되었다. 또한 그는《포춘》500대 국제기업 중 13개 기업의 상당한 지분을 소유하고 있었다. 그 중 일부는 석유화학, 의약품, 농산품과 자원 가공, 화학품 처분, 산업건설, 언론 등 관련분야였고, 나머지는 군수, 항공, 금융서비스 등 다양했다.

 개인적인 이유로 그릴은 미네아폴리스를 혐오했기 때문에 그곳에서 보내는 시간을 가급적 줄였다. 20년이 넘도록 그가 선호해온 거주지는 인디언 힐의 저택이었다. 남부의 북쪽 경계 부근에 위치해 무성한 꽃과 나무들에 둘러싸여 우아한 생활을 할 수 있어서였다. 여기서는 여섯 달의 혹독한 겨울 대신 두 달의 온화한 겨울만 견디면 되었다. 미네아폴리스 쪽은 네빌 포인덱스터 상무가 그의 지시에 따라 십 년이 넘도록 별 탈 없이 일들을 처리해 주고 있었다. 그 덕에 그릴은 싱가포르, 홍콩, 하이더라바드, 케이프타운, 마르세유, 에센의 그릴생명 지사들을 돌아볼 수 있을 뿐 아니라 그가 주주인 다른 회사들의 회의에도 참석할 수 있었다.

저택의 홀에서는 금발에 아름답게 차려입은 큰 키의 사라 헌팅턴 그릴이 부인들하고 자식들과 폴로 게임에 관한 담소로 손님들을 맞이했다.

"여러분, 이쪽에 다과가 준비되어 있습니다."

그릴은 식당으로 손님들을 안내했다. 음식은 커다란 화로 옆에 놓인 자단 목재 식탁에 차려져 있었다. 손님들은 향기로운 사과파이와 톡 쏘는 아미쉬 체다치즈를 들면서 널찍한 의자들을 차지하고 앉았다. 아무도 그릴과 동급은 아니었지만 그에 버금가는 부자들이었다. 그릴과 마찬가지로 그들은 자신들이 소유한 회사를 직접 경영하고 있었다. 그들은 지난 수년 동안 여러 가지 합작 투자를 통해서 많은 사업을 함께 추진해왔다. 부인들은 함께 쇼핑을 하고 같은 자선 단체를 지원했다. 그들은 모두 부자들만이 누릴 수 있는 혜택에 관한 정보와, 격동의 시기에 부를 지키고 늘리고자 하는 한결같은 결의를 함께 했다.

때가 무르익었다고 판단되자 그릴이 목소리를 높여 말했다.

"아래층으로 내려가 회의를 시작합시다." 손님들은 접시를 내려놓고 굶주린 개떼들이 먹이에 달려들 듯 넓은 회의실로 이동했다.

"중서부는 일곱 해 연속으로 여름 가뭄을 겪고 있습니다. 하이플레인즈 지역에서는 한두 해 정도 잠깐 해갈한 것을 제외하고는 가뭄이 12년째 계속되고 있습니다. 그리고 이건 앞으로 닥칠 재난에 비하면 아무것도 아니라고 저는 단언합니다." 그릴은 멋들어지게 서두를 시작했다. 190센티미터의 키, 낙타색 바지에 마름모무늬스웨터를 입은 그는 건강이 넘쳐 보였고, 육십 대 후반이라고 믿기지 않을 정도로 주름살도 별로 없었다. 그의 날카로운 눈빛이 동료들을 하나하나 들여다보았다. 벗겨져 가는 반질반질하게 탄 이마가 마침내 끝나는 지점에서 백발이 시작되고 있었다.

다색도 북미지도가 플라스마 스크린에 펼쳐져 있었다. "아무것도 적지는 마세요. 우리가 합의를 볼 때까지는." 그리고 덧붙였다. "여러분 모두의 여생을 책임질 이 계획에 대해서 말이죠." 자신들의 이익추구에 관한 한 아무에게도 지지 않을 사람들이었기에 모두들 그릴의 한 마디도 놓치지 않으려는 기세였다.

그들 모두가 사업이 잘되고 있는 것은 아니었다. 주가폭락의 여파에서 아무도 자유롭지 못했다. 처음에 인터넷 업종이 무너졌을 때만 해도 먼 곳에서 일어난 지진 정도의 충격에 그쳤다. 시애틀에 본부를 둔 사이버로닉스 엔터프라이즈를 소유한 신동 출신 스틸러만이 예외였을 뿐이다. 그에게는 엄청난 타격이었다. 그러나 재산의 3분의 1을 잃었음에도 그는 여전히 미국에서 상위 50위 안에 드는 부자였다. 두 번째 지진은 2001년 9월 11일에 일어났다. 9·11 사건은 이빨이 부딪힐 정도로 시장을 뒤흔들어 놓았다. 그리고 9개월 후, 엔론과 월드컴, 아서 앤더슨 스캔들이 주식시장을 징 박은 구둣발로 짓밟아버렸다. 이제는 다시 투자를 해도 괜찮겠지 싶었을 때, 미국은 이라크와 전쟁을 시작했고 주식시장은 엉망이 되어버렸다.

군수업계만이 몇몇 석유, 건설업체와 함께 바람 넣은 돼지처럼 덩치가 커졌고 나머지 산업은 위축되었다. 테이블에 앉은 사람들 중, 토건업자인 비토리오 마사로와 휴스턴에서 석유업을 하는 윌버 헤이스 정도가 막대한 정부 해외투자 중 약간의 혜택을 누렸을 뿐이었다. 스카이포인트 항공의 니콜라스 카메네프 대령이야 군수품을 팔아 보통 사람들이 상상할 수도 없는 큰돈을 벌었겠지만 그조차도 정당한 자기 몫을 챙겼다고 보지 않는 형편이었다. 이들 모두가 대통령 선거에 많은 정치자금을 쏟아 부은 골수 공화당원들이었다.

신교 정통파 기독교도가 아니라서 대통령이 부스러기만 던져줬다는 것이 그들의 일치된 견해였다. 하지만 백악관의 주인이 바뀌기 전까지는 그저 견디는 수밖에 다른 방법은 없다.

가뭄과 기후 변화에 대한 끔찍한 이야기는 그릴의 속셈대로 손님들의 불안을 가중시켰다.

"여러분도 이런 위기에 대해서는 많이 보고 들으셨을 겁니다." 그릴은 몸을 굽혀 좌중에 얼굴을 가까이 들이대며 말했다. "그러니 돌려서 말씀드리지 않겠습니다. 오늘 참석하지 못한 보험업계 친구들은 우리 지구가 위기를 맞고 있다고 꽤 오래 전부터 이야기해왔습니다. 압니다." 그는 큰 손으로 반론을 제지했다. "물론 우리 중 다수가 이런 주장을 희석시키기 위해 힐 앤 놀튼사나 버슨 마스텔라사와 같은 홍보대행사에 엄청난 돈을 쏟아 붓고 있죠. 대통령까지 직접 나서서 그런 주장은 관료들의 환상일 뿐이라고 했을 정도니까요. 하지만 우리끼리니까 좀 솔직해집시다. 지난 12년 동안 우리가 당한 자연재해는 그 이전 반세기 동안 당한 자연재해보다 더 많습니다. 지금 아시아의 하늘은 수천 평방킬로미터의 오염된 구름덩이로 뒤덮여 건강과 농산물에 해를 끼치고 있고 그 결과 북미의 식량생산에 더 큰 부담을 주고 있습니다. 극지방의 얼음은 녹아내리고 있고 겨울은 덥기까지 하거나, 반대로 견딜 수 없을 정도로 춥죠. 앞으로 십 년 동안 우리가 준비해야 할 기후 변화는 한 마디로 대재앙입니다." 손님들은 눈짓을 주고받았고 몇 사람은 기분이 상한 표정이었다.

"지금 무슨 소릴 하는 건가, 빌!" 강한 텍사스 억양의 목소리가 따졌다. "무슨 종말론이라도 전파하려는 겐가?" 석유, 가스, 해운업의 부호인 윌버 헤이스는 배가 불뚝 나온 거구의 사나이로 주근깨로 덮인 대머리였다. 그는 휴스턴의 페트로코사 사장이었다. 목에 꽉 끼는 셔츠와 끈 넥타이 위로 땀을 흘리고 있었다.

헤이스는 화석연료만 고집하여 성공했고 대안연료에는 관심이 없었다. 그가 로비하는 대로 공해배출기준이 설정된다면 살인면허를 내주는 거나 다름없다는 게 전문가들의 소견이었다. 헤이스는 브리티시 페트롤륨사의 경영진이 환경문제에 대해 이러쿵저러쿵하는 것을 못마땅하게 생각했다. 그는 그릴과 가장 오랫동안 함께 사업을 해온 사람이기도 했다. 페트로코사는 그릴의 살충제 제품의 원료를 수십 년 동안 공급해왔고 그의 화학제품, 곡물의 종자 등의 상품들을 전 세계로 운송해 주고 있었다.

"자넨 도대체 누구 편인가?"

"흥분하지 말게, 윌버."

그릴은 침착하게 말했다. 그는 반론을 용납할 수 없는 성미였지만 평정을 잃지 않고 이성적인 목소리로 그의 계획을 설명할 작정이었다. "자네와 자네의 화석연료가 문제의 큰 부분을 차지하고 있네. 그러니 점잖게 앉아서 내 얘기나 마저 듣게나." 헤이스는 입을 다물었지만 눈은 여전히 부릅뜨고 있었다.

"여러분, 이 현상들이 시사하는 바가 무엇일까요?" 그릴은 태연하게 말을 이으며 지시봉으로 그의 손바닥을 두들겼다. "90년대 중반만 해도 전문가들은 50년 뒤에는 기온이 1~2도 정도 오를 것으로 예상했죠. 최근의 유엔 보고서에 의하면 5도에서 6도 정도가 오를 것이라고 하더군요. 지금 우리가 겪는 극단적인 기후는 갈수록 악화될 겁니다. 따라서 모든 게 불안정해지겠죠. 농업도, 어업도, 광업도, 제조업도, 에너지산업도, 정보통신사업마저도 말이죠. 보험료가 너무 비싸져서 사업을 할 수 없게 될 날도 얼마 남지 않았다 이 말씀입니다. 적어도 지금처럼은 할 수 없게 되겠죠."

"묵시록이라도 읊는 건가?" 헤이스가 못 참겠는지 소리쳤다. "대통령이 자네를 싫어하는 이유를 알겠군."

그릴은 눈을 가늘게 떴다. "아직 안 끝났네, 윌버." 사뭇 명령조였다. "2003년에 환경단체들은 콜로라도 강물을 캘리포니아로 운반하는 것을 중지시켰습니다. 로스앤젤레스도, 센트럴 밸리도, 네바다도, 애리조나도, 심지어는 라스베가스까지도 이제 더는 물 공급을 받지 못하는 겁니다." 그는 지시봉으로 언급한 주와 도시를 차례로 짚어나갔다. "이미 남서부의 일부 마을은 바싹 말라버렸습니다. 그 마을들은 물은 들여오고 젊은이들은 내보내고 있죠. 윌버, 자네 고향 주에는 군 전체가 농장 폐수로 물줄기란 물줄기는 다 오염되었거나, 가뭄으로 지상 지하 할 것 없이 물이 말라버린 곳들도 있다는 걸 알잖나? 하이 플레인즈는 또 어떻습니까?" 그의 목소리는 장례식 조사를 읊듯 엄숙해졌다. "미국의 중심부 말입니다. 오갈랄라 대수층은 거의 사라졌습니다. 2015년쯤에는 메말라버릴 겁니다. 텍사스, 뉴멕시코, 오클라호마에서는 그런 날이 더 일찍 오겠죠. 그날이 오면, 상상해 보세요. 지난 일곱 번의 여름보다 심하면 심하지 덜하진 않을 겁니다."

그릴은, 자신들의 제국이 기초를 두고 있는 황금빛 들판이 심장부부터 타들어가는 모습을 사람들이 상상해 볼 시간을 주었다. "극지방이 녹아내리면 해안이 범람할 겁니다. 멕시코 만류의 흐름이 바뀌고 유럽이 얼어붙겠죠. 반대로 위스콘신은 타버릴 겁니다."

여러 사람이 의자에서 몸을 뒤척였고 헛기침을 했다. 비토리오 마사로가 나섰다. "미안하지만 빌, 해안은 멀쩡할 걸세." 믿을 수 없다는 말투였다. "섬 한두 개라면 모를까. 뉴욕이나 보스톤은 아냐. 그건 그냥 산업사회를 반대하는 헛소리에 불과해." 50년이 넘게 유나이티드 건설이 동부 해안에 매몰시킨 양을 생각하면 그가 그 지역에 애착을 보이는 것도 무리는 아니었다.

"자신을 속이지 마, 비토리오." 그릴은 검은 피부의 잘생긴 비토리오를 향해 말했다. 아르마니를 입은 비토리오는 면도한 자리에 수염이 까칠해져 있었고 손등에도 털이 무성했다. "벌써 많은 보험 회사들이 해안 부동산과의 보험 계약을 거절하고 있어. 뭐 특별한 유감이라도 있어서 그러는 줄 아나?" 여기서 그릴은 심호흡을 한 번 했다.

"북동부와 동부 해안도 물 사정은 마찬가집니다. 버지니아와 메릴랜드는 신경전을 벌이고 있고, 캐롤라이나는 공황상태에 접어들고 있으며, 테네시는 이웃들이 자신들 물에 눈독을 들이는 것에 불안감을 느끼고 있죠. 물문제는 대단히 심각합니다. 앞으로 돈을 벌 사람은 이 현실을 직시하고 남보다 앞서 기회를 낚아챌 준비가 된 사람입니다." 그는 반박할 틈을 주었지만 아무도 나서지 않았다.

"물이 우리의 지속적인 생존과 수익에, 또 우리나라가 전 세계를 이끌어나가는 데에 가장 중심이 되는 문제가 될 것이라는 것은 명백합니다. 슬기롭게 이 자원을 확보하고 사용하는 것이 피할 수 없는 물 부족 사태를 극복하는 유일한 길일 것입니다. 전 세계적으로 볼 때, 이미 물 산업의 수익이 석유 산업 수익의 절반에 이르고 있다는 사실을 모르는 분은 여러분들 중에 몇 분 되지 않을 겁니다. 수에즈, 비벤디, 테임즈 워터 – 그들은 여기 미국에서 믿기지 않을 정도의 속도로 사업을 확장하고 있습니다. 이건 안 됩니다. 미국 물 문제는 미국인의 손에 의해 해결되어야 합니다." 그는 테이블을 한 번 둘러보았다. 모든 눈들이 이어질 말을 기다리고 있었다.

"자네의 분석에 대해 이의는 없네, 빌." 땅딸막한 은행가인 번팅 허스트가, 삼중 턱과 몇 가닥 안 남은 곱슬머리와 테 없는 안경을 들이밀며 테이블 끝에서 말했다. "그래서 어떤 사업을 제안하는 건가?"

"캐나다 물을 사들이는 컨소시엄을 구성하는 거야. 거기 물 값은 아직은 비교적 싼 편이야. 바로 여기서부터 시작하는 거지."

지시봉이 딱 소리를 내며 가리킨 곳은 퀘벡주 한가운데 그려진 파란 잉크 자국이었다.

"우린 송수관을 건설하는 겁니다." 그릴은 테이블을 집고 상체를 내밀며 말했다. 그는 버터처럼 부드럽게 말했다. 탄성 소리가 테이블 여기저기서 들렸다.

회합은 밤늦게까지 계속됐다. 스탠드와 벽등이 회의장을 은은하게 밝히고 있었다. 기초적인 질문부터 수준 높은 질문까지 수많은 질문들이 쏟아져 나오는 것은 어쩔 수 없는 일이었다.

리차드 베티슨 프랭클린은 세상 물정에 밝은 것에 대해 자부심을 가진 사람이었다. 스튜디오, 방송사, 신문사, 출판사, 스포츠팀들과 놀이공원이 결합한 왕국인 인포미디어 그룹의 보스인 그는, 그의 회사가 고용한 뉴스 진행자를 연상시킬 만큼 배우 뺨치는 외모였다. "내가 이해한 바로는," 로아노크 지방의 나른한 말투로 그는 말했다. "시위대의 몸싸움과 소란이 예상되는 엄청난 규모의 물 사업을 말씀하시는 거 맞죠?"

그릴은 고개를 끄덕였다. "중형 건설 사업은 한물 갔어. UNEP(유엔환경프로그램)와 세계은행은 그런 사업에 돈을 대려 하지 않지."

이번 프로젝트를 성사시키려면 대단히 기발한 설득 작전이 필요할 모양이었다.

"걱정 말게, 리차드." 그릴이 안심시켰다. 그가 리모컨을 누르자 세계지도가 나타났다. 대양은 파랗게, 대륙은 살구색으로 색칠되어 있었다. 혈관처럼 서로 얽힌, 구상 단계, 계획 단계, 건설 단계의 송수관들이 주홍색으로 표시되어 있었다.

"여러분, 이걸 한번 보십시오. 초대형 프로젝트가 공상에 그쳤던 것은 옛날이 되었습니다. 보세요. 스페인은 피레네에서 마드리드까지 파이프를 연결합니다. 중국은 양쯔 강의 물을 황하로 흘려보내려 하죠. 이스라엘은 터키나 이라크 혹은 양쪽 모두에서 물을 끌어오려 하구요. 인도는 너무 많은 계획을 가지고 있어서 중국이 환경보호주의자로 보일 정돕니다. 그리고 많은 미국 기업들이 캐나다 서부에 눈독을 들이고 있어요." 그의 지시봉은 빨간 선을 따라서 알라스카와 브리티시 콜롬비아와 알베르타를 거쳐 워싱턴과 오리건을 통과하여 남부와 동부로 퍼져나갔다. "우리는 수자원의 재구성이라는 새로운 시대의 일원으로서 21세기의 위대한 개척자가 되는 겁니다. 그것도 선두주자로서 말입니다."

놀랍다는 속삭임들이 온 테이블에서 들려왔다. 스틸러는 휘파람을 불었다.

"가장 중요한 점은, 리차드, 난 그곳 자본을 끌어들일 생각이 전혀 없다는 거야. 그래서 우리가 여기에 모인 거지. 이 수익성 높은 프로젝트는 선별된 친구들에게만 참여가 허용되는 거야."

"파이프라인이 건설된다면 돈을 벌 수 있겠지." 번팅 허스트는 살찐 손가락들로 깍지를 끼며 안락의자에 더 깊숙이 몸을 파묻었다. 자신이 동의도 하기 전에 자신의 참여가 전제되고 있다는 사실이 불쾌한 모양이었다. "퀘벡 정부가 협조해준다 해도 지역 환경운동가들이 시위를 벌이고 법석을 떤다면 어쩔 셈인가? 물은 그 지방의 생명줄이라서 대량으로 수출되게 놔둘 거라고 믿기는 어려운데."

"내 생각엔 아주 멋진 계획인 것 같은데요." 앤드루 알버트 스틸러는 줄곧 생각이 딴 데 있는 것 같은 표정을 짓고 있었지만 그릴의 말을 한 마디도 놓치지 않았던 것이다. "끝내주는 계획입니다. 물론 퀘벡 사람들이 장단을 맞춰준다면요."

애송아, 이건 컴퓨터 게임이 아니야, 그릴은 생각했지만 동조자가 필요했기 때문에 말을 참았다. "고맙네, 스틸러." 그리고 지금까지 아무 말이 없는 한 사람에게 물었다. 그의 지지는 이 계획의 성사여부에 가장 결정적인 변수였다.

"버니, 자네 생각은 어떤가?"

"대단히 훌륭한 계획이라고 생각하네, 빌."

진작 좀 나서 주지, 오늘 모임에서 두 번째 부자인 버렌트 포겔이 줄곧 침묵을 지키는 바람에 그릴은 무척 초조했던 것이다. 포겔은 합스부르크 왕족처럼 행동했다. 늘씬한 체격과 높다란 코, 튀어나온 푸른 눈, 밀짚 빛깔의 머리칼, 그리고 움푹 들어간 턱 덕분에 그는 정말 그렇게 보였다. 사실 그는 중산층 미생물학자에서 세계에서 가장 큰 제약 회사인 보나파브리카의 대담한 경영자로 변신한 사람이었다. 그가 이제야 동조에 나선 것이다. "기술적으로 가능하기만 하다면야, 정말 좋은 생각이네."

"기술적으로 가능하네." 그릴은 고맙기까지 했다. "가보 메줄리의 설명을 들으면 확신이 갈 걸세."

포겔은 그릴이 제시한 환경과 경제 전망을 기분 나쁘게 받아들이지 않았다. 그는 냉철한 과학자이자 뛰어난 사업가였다. "우리 회사들은 퀘벡에서 괜찮은 대접을 받아왔습니다." 포겔은 방 안을 둘러보며 분명한 말투로 말했다. "수십 년 동안 말이죠. 어느 당이 집권하건 간에 퀘벡 정부는 보조금과 세금 감면에 너그러웠습니다." 그는 은행가에게 고개를 돌렸다. "번팅, 그쪽 정치 상황에 대해 염려할 필요는 없다고 보네. 전혀." 완전히 안심한 표정은 아니었지만 허스트는 고개를 끄덕였다.

그릴은 잘 닦여진 테이블 위를 손가락으로 두드렸다. 좌중의 시선이 그에게로 다시 쏠렸다. "나에게 계획이 있네, 번팅." 그릴이 은행가에게 말했다. "시위까지도 고려한 계획이지. 완전히 고립된 퀘벡의 정치적 현실에 기초한 계획이고." 그릴은 이 점이 왜 중요한지를 설명했고 하나 둘 계획에 동조하는 쪽으로 기우는 것을 감지했다. 자정이 되었을 때 그들 모두는 기대감으로 들떠 있었다.

3

먼지가 섞인 더러운 진눈깨비가 내린 바람에 그릴의 리무진 꽁무니가 갈팡질팡했다. 삼월 하순인데도 퀘벡시는 겨울바람이 찼다.

지난 두 겨울 동안의 추위는 눈 녹을 틈도 주지 않았다. 기온이 너무 낮아서 봄에 꽃도 피지 못했다. 눈 덮인 퀘벡시는 영원히 얼어붙은 것처럼 보였다.

나랑 무슨 상관이람, 그릴은 우울한 기분을 떨쳐버리려 했다. 난 이 지방을 멋지게 활용할 거야. 그는 그랑 알레를 따라 지방의회 건물까지, 활기차게 불 밝힌 카페들을 보며 봉건영주나 누릴 법한 기쁨을 만끽하기로 했다. 브레이브 거리의 대저택 앞에서 차를 멈추었다. 화려하게 장식한 철살 문과 석양에 물들기 시작한 하늘을 배경으로 켜진 외등이 그의 마음을 한결 가볍게 해주었다.

"봉수아, 무슈." 무릎까지 오는 짧은 검은색 드레스와 앞치마를 입은 젊은 가정부가 불어로 인사했다. "이리로 드세요. 라롱드씨는 유감스럽게도 교통이 지체되어 아직 오고 계신 중이랍니다. 그리고 메……"

"메줄리씨 말인가요?"

"예, 메줄리씨는 도착해 계십니다." 가정부는 붉은색, 파란색, 황금색 융단으로 따뜻한 전통적인 응접실을 지나 저택 뒤쪽으로 그를 안내했다. 응접실과 대조되는 베이지와 흰색으로 장식한 서재에서 가보 메줄리가 커피 테이블 위에 지도를 펼쳐 놓고 소파에 앉아 있었다. 딱딱한 미소를 지으며 일어서서 그릴을 맞았다.

"안녕하세요, 빌. 드디어 시작되는군요." 그릴에게 악수를 청하며 메줄리가 말했다.

"잘 있었나, 가보." 그릴이 대답했다. "준비는 됐겠지?" 둘 다 퀘벡주 산업기술통상부 차관인 세르주 라롱드를 먼저 엮어 들여야 한다는 것을 잘 알고 있었다. 그러지 못하면 그들의 계획은 세기의 자원 확보 프로젝트는커녕 퀘벡시의 뜨거운 감자로 떠오를 것이 뻔했다.

"전 준비됐습니다." 메줄리가 말했다.

"좋아." 그릴은 프랑스풍 문 쪽으로 가 눈 덮인 정원을 내다보았다.

"안녕, 조슬린." 굵은 목소리가 아래층 홀에서 들리더니 세르주 라롱드가 앞선 회합에서 서둘러 오느라 숨이 턱까지 차서 들어오며 셔츠 목덜미를 잡아당겼다. 그가 불어로 아래층에 소리쳤다. "우리 모두에게 커피 좀 부탁해, 조슬린." 그리고 돌아서서 그릴의 손을 잡았다. "늦어서 죄송합니다, 그릴씨." 그러고는 메줄리와 악수했다. "메줄리씨에게도 정말 미안하게 됐습니다. 도무지 회의가 끝나지를 않아서. 게다가 눈까지, 어휴." 세르주는 프랑스식으로 어깨를 으쓱하며 사람 좋게 웃었다. 그릴은 그의 훌륭한 유럽식 옷차림에서 담배냄새와 레몬향이 풍기는 걸 느꼈다. 세르주 라롱드의 작지만 잘 관리된 몸은 에너지와 자신감과 추진력을 발산하고 있었다. 버렌트 포겔은 세르주가 퀘벡 정부에서 가장 활동적이고 신임 받는 고위공직자라고 그릴에게 알려주었었다.

"반갑습니다, 세르주씨. 우리는 이날을 고대해 왔습니다." 그릴이 말했다.

그릴과 메줄리는 세르주가 대접하는 파테 파이와 소테른 백포도주와 연어 파이, 그리고 꽃상추 샐러드를 먹었다. 그릴은 스카치

한 잔을 마셨고, 세르주는 모디뜨 맥주를 마시는 메줄리를 재미있는 사람이라고 생각했다. 그들은 날씨와 퀘벡시의 아름다움에 대해서 몇 마디를 나눴다. 그러고는 지도가 쌓인 커피 테이블을 사이에 두고 소파에 마주 앉았다. 그릴이 말했다. "세르주씨, 당신네들은 북쪽에 엄청난 물을 가지고 있으면서 그걸 전혀 활용하고 있지 않습니다. 제가 알기로는 버니 포겔이 우리가 그걸 좀 사용하고 싶어한다고 당신께 말한 거 같은데, 물론 공동의 이익을 위해서죠."

"맞습니다." 세르주가 대답했다. 그의 표정에는 기대와 우려가 반반씩 드러났다. 그는 포겔과 수년 동안 사업을 해왔다. 포겔이 모임을 주선하기 위해 전화했을 때 세르주는 물문제가 민감한 사안이며 캐나다 사람들은 물의 대량수출을 극구 반대하고 있다고 말해주었다. 그러다 포겔은 퀘벡과 캐나다는 사정이 좀 다르며 그릴의 제안을 들어 보면 퀘벡의 독자적인 목표를 성취하는 데 도움이 될 거라고 했다. 세르주는 세련된 스타일의 엄청난 재력가와 좀 촌스럽지만 강인해 보이는 기술전문가를 번갈아 쳐다보았다. 자, 그럼 이 사람들이 무슨 이야기를 하는지 한번 들어볼까.

"본격적인 제안 설명에 앞서," 그릴이 부드럽게 말했다. "당신과 합의가 이루어지면, 이번 사업에 참여하는 스카이포인트사의 닉 카메네프가 브라질에 팔 단거리 항공기 제작 수주를 밤바디에사(Bombadier, 캐나다 항공 및 기타 운송수단 제조 회사 – 옮긴이)에 양보할 거라고 말했다는 사실을 알려드려야 할 것 같군요."

"정말입니까?" 세르주가 눈을 크게 뜨며 말했다. 믿을 수가 없군! 퀘벡에서 가장 많은 근로자를 고용하고 있는 밤바디에사에 그런 혜택을 줄 수 있는 사업이라면 재계와 정계의 지지를 얻을 수 있을 것이었다. 하지만 도대체 어떤 사업이란 말인가? 그리고 사업내용을 설명하기도 전에 당근부터 먼저 들이미는 저의는 무엇인가?

"미국에서 우리가 겪고 있는 물 부족 사태에 대해서는 알고 계실 겁니다." 그릴이 말했다.

"전 그 문제에 관한 전문가는 못 되는데요." 세르주가 대답했다. "당신네 중서부와 남서부의 많은 지역이 수년째 가뭄을 겪고 있다는 건 압니다만 캐나다의 프래리 지방도 마찬가집니다. 북동부 지방마저도 강수량이 부족한 겨울을 여러 해 나고 있습니다. 미국인들의 일인당 물소비량은 세계 최고라고 알고 있습니다. 캐나다인들보다 더 많이 쓰죠." 그는 어설프게 웃었다. 그릴은 웃지 않았다. "이 정도까지는 알지만 물 수출은 민감한 사안입니다. 오늘 어떤 제안을 하실지는 모르지만," 그는 신중하게 말했다. "내각에 제출할 것을 약속하기 전에 전문가의 의견을 반드시 구해야겠군요."

"물론입니다, 세르주, 그래야죠." 그릴은 라롱드의 이름을 불러대고 있었고 그가 이를 못마땅히 여김을 눈치 채지 못했다. "미국의 실정은 사람들이 아는 것보다 혹은 알고 싶어하는 것보다 훨씬 더 심각합니다. 물 부족 사태는 빠른 속도로 확대되고 있어요. 대안이 필요합니다."

"주로 먹는 물을 말씀하시는 거죠?" 세르주가 물었다.

"먹을 수 있는 물도 맞습니다만 그건 일부고, 농업과 산업을 살릴 수 있는 물이 더 중요한 문제죠."

"그렇군요." 세르주는 불편한 듯 소파에서 몸을 뒤척였다. 그렇게 넓은 농지를 해갈시키려면 엄청난 양의 물이 필요했다. 게다가 미국 산업까지? 세상에. "얼마나 많은 양을 생각하고 계신가요?"

"여기 가보씨가 상당 기간 세부 계획에 관해 연구했습니다. 그러니 대강의 구상이 아니라 실질적인 안을 논의할 수 있을 겁니다."

"그럼 정확하게 얼마만큼의 물인지 말씀해 주실 수 있겠군요."

"물론이죠." 그릴은 메줄리를 돌아다보았다.

"좋습니다." 메줄리는 맥주잔을 내려놓고 앞으로 다가앉았다. "우리의 전체적인 목표는 향후 10년간 최소한 25억 에이커 피트의 물을 치쿠티미 북부에서 가져오는 것입니다. 기본 인프라를 구축하는 데 1~2년 정도 걸릴 것이고 물 수송은 8년에 걸쳐 이루어질 겁니다. 프로젝트 돌입 5년 차에 당신네 수위와 미국의 수요를 분석해서 취수량을 늘리거나 첫 10년 이후에도 사업을 계속할 것인지의 여부를 결정하는 거죠."

"25억 에이커 피트의 물이라고요?" 세르주는 놀라는 기색이었다.

"예," 메줄리는 말했다. "1에이커 피트는 32만 6천 갤런이죠."

세르주는 계산기를 두드렸다. 나온 숫자에 그는 충격을 받은 얼굴이 되었다. 메줄리가 재빨리 덧붙였다. "갤런으로 따지시면 많게 느껴지시겠지만 그렇지도 않습니다."

세르주는 속이 메스꺼워지는 것 같았다. 수조 갤런의 물이라니.

"그곳에 있는 물입니다." 메줄리는 별거 아니라는 듯 말했다. "가능한 일이죠." 그는 차관에게 미국 농업과 산업이 매년 사용하는 물의 양과 비교하면 얼마 안 되는 양이라고 말해주었다. 세르주를 안심시키려 한 말이었지만 그의 말은 되려 세르주의 불안을 비상경계 태세로 끌어올리고 말았다. 그는 숨을 몇 번 깊게 들이쉬고 나서 미국인들에게 말했다.

"저는 수문학에 대해서는 문외한입니다만, 이만한 양이라면 그 지역을 완전히 파괴해버리지 않을까요?"

"전혀." 메줄리가 말했다. "시간을 두고 제대로 한다면요. 물론 우리는 그렇게 할 거구요."

그릴이 끼어들었다. "메줄리는 수취, 수로변경, 물 관리에 관한 한 세계 최고의 전문가라 해도 과언이 아닙니다. 이 사람 말은 믿어도 돼요."

세르주는 그릴을 쳐다보았다. 그의 태도는 친근하고 사무적이고 정중했지만 자신의 말을 따르는 것이 당연하다는 듯한 역겨운 거만함이 배어 있었다. 세르주는 의심과 두려움과 치미는 화로 이 인간들을 당장 내쫓고 싶었지만 그들의 말을 일단은 듣지 않을 수 없었다.

"그럼, 처음부터 끝까지 말해주시죠." 세르주는 침을 삼키며 말했다. "한번 들어봅시다."

메줄리는 의도적으로 큰 지도를 짚어 가며 계획을 설명했다. 그리고 세르주에게 주요 사업 지역의 세부 내역이 적힌 자료들을 건네주었다. 메줄리는 프랑스어 지명들을 부자연스럽게 발음했지만 지역에 대한 그의 상세한 지식만큼은 존중해 줄 만하다고 세르주는 생각했다. 하지만 그의 설명이 끝나고 나서도 세르주는 숨을 골라야 했다.

"엄청난 돈이 들겠군요."

"많은 고소득 건설 인력 수요도 창출되겠죠." 그릴은 애교가 섞였지만 자신감 있는 말투였다.

세상에, 우리를 완전히 말려죽일 생각이구만. 세르주는 어지러웠다. "얼마나 많은 땅을 사들여야 하는지 생각해 보셨습니까?" 메줄리가 대답한 면적은 상당했지만 세르주가 예상했던 것보다는 적었다.

"정확하게 계산한 겁니다. 부대시설과 송수관을 위해 필요한 땅만 살 계획이죠. 사려는 땅의 95퍼센트 이상이 정부 소유입니다. 그러니 당신네 정부가 동의만 해주면 사업에 착수할 수 있어요."

세르주는 두 사람을 쳐다보았다.

"어떻습니까, 세르주, 마음에 드나요?" 그릴이 쾌활하게 물었다.

충격을 받기는 했지만 세르주의 머리는 온갖 문제들을 점검하는 것을 잊지 않고 있었다. 메줄리가 각 마을과 지역을 거명하는 동안 그는 마음속으로 지역의 선거구와 의원들, 내각과 평의원들, 건설업자들, 창출되는 일자리들을 체크했다. 그는 아직 충분한 정보를 가지고 있지 못했다. "모든 장소들을 당신들과 함께 검토해 봐야겠어요. 그리고 건설작업이 창출할 일자리 수와 자재 조달 방법과 재원 조달 방법과 퀘벡 회사의 참여 등을 의논해 보아야겠어요. 각 사항들과 관련하여 상당한 이점이 있지 않는 한 이 사업에 착수하기는 힘들 거요."

"물론이죠, 세르주." 그릴은 달래듯이 말했다.

이런 협상에 수백 번을 나서본 메줄리는 세르주가 어떤 문제들을 생각하고 있고 얼마나 큰 부담을 느끼는지 잘 이해하고 있었다. 그와 세르주는 예상되는 문제들을 한번 죽 나열해 보았다. 그러고 나서 세르주가 생각에 잠기자 그릴이 말했다. "세르주, 우린 퀘벡 쪽에서 많은 참여를 해주길 바랍니다. 그쪽 투자를 총 자금의 3분의 1까지도 기대하고 있어요. 괜찮은 사람들을 소개해 주신다면 말이죠. 그리고 건설사업은 퀘벡 기업에게 맡길 생각도 있고요.

세르주는 그릴이 하는 말에 집중하고 있었지만 그의 제안이 실제로 의미하는 바가 무엇인지, 남쪽에 있는 거대한 나라가 엄청난 양의 물에 대한 갈증을 느끼고 있다는 말이 무엇을 의미하는지에 대해서도 생각하고 있었다. 그는 전문가의 조언과 혼자서 숙고할 시간이 절실하게 필요했다.

"언제 시작할 계획입니까?" 세르주가 물었다.

"적어도 2년 뒤부터는 물을 수송해 들일 계획입니다. 1년 반 뒤가 이상적이고요." 메줄리가 대답했다.

"너무 무리한 일정 같은데요."

"적당한 자원만 투입된다면 가능한 일입니다. 당신네 정부가 협조만 해주면."

"일정에 관해서 이런 면도 고려해야 합니다." 그릴이 헛기침을 하며 말했다. 그는 세르주에게 다른 기업들이 다른 지방들과 시도했던 세 가지 제안 사례와 그 제안들이 불명예스러운 실패를 맛본 이유에 대해 설명해 주었다. 그는 적절한 어휘를 골라가며 말했다. "저희와 같이 일하실 생각이시라면, 깨달아야 할 중요한 점은 뭐랄까…… 사업 준비를 신중히 하셔야 된다는 겁니다. 대중에게 공표하기 전에 이미 모든 준비가 다 되어 있어야 하는 거죠."

그릴이 무슨 말을 하려는 것인지 알 수 있었다. 사업계획을 너무 일찍 공개하면 환경단체들이 뭉칠 수 있는 시간을 주게 되고 어쩌면 모든 것이 수포로 돌아갈 수도 있는 것이다. 그는 생각에 잠겼다.

"솔직하게 말씀드리겠습니다." 마침내 세르주가 입을 열었다. "경제적 측면에서만 보면 이 제안은 구미가 당깁니다. 척 보기에는 그렇죠. 우리가 당면한 많은 문제를 해결해 주니까. 하지만 환경에 끼칠 영향에 대해서는 전혀……"

"시설들은 최고수준의 환경기준을 충족시킬 겁니다, 세르주씨."

메줄리가 도도하게 말을 끊었다.

"용서하시오, 메줄리씨."

세르주는 무뚝뚝하게 말했다. "저는 우리 측의 검증 없이는 이 제안을 받아들일 수 없습니다. 당신이 저라도 그렇게 할 겁니다. 제 의무는 이 계획의 기술적인 문제들을 분석하고 내각의 관련 부처 장관들과 그 밖의 다른 문제들에 대해 상의하는 일을 시작하는 겁니다. 그들의 허락과 주요 금융과 건설 이익단체의 허락을 얻고 나서야 국무회의에 안건으로 상정할 수 있습니다. 이 계획을 실행할지의 여부는 거기서 결정되겠죠."

"알겠습니다." 메줄리는 더 말이 없었다. 그는 환경 영향에 대한 우려가 협상에서 크게 대두될 것으로 기대하지는 않았다. 그릴도 입을 굳게 다물었다.

미국인들이 공항으로 출발한 후, 세르주는 서재로 돌아가 세 잔째 브랜디를 마시며 정원 쪽으로 난 문 앞을 서성이면서 한 시간을 더 고민했다. 그는 관심을 보이면서도 냉정을 유지하고 주도권을 잃지 않으려 최선을 다했다. 하지만 이제 그의 심경은 격렬한 소용돌이에 휘말리고 있었다.

미국인들이 이야기한 내용을 되짚어 보던 그는 환경보존에 대한 그들의 보장을 의심해 볼 필요가 있다는 생각이 늘었다. 퀘벡의 생태계에 큰 타격을 주지 않을 것이라는 그들의 주장이 맞다 해도 그들의 제안이 탐탁지 않았다. 그는 퀘벡의 유산을 영리기업에게 팔아먹고 싶은 생각은 없었다. 하지만 이런 태도는 21세기 북미에서 더 이상 통하지 않는다는 것도 알고 있었다.

그 멍청한 전임 수상이 오타와 연방정부의 환경부를 거의 무용

지물로 만들어 놓았기 때문에 퀘벡당이 사업에 뛰어들려고 한다면 그가 반대한다 해도 막을 길은 없었다. 그리고 미 백악관의 그 멍청이는 환경을 개발 기회와 동의어로 믿고 있는 형편이었다. 이제 세상은 상품시장에 의해 지배되고 있는 거야. 세르주는 우울해졌다.

9·11 사건 이후로 미 행정부는 캐나다의 물을 확보하기 위해 필요할 경우 강제력도 동원할 기세였다. 물론 그럴 필요까지도 없을 것이다. 나프타(NAFTA, 북미자유무역협정)와 세계무역기구, 세계은행, 여러 가지 라운드들과 정상회담들이 있으니 그들이 만들어 놓은 규정들을 이용해서 빼앗아 가면 그만이었다. 물론 민주주의의 확대라는 미명하에 말이다. 그러니 기회가 왔을 때 잡지 않으면 손해만 본다는 생각에 오타와 정부는 덥석 미끼를 낚아챌 것이 분명했다. 영토에 대한 자주권을 심각하게 고려한다면 취해서는 안 될 기회를 말이다. 어쩔 수 없어, 그는 결론을 내렸다. 내가 그 사람들을 물리칠 방법은 없어.

거꾸로 생각하면 – 세르주는 피할 수 없는 현실을 받아들이면서 그에게 주어진 과업에 몰두하도록 스스로를 설득하기 시작했다. 이 사업이 일단 시작되기만 하면 전망은 무척 좋아. 수도 사업을 체계화할 수 있을 것이고, 비도시 지역에 일자리를 제공하게 될 것이며, 지지기반을 공고히 하게 되고, 건설업과 금융업도 이익이 클 거야. 들어올 세수입을 한번 생각해봐. 다음 국민투표를 생각해 보라고.

이런 생각을 하며 세르주는 위층 침실로 올라갔다. 아내 니콜은 업무 출장 중이었다. 그녀가 이 이야기를 듣는다면 무척 화를 낼 것이 분명했다. 언제 어떤 식으로 그녀에게 이야기해야 될지도 고민거리였다. 아내와의 관계를 악화시킬 건수를 하나 더 만들고 싶지는 않았다.

4

"이봐 더그, 아홉 시 십오 분 회의를 지금 당장으로 앞당겨 줘!" 카메네프 대령은 휴대전화에 대고 소리 질렀다. 대령은 흐드러진 벚꽃으로 뒤덮인 진입로를 따라 타코마 교외에 위치한 스카이포인트 항공사의 본사 건물로 차를 몰고 있었다. "예상치 못했어. 어쩔 수 없네." 아침 안개를 뚫고 나타난 그의 57년 형 은색 코르벳은 바퀴 달린 총알 같았다. 강철빛으로 센 머리칼은 짧게 커트되어 그의 튀어나온 광대뼈와 짙은 푸른 눈과 네모진 턱을 강조했다. 그 차를 몰기에 딱 맞는 외모였다. "2분 뒤에 내 사무실에서 보자고." 그의 명령이었다.

카메네프는 서둘러 7층으로 올라가 비서 코라에게 고개만 끄덕여 인사를 대신했다. 그의 널찍한 사무실 한쪽 벽은 군대에서 받은 훈장들과 스카이포인트 항공사가 제작한 비행기 조종석에서 기념 촬영한 사진들로 도배되어 있었다. 다른 한쪽 벽은 바닥에서 천장까지 닿는 선반들로 스카이포인트가 제작한 군용과 민간용 비행기들의 모형들로 가득 차 있다. 또 다른 벽은 탈의실과 화장실 문에 연결되어 있다. 마지막 벽은 유리벽이었다. 사무실은 건물 밖으로 튀어나와 있어 이 복합건물로 드나드는 사람과 차량들을 모두 관찰할 수 있다. 하지만 대령의 눈에는 아무것도 보이지 않았다. 그릴이 보낸 숫자들을 체크하는 것이 급선무였다. 그는 숨을 몰아쉬며 파일 캐비닛 위에 놓인 날씬한 노트북컴퓨터를 끄집어내려 부팅 시켰다. 대령은 서류가방에서 종이 한 장을 찾아내 비밀번호를 입력한 후 낯선 숫자조합들과 힘겨운 씨름을 벌이기 시작했다.

"제기랄!"

"뭐 도와드릴까요?" 코라가 소리쳤다.

"아니!"

하지만 코라는 벌써 문설주에 몸을 기대고 있었다. 카페오레색의 피부를 가진 그녀는 긴 다리 위에 모래시계 체형을 얹은 아프리카 여왕의 외모를 선보이며 매니큐어가 반짝이는 손가락으로 자신의 엉덩이를 건반처럼 두드리고 있었다.

"빌어먹을! 어떻게 해야 되는 거야?"

"제가 도와드릴게요." 코라가 말했다.

"아냐!" 너무 신경질적으로 말한 것 같아 그는 조용히 덧붙였다. "도움은 필요 없어."

"그러시겠죠." 코라는 장난스럽게 대답했다.

"보일은 도착했나?"

"예." 코라는 그녀의 사무실 쪽을 돌아보며 말했다.

"1분만 더 기다리라고 해. 그리고 말콤에게 전화해서 즉시 이리로 오라고 해요."

"알겠습니다." 코라는 군대식으로 뒤로 돌아 눈알을 굴리며 빈정대는 표정을 지었다.

"됐다!" 카메네프가 환호했다. 노트북의 화면에는 '환영합니다, 카메네프 대령님'이 떠오르더니 몇 개의 디렉토리가 나타났다. 그는 몇 안 되는 파일 중 하나를 불러왔다. 마침내 문서가 뜨자 그는 앉아서 읽기 시작했다. 그러고 나서 컴퓨터를 끄고 문틀을 꽉 채우며 발끝으로 서 있는 더글라스 보일을 쳐다보았다. 그보다 스무 살이나 젊은 보일도 미 공군에서 제대했지만 대위였다. 그는 새벽부터 숫자들과 씨름을 하여 준비를 마친 상태였다.

"왔군, 더그." 카메네프는 노트북을 닫았다.

"예, 대령님." 보일은 정중하게 대답했다.

정말 거대한 몸집이라고 카메네프는 생각했다. 180센티미터 정도의 키였지만, 열여섯 살 때부터 1주일에 10시간 이상 몸 만들기 운동을 거의 종교적인 수행처럼 꾸준히 한 덕에 스카이포인트의 보안책임자는 실제보다 훨씬 큰 인상을 주었다. 오늘 그는 꽉 끼는 흰색 폴로셔츠를 입고, 가슴근육에 얹혀서 부풀어 오른 스카이포인트 로고와 함께 그의 육체미를 과시하고 있었다.

"몸 관리는 여전히 잘 하고 있구먼." 카메네프가 말했다.

"감사합니다."

"들어오게나. 삼 분 안에 처리해야 할 일이 있어."

"예." 보일은 대령과 마주 앉았다. 삼 분이나 주다니 대단한 걸. 하지만 그는 대놓고 빈정댈 수는 없었다. 그는 자신의 일이 좋았다. 자신이 상위직에 있는 한 군대식 명령체계는 별로 나쁜 것이 아니었다.

"인도네시아 건은 해결되었나?"

"예, 모스틴 부부가 막 돌아왔고……"

"자세한 얘기는 나중에." 카메네프가 말을 끊었다. 그리고 책상을 정리하며 말했다. "난 지금 무지 바빠."

"알겠습니다. 뭐든지 말씀해 주십시오. 제가……"

"흔적을 남기지는 않았겠지? 만에 하나라도 우리에게 혐의를 둘 수 없도록."

"그런 일은 절대로 없을 겁니다, 대령님!" 보일은 한 단어 한 단어를 힘주어 말했다. 보일은 대령이 그에게 명령할 권한이 있다는 점을 수긍하고는 있었지만 지금처럼 무시하다시피 대하는 것에는 당황했다. 뭔가 큰일이 대령의 마음을 사로잡고 있는 것이 틀림없었다.

"좋아. 이따가 다시 부르겠네. 가봐."

보일은 일어나 신속히 뒤로 돌아 사무실을 나섰다. 그는 문에서 말콤과 마주쳤다. 그는 미 공군 퇴역 중령이었는데 무기운전혁신개발 부사장이자 협상과 사업 기획에 있어서는 카메네프의 개인비서 노릇도 겸하고 있었다. 보일은 카메네프의 그런 선택을 이해하지 못했다. 카메네프는 중역들을 모두 공군에서 데려왔다. 말이 잘 통하고 추구하는 바가 같다는 생각에서였다. 하지만 보일 생각에 말콤은 그런 것 같지 않았다. 수년 동안 말콤은 군수품 계약을 줄이고 민간 부분을 확대하자고 대령을 설득해왔다. 9·11 테러와 이라크 전쟁 이후로 그런 전략은 가망이 없어졌다. 보일에게는 신나는 일이었다.

"잘 있었나, 더그." 말콤이 지나가는 보일의 등에 인사했지만 보일은 무시했다. 젊은 보안 책임자에 비해 말콤은 훨씬 편안해 보이는 사람이었다. 그의 갈색 머리는 반백이 되어 있었고 스카이포인트사 경영진 중 가장 길었다.

"사우디 사람들과의 계약 건은 자네 혼자 결정해 줘야겠네, 말콤." 대령은 책상 위의 서류를 정리하며 사무실에 막 들어선 말콤에게 이야기를 시작했다. "그리고 12시까지 내가 돌아오지 않으면 이탈리아인들과의 사전 협상도 맡아주게. 예정에 없던 회의에 참석하게 되었거든."

"뭐라구요?" 말콤은 매우 놀랐다. 카메네프는 큰 계약은 직접 챙기지 않고는 못 견디는 타입이었다.

"사우디 관련 서류네." 카메네프는 턱으로 책상을 가리켰다. "흥정을 끝내자고. 새 전투기를 만들어 줄 건가 아니면 그들의 F-16기를 업그레이드해 줄 건가? 물고기를 낚아 올리든지 미끼를 끊어 버리든지 하게. 그쪽 공군 사정에 대해서는 자네가 더 잘 아니 내가 없어도 문제없겠지. 어떻게 할 생각인가?"

"업그레이드 패키지를 팔아야 한다고 봅니다. 폭격용 사진 레이더를 장착한 다기능 전자항공장치와 적외선 텔레비전과 레이저로 표시되는 정보수집센서를 장착하는 겁니다. 자세한 내용은 여기다 있습니다." 그는 서류 뭉치를 흔들어 보였다. "전투기 주문은 적재소가 모자랄 정도로 밀려 있습니다. 게다가 민간항공기 생산을 위한 여력도 확보하려면……"

"우리가 생산할 형편이 못 된다면," 카메네프가 서류가방을 닫으며 말을 끊었다. "그렇게 해도 좋네. 이탈리아 쪽은?"

"최종 수치를 아직 알려주시지 않았습니다. 오늘 아침에 알려주시기로 했는데, 기억나시나요?"

"미안하네. 내 자료를 다운로드 받게나." 대령은 꺼져 있는 컴퓨터를 가리켰다. 말콤은 카메네프의 컴퓨터와 친숙했다. 대령은 전산 담당자들을 믿지 않았기 때문에(산업스파이들이 득실대는 현실이었다) 말콤이 자신의 컴퓨터를 관리하도록 하고 있었다. "다섯 대는 점보제트기로 하지." 카메네프는 서둘러 사무실을 나가고 있었다. "일부는 중형 여객기로 하고. 총 열두 대네." 카메네프가 하는 말을 귀에 담느라 말콤의 머리는 어지럽게 돌아갔다. "아주 오후가 되어서야 돌아올 거야. 이런 늦었군. 나 가네."

대령은 중요한 한 가지 정보를 알려주지 않은 채 서둘러 나갔다. 따라나선 말콤은 카메네프가 코라의 어깨에 손을 얹고 "웨스틴 호텔에 묵고 있는 빌에게 전화해서 내가 그리로 출발했다고 전해줘"라고 말하는 것을 보았다. 카메네프는 말콤을 못 본 척하고 밖으로 걸어나갔다.

"니콜라스!" 말콤은 불쾌한 기분으로 복도 저편을 향해 소리쳤다. "그 왕족들에게 패키지 가격 하한선을 얼마로 정해줘야 할까요?"

"대당 천만으로 해. 서비스 기간은 5년이고." 대령은 소리쳐 대답했다. "그리고 내가 돌아오면 바릭 항공사 건에 대해 물어봐주는 거 잊지 말게. 입찰에 응하지 않을 계획이니까."

"뭐라고요?" 말콤은 총에 맞은 사람처럼 뚝 멈춰 섰다. 하지만 카메네프 대령은 엘리베이터 속으로 사라져버렸다. 말콤은 숨도 제대로 쉬지 못하고 복도에 서 있었다.

전역하기 직전, 항공 혁신과 에너지 기술에 대해 강의하던 시절, 말콤은 코안다 효과(분출되는 기류가 표면을 따라 구부러지는 현상 - 옮긴이)를 이용한 비행기를 고안한 머리 좋은 오클라호마 사람 둘을 알게 되었다. 흥미를 느낀 그는 그들의 회사를 방문했다. 그들이 개발한 놀라운 비행기의 원형에 가까운 독특한 속날개(internal wing)에서 이름을 딴 회사, IWA기술은 원격조정 모델을 개발해 그에게 시연해 보였고 그는 그 비행기에 완전히 매료되었다. 실제 크기로 제작된다면 일반 비행기의 몇 배가 되는 운반능력을 지닌 아주 멋진 유선형의 새가 될 것이 틀림없었다. 또 매우 융통성 있게 설계되어 연비가 현재 날고 있는 비행기들의 20에서 40배는 더 좋아질 가능성이 있었다. 수직에 가까운 이착륙도 가능해서 미국에서만 이만여 곳 이상의 소규모 영업용 비행장을 개설할 수 있었다. 매우 훌륭하고 환경친화적인 설계여서 여러 대형 항공사들이 확보를 위해 각축을 벌이고 있었다. 하지만 그 중 두 회사는 새로운 비행기의 개발을 막기 위해서였고 다른 한 회사는 군사적 목적에 사용하기 위해서였다.

그래서 그는 스카이포인트에 올 때부터 계획이 서 있었다. 말콤은 너무 많이 속아서 아무도 믿지 않는 그 괴팍한 발명가들과 친해지는 데에 여러 해를 투자했다. 카메네프를 설득하는 것은 더 오래 걸렸다. 그는 코안다 효과에 스카이포인트 사로 하여금 단거리 항공 시장과 더 나아가서 민간 항공 전체를 장악하도록 도울 수 있는 잠재력이 있다고, 새로운 생산설비에 투자하면 성공할 것이라고 카메네프를 설득했다. 12개월 전, 바릭사가 단거리여객기 편대를 입찰에 부친다는 소문이 나자 대령은 때가 왔음을 선언했었다. 그런데 이제 와서 그는 호탕하게 손을 내저으며 없었던 일로 하자는 것이었다. 세상에, 이럴 수가 있는 건가? 그는 간신히 기운을 차려 몸을 돌렸다.

"서두르는 폼이 영락없는 건달이군." 그는 코라의 책상 앞에 멈춰서 물었다. "빌 그릴이라면 - 윌리엄 에릭슨 그릴을 말하는 건가?"

코라는 컴퓨터 자판을 두드리고 있었다. "잘 모르겠는데요." 모니터에서 눈을 들며 그녀는 어깨를 으쓱했다. "이사 중 한 사람 말인가요? 그럴지도 모르죠."

"대령이 돌아오면 연락 줘요. 할 얘기가 있으니까."

말콤은 사우디 협상팀과 만났다. 그는 두 왕자와 리야드에서 근무하던 시절의 이야기를 주고받았다. 물론 그곳 왕족이 알카에다에 얼마나 많은 지원을 하고 있는지에 대한 화제는 건드리지 않으려고 주의했다. 결국 거래는 성사되었고 사우디 사람들은 만족해서 돌아갔다. 그러고 나서 이탈리아 항공 팀과 점심을 같이 했다. 그리고 자신의 사무실로 돌아가 기다리던 그에게 카메네프 대령이 돌아왔다는 코라의 전화가 왔다.

"연결해 줘. 그에게 하고 싶은 말이 몇 가지 있으니까."

"말콤, 일은 잘되었나?" 대령의 목소리가 들렸다.

"사우디와는 계약 체결이 완료되었고, 이탈리아 항공사는 계약 의사를 서면으로 받아놓았어요."

"잘됐군."

"그러게요." 말콤은 화가 나는 것을 참기 위해 잠시 말을 멈췄다. "바릭 건에 대해 아까 한 말은 뭡니까?"

"미안하네. 갑자기 일거리가 너무 많아져 버렸어."

"하지만 준비도 다 됐고, 수년 동안 계획해왔고, 여력도 비축해 놓았잖습니까?"

"내가 말한 대로야. 그 건은 접었고 더 이상 할 얘기 없네. 그 비행기는 다음번에 다시 생각해 보기로 하지." 그러고는 항상 하던 대로 카메네프 대령은 전화를 끊어버렸다.

일곱 시에 말콤은 브로드웨이 제임스바에서 얼음을 넣은 보드카를 더블로 주문했다. 평상시에는 흑맥주를 즐겼지만 오늘 밤에는 훨씬 강한 것이 필요했다. 그는 충분히 일찍 왔기 때문에 항상 앉는 뒤쪽 자리를 차지하고 바 위에 설치된 텔레비전으로 뉴스를 보았다. 그의 머릿속에서 벌어지고 있는 상황보다는 훨씬 나은 내용이었다. 바 안은 조용해서 뉴스 앵커의 목소리가 사람들의 이야기 소리와 잔 부딪치는 소리를 넘어서 들려왔다. 그는 지옥같이 극심한 두통을 느꼈다.

제기랄, 그는 역겨움을 삼키려 잔을 비웠다. 현실을 직시해. 군수 산업에 돈을 대는 자본은 바닥 날 일이 없을 것이고 스카이포인트가 민간 항공기를 제작하는 날은 오지 않을 거야. 코안다 효과는 잊어버리라고. 헛된 꿈을 꾼 거야.

공군에서 전역할 때, 그는 자연 지리학 분야에서 박사학위를 따고 싶어 했다. 15년이나 미뤄왔던 일이었다. 하지만 그는 두 애가 대학을 다니고 있었고 이혼한 아내에게 지불해야 하는 위자료도 만만치 않았다. 그를 지탱해 준 것은 코안다 비행기를 제작할 수 있을지도 모른다는 희망뿐이었다. 이제 그 꿈이 산산조각이 나버렸으니 비틀거릴 수밖에. 보드카가 고통을 덜어주긴 했지만 씁쓸한 입맛은 여전히 남았다. 그는 땅콩 한 주먹을 입에 털어 넣고 보드카를 한 잔 더 주문했다.

그의 사랑스런 두 아이들은 진작에 깨어졌어야 할 결혼 생활을 20년이 넘게 지탱시켜준 버팀목이었지만 너무나 머나먼 로스앤젤레스와 샌프란시스코에 있어서 그의 부성애를 달랠 수 있을 정도로 자주 볼 수는 없었다. 몰리는 고고인류학 박사후과정을 밟고 있었고 남자친구도 있었다. 딸아이는 항상 지쳐 보였지만 심각한 문제는 없어 보였다. 어쩌면 문제가 있길 바랐는지도 모른다. 마이클은 로스앤젤레스에서 슈퍼컴퓨터 박사과정을 밟고 있었다. 그애는 지금은 괜찮아 보였지만 처음 대학에 진학했을 때 심각한 우울증에 시달린 적이 있었다. 말콤은 좋지 않았던 자신들의 부부관계로 가정에 드리운 그늘 탓이었을지도 모른다는 생각이 들었다. 마이클이 사막에서 규정속도 위반으로 경찰의 단속에 걸렸을 때 차에서는 나이가 두 배 연상인 멕시코계 미녀와 마리화나 한 봉지가 발견되기도 했다. 그 일로 그는 5년의 집행유예를 받았다.

마이클은 매달 한 번씩 당국에 출두할 때마다 화를 냈고 말콤은 아무 사고 없이 그가 돌아오기만을 초조하게 기다려야 했다. 돌이켜보면 아내와 헤어져 행복한 두 가정을 이루었어야 할 것을 괜한 미련으로 불행한 한 가정을 아이들에게 제공한 셈이라는 생각이 수없이 들어 그를 괴롭혔다. 아이들을 위한 선택이었는데 그게 지옥으로 가는 길이었으니, 제기랄. 절망감이 사형수의 두건처럼 그를 덮쳤다. 보드카잔으로 테이블을 내려친 후 계산하려고 일어섰을 때 휴대폰이 울렸다.

"안녕, 미남 아저씨." 밝은 목소리가 말했다. "내일 밤 강연회에 같이 안 갈래요?"

5

금요일, 말콤이 집으로 돌아와 보니 오렌지색 맹스 고양이가 냉장고 문을 묶어 둔 고무 밴드를 풀고, 남겨둔 치킨을 쏟아 내어 보니와 함께 먹어치웠다. 그는 서둘러 두 놈을 동물병원에 맡기고 제럴딘과 함께 브로드웨이에 있는 스프루스 홀로 달렸다. 그들은 조용히 그러나 바람을 일으킬 정도로 빠른 걸음으로 안으로 들어가 뒷자리에 앉았다. 사람들이 고개를 돌려 그들을 쳐다보았다. 말콤은 러셀 제퍼슨에게 고개를 끄덕여 인사했다. 그는 사이버로닉스 사의 몇 안 되는 흑인 프로그래머였고 동료 자원보호론자였으며, 시애틀에서는 가장 친한 친구였다.

"저는 오랫동안 환경운동가로 활동해 왔습니다." 미국 〈환경정의연합〉의 클래어 데이비도비츠가 무대를 천천히 걸으며 말하고 있었다. 목걸이 마이크로 확대된 그녀의 목소리는 성량이 풍부하면서 따뜻했다. "기자로서 이 운동을 시작해서 연구자이자 기고가로서, 그다음에는 비정부기구의 일원으로서, 이제는 한 국제기구의 간부로서 활동하고 있습니다." 그녀는 보통 키에 곡선이 두드러지는 몸매였으며 베이지색 리넨 바지와 흰색 맞춤 셔츠를 입고 있었다. 그녀의 코에는 우아한 안경이 걸려 있었다. 검은 머리카락은 숱이 많고 곱슬이었다. "활동 기간 내내 저는 제가 아는 사실을 온건하게 전달해왔습니다. 바다에서 물고기들이 얼마나 빠른 속도로 사라지고 있는지, 유전자 변형 옥수수와 콩이 실험실에서 나와 미국과 캐나다 농지의 절반을 점령해 버리는 데에는 4년밖에 안 걸린다는 사실, 그리고 4년만 더 보태면 북미의 모든 종자와 경작지를 오염시킬 거라는 사실 등등. 상황은 여러분들이 걱정하는 것보다 훨씬 더 심각합니다." 여기서 클래어는 청중을 한번 둘러보았다. 그러고는 진행 방향을 반대로 바꿔 다시 걷기 시작했다.

"유전공학 실험실에서 지금 어떤 전쟁이 벌어지고 있는지 제가 알고 있는 것들을 여러분들은 알고 싶지 않으실 겁니다. 그리고 나노기술을 가지고 벌어지는 일들에 대해서도요. 이 기술은 스타 트렉 시리즈에서 자주 쓰였던 '이것이 인생이네, 짐. 하지만 우리가 알던 대로는 아니지' 라는 대사에 새로운 의미를 부여하고 있습니다."

말콤은 웃었다. 클래어는 걸음을 멈추고 청중에게 눈부신 시선을 던졌다. 약간의 냉소와 이 모든 미친 짓에 대한 약간의 어이없음과 분노가 어린 경멸을 머금은 시선이었다. 그 시선은 말콤을 설레게 했다.

"사람들이 놀라서 도망갈까 봐 전에는 제가 아는 사실들을 축소시켜 말했죠. 그런데 2003년 6월, 영국 왕립 천문학자가 2050년이 되면 인류가 멸종해 버릴 거라는 예상을 내놓아버렸습니다. 인류는, 그의 표현을 빌리자면, 밖으로 폭발하거나, 안으로 폭발하거나, 찐득한 회색 액체가 되어버릴 거라는군요. 생각만 해도 자살하고 싶어지는 미래죠. 어때요?" 클래어는 활짝 웃었다. "이 정도에 비하면 제가 얼마나 성격이 밝은 여잔지 알겠죠? 저더러 좀 긍정적으로 살라는 사람들도 있지만 이 머리 좋은 과학자들에 비하면 저는 정말 낙관론자라고 말할 수 있죠. 긍정적으로 산다는 사람들은 멸망의 길로 가고 있다는 걸 알면서도 멈추지 않는 사람들일 뿐이에요…… 자."

단상을 거머쥐며 그녀는 말했다. "전 더 이상 말을 삼가지 않기로 했습니다. 이제 저는 사람들에게 실상을 알려주어 변화를 선택하도록 하는 것이 제가 할 수 있는 최선이라는 걸 깨달았습니다." 끝내주는군, 제럴딘은 생각했다. 세계의 상황에 대해 전보다 더 큰 근심을 안고 집으로 돌아가게 생겼네.

클래어 데이비도비츠는 단상 위의 원고를 간추리며 청중을 바라보았다. "여러분들 대부분은 땅도 살살 밟으라는 미국 원주민의 격언을 아실 겁니다. 그런데 우리가 우리의 별에 한 짓은 살살 밟지 않은 정도가 아니었죠. 유엔의 조사에 의하면 우리의 거대한 발자국은 생태공간의 83퍼센트를 인간의 필요와 활동을 위해 잡아먹고 있습니다. 한 종의 생물이 전 공간의 83퍼센트를 차지하고 있는 겁니다. 휴우! 인간은 같이 살던 다른 종들을 다 쫓아낸 덕에 생태계의 재생능력을 파괴하는 지경에 이르렀습니다. 바다와 강, 나무, 풀, 미생물, 곤충, 물고기와 새들…… 이들 모두가 정상적인 재생산 능력을 상실한 상태입니다. 작년에 유엔 과학자들은 평균적으로 볼 때 지구상의 생물종 중 절반이 30년 안에 멸종될 위기에 처해 있다고 예측했습니다. 라틴 아메리카의 열대우림과 같은 지역에서는 멸종될 종의 비율이 84퍼센트까지 치솟습니다."

말콤은 탄식을 내뱉었다. 미시간주 잭슨에 살던 열두 살 시절, 자연을 사랑하는 아이였던 그는 〈오드봉조류협회〉의 청소년부에 가입했다. 공군에서 전역한 뒤 활동을 재개했고 4년이 넘도록 협회가 오락을 위한 사냥을 변호하지 말고 자연보존운동에 진력할 것을 주장해왔다. 논쟁이 벌어질 때마다 그는 열다섯 살 때 아버지와 벌였던 끔찍한 말다툼들이 기억났다. 그는 아버지를 이길 수 없었고, 지금도 협회를 설득하지 못하고 있다.

클래어는 다시 단상 앞에서 멈춰 섰다. "그 거대한 발자국의 일부가 가스와 분진으로 이루어진 연무구름 형태로 특히 아시아를 두껍게 뒤덮고 있고 그보다는 덜 심하지만 나머지 전 세계 역시 뒤덮고 있습니다. 이는 열대우림과 곡물 쓰레기와 화석 연료를 태운 결과입니다. 작년의 일입니다만," 여기서 클래어는 털어놓듯이 말했다. "여러 과학자들이 베를린에서 만났습니다. 노벨상 수상자인 피에르 크루쳐와, 스웨덴 기상학자이자 유엔의 권위 있는 기후변화에 관한 정부 간 패널(IPCC)의 전 의장인 비노 버렌슨도 참석했습니다. 90년대 후반에 예상보다 빨리 지구 온난화가 진행되고 있다는 보고서들을 쏟아낸 사람들이죠. 이 과학자들이 경고하기를 오염된 연무구름이 파라솔 역할을 하고 있어서 1.8도의 기온상승을 막아주고 있다는군요. 이걸 역으로 보면 이 연무구름이 제거된다면, 생체에 매우 해롭고 오존층에 구멍을 내기 때문에 이 연무는 제거되어야 하지만 온실가스의 배출이 급격히 감소하기 전에 제거된다면 말입니다. 우린 모두 통닭이 되어버릴 겁니다.

그 모임이 있기 전에는 IPCC가 향후 50년간 최고 섭씨 5.8도의 기온 상승이 있을 것으로 내다보았죠. 그것만으로도 과학자들은 몬세라트와 상하이와 뉴델리는 물론 뉴욕과 밴쿠버까지 수장시킬 만한 양의 빙산이 녹아내릴 거라고 예상하고 있죠. 그 정도면 엄청난 태풍과 회오리와 얼음 폭풍과 홍수와 정체된 안개와 가뭄 등등 여러분이 생각할 수 있는 이상 기후가 총동원될 것은 자명합니다. 그런데 이젠 대강 계산해 봐도 섭씨 7도에서 10도의 기온 상승이 예상됩니다." 청중석에서 집단적으로 숨넘어가는 소리가 들렸다. 말콤도 그런 예상들에 대해 읽어본 적은 있었지만 의식적으로 그 의미에 대해서 생각하는 것을 피해왔다. 클래어는 그 문제를 정면 돌파하고 있었다.

"신사 숙녀 여러분," 그녀는 말을 이었다. "이제까지 그 정도 상황이 되었을 때 지구상의 생물들이 어떻게 될 것인지에 대한 예측을 내놓은 전문가는 없었습니다. 그냥 지옥만큼이나 뜨겁고 난폭한 기후가 될 것이라고만 해두죠.

왜 생태계가 파괴되어 가는지를 알면서도, 또 더 이상의 재난을 막을 수 있고 이미 가해진 피해의 상당 부분을 회복할 수 있는 기술적인 노하우를 가지고 있으면서도, 다시 말해서 스스로를 구할 수 있는 지식을 가지고 있으면서도, 우리는 자포자기식으로 파국을 향해 떠밀려 가고 있습니다." 클래어는 마지막 문장을 힘주어 말했다.

"왜? 그것은 우리가 친환경 기술을 위한 재정적, 법률적, 행정적 지원을 받지 못하고 있는 데 반해 기름과 가스와 석탄과 핵에너지를 이용하는 반환경 기술은 지원을 받고 있기 때문입니다. 친환경 기술을 확산시키기 위한 위와 같은 요건들이 갖추어지지 않는 이유는 정치인들이 지원을 거부하고 있기 때문입니다. 여러분들은 전국의 건물에 태양열에너지 패널을 설치하는 공공사업을 벌이자고 말하고 싶겠죠. 여러분들은 좋은 일들을 벌여서 한 방에 환경문제를 개선하고 싶어할 겁니다.

안됐지만, 그건 불가능합니다. 다른 더 중요한 일들이 있기 때문이죠. 우린 중동의 석유를 확보하기 위해 우리 젊은이들을 보내어 죽이고 죽게 해야 합니다. 그 덕에 5천억 달러의 빚을 졌죠. 태양열 패널이나 풍력 발전소 따위에 세금을 낭비할 수는 없는 노릇입니다." 청중들은 그녀의 말에 동조하며 웅성거렸다.

걸프전에서 경험했던 불과 유독물질의 바다는 말콤의 전역을 굳히게 한 결정적인 계기가 되었다. 그때의 기억은 지금까지도 고통스러웠다.

클래어의 머리카락은 조명을 반사해 등대처럼 빛났다. "우리 환경보호국과 환경보호 관련법규들이 공화당이 지배하는 백악관과 의회가 지원하는 음모에 의해 조직적으로 와해되고 있다는 사실을 알고 계십니까? 이건 사실입니다. 단적인 예로, 환경보호국은 수질오염을 감시하고 감독할 수 있는 컴퓨터 시스템을 가지고 있습니다만 너무 낡아서 제 기능을 할 수가 없죠. 그 때문에 수질보호법에 규정한 대로 허가하고 제재하는 일이 제대로 되고 있지 않습니다. 이를 개선하는 데 5백만 달러밖에 안 듭니다. 미국인 한 사람 당 2센트만 부담하면 건강한 삶의 기본인 깨끗한 물을 마실 수 있는 거죠."

말콤은 클래어가 목소리의 평정을 유지하려고 애쓰고 있지만 그녀의 속에서는 미국의 위선과 어리석음에 대한 분노가 타오르고 있음을 알 수 있었다. 그는 지속적으로 밀려드는 자장의 파장처럼 그녀의 지성을 느끼고 있었다. 그의 시선은 그녀에게 못박혀 있었고 제럴딘은 그 사실을 의식했다.

"왜 우리의 환경감시방어 장치는 이토록 뒤떨어진 것일까요? 제 생각으로 그 이유는 어떤 기술을 사용할 것인지에 대한 결정권이 대중의 손을 벗어나 있기 때문입니다. 미국의 민주주의는 전혀 작동하고 있지 않습니다. 세계무역기구, 세계은행, 거대 다국적 기업들, 미국 정부, 이런 조직들이 권력을 독점하고 있습니다. 그리고 이런 기구들이 우리가 환경기준을 만들어 나가는 속도보다 더 빠른 속도로 환경기준을 무너뜨리고 있습니다. 미국 정부는 대체적으로 보면 대기업 과두정권의 집행부서 기능을 하고 있습니다."

"맞는 말이야." 말콤은 씁쓸하게 중얼거렸다.

"그렇겠죠." 제럴딘은 시무룩하게 말했다.

"하지만 우리가 무슨 수를 찾지 못한다면," 클래어가 경고했다. "우리는 이 세상과 작별인사를 해 두는 게 나을 겁니다. 다국적 기업을 움직이는 동력은 스스로의 성장밖에 없기 때문입니다. 저대로 내버려두면 그들은 언제나 인간의 생명을 희생시키고 성장을 선택할 겁니다." 말콤은 카메네프와 코안다 건을 떠올리고는 낭비한 수년의 세월에 속이 쓰려졌다.

"신사 숙녀 여러분, 지금 우리가 필요한 것은 파괴적인 기술을 대체할 재정적인 뒷받침과 정치적인 수단입니다. 우리는 물문제를 이를 위한 기점으로 삼을 수 있을 것입니다. 오늘날 11억의 인구가 깨끗한 물을 누리지 못하고 있습니다. 개발도상국에서는 95퍼센트의 하수와 70퍼센트의 산업폐수가 정수되지 않고 강에 방류되고 있습니다. 우린 이미 가용한 신선한 물의 54퍼센트를 매년 사용하고 있습니다. 이 수치는 인구 증가율만 고려해도 2025년에는 70퍼센트로 증가할 것이고 개발도상국의 소비 수준이 선진국과 비슷해질 경우 90퍼센트에 달할 수도 있습니다. 물을 놓고 전쟁이 벌어질 것이며, 그 때문에 물 부족은 더 극심해질 것입니다. 사하라에서나 볼 수 있었던 물을 찾아 나선 피난민들이 미국 남부와 서부에서 발생하기 시작했으며 그 숫자는 얼마 안 가서 역사상 처음으로 전쟁 피난민의 숫자를 앞지르게 될 것입니다."

제럴딘은 전에 읽었던 통계자료를 떠올렸다. 그 자료에 의하면 미국인들은 잔디밭에 물을 주는 데에만 1주일에 2천 7백억 갤런의 물을 사용하고 있었다. 그녀는 정원의 식물을 토종 잔디와 꽃들로 바꾸고 스프링클러를 폐쇄해 버렸다.

"하지만 많은 곳에서," 클래어는 발언의 수위를 늦추지 않았다. "건설적인 일을 하고자 하는 사람들이 말도 안 되는 엄청난 손해를 입고 있습니다. 몇 달 전 맥시코 오악사카에서는, 페트로코 지사에서 방류된 폐수가 기형아 출산과 암을 포함한 심각한 질병을 일으켰다는 증거를 확보한 시의회가 페트로코사가 요구했던 제2공장 건설 허가를 승인해 주지 않았습니다. 이에 대해 북대서양자유무역협정 재판부는 2천만 달러의 벌금을 시에 부과했습니다. 시의 자치 정부가 협정의 제2장 내용을 위반했기 때문에 페트로코사가 기업활동 기회를 박탈당해 입은 손실을 보상해 주어야 한다는 것이었습니다." 대부분 이 사건에 대해 들은 적이 있었기 때문에 청

청중석에서 야유가 터져 나왔다.

"정말 유감스런 일이지만," 클래어는 결국 분노를 억누르지 못했다. "그와 같은 효과적이고 잔혹한 수법들이 환경주권을 무력화하기 위해 세계 곳곳에서 자행되고 있습니다. 태평양 연안의 북서부 지방에 살고 계신 여러분들에게는 물 부족 문제가 먼 나라 이야기로 들릴지도 모르겠습니다." 그녀는 목소리를 다시 낮추며 말했다. "하지만 여러분들도 물문제에서 자유로울 수는 없습니다. 곧 여러분의 물을 나누어 쓰자고 하는 다른 지역의 압력이 거세질 것입니다. 벌써 적어도 여섯 가지 계획이 중앙정부와 논의되고 있습니다. 여러분의 물을 선박이나 송수관을 이용해서 북쪽과 서쪽으로 옮기려는 계획이죠. 하지만 여러분 중 아무도 그 어느 계획에 대해서도 알고 계시지 못할 겁니다."

말콤은 그의 세대가 아이들에게 물려준 그리고 아이들의 아이들이 물려받게 될 세상의 모습에 마음이 몹시 언짢아졌다. 클래어 데이비도비츠가 생명력이 넘치는 환한 불꽃처럼 단상 위에 서 있는 모습이 다시 또렷해졌다.

"물문제를 해결하기 위해서는, 물을 누릴 권리는 모든 인간이 지닌 양도할 수 없는 권리라는 윤리를 다듬고 확산시켜야 합니다. 그리고 그 윤리가 의미를 갖기 위해서는 우리의 정치적 활동을 강화해야 하고 부자들과 그들의 청부업자들에게 빼앗긴 정부기관들을 되찾아 와야 합니다. 앞으로 우리가 살아남기 위해서는 민주적인 물 관리 체계를 만들어 나가야 합니다. 그것이 우리 자신과 우리의 아이들을 구하는 길입니다. 민주적인 물 관리 체계를 구상하고 만드는 일, 그리고 시와 주, 연방의 차원에서 이 문제를 정치적 이슈화하는 일은 모두 여러분의 몫입니다. 그리고 물만큼이나 중요한 땅과 공기의 문제도 같은 방식으로 행동을 통해 정치 쟁점화해 나가야 할 것입니다. 여러분의 동참을 부탁드립니다." 그녀는 마지막으로 숨을 들이키고 마무리했다. "감사합니다."

강연이 끝나고 질문 시간이 주어졌다. 그녀는 피곤을 이기려 애쓰며 한 번에 한 가지씩의 질문을 받았다. 클래어가 질문자들에게 보이고 있는 관심은 자발적으로 보이지 않았다. 집에 두고 온 남편과 아이들을 생각하고 있는지도 몰랐다. 말콤은 그녀의 손을 훔쳐보았다. 잘 그을린 강한 손이었지만 결혼반지는 보이지 않았다. 그는 용기백배하였다.

마지막 질문자가 떠나고 그의 차례가 되었다. 그는 손을 내밀며 말했다. "많은 것을 생각하게 하는 연설이었습니다. 저는 〈오드봉 조류협회〉의 워싱턴 로비스트입니다."

"그러세요?" 클래어의 따뜻한 손과 그의 서늘한 손이 얽혔고 감미로운 여운을 남기고는 떨어졌다. "만나서 반갑습니다. 많은 것을 생각하게 한다는 말은 제가 가장 듣고 싶어하는 칭찬입니다." 말콤이 웃었다. 클래어는 그의 얼굴에서 맑고 차분한 눈과 장난기 어린 미소를 보았다. 세월의 흔적이 남은 잘생긴 얼굴이었다. 그녀는 헐거운 청바지 속의 긴 다리와 날씬한 허리, 네이비 블루 티셔츠 속에 가려진 근육질일지도 모를 가슴, 자줏빛이 섞인 세련된 재킷을 보았다. 정말 멋지군. 그녀에게 이런 기분은 낯설었다. 클래어는 그의 왼손을 보았고 기분은 더욱 걷잡을 수 없어졌다.

"새들도 요즘 힘들죠." 말콤이 말을 시작할 수 있도록 화제를 전환했다.

"대단히 힘들죠. 그 문제에 관해 당신께 물어보고 싶은 게 있습니다. 환경위기와 새들의 운명에 관해서 당신이 다른 사람들과 나누고 싶은 생각이 있으실 것 같아서요."

"한두 가지 정도는 있을 수도 있죠." 클래어는 자기에게 집중하고 있는 진실한 말콤의 눈을 보았다. 눈길을 돌리기가 힘들었다. 그녀의 연애기술은 낡고 서툴렀지만 말콤이 제공하고 있는 기회를 잡기로 했다. "발이 너무 아프군요. 하루 종일 서 있었더니. 차나 술을 한 잔 하면서 이야기를 계속 할까요?"

아, 좋아요!라고 말하고 싶었지만 제럴딘이 있었다. "그러고 싶지만 오늘은 같이 온 친구가 있어서……" 그가 머뭇거리는 잠깐 사이 제럴딘의 표정이 확 변하는 것을 볼 수 있었다. "내일도 이곳에 계시나요? 점심 대접을 하고 싶은데."

클래어는 웃었지만 좀 더 조심스런 눈빛이었다. "아마 시간을 낼 수 있을 거예요. 그렇게 하죠." 클래어는 원고를 정리하고 나서 말콤을 돌아보았다. "자세가 아주 좋군요. 사립학교에 다니셨거나 군 경력이 있으신 거 같아요." 그녀가 웃으며 말했다.

말콤은 어쩔 수 없이 대답했다. "20년 동안 미 공군에 있었죠." 그녀의 놀란 눈이 동그래졌다. 말콤은 그녀의 시선을 계속 붙잡아두려 애쓰며 말했다. "내일 어디서 만날까요? 당신과 하고 싶은 이야기가 많아요. 새들에게 미칠 환경의 영향에 대해서."

그러나 클래어의 옅은 갈색 눈은 말콤의 시선을 넘어 다른 사람에게 고정되어 있었다. 예쁘게 생긴 제럴딘 모로우가 작심을 하고 다가와 자신의 소유물을 선언하듯이 말콤의 팔꿈치에 손을 얹자 클래어의 태도는 사무적으로 바뀌었다. "글쎄요, 맥퍼슨씨," 클래어는 차갑게 말했다. "현 군산복합체가 이끄는 방향으로 간다면 아주 빠르고 격심한 변화가 예상되는군요. 그렇지 않나요? 그리고 공룡보다도 더 급속한 멸종이 새들을 기다리고 있겠죠."

제럴딘은 클래어의 냉정한 목소리에 놀라 고개를 들어 말콤을 쳐다보았다. 그는 아무 말도 하지 못했다.

클래어는 빨간 스웨터를 집어 어깨에 걸치고는 서류가방을 들고 문에서 기다리고 있는 동료들에게 손을 흔들었다. 그러고는 눈에 띄게 스스로를 가다듬더니 억지웃음을 짓고 그들 쪽으로 돌아서며 말했다. "제가 좀 과민했죠? 너무 피곤하면 긍정적인 생각을 잃어버릴 때가 있어요. 와주셔서 고맙습니다. 좋은 시간이었기를 바라요."

6

늦은 밤 시간, 세르주는 사무실에서 눈 아래 반짝이는 도시를 내려다보며 자신이 할 수 있는 선택에 대해 생각해 보았다. 머리는 헝클어져 있었고 셔츠는 구겨진 채였으며 노란색 에르메스 넥타이는 풀어헤쳐져 있었다. 세르주는 물에 관한 자료들을 미친 듯이 읽어대고 있었다. 화장실에 있을 때나, 식사 중일 때나, 다른 문제들은 다 제쳐놓고 물문제에만 매달려 있었다. 카다피가 건설한 인공강과 후버댐, 아스완댐이 초래한 재난에 대해서까지 알게 된 지금 스스로 감당할 수 없는 지식의 바다에서 허우적대고 있었다. 수영하는 방법을 배워야만 했다.

그날 일찍, 세르주는 정부 고참 수문학 전문가이자 천연자원부 차관보인 피에르 가슬린과 만났다. 차가운 기술관료였지만 세르주의 아내 니콜이 양복쟁이라고 경멸적으로 부르는 부류는 아니었다. 가슬린은 하얗게 세기 시작한 머리카락의 모근에서부터 몸에 맞지 않는 베이지색 옷에 이르기까지 색깔이 없는 사람인 것은 사실이었다. 하지만 그 지방의 물길을 속속들이 꿰고 있는 전통적인 의미의 뛰어난 기술자였다. 제임스 만 프로젝트가 진행되었던 7년간 원주민들의 반대를 잘 이겨낸 경험이 있었다. 힘든 싸움을 극복할 수 있는 사람이었다.

세르주는 가슬린에게 비밀보장을 서약하도록 한 뒤 미국인들의 제안을 말해주었다. 그의 눈이 탐욕적으로 휘둥그레졌다. 가슬린은, 한때 유망하였으나 지금은 정체된 자신의 경력에 정점을 이룰지도 모를 기회를 본 것이다. "좋은데. 댐과 수로는 그리 큰 공사가 아니야. 물길에 큰 훼손을 주지 않고 가능할 것 같아. 특히 우리가 그 과정을 감독할 수 있다면. 확실히 해야 할 부분은 그거야. 그것만 보장되면 가능하다고 봐."

세르주는 이것이 좋은 소식인지 나쁜 소식인지 알 수가 없었다. 세르주는 가슬린을 보내고 헬너 페레이라라는 이름의 젊은 수문학자를 불러들였다. 헬더는 세르주의 어머니가 고용한 포르투갈 가정부의 아들이었는데 세르주의 소개로 환경부에서 일하게 된 사람이었다. 그는 은인을 매우 존경했고 퀘벡의 자연을 진심으로 사랑하고 있었다. 헬더는 세르주가 가능하다는 답변을 원한다는 가정 하에 그의 말을 주의 깊게 들었다. 하지만 헬더는 어쩔 수 없이 불가능하다는 대답을 할 수밖에 없었다.

"세르주씨," 헬더는 진지하게 말했다. "심각한 환경훼손 없이 그런 프로젝트를 성사시킬 방법은 없습니다."

"정말인가? 자네보다 경험이 많은 수문학 전문가는 그렇게 말하지 않던데. 확실한가?"

헬더의 크고 검은 눈은 미안한 기색이었다. "수자원의 재생능력을 심각하게 훼손하지 않고 그렇게 많은 물을 채취하는 것이 가능하다고 하더라도, 저는 이 또한 대단히 의심스럽고, 엄청난 결과를 가져올 수도 있기 때문에 좀 더 연구를 해 보아야 하겠지만 어쨌든 상당히 좋지 않은 영향을 끼칠 것입니다."

"그건 왜지?"

"사업에 필요한 수로 변경과 댐의 건설만으로도 상당한 훼손이 되니까요."

"하지만 대규모 수로나 댐을 짓는 건 아닌데."

"그래도 그 지역의 곤충과 물고기와 새들과 포유류들의 생태를 교란시킬 겁니다."

"피에르 가슬린은 거기에 대해 아무 말도 하지 않았어."

"이 문제는 이제 잘 알려진 문제입니다. 미국에서는 육군기술단조차도 농경용수를 대규모 공사를 통해 지속적으로 공급하기보다는 기존 댐과 수로를 이용해서 계절에 따라 변화하는 물의 공급을 모방하기로 동의했습니다. 이 때문에 농업인들과 환경단체 사이에 큰 마찰이 있었죠. 미주리 강 유역에서 있었던 갈등에 대해 읽어보신 적 없으십니까?"

"어쩌다 보니 읽어보지 못했군." 세르주는 쓸쓸하게 말했다. "하지만 헬더, 우리도 똑같이 할 수 있지 않나? 계절에 따른 물 공급 말이야."

"아마도." 헬더는 의심스럽다는 투로 말했다. "하지만 취수의 속도가 수출 수요에 의해 지배된다면 그렇게 되기는 힘들 겁니다."

헬더가 가고 난 뒤, 세르주는 전화를 걸어 가슬린에게 헬더의 소견을 말해주었다. 그는 쓸데없는 걱정이라고 일축했다. "계란을 깨지 않고 오믈렛을 만들 수는 없잖아? 숲은 다시 자라게 되어 있어. 훼손은 관리될 수 있고 결국은 치유되지. 그는 허무맹랑한 이상주의자야, 세르주. 자기가 무슨 말을 하고 있는지도 모르는 사람이라고."

세르주는 일을 마무리하고 직원들이 퇴근하는 소리를 듣고 있었다. 그의 본능은 좀 더 현대적이고 아전인수격 논리가 배제된 헬더의 견해에 더 믿음이 갔다. 하지만 가슬린의 긍정적인 평가가 나온 이상 그 제안을 정부에 제출하지 않을 방법은 없었다. 따라서 어느 장관을 찾아가느냐의 문제만 남은 셈이었다. 여러 가지를 고려해야 하는 아주 미묘하고 위험부담이 큰 선택이었다.

결국 가장 그럴 듯한 후보는 돈주머니를 쥐고 있는 사람일 수밖에 없었다. 세르주는 단단한 몸에 회색 양복을 입고 늘어진 턱살에 시가를 항상 물고 있는 로베르 코베이 경을 떠올렸다. 그는 퀘벡주 재무장관이었다. 코베이는 무조건 이 프로젝트를 받아들일 것이다. 그렇게 되면 아무도 예산상의 문제를 들어 반대할 수는 없게 될 것이며 세르주가 선택한 사업파트너들에 대해서도 이의제기를 할 수 없게 될 것이었다. 내각 내의 마찰은 코베이의 의지만 확고하다면 결국은 문제될 것이 없었다.

코베이는 자유무역법과 북대서양자유무역협정, 지구의 반구를 하나로 묶는 미대륙자유무역협정의 열렬한 지지자였다. 그가 이 프로젝트에 호의적일 것은 뻔했다. 게다가 오타와 연방정부의 자유당 수상은 퀘벡의 자원을 파는 흥정에 기꺼이 나설 것이었다. 퀘벡당은 영토권을 행사하기 위해 오타와보다 서둘러 선수 조치를 취할 필요가 있었다. 다행히도 코베이의 자존심은 그럴만큼이나 강했다. 세르주는 전화를 걸어 재무장관에게 메시지를 남겼다. 그리고 트렌치코트를 입고 4월의 습한 밤에 대비해 털목도리를 둘렀다. 이틀 후면 니콜이 돌아온다, 그는 텅 빈 홀을 걸으며 생각했다. 어느 쪽으로든 결정될 때까지는 니콜에게 아무 말도 하지 않을 작정이었다.

니콜이 지치고 피곤한 몸으로 파리에서 돌아왔을 때에는 4월 중순의 눈 섞인 비가 그녀의 집 처마에 달린 커다란 고드름을 녹이고 있었다.

세르주는 봄 백합과 캐설레이(cassoulet, 프랑스 돼지고기 스튜 - 옮긴이)와 따듯한 벽난로로 그녀를 맞이했다. 하지만 니콜 눈에 비친 그는 생각이 다른 곳에 있었고 과민해 보였다. 그녀의 마음 역시 업무와 관련된 일들로 가득 차 있었다. 그래서 긴 부재 뒤에 뒤따라야 할 뜨거운 포옹 대신 형식적인 포옹을 교환하고는 곧바로 잠자리에 들었다.

다음날 니콜은 아침 일찍 대학병원으로 갔다. 그녀가 라발 대학에서 주재하는 유기오염물질의 전염성에 관한 연구는 보르도 대학에도 본부를 두고 있는 다국가 연구프로젝트의 일부였다. 유럽 동료들과의 만남은 성공적이었지만 그 덕에 퀘벡에서의 연구는 뒤쳐져 있었다. 그녀는 긴 그림자를 늘어뜨리며 집으로 돌아왔다. 세르주는 보이지 않았다. 오븐에는 뜨거운 음식이 있었고 조슬린은 퇴근한 뒤였다. 다시 예전의 일상으로 돌아온 것이다.

니콜은 청바지와 스웨터로 갈아입고 와인 한 잔을 마신 다음 파리 주소가 적힌 쇼핑백에서 세라믹 그릇을 꺼내 몬트리올에 사는 절친한 친구 실비 라크르와에게 부칠 준비를 했다. 그녀는 포장지를 찾기 위해 2층 자신의 서재로 올라갔다. 포장지를 보관해 둔 가방이 보이지 않았다. 다시 아래층으로 내려와 세르주의 서재에 있는 벽장의 주름문을 열었다. 큰 비닐 쇼핑백이 꼭대기 선반에서 그녀의 머리 위로 떨어져 바닥에 서류들을 잔뜩 쏟아냈다. 니콜은 그것들을 모아서 다시 가방 안에 주워 담으려다가 지도 뭉치를 보게 되었다. 궁금증이 발동해 그 중 하나를 펴서 읽어보았다. '퀘벡 지역 하천 지형과 해수 합류 지점'

"이상한데." 니콜은 자신이 찾던 다른 가방을 발견했지만 방금 읽은 내용을 생각하며 소리 내어 중얼거렸다. 세르주의 새로운 관심사? 그녀는 지도들을 제자리에 넣어 놓고 포장지를 들고 자신의 서재로 돌아왔다.

기다려도 세르주가 돌아오지 않자 니콜은 저녁을 먹으러 아래층으로 내려왔다. 부엌 카운터 위에 놓인 텔레비전을 켜고 날씨 채널로 돌렸다. 미니스커트 차림의 늘씬한 금발이 – 일기예보에 미니스커트는 또 뭐람 – 미 대륙 전역에 걸친 일기예보를 들려주었다. 구겨진 리본처럼 보이는 제트기류는 오클라호마와 알라바마에 이르기까지 영하의 기온과 함께 급하강하더니 중서부에서는 급상승하여 토론토에서 최고기온을 기록하였다. 그곳에서는 꽃들이 때 이르게 만개하고 있었다. "오늘 밤에 오대호 동쪽과 북쪽에서 약간의 강수가 예상되지만, 기상 전문가들은 이번 겨울에 중서부와 마찬가지로 동북부도 가뭄에 해당되는 기후를 보일 것이라고 내다봤습니다."

나에게는 지겨운 소식이군, 니콜은 텔레비전을 꺼버리고 서재로 가 최근 로렌스강의 통계수치를 들여다보았다. 일기예보만큼이나 나쁜 수치들이었다.

니콜은 현관문이 열리는 소리를 들은 것 같았지만 세르주의 목소리는 들리지 않았다. 그래서 그녀는 카펫이 깔린 계단을 내려왔다. 남편의 외투가 난간에 걸려 있었지만 부엌과 거실의 불은 꺼진 채 조용했다. 니콜은 뒤쪽에서 들려오는 세르주의 목소리를 따라 그의 서재로 갔다. 문은 반쯤 열려 홀에 그림자를 드리우고 있었다.

"최소한의 환경 규제가 이번 프로젝트의 시작 단계부터 포함되어야 한다고 말씀드렸잖아요." 세르주의 목소리에는 가시가 돋아 있었다. 잠시 듣고 있더니 다시 말했다. "전문가의 의견은 들었습니다. 선임 전문가는 가능하다고 생각하지만 후임은 그렇게 생각하지 않아요." 잠시 침묵 뒤. "그래요, 재무부 장관을 만나서 프로젝트에 참여할 사기업을 물색해도 된다는 허락을 받았고 동시에 환경영향도 면밀히 검토하라는 지시도 받았습니다." 사실 코베이는 가슬린이 괜찮다고 하면 자신은 그것으로 족하다고 말했다. 하지만 세르주는 이 문제에 대한 협상력을 유지하고 싶었다.

"이렇게 한번 생각해 봐요, 빌. 우리가 어떤 합의에 이르던 결국 WTO나 어쩌면 유엔의 심판을 받게 될지도 모릅니다. 제대로 하는 게 좋습니다." 다시 침묵이 뒤따랐다. "물론 당신을 협박하겠다는 게 아닙니다. 계획은 이곳에서 실현 가능해야 하고 그러려면 적어도 순전한 강간 내지는 약탈로 비치지는 않아야 한다는 이야기를 하고 있을 뿐입니다." 무슨 일일까? 니콜은 놀라서 생각했다. 다시 침묵이 뒤따랐다. "당신도 애들이 있잖습니까, 빌?" 누구랑 이야기하는 거지? "아니요. 하지만 전 조카들이 있어요. 당신처럼 날카로운 지적 능력을 가지신 분이 어째서 이용하려는 자원의 훼손을 막는 일에는 그렇게 소홀하실 수 있는지 정말 알 수가 없군요."

 니콜의 머리는 궁금증으로 가득 찼다. 하지만 세르주는 "알겠습니다" 하더니 전화를 끊어버렸다. 그가 의자에 기대어 달빛에 빛나는 정원을 내려다보는 동안 니콜은 벽에 바싹 붙어 귀를 쫑긋 세우고 무슨 일인지 추측해 보았다. '환경 규제? 순전한 강간 내지는 약탈? 세르주는 도대체 어떤 일에 말려든 걸까?' 그러다 갑자기 엿듣고 있다는 사실이 부끄러워졌다. 니콜은 위층으로 조용히 올라왔다. 남편이 옷을 벗고 침대로 들어와 그녀를 껴안고 무슨 전화였는지 이야기해주기를 기다리기로 했다. 하지만 정작 30분이나 지나서 올라온 세르주는 몇 가지 잡무 때문에 다소 늦어진 것에 대해 사과했을 뿐이다. 물어보고 싶었지만 최근 몇 달 동안 너무 다툼이 잦았기 때문에 엿들었다는 사실을 인정하고 싶지 않았다. 세르주는 잘 자라고 키스하고는 불을 껐다. 니콜은 궁금증에 잠들지 못했다.

 그릴은 뉴욕 파크 애비뉴 아파트에 사는 번팅 허스트에게 전화를 걸었다. 은행가와 그의 아내는 침대에서 독서를 하고 있었고 서재에서 울리는 휴대폰 소리를 못 들을 뻔했다.
 "방금 세르주와 통화했는데 일을 진행한다는구먼. 세르주는 돈줄과 그 지역을 잘 아는 건설업자를 엮어 줄 모양이야. 그쪽 선임 수문학 전문가가 우리 제안을 발표하기 위해 다듬고 있는 모양이네. 그 두 가지가 준비되면 내각에 제출할 예정이라고 하네. 그리고 이건 모두 비밀리에 진행되고 있고."
 "와," 허스트가 말했다. "대단한 걸. 나는 그 사람들이 우리더러 알아서 하라고 손을 뗄 줄 알았는데 말이야."

"그들에게도 이익이 된다는 걸 파악한 거지. 내가 그럴 거라고 했잖아. 그들이 스스로 하지 않으면 누군가는 그들 대신 할 일이거든. 알고 싶은 건 조사해 봤나?"

"응. 요 전날 가보 메줄리와 사적인 잡담을 좀 나눴지. 내가 이 문제를 제대로 파악하고 있는지 알고 싶어서. 그리고 내가 사용할 수 있는 투자 자금에 대한 분석을 거의 마쳤지. 하지만 가장 중요한 의문은 정치적인 거야. 정말 그 사람들이 민영사업을 할 준비가 되어 있나? 저항이 없겠느냐고?"

그릴은 성마른 한숨을 내쉬었다. "저항은 없어. 환경문제로 좀 골치 아프긴 하겠지. 하지만 충분히 처리할 수 있네. 괜찮을 걸세, 허스트. 난 워싱턴 사람들과 만나볼 생각이야. 비토리오, 리치, 닉에게도 함께 가자고 청할 거야. 버니는 바젤에 갈 거고, 윌버는 리비아로 가서 그쪽 송수관 기술을 검토하고 있어. 가능하면 다음 주 초에는 갈 거야. 우리가 필요로 하는 정치적 지지를 얻고 본격적으로 일을 진행시키는 거지."

"빌," 허스트가 심각하게 말했다. "한 발 더 내딛기 전에 다시 한 번 강조하지만, 실수는 절대로 안 되네. 소동이 일어나선 안 돼. 난 150퍼센트 확신이 서야겠네. 우린 수십억 달러짜리 사업을 하고 있는 거고 그만한 돈이 의미하는 다른 많은 것들도 걸려 있는 거네. 정말 안전한 건가?"

"반석처럼 안전하지."

"좋아," 허스트는 받은 숨을 내쉬며 말했다. "나도 투자하지. 안전하다면 이건 황금알을 낳는 거위니까."

그릴은 인사와 함께 전화를 끊고 커다란 적갈색 가죽 독서의자에 앉아 발을 오토만 위에 얹었다. 그리고 《극동 경제 리뷰》라는 잡지를 펼쳤다. 하지만 독서에 집중할 수 없었다. 퀘벡 프로젝트는 정말 거대한 사업이었다. 정말 아주 큰 사업. 생각만 해도 가슴이 뛰는 것을 어쩔 수 없었다.

서재 문이 빠끔히 열렸다. "당신 괜찮아요?" 문 틈으로 두건을 쓴 머리를 디밀며 사라가 물었다. 그릴에게 그녀는 우아하게 나이를 먹은 그레이스 켈리를 연상시켰다. 어깨에 '만지지 마시오'라는 표지판이 붙은 도자기나 금붙이 인형 같았다. 그들이 각방을 쓰기 시작한 뒤로 서로 살을 맞댄 지도 어언 수년이 흘렀다. 그녀는 섹스에 별 관심이 없었고 사실 그도 마찬가지였다. 아주 오래 전, 한때는 그도 도쿄나 홍콩의 환락가에서 돈을 물 쓰듯 한 적도 있었다. 이제는 아니었다. 결혼 뒤 5년 동안 아기를 갖기 위해 노력했지만 수포로 돌아가고 이제 더는 그 때문에 스트레스를 받지는 않기로 했다. 아버지와의 관계가 고문에 가까웠고 아이들도 별로 좋아하지 않았기 때문에 자식이 없다는 사실에 대해 별로 섭섭히 여기지 않았다.

어린 시절 아버지의 칭찬을 듣기 위해 노력한 대가로 그가 받은 것은 상처뿐이었다. 대개의 경우 아버지는 그가 아예 보이지도 않는 듯이 행동했다. 빌이 아이비리그 경제학 학위를 얻고 돌아와 가족 사업에 참여하기 시작했을 때에야 비로소 아버지 헨리는 그를 인정하고 함께 일하기 시작했으며 마침내는 자신과 동등하게 대해주었다. 그리고 아버지가 노쇠하자 그릴은 자리를 빼앗아 버렸다. 아버지는 그릴이 최고경영자와 이사장 자리를 차지한 뒤 몇 주 안 되어 심장마비로 죽었다. 이제는 엄청난 제국이 되어 버린 회사의 독재자로 군림하며 아버지를 훨씬 능가하는 경제력과 권력, 지배력을 역사에 남기고자 했다.

사라는 그에게 동부 해안의 귀족들과 워싱턴의 실세들을 연결시켜 주는 고리였다. 그녀는 황비로서의 역할을 잘해 주었고 뛰어난 여행 동반자가 되어 주기도 했다. 건축 잡지에서 튀어나온 것처럼 그의 일부를 안성맞춤으로 채워주고 있었다.

"난 괜찮아, 사라. 고마워."

"그럼, 잘 자요, 여보."

"잘 자, 사라." 그는 의자에 앉은 채 대답했다.

사라는 다소 불안정한 걸음걸이로 계단을 올라가 그녀만의 공간인 푸른 사과빛 스위트 침실로 돌아갔다. 그녀는 진과 토닉을 목욕물에 섞었다. 그것이 없으면 잠이 오지 않았다. 진과 목욕물에 눈물을 섞으며 그녀는 자문했다. 도대체 그에게 '좋은 아침이야, 여보.' '잘 자, 여보.' '시카고에 있는 휘트니 부부를 만나러 가. 목요일에 돌아 올 거야, 여보.' 이런 말들 이상을 해 본 지 얼마나 오래 된 걸까?

사라는 남자에게 관심을 가져 본 적이 별로 없었지만, 건축 인테리어를 좋아했고, 온천욕을 즐겼다. 그리고 어머니가 돈과 집 같은 것을 밝혔기 때문에 그릴과의 결혼에 동의했다. 그녀는 최근에 있었던 어머니의 장례식을 기억하며 더 많은 눈물을 흘렸다. 내가 동의를 한 것은 사실이에요, 어머니. 그의 집을 지키고, 여주인 노릇을 하고, 그 대가로 내가 원하는 것을 얻었죠. 하지만 전 그가 싫어요! 그녀는 값비싼 화장품 여러 종을 몇 겹으로 바르고 관 속의 처녀처럼 침대에 누웠다.

7

 금요일 밤 8시, 시애틀의 말콤은 아직 사무실에 있었다. 창 밖으로는 어둠이 내리고 있었고 끝물인 벚꽃들은 옅은 안개를 뒤집어쓰고 있었다. 그는 손에 쥔 연필을 빙그르 돌렸다. 다시 일을 시작하려 했지만 책상 위에 놓인 다른 프로젝트에 집중할 수 없었다. 더는 그의 관심을 끌 수가 없게 된 일들이었다.
 말콤은 아들의 대학원 학비와 딸의 박사후과정 학비를 대는 데에 얼마가 드는지, 루시의 생활비로 얼마가 드는지 생각해 보고, 그가 가본 지 너무 오래된 케스케이즈의 오두막에 대해서 생각해 보았다. 또 군산복합체에서의 자신의 위치를 생각해 보았다. 그는 공식적으로는 퇴역 군인이었지만 여전히 군산복합체의 일원이었다. 자신이 얼마나 카메네프를 싫어하는지, 그리고 이제는 자신의 일마저 싫어하게 된 것에 대해서 생각해 보았다. 문득 클래어 데이비도비츠가 생각났다. 클래어가 잔잔한 늪지에 뜬 새들의 소리를 좋아하는지, 개나 고양이를 키우는지 궁금해졌다. 말콤은 손목시계를 들여다보고는 서둘러 책상을 정리하고 자리를 떴다.
 엘리베이터를 타러 가는 길에 회의실에서 흘러나오는 불빛을 보았다. 이상하군, 말콤은 그쪽으로 다가갔다. 대령의 목소리에 이어 다른 사람들의 목소리를 들었다. 말콤은 걸음을 늦추고 복도의 어둠 속에 멈춰 섰다. 유리문을 통해 세 사람을 볼 수 있었다. 한 사람은 양복 차림, 다른 한 사람은 가죽 재킷, 또 다른 한 사람은 스웨터를 입고 있었다. 평상복 차림의 어린애 같은 얼굴을 보자 누구인지 알 것 같았다. 세상에, 말콤은 생각했다. 앤드류 앨버트 스틸러잖아. 《타임》이나 《뉴스위크》의 표지에서 수없이 여러 번 본 그

대로였다. 그가 여기서 뭘 하는 거지?

"무진장 엄청난 양의 물이군." 카메네프 대령의 또렷한 목소리였다.

"세기의 기회이지." 가죽 재킷이 말했다. "발생될 수익을 생각하면 믿기지 않을 정도지."

"좋아, 나도 끼지." 대령이 서둘러 대답했다. "문제없어."

"나도 좋아." 말콤은 스틸러가 말하는 모습을 분명히 볼 수 있었다. "어차피 누군가가 할 일이라면 그게 우리가 되지 말라는 법은 없잖아. 쓰고 있는 컴퓨터에 문제는 없나?"

말콤은 돌아서서 조용히 복도를 걸어 나갔다. 카메네프가 다른 꿍꿍이를 벌이고 있다는 사실이 - 그것도 물과 관련된 비밀스러운 사업을 말이다 - 그를 돌아버리게 만들었다. 그는 엘리베이터를 타고 일층으로 내려와 퇴근부에 사인을 한 후, 북쪽 방향으로 I-95번 도로를 타고 시원한 봄비 속을 달렸다.

말콤의 집은 대학 지구의 북쪽 끝에 위치한 널빤지 지붕의 방갈로였다. 그는 주변의 오래된 나무들과 브로드웨이의 소수민족 음식점들과 서점들을 좋아했다. 보니와 클라이드는 '주인님 너무 늦었어요.' 하는 표정으로 거실 유리문 앞에서 말콤을 기다리며 앉아 있었다. 말콤은 맥주 한 잔을 따른 다음 녀석들과 잠시 놀아주었다. 클라이드는 종이를 구겨서 만든 공에 달려들거나 가지고 오는 놀이를 좋아했는데 그러는 동안 집 안의 집기들을 모조리 쓰러뜨려 놓곤 했다.

말콤은 몰리와 마이클의 자동응답기에 메시지를 남겼다. 전날 밤 그는 마이클과 통화를 했었는데 요즘 아들을 괴롭히는 것이 컴퓨터 앞에 앉아 보내야 하는 끝없는 시간들뿐이라는 사실에 안도

했다. 침대 밑에 둔 바벨을 꺼내어 운동을 했다. 침대는 채광창 아래에 있었는데 채광창을 통해 별들과 구름들을 매일 밤 관찰했다. 그는 맥주 한 잔을 더 따르고 파스타를 한 접시 만든 후, 자동응답기에 남겨진 메시지를 들었다.

"산책이나 같이 안 할래요?" 제럴딘의 밝은 목소리였다. "전화해요."

그는 침대에 들어 올리비아 E. 버틀러의 신작 소설을 두 챕터 정도 읽었다. "무진장 엄청난 양의 물이군" 하던 카메네프 대령의 말이 그의 머릿속에서 울려 퍼졌다. 그는 오랫동안 빗소리에 귀를 기울였다.

월요일 아침 말콤은 일찍 출근해서 아직 비어 있는 코라의 책상으로 갔다. 코라의 메모꽂이에서 그가 찾고자 했던 것을 발견했다. "메줄리, 스틸러, 금 20:00"라고 적힌 짤막한 메모였지만 그가 필요했던 정보는 다 들어 있었다. 자신의 사무실에서 그는 컴퓨터를 켜고 검색을 시작했다. 그가 찾은 첫 번째 메줄리는 이름이 팰인 암허스트 매사추세츠 대학의 화학 교수였다. 그의 이력은 열 페이지에 달했다. 아주 인상적이었다. 두 번째 메줄리는 팰의 동생이 확실한 가보였는데 시애틀에서 대규모 물 사업을 하는 큰 토목회사의 경영자였다. 회의실에 있었던 사람이 가보 메줄리라면 도대체 카메네프 대령, 스틸러와 함께 무슨 일을 꾸미고 있는 것일까?

전화가 울렸다. 말콤의 두목이었다. "워싱턴에서 회의가 있네." 대령은 짤막하게 말했다. "수요일까지 머물면서 옛 친구 몇 사람을 만날 거야. 월요일과 화요일 회의를 맡아주게. 부탁하네."

또군, 말콤은 생각했다. "워싱턴에는 무슨 일입니까?"

"별일 아냐." 대령이 가볍게 대답했다. "노스웨스트 계약 건에 기름칠 좀 하려고."

거짓말이야. 기름칠할 일은 없었다. 비밀리에 기업 인수라도 추진하고 있는 것일까?

"제가 할 일이 뭐죠?"

"시장이 경기장 지으려고 나한테 돈을 요구해. 회사 차원의 지원과 현금 기부까지. 아무 약속도 하지 말게. 스포츠 얘기나 하라고."

"제가 좋아하는 화제죠."

대령은 그의 빈정거림에 아무 반응도 보이지 않았다. "그리고 델타하고 사전 협상을 해. 가능하겠는지 타진해 보라고."

"그 파일은 아직 저에게 넘겨주지도 않았잖아요. 그들이 뭘 원하는지도 모르고 있다고요."

"내가 메모한 내용이 노트북에 있어. 그걸 다운 받아서 즉흥 연기를 좀 하라고. 그리고 중국인들과 만날 때 필요한 서류도 좀 챙겨줘." 그는 오는 팔월 싱가포르에서 인민해방군 장군들과 만날 예정이었다. 인민해방군은 벌써 수년 동안 전면 재무장을 위해 대량 살상무기들을 사들이고 있었다. 말콤의 입장에서는 특별히 불쾌한 계약이었다.

"전 중국인들과의 거래는 맡지 않기로 얘기된 걸로 아는데요."

"미안하네, 말콤. 급한 일이라서. 가봐야겠네." 대령은 전화를 끊었다.

빨리 퇴직금이나 챙겨야겠군, 더 있다가는 대령을 죽여 버릴 것 같아.

카메네프 대령의 노트북을 찾아 서성이다가 말콤은 파일 캐비닛 위에 놓여 있는 노트북 가방을 발견했다. 처음 보는 것이었는데 아주 번쩍거렸으며 매우 얇았다. 카메네프는 노트북을 바꿨다는 이 야기는 안 했는데, 말콤은 컴퓨터를 켜며 생각했다. 예전 비밀번호 '알지'를 쳐 넣었지만 들어갈 수 없었다. '사이버크립트'라는 작은 로고가 오른쪽 아래 모서리에서 깜박거렸다. 저게 뭐지? 제길, 그는 화가 났다. 닉이 비밀번호를 바꿔 놓고 나에게 알려주지 않은 거야.

그는 잠깐 생각하다가 '코르벳'이라고 쳐 보았다. 역시 안 되었다. 카메네프의 독일산 사냥개 이름 '한스'도 시도해 보았다. 그랬더니 컴퓨터가 아예 액세스를 거부했다. 그는 낮은 소리로 욕을 하면서 컴퓨터를 껐다가 켰다. 이번에는 카메네프가 그의 비행기에 붙인 이름인 스피드를 쳐 넣었다. 아니었다. 그래서 좀 더 가족적인 방향으로 시도해 보기로 했다. 카메네프의 아내 '헬렌'도 거부당했다. 그의 아들 '닉 주니어'도 마찬가지였다. 이 정도면 대단한 충성심이지? 말콤은 컴퓨터를 다시 켜며 생각했다. 세 번째 시도에서도 실패하면 아마 컴퓨터는 더 이상 그에게 기회를 주지 않을 것이었다.

말콤은 닉 카메네프 대령의 배경에 대해서 좀 알고 있었다. 그의 조부모는 백러시아파였고 사촌의 볼셰비키 투항과 혁명에 질겁하여 미국으로 도피했다. 아버지는 아들을 냉정한 전사로 키웠다. 말콤은 대령이 겪은 진짜 전쟁은 뜨거운 전쟁 - 베트남전이었다는 것을 알고 있었다. 둘은 그 전쟁에서 만났다. 말콤은 무기전략관으로 멍키 산에서 주둔하던 중 카메네프와 그의 부하들을 구조하는 작전을 기획했다. 카메네프는 그때 대령으로 진급했다.

그래서 이번에는 베트남전 시절 카메네프의 무선호출부호를 쳐 넣었다. '사르공 하나' 그랬더니 짠, 운영시스템 안으로 들어가 있

었다. '안녕하세요, 카메네프 대령' 스크린 위에 뜬 글자였다. '당신의 암호를 입력하세요.'
"이건 또 뭐야!" 말콤은 소리쳤다. "또 무슨 암호?"
"저한테 뭘 물어보셨나요?" 바깥 사무실에서 코라가 물었다.
"아니, 아무것도 아니야." 노트북을 닫고 파일 캐비닛 위에 도로 올려놓았다. 분명히 그것은 대령이 사용하던 컴팩 노트북의 대체물이 아니었다. 다시 사무실을 살펴보다가 소파 위 업계 잡지들 밑에 숨어 있는 친숙한 노트북을 발견했다. 말콤은 자신의 사무실로 돌아가 두 시간여 동안 업무를 처리했다. 그러고 나서 사이버로닉스사의 러셀 제퍼슨에게 전화했다.

조명은 어두웠고 머리 위에 달린 스피커에서 색소폰이 구슬프게 울었다. 제임스바의 유리창에는 비가 퍼붓고 있었다. 러셀 제퍼슨은 말콤의 맞은편에 앉아 있었다. 열다섯 살이나 아래였지만 제퍼슨은 말콤이 시애틀에서 찾은 가장 훌륭한 벗이었다. 하이킹 동반자로서도 술친구로서도.
"좋은 옷인데." 말콤은 러셀의 크림색 이탈리아 양복을 보며 말했다. 옷은 러셀의 크고 우아한 몸에 장갑처럼 딱 맞았다.
"고맙습니다." 러셀이 말했다. "그 여자 멋지던데요."
"응?" 말콤이 놀라 주변을 둘러봤다. "무슨 여자?"
"강연장에 같이 왔던 사람 말이에요."
"제럴딘 말이구나." 말콤이 웃었다. "그냥 친구야."
"정말요?" 러셀은 믿기지 않는다는 듯이 눈썹을 치켜올렸다. 말콤은 어깨를 으쓱했다. "그럼 다음번에 그 여자가 그냥 친구 사이로 당신을 방문할 때 나한테 연락 좀 줘요."

"그러지. 무슨 일 때문에 연락한 것 같아?"

"수수께끼는 사양해요. 그냥 말해요."

"카메네프가 바릭 계약을 파기하고 코안다 건을 제쳐버렸어."

"뭐라고요?" 러셀은 말콤의 꿈에 대해 속속들이 알고 있었다. 그들은 친구로 지낸 지난 7년 동안 끊임없이 그것에 대해 이야기했다. 러셀은 말콤과 함께 꿈을 꿨고 일을 통해서 사회에 실질적으로 기여할 수 있는 가능성을 잡은 그의 친구를 부러워했다.

"말한 그대로야."

"언제요? 도대체 왜요?"

"지난주에. 그리고 난 그 이유조차 몰라. 그냥이야. 아마 국방부 계약만으로도 너무 배가 불러서 필요 없었나 보지 뭐. 그래도 난 이해가 안 가. 황금광이나 다름없는데 말야."

"맙소사." 러셀은 동정심을 느끼며 말했다. "어떻게 할 셈이에요?"

"조만간 나올 생각이야. 거기까지만 정했어. 퇴직금이나 왕창 챙겨야지."

"유감입니다. 당신을 위해서나 우리 모두를 위해서나."

잠시 동안 둘은 말이 없었다. 죽은 자를 위한 묵념이라도 올리듯, 빗방울이 유리창에 장송곡을 두드리며 흘러내리고 있었다.

"그건 그렇고," 마침내 말콤이 입을 열었다. "어제 저녁 클래어 데이비도비츠란 여자의 연설 어땠어?"

"글쎄요, 즐거운 내용은 아니었죠." 러셀은 맥주 한 모금을 들이켰다. "독극물 오염, 멸종위기의 생물, 물 부족, 세계를 파괴하고 있는 부자들, 우리가 돋보기 밑에서 타죽는 개미들 꼴이 될 것이라는 것 등등. 뭐, 다 맞는 말들이잖아요."

"맞아," 말콤은 맥주를 죽 들이켰다. "상당히 기분 나쁜 얘기지."

"기분 나쁜 정도가 아니죠."

"그래. 자네한테 묻고 싶은 게 있네, 러셀."

"해봐요."

"사이버크립트가 뭐지?"

"……! 사이버크립트에 관해서는 누구에게 들으셨죠?"

"자네가 그게 뭔지 이야기해 준다는 것과 이 이야기를 다른 사람에게 하지 않는다는 것을 약속하면 말해주지."

"1분 전까지만 해도 지옥의 묵시록 분위기였는데 이거랑 무슨 관련 있는 건가요?" 러셀이 물었다.

"약속하나?" 말콤은 다그쳤다.

"그래요. 약속하죠."

"카메네프의 사무실에 있는 노트북에서 사이버크립트 로고를 봤네. 전에 보지 못했던 소니 VAIO 새것이었네."

"무슨 컴퓨터라고요?" 러셀의 목소리가 높아졌다. "오늘 절 아주 여러 번 놀라게 하시는군요."

"카메네프 대령의 사무실에서 발견한 소니 VAIO에서."

"그게 왜 거기 들어가 있지?"

"그게 내가 자네에게 하는 질문이야."

러셀은 그를 멍하니 쳐다보았다. "당신은 매우 운이 좋군요. 사이버크립트가 대단히 특별한 암호화 프로그램이라는 걸 이야기 해줄 사람은 지구상에서 저를 포함해 몇 안 되거든요. 스틸러가 개인 정보를 마구 침해하는 공안정국에 일침을 날린 겁니다. 암호를 모르면 안에 든 정보는 영원히 묻히는 겁니다. 크립트는 무덤을 의미하기도 하죠. 스틸러는 그걸 재밌다고 생각한 거 같아요. 하하." 하지만 러셀의 목소리는 전혀 신이 나지 않았다.

"그걸 개발하는 데에 자네도 참여했군?"

"저랑 스틸러랑 공동으로 개발했죠."

"대단하군. 그래서 누가 그걸 사용하고 있지?"

"아무도. 정부에서 사용허가를 내주지 않았어요. 그건 128비트로 되어 있어서 해독이 불가능해요. 정부가 해독할 수 없으니까 금지시켜버린 거죠. 제가 그걸 마지막으로 봤을 때에는 스틸러의 사무실 바닥에 놓인 종이상자 속에 처박혀 있었어요. 자기 과시용 장난이죠." 러셀의 목소리에는 혐오감이 담겨 있었다. "정말 밥맛 떨어지는 놈이에요."

그가 스틸러에 대한 적개심을 드러낸 것은 이번이 처음은 아니었다. "그런 거 개발한 이야기는 나한테 해 준 적이 없었잖아."

"일급비밀이니까요. 그래서 그게 카메네프 사무실에서 발견되었다는 게 더 이상한 거죠."

"다른 일급비밀 프로젝트를 하고 있는 건 없나?"

"물론 있죠. 빅보이사와 인간의 DNA를 바코드로 바꾸는 작업을 진행하고 있죠. 그리고 우리를 신세계로 인도할 컴퓨터와 유전인자를 결합시키는 기술 몇 가지도 하고 있어요. 듣기만 해도 머리카락이 쭈뼛 설 거예요. 말 그대로 스틸러는 인간의 진화에 개입하고 있는 거죠. 그리고 언제나 그랬듯이 제 이름은 묻히죠."

"바코드?" 말콤의 눈이 휘둥그레졌다. "어떻게 그런 짓을 할 수가 있지?"

"그러는 당신은 사우디에 전투기를 팔고 있잖아요." 그들은 잠시 말없이 서로를 쳐다보며 가족들을 생각했다. "사이버크립트 건에 대해서 뭐 더 해주실 말은 없으세요?" 러셀이 물었다.

말콤은 카메네프 대령이 물과 관련된 어떤 사업을 벌이려 하는 것 같은데 자신에게 알려주려 하지 않는다는 것을 러셀에게 말해 주었다. 그리고 윌리엄 그릴, 앤드류 스틸러, 물 전문가 가보 메줄리라는 인물들이 그 사업에 관계되어 있다는 것도 이야기해 주었다. 그리고 그놈들이 도대체 무슨 꿍꿍이를 가지고 있는지 정말 알고 싶다고 말했다.

"그렇군요." 러셀은 집중력을 발휘하고 있었다. "미스터리인데요. 제가 도와드릴 건 뭐죠?"

"우연히도 자네가 이 새로운 기술의 뚜껑을 여는 주문을 알고 있는 사람이니 말이야. 내가 그 컴퓨터에 들어갈 수 있는 방법을 가르쳐주지 않겠나? 카메네프는 수요일까지 워싱턴에 있네."

"포기하세요. 스틸러는 자기가 좋아하는 복잡한 수열 세트를 가지고 작업을 해요. 제가 적어놓긴 했지만 어떻게 조합했는지도 모르고 그걸 재배열하는 방법도 아셔야 해요. 결국 막히실 거예요. 그리고 전혀 다른 코드들을 사용했다면 저조차도 들어갈 수 없죠."

"그럼 할 수 없지 뭐." 말콤은 더욱 궁금해졌지만 어쩔 수 없는 노릇이었다.

"제가 한번 보죠."

"뭐라고?"

"우리가 가지고 놀았던 공식들이 다 집에 있어요. 그것들을 한번 시도해 보죠. 운만 좋으면…… 잠깐 들르는 거죠 뭐."

"정말이야? 잠깐 들른다는 건 무단침입을 하자는 얘긴데. 도가 지나친 거 아닐까?"

"아주 지나치죠." 러셀은 별일 아니라는 듯이 동의했다. "배신자에게 적당한 대접이죠."

"음." 말콤은 잠시 생각에 잠겼다. "정말 이 일을 할 준비가 된 거지? 상당히 위험한 일이야."

8

화창한 사월의 햇살이 윌리엄 그릴의 조지타운 집 유리창을 통해 넓은 서재를 비추고 있었다. 서재는 사라가 세심하게 고른 여러 빛깔의 가죽 소파와 마호가니 가구들로 꾸며져 있었다. 그릴은 서재 안을 누비며, 적극적으로 사업을 홍보해 줄 사람들, 방패막이가 되어줄 사람들, 사업에 참여할 사람들을 설득하고 있었는데 모두 정부와 밀접한 사람들이었다. 공화당 소속 네바다 원로 상원의원 조지 알링턴과 그 옆자리의 같은 공화당 소속 사우스캐롤라이나 원로 상원의원인 버튼 오루크는 그릴의 말을 열심히 듣고 있었다. 버튼은 의정활동 기간이 가장 긴 정치가이자 부자와 남자, 백인과 초고령층의 대변자였다. 역시 공화당 소속인 펜실베이니아 주지사 디드릭 듀크 풀라스키와 오하이오의 귀족 주지사 제임스 맥파랜드도 앉아 있었다.

그릴은 지구상의 다른 지역에서 벌어지고 있는 물 부족 사태에 대한 설명을 벌써 마무리 짓고 있었다. "사막화와 대수층의 오염 및 염도 상승, 아이스크림처럼 녹아내리는 빙하들. 갠지스강은 진흙탕이 되었고 요단강은 시냇물이 되었습니다. 카다피는 사하라의 대수층을 파내고 있는데 30년 안에 다 바닥낼 속도입니다. 주요 산맥의 눈 덮인 봉우리들은 다 말라버렸습니다." 그릴을 지원하기 위해 온 에이엠워터사 직원 세 사람 – 닉 카메네프, 번팅 허스트, 비토리오 마사로(알링턴 주지사의 오랜 친구이기도 한)은 이미 들은 이야기였다. 정치가들은 모두 점심을 잘못 먹은 표정이었지만 그릴이 미국 중부와 서부 지방에 대해 이야기하기까지는 그래도 말을 잘 참고 있었다.

"여러분, 아주 쉽게 말해서, 우리는 20세기 초부터 호수와 강과 지하수를 무분별하게 남용해왔습니다."

"잠깐만, 빌," 오하이오 주지사 맥파랜드가 말했다. "그건 아주 위험한 발언입니다."

"주지사님, 이건 사실입니다. 환경보호청과 미국지리학회가 낸 보고서에 따르면 중서부 강의 60에서 90퍼센트가 농약과, PCB, 사용한 지 20년이나 지난 DDT, 비료, 중금속 등으로 오염되어 있습니다. 명백한 오염 수치가 모든 주에서 나타나고 있습니다. 1997년 회계 감사원 보고서는 의원님 주에 속한 환경오염주범들 중 40퍼센트가 식수보호법을 일상적으로 위반하고 있다고 주장하고 있습니다. 펜실베이니아도 더 나을 게 없을 걸요, 의원님?" 그는 풀라스키 주지사를 돌아보며 말했다. "그러니 현실을 직시합시다." 그릴은 네바다 출신 상원의원을 다시 내려다보며 말했다. "라스베가스는 세계에서 가장 많은 물이 낭비되는 도시입니다."

알링턴, 풀라스키, 맥파랜드 모두가 불편한 듯 몸을 옴죽거렸다.

"자네는 정말 우리 강들이 몽땅 오염되었다는 그런 엉터리 보고서를 믿나?" 버튼 오루크 의원이 경멸조로 말했다.

그릴의 얼굴이 붉게 물들었다. "어떻게 그 사실을 부정하실 수 있는지 알 수가 없군요, 버튼씨." 그는 딱딱하게 말했다. "2천 5백만 톤의 돼지 배설물이 사우스캐롤라이나 호튼강에 쏟아져 들어와서 그 지역이 똥물로 홍수가 난 게 불과 2년 전입니다. 제 계산으로 의원님은 1갤런당 25센트씩 5백만 달러를 뇌물로 챙기셨죠. 당신 같은 늙은이에게도 대단히 큰돈이죠." 사람들이 숨을 멈춘 것이 느껴질 정도였다. 어느 누구도 상원의원에게 이런 식으로 말한 적이 없었고 공개적으로 의원과 그 사건의 관련성을 – 비록 누구나 알고 있는 일이긴 했으나 – 지적한 적도 없었다.

"그리고 나머지 분들도," 그릴은 다른 세 사람을 돌아보며 말했다. "오염물질 배출기업을 보호하기 위해 연방에너지규제위원회나 교정청에 손을 쓴 적이 있으시죠. 기업보조금을 담당하는 여러 국가기관들과의 뒷거래들은 말할 것도 없고. 이건 모두 공식문서에 기록된 내용입니다." 그릴은 거의 훈계하는 태도로 말을 했다. "부서 보고서와 정부 기록과 법정 기록에 말입니다. 글을 읽을 줄만 알면 볼 수 있죠. 게다가 제 개인적인 정보출처까지 있습니다."

정치가들은 그릴이 만족스런 표정으로 이런 말을 들려주는 것이 화를 낼 때보다 더 위협적으로 느껴졌다. 그들은 불안한 눈길을 주고받았다. 마침내 풀라스키 주지사가 폭발했다.

"제발, 빌, 사업을 위해서는 불가피한 일이란 걸 자네도 잘 알잖나? 자네는 자네 공장과 농장에서 나오는 폐수와 관련된 소송을 감당하기 위해 한 건물분의 변호사를 고용해 막대한 돈을 지불하지 않나. 우린 워싱턴과 각 주도에서 그 소송들이 자네에게 유리하도록 노력하고 있네. 그런데 지금 무슨 소릴 하고 있는 건가?"

"전 지금 누굴 심판하거나 탓하려는 것이 아닙니다, 의원님." 그릴이 달래는 말투로 말했다. "그리고 과거에 여러분이 주셨던 많은 도움에 대해 감사하게 생각하고 있습니다. 제 말의 핵심은 이제 더 이상 우리의 거짓된 선전이 통하지 않게 되었다는 겁니다. 이제 현

83

실적이 되어야 합니다. 그리고 제가 제안하는 계획이 우리를 현실적인 대안으로 인도해 줄 겁니다."

상원의원이 노쇠한 눈에 불꽃을 튀기며 공격을 위해 입을 여는 순간 알링턴 주지사의 냉정한 목소리가 다른 쪽에서 들려왔다.

"가만 있게나, 버튼. 빌이 하는 말을 한번 들어보세."

그렇게 해서 그릴은 컨소시엄의 사업계획과 워싱턴에서 협조해 줘야 할 사항을 죽 늘어놓게 되었다. 그는 좀 복잡하긴 하지만 후한 이익배당 방식과 그들이 정치계를 은퇴하고 나서 차지하게 될 에이엠워터사 이사회의 자리에 대해 설명해 주었다. 그들은 조용히 그리고 주의 깊게 경청했다.

"잠깐만, 빌." 맥파랜드가 물었다. 그의 주는 일곱 해째 여름 가뭄을 겪고 있었다. "전문가는 아니지만 캐나다에서 물을 운반하려면 돈이 꽤 많이 들 텐데?"

"그렇지 않아요. 상대적으로 말하면 이제 더는 그렇지 않습니다. '상대적' 이라는 말이 중요합니다. 수요와 다른 지역에서 들여오는 비용 등을 고려할 때 지금 당장은 비싸게 느껴져도 3년만 지나면 적당하게 생각될 겁니다. 그리고 10년 뒤 손익분기점에 달하면 순익만이 남는 거죠."

그의 설명에 몰입한 좌중은 숨소리 하나 내지 않았다.

"난 염분 제거 기술이 해법이라고 생각했는데." 알링턴 주지사가 말했다. "플로리다에는 그와 관계된 많은 시설들을 설치하고 있네. 애틀랜타는 계획 중이고, 캘리포니아도."

"예, 아마 1입방미터당 1달러 이하로 염분을 제거할 수 있는 기술을 개발하고 있다는 이야기를 들으신 거겠죠." 그릴이 말했다.

"맞네."

"그건 매우 낙관적인 얘깁니다." 그릴이 잘라 말했다. "기술은 개발되고 있지만 아직 너무 비용이 많이 들어요. 많은 에너지를 잡아먹는다는 게 큰 이유 중 하나죠."

"하지만 기술이 향상되면……"

"이봐요, 조지," 그릴이 말을 끊었다. "염분 제거는 구미는 당기지만 불확실한 기술입니다. 병입과 송수관과 해운 수송, 이 세 가지는 현재 이용되는 기술이죠. 이 기술로 퀘벡에서 가져오는 겁니다. 어떤 염분 제거 프로젝트보다 더 질 좋고, 빠르고, 값싸게 해낼 수 있어요. 이건 이론이 아니라 실제입니다."

"한번 확인해 보지. 자네 말이 맞다면 지원을 약속하겠네."

"만약 자네가 말한 게 모두 사실이라면," 알링턴이 마침내 말했다. "우린 자네 계획을 백악관에 가지고 가겠네. 대통령이 좋아하지 않을 이유가 없네. 그의 측근들이 모두 석유에 매달려 있긴 하지만 물이 필요하다는 사실도 잘 알고 있어. 해볼 만해." 그의 동료들도 고개를 끄덕였다. 다만 버튼 오루크의 입만이 못마땅한 듯 오므려져 있었다. "내각에도 지지자가 필요할 텐데."

"제이슨 스템퍼를 생각해 두고 있습니다." 그릴이 말했다.

"좋군." 알링턴이 동의했다. "괜찮아."

러셀은 말콤이 구해준 청소부 복장으로 근무 시간이 지난 스카이포인트의 복도를 통과했다. 긴장감 때문인지 러셀은 카메네프의 사무실에서 노트북과 씨름하며 땀을 비 오듯 흘렸다. 말콤은 바깥 문은 닫았지만 코라의 사무실로 연결되는 문은 약간 열어 두어 누가 접근하지 않는지 신경을 쓰고 있었다. 러셀은 종이에 적힌 긴 숫자와 문자의 조합들을 입력하고 또 입력해 보았다.

둘은 프라이팬 위의 기름처럼 과민한 상태였다. 러셀은 컴퓨터를 어르고 달래며 말을 들어달라고 부탁하고 있었다. 말콤도 긴장으로 땀범벅이기는 마찬가지였다. 그런데 아홉 번째 시도에서 러셀은 컴퓨터에 들어갔다. '물'이라는 폴더 안에 몇 개의 파일이 저장되어 있었다.

"빨리 열어봐." 말콤이 조급하게 말했다.

"잠깐만요." 러셀이 말했다. "암호 좀 확인하고요. 그래야 돌아가서도 해킹할 수 있죠."

"정말 간이 부었구먼. 서두르게, 심장이 터져나갈 지경이니까."

러셀이 입력을 하자 난해한 상징들이 나타났다가 사라졌고 마침내 그는 말했다. "됐어요. 한번 봅시다." 러셀이 용량이 큰 파일 하나를 클릭했다. "맙소사, 이게 뭐야?"

그들은 스크린을 살펴보았다. W. E. G가 보낸 메모였다. "아마 윌리엄 에릭슨 그릴일 거야." 말콤이 말했다. 수신자는 에이엠워터사였는데 스틸러와 닉 카메네프와 가보 메줄리를 포함한 아홉 명의 명단이 있었다. 메모는 스프레드시트로 작성되었는데 병입공장, 송수관, 항구, 다리, 트럭, 도로 등의 가격이 적혀 있었다. 초대형 사업의 구성요소들임이 분명했다. 합계가 154억 달러였고 1단계 공사의 착수가 다음 4월로 예정되어 있었다.

"굉장하군." 러셀이 모니터를 훑어보며 말했다. "세 군데의 병입공장과 일곱 군데의 취수시설. 피크무아칸 저수지가 어디야? 아홉 개의 댐과 인공수로라. 그리고 도로, 도로, 도로. 믿을 수가 없군. 타두삭에 탱크선 급수 장소라 - 저 타두삭은 알아요. 캠핑을 하면서 고래를 구경했던 곳이에요."

"세상에." 말콤이 숨을 몰아쉬었다. 러셀은 두 번째 페이지로 넘어갔다.

"여기 좀 봐요. 관의 연결지도가 있어요." 러셀은 눈가의 땀을 훔치며 말했다. "알마라는 곳에서 시작해서 치부가무 보호구역을 지나 로렝샹지방공원을 관통해서 퀘벡시 외곽을 돌아서 세인트 로렌스강을 전용 다리로 건너고 – 전용 다리도 있어요! 들어갈 돈을 생각해 보세요, 세상에! 그리고 남부 퀘벡을 지나 버몬트, 뉴욕, 펜실베이니아, 오하이오, 거기서 가지치기를……"

"잠깐, 러셀." 말콤이 말했다. 낌새가 이상해 그는 창가로 다가갔다. 창 밖을 보는 순간 그는 머리카락이 주뼛해지는 느낌이었다. 상향 전조등 두 개가 진입로를 타고 올라왔고 대령의 네비게이터가 검푸른 상어처럼 로비의 큰 문 앞에 정차했다.

"맙소사! 카메네프가 돌아왔어!" 말콤은 큰 회중전등을 끄고 러셀의 막대형 플래시를 켰다.

"내일 돌아온다고 했잖아요?" 러셀은 벌써 짐을 챙기기 시작했다. "그가 그렇게 얘기했다고."

"플래시 좀 흔들지 말아요! 짐 좀 챙기게." 러셀은 신속하게 코드들을 뽑아 노트북 가방 안에 넣었다. "이제 어쩔 겁니까?"

"내 사무실로 뛰어. 비밀번호는 3737이야." 오른손에 플래시를 들고 왼손으로 노트북을 정리하던 말콤이 말했다. 그의 입은 바싹 말라 있었다. "복도 끝 오른쪽이야. 내 이름이 붙어 있어. 일단 화장실로 뛰어. 경비를 만나지 않게 기도나 하라고. 그가 떠나기를 기다려. 나와 떨어지게 되면 내 사무실에서 다시 봐."

러셀이 정리를 마치고 노트북 가방을 닫았을 때 그들은 가쁜 숨을 몰아쉬고 있었다. 말콤은 플래시를 껐고 러셀은 파일 캐비닛으로 다가갔다. 어둠 속에서 그는 책상 모서리에 부딪혔고 비명은 참

앉지만 노트북을 바닥에 떨어뜨렸다. 두 사람은 엎드려서 바닥을 더듬기 시작했다. 말콤이 노트북 가방에 손을 얹었을 때 바깥 사무실 문이 열리는 소리를 들었고 이어 코라의 사무실 불이 켜졌다. 말콤은 무엇인가가 방으로 들어오는 기척과 함께 차갑고 축축하고 딱딱한 것이 목을 누른다고 느꼈을 때 거의 기절할 뻔했다. 하지만 냄새와 헐떡거리는 소리로 그것이 카메네프의 개라는 것을 깨달았다.

"이런, 우리 한스였구나." 놈은 짧게 잘린 꼬리를 어둠 속에서 흔들었다. 바닥에 누워 같이 놀아 줄 준비가 된 친구를 발견해 반가운 모양이었다. 말콤은 러셀에게 소리 죽여 말했다. "욕실 옆문으로 들어가면 탈의실 안에 옷장이 있어." 러셀은 그리로 갔다. 말콤은 주머니를 뒤져 강아지용 과자 남은 것을 꺼내 방 저편으로 던졌다. "가서 가져와." 한스에게 속삭였다. 한스는 그대로 했다. 과자 씹는 소리가 들렸다. 그는 일어나 노트북을 파일 캐비닛 위에 얹고 화장실로 달려갔다. 대령이 바깥 사무실 불빛을 등지고 방에 나타나는 바로 그 순간 그는 벽에 몸을 바싹 붙였다. 대령은 천장 등을 켰다. '고질라가 나타났으니 난 이제 끝장이로군.' 말콤은 바짝 긴장했다.

"도대체 문이 왜 열려 있는 거야?" 카메네프는 소리 내어 불평했다. "그 여자는 도무지 문단속 하나를 제대로……" 그의 불평이 갑자기 멈췄다. "한스, 너 뭐 먹니?"

'딱 걸렸군, 개가 이제 이쪽으로 오겠지. 아빠, 여기 봐, 말콤 삼촌이 있어! 아니면 카메네프가 소변이 보고 싶을지도 몰라. 어쩌면 세 시간 동안 여기서 일한 다음에 화장실에 들어올지도 모르지.' 말콤은 숨도 쉬지 않고 가만히 서 있었다. 그는 책상 위에 무엇인가가 쿵 하고 놓이는 소리를 들었다. 서류 넘기는 소리, 가방이 책상 위에서 미끄러지는 소리도 들렸다. 그러고는 알 수 없는 움직임이 있더니, "한스, 빨리 여기서 나가자." 문이 닫히고 이어서 다른 문이 닫혔다. 그리하여 카메네프는 언제나 그렇듯이 신속하게 사라져버렸다. 노트북이 따듯하다는 사실을 눈치 못 챘어야 할 텐데, 말콤은 바닥에 주저앉았다.

교외의 어느 카페테리아에서 말콤과 러셀은 커피와 사과튀김을 주문했다. 설탕과 밀가루와 기름이 그렇게 맛있었던 적이 없었고, 카페인이 그렇게 짜릿했던 적이 없었다. 카페인 덕에 떨리던 손도 진정되었다.

"쥬라기 공원의 부엌에 갇힌 아이들이 된 기분이었어." 말콤이 말했다. "벨로시랩터들이 쫓아오는 것 같았지. 그 중에 한 마리가 개였던 건 정말 다행이야."

그들은 심각한 표정으로 서로를 마주 보았다. 그러고는 웃었다. 그러다 폭소를 터뜨리며 환호성을 지르고 하이파이브를 했다. 러셀은 주머니에서 구겨진 종이 몇 장을 끄집어냈다.

"성공은 했는데." 테이블 한가운데 종이를 내려놓으며 러셀이 말했다. "근데 이게 도대체 뭐죠?"

"글쎄," 말콤이 턱을 만지며 말했다. "엄청난 양의 퀘벡 물을 미국으로 가져오는 계획처럼 보이는데. 자네 생각은 어때?"

"정확히 그런 것 같은데요."

"이런 얘기는 들어본 적이 없는데. 자네는?"

"전혀. 이 정도라면 뉴스에서 떠들고 난리가 났을 텐데."

"그랬을 텐데. 캐나다 물을 다 마셔 없애겠다는 건가. 이게 불법적인 일인가?"

"모르겠네요. 그럴 것 같지 않은데요?"

"나도 모르겠는데. 그런데 왜 이렇게 비밀스럽게 진행하는 거지?"

그들은 이 수수께끼에 대해 생각해 보았다. "불법은 아닐지 몰라도 정치적으로 매우 민감한 문제일 수는 있겠지." 말콤이 말했다.

"맞아요. 공표하기 전에 만반의 준비를 다 해놓으려는 거겠죠. 반발을 최소화하는 거죠. 급습을 하여 환경운동가들이 공격할 틈을 주지 않는 식으로."

"아무것도 모르고 있는 것에 대해 반대 운동을 조직할 수는 없지."

러셀은 말콤을 쳐다보더니 눈썹을 올렸다 내렸다 했다.

"무슨 말을 하고 싶은 거야? 익명으로 폭로라도 하자는 건가? 자네 메모 말고는 문서도 없잖아."

"못할 것도 없죠. 나한테는 모든 사람들의 패스워드가 있으니까."

"강심장이군."

"해킹할 수 있을 거예요. 내일 밤 한번 해보죠. 스틸러 명의로 들어가는 게 좋겠어요."

"믿을 수가 없군. 자네 정말 대단해. 설상가상이군. 아니," 말콤은 잠시 생각하더니 말했다. "달콤한 복수가 되겠군."

"치명적인 복수죠. 우리가 얻은 정보를 내보내면 돼요."

"누구에게?"

"그 환경운동하는 여자, 데이비도비츠. 그녀가 제격이죠. 다시 생각해 보니, 그냥 보내는 건 좋지 않아요. 우리가 너무 위험해져요. 그녀와 우리는 서로 모르는 사이잖아요. 며칠 휴가를 내서 워싱턴에 가요. 직접 만나서 얘기해요. 그걸 건네주고 환경운동의 바람에 날리는 거죠. 표현 죽이지 않아요?"

다음날 말콤은 두근거리는 가슴으로 닉 카메네프를 만날 구실을 만들었다. 무슨 눈치라도 챘는지를 알아보기 위해서였다. 그는 카메네프의 방에서 코라의 목소리를 들었다.
"그만 좀 하세요!" 그녀가 소리쳤다. "잠잤어요. 세 번씩이나 말했잖아요!" 말콤은 얼어붙었다. 코라는 자신을 의심하는 것에 대해 단단히 화가 나 있었다. 그녀의 태도로 봐서는 둘이 있을 때에는 비서로서의 격식을 차리지 않는 것처럼 느껴졌다.
그날 오후 자신의 책상에 앉아 말콤은 북미에서 진행 중인 취수나 물 수송사업에 대해 인터넷을 검색해 보았다. 송수관과 병입, 수로 변경 계획이 멀리는 알래스카와 뉴펀들랜드, 가까이는 북캘리포니아와 플로리다 지역과 관련되어 검색되었다. 하지만 퀘벡에 관한 내용은 없었다. 퀘벡과 물에 관련된 검색어를 구글에 입력해 보았지만 아무것도 나오지 않았다. 다음에는 퀘벡의 정부 관련 홈페이지들을 검색하고 캐나다와 미국의 〈환경정의연합〉과 〈세계환경감시기구〉, 〈시에라클럽〉, 〈강연맹〉 등의 환경단체 홈페이지도 뒤졌다. 물 이야기는 많았지만 퀘벡 이야기는 없었다. 《뉴욕 타임즈》와 《워싱턴 포스트》 등 다수의 지리학회지와 뉴스들도 찾아보았다. 하나씩 제외해 나갔지만 아무것도 나오지 않았다. 저녁까지의 시간이 너무 길게만 느껴졌다.
그날 저녁 말콤은 러셀의 집으로 갔다.
"시작하죠," 러셀은 책상 밑에 세로로 놓인 컴퓨터를 부팅시켰다. 윙 하는 소리가 방 안을 채웠다. 개는 귀를 쫑긋이 세웠다. "뭐 새로운 일이 좀 벌어졌나 볼까?" 러셀은 모니터를 보며 손을 피아니스트처럼 키보드 위에 얹었다. 말콤이 손을 뻗어 그를 제지했다.

"잠깐, 천재 기술자님." 말콤이 말했다. "만일 기업 사이버 덫에 잘못 걸려들어 해킹한 흔적이라도 남겨서 추적당하면 어떻게 하려고 그래?"

"제발, 말콤, 이건 내가 개발한 거예요. 내가 무슨 짓을 하고 있는지 잘 알고 있다고요."

"알았어."

러셀은 어제 저녁에 적은 기호들을 마우스 패드 옆에 펼쳐 놓고 숫자와 문자들의 조합을 입력하기 시작했다. 오래 걸리지 않았다.

"짜잔!" 러셀은 의자에서 껑충껑충 뛰며 자판을 계속 두드렸다. "들어갔어요. 사실은 스틸러가 들어간 셈이죠. 다만 그가 모르고 있을 뿐."

"성공했으니, 다음은?"

"우리가 어젯밤에 카메네프의 사무실에서 본 내용이에요. 프린트를 하죠." 그는 프린트 버튼을 눌렀다. "새로운 것도 있는데요. 여기."

말콤은 화면을 읽었다.

메모
수신 : 에이엠워터사 회원들
발신 : W.E.G

워싱턴 회의는 만족스러움. 모두 서명함. 계획대로 진행.

"이름은 밝히지 않았지만 정치권의 협조까지 받는 모양인데요." 러셀이 말했다.

"그런가 봐. 이 소식을 알려야 한다고 생각하나? 퀘벡의 환경운동가들은 벌써 알고 있을지도 몰라."

"전혀 그럴 것 같지 않은데요." 러셀이 일축했다. "사이버크립트를 사용했다면 아무도 모른다는 얘기예요. 공적인 영역에서 논의될 내용이라면 그걸 사용할 이유가 없죠."

9

니콜 페란 라룽드는 영어로 글쓰기를 싫어했다. 그래서 할 수 없이 영어가 필요할 때면 비논리적인 문법과 전문 용어들을 가지고 씨름해야 했다. 로리에가의 꽉 막혀 찜통이 된 사무실에서 그녀는 뉴욕 퓨 재단에 제출할 재정지원신청서 작성을 하느라 머리가 터질 것 같았다. 다섯 시가 되자 그녀는 사전을 벽에다 던져 버리고 "나 집에 갈래!" 하며 텅 빈 사무실에 대고 소리치고 서류가방을 챙겨서 나왔다.

밖에 나서자 봄바람이 니콜의 코트와 스카프를 잡아당겼다. 니콜은 정원의 눈이 녹은 자리에서 흰색, 파란색, 연한 자주색, 노란색 등 색색의 아네모네와 크로커스들이 고개를 내밀고 있는 것을 보았다. 그녀가 자란 프랑스 보르도 남동부 지방의 크고 오래된 집 주변 들녘은 지금쯤 양귀비들이 붉은 물결을 이루고 시클라멘과 아이리스와 수선화가 무성해져 청명한 하늘 아래 꿀처럼 달콤한

햇빛을 받고 있을 것이다. '흥, 세르주를 위해서 너무 많은 것을 잃은 걸까?'

15년 전, 니콜과 세르주가 만났을 때, 그녀는 한 유럽연합 위원회의 젊은 수석연구자였고 분해가 안 되는 유기오염물의 발암성에 대해서 놀라운 발견들을 해내고 있었다. 그녀가 이끄는 대표단은 각국의 수도를 돌며 보건, 산업, 환경 관련 정부 인사들을 만났다. 세르주 라롱드는 파리의 산업부 차관보였다.

네덜란드인 아버지를 닮은 니콜은 금발에 키도 훤칠했다. 프랑스인 어머니를 닮아 쾌활하고 아름답기도 했다. 세르주는 그녀에게 반해버렸다. 그는 어두운 성격에 현실적이고 대단히 총명했으며 관료 치고는 대담한 편이었다. 니콜은 그들이 마법처럼 갑자기 사랑에 빠져버렸던 일을 고통스럽게 회상했다. 세르주는 니콜이 관료들의 답변을 더 잘 이끌어내도록 전략을 세우는 일을 도와주었다. 그녀는 세르주에게 보건과 환경 관련 이슈에 눈뜨게 해주었고 관료사회의 병폐에 대해 날카로운 지적을 하기도 했다. 세르주가 퀘벡으로 돌아가게 되자 니콜은 그와 함께 왔고 퀘벡시를 그녀의 세계적 연구의 북아메리카 전진기지로 삼았다. 세르주는 니콜이 자금과 인력을 확보하는 일을 도와주었고 니콜은 세르주가 차관으로 승진하는 과정에서 초대했던 많은 권력자들과의 저녁식사를 품위 있게 주관해 주었다. 때로는 매우 신나는 시간도 있었다. 하지만 갈수록 모든 것이 힘들어졌다.

5년쯤 전부터 새로운 발견을 하게 된 니콜은 연구 초점을 유독성 화학물질의 잔류 정도에 따라 발생하는 호르몬과 신경 이상 증세 쪽으로 바꾸게 되었다. 그녀는 북미 대륙의 북서 지역 자원과 산업생산물들에 점점 관심을 갖기 시작했다. 반면 세르주는 퀘벡에 산업을 유치하기 위해서 격무에 시달리고 있었고 퀘벡은 미얀마나 중국, 베트남을 상대로 자본 유치 경쟁을 벌이고 있었다. 견해 차이에 의한 작은 말다툼들이 싹트기 시작했다.

그러던 중 세르주는 니콜에게, 정부가 대형 PCB 생산공정 공장에 보조금을 지급해 줄 계획이라고 말했다. 그동안 사소한 언쟁에 그쳤던 견해 차이가 이 문제를 계기로 커다란 싸움으로 폭발해버렸다. 싸움이 끝난 뒤 그들의 부부관계에는 흉측하게 갈라진 틈이 자리 잡게 되었다. 그런 싸움을 몇 번 더 한다면 그들 사이에는 건널 수 없는 거대한 공간이 생기게 될 상황이었다. 그때 이후로 그들은 서로에게 말을 하는 방식이나 어휘의 선택을 조심하게 되었다. 하지만 그들의 싸움은 갈수록 잦아졌고 견해 차이는 점점 더 깊어갔다. 니콜은 프랑스에서 다른 남자를 만났다. 그 남자와의 관계는 프랑스를 세 번 방문하는 동안 지속되었지만 문제를 해결하는 데에 아무 도움이 되지 못했고 더군다나 니콜은 아직도 세르주를 깊이 사랑하고 있었다.

이제 세르주의 침묵과, 육체적인 소원함, 그의 비밀스런 전화들, 멍한 표정은 그들의 문제가 새로운 국면에 접어들었음을 니콜에게 말해주고 있었다. 무슨 문제인지를 모른다는 사실이 그가 고백하기를 거부하는 문제의 실체보다도 더 그녀를 불안하게 했다. 적어도 그녀는 그렇게 생각했다.

니콜이 눈에 젖은 신발을 벗고 세르주를 불렀을 때에도 그런 생각에 사로잡혀 있었다. 아무도 대답하지 않았다. 그녀는 와인을 한 잔 따르고 그의 사무실 직통번호로 전화를 걸었다. 그가 곧바로 전화를 받았다.

"아직 퇴근 안 했어요?"

"응." 그는 지친 목소리로 말했다. "세인트 조띠ㄲ에서 진행되는 염소복제실험문제 때문에. 예정보다 너무 늦어지고 있는 데다가 몇백만 달러가 부족하거든. 그들 말로는 기술은 거의 완성되었고 몇 달만 더 투자하면 동물을 탄생시킬 수 있다더군. 그들이 성공하면 보나파브리카사가 그 동물들을 사들일 거야."

"세르주," 니콜은 어지럽기도 하고 슬프기도 했다. "당신이 사랑하는 퀘벡을 위해서 옳은 일을 하고 있는지 의심스러울 때가 있어요."

"유용한 의약품을 개발하는 데에 사용되는 기술이야, 니콜." 그는 애원하다시피 말했다. 그녀는 잠시 말이 없었다. 또 시작하면 안 돼, 둘 다 그렇게 생각하고 있었다. "어쨌든 그 회사가 자금이 필요해. 당분간 꼼짝없이 앉아서 여기저기 전화를 해봐야 한다고. 아홉 시쯤 들어갈게. 그리고 내일은 몬트리올에서 이 문제로 회의가 있어."

니콜은 전화를 끊었다. 그가 거짓말을 하고 있다고 생각했다. 길고 힘겨운 시간이 뒤따랐다. 세르주가 그녀의 서재에 들어오는 것을 막은 적은 없었지만 그녀의 물건들을 뒤지며 감시하는 일은 없으리라는 것을 당연하게 믿어왔다. 그리고 그녀도 세르주의 사생활을 똑같이 존중해왔다. 하지만 지금 세르주의 비밀은 배신에 가까웠기 때문에 니콜은 그의 방을 뒤져, 일주일 전에 그녀를 놀라게 했던 차트와 지도를 포함해서 그가 보이는 행동의 이유를 알아낼 만한 단서들을 찾아보기로 했다.

세르주의 옷장을 열었다. 그 비닐 가방은 없었다. 파일 캐비닛과 책꽂이와 바구니들을 뒤졌다. 아무것도 없었다. 이층으로 올라가 침실 옷장 선반 위의 상자들과 화장실 가까운 쪽의 아마포 커튼 뒤도 찾아보았다. 집 안 전체를 뒤졌다. 결국 니콜은 찾던 것을 삼나무 서랍장에서 발견했다. 서랍장은 지하실에 처박아 둔 문어 모양의 화로 옆에 놓여 있었다. 애먹이는 보물찾기이군, 그녀는 화가 났다. 니콜은 종이뭉치를 세탁실로 가져가서 접는 테이블 위에 펼쳤다.

"이게 뭐야?" 그녀는 큰 소리로 중얼거렸다. 니콜은 서류를 읽어 나가며 "하느님 맙소사"를 연발했고 탄성은 갈수록 커지고 높아졌다. 어떻게 세르주가 이런 짓을 할 수 있지? 비닐커버 사이에 끼워진 보고서를 읽으며 그녀는 놀라움에 사로잡혀 생각했다. 마침내, 서류들을 모아 다시 서랍 속에 넣었다. 꺼내 본 흔적을 감출 생각도 없었다. 이 문제에 대해 세르주와 담판을 지을 생각이었다.

그런데 먼저 해야 할 일이 있었다. 니콜은 이층으로 올라가 수화기를 들었다. 한 손으로 자신의 이마를 받치고 몬트리올에 있는 실비 라크르와에게 전화를 걸었다.

"니콜!" 실비가 반갑게 전화를 받았다. 하지만 그녀의 목소리도 니콜의 기분을 낫게 해주지 못했다.

세르주와의 상황을 실비에게 설명하면서 니콜은 벽이 너무 미끄러워서 빠져나갈 수 없는 우물의 밑바닥에 갇힌 기분이 들었다. "그이는 산업 오염물질과 살충제가 지능 저하와 주의산만의 원인이 된다는 최근 연구 결과를 알고 싶어 하지도 않아. 세르주는 나의 비판을 못 견뎌 해." 그녀는 잠시 후 덧붙였다. "그건 나도 마찬가지야. 상상이 가니? 그는 오늘 밤 늦게까지 염소와 인간의 유전자를 결합해 의약품을 개발하는 회사에 보조금을 구해주기 위해 일할 거라고 말했어. 내가 그 소리를 듣고 '아주 잘하고 있어 자기, 저녁밥 따듯하게 해놓을게' 하고 말해야겠어?"

"니콜, 정말 끔찍한데." 두 여자 모두 생물복제반대운동에 가담하고 있었다. 그들이 처음 만난 것은 파리 소르본느에서 열린 녹색 시위에서였다. 실비는 자기도 오빠들과 마찬가지로 프랑스 교육을 받을 권리가 있다고 몬트리올 변호사였던 아버지를 설득해서 유학을 갔던 것이다.

"가만히 있어서는 안 되겠어." 니콜이 말했다. "견딜 수가 없어. 갑자기 혼자가 된 기분이야. 지난밤에는 그가 서재의 소파 위에서 잠들었어. 프랑스에서 돌아온 후로 서로 건드리는 일조차 없어."

"니콜, 언제라도 우리한테 와. 집을 떠나서 생각할 곳이 필요하다면 말이야." 실비는 캐나다로 돌아와서 변호사 시험을 봤다. 그녀는 환경 관련 법규에 관심을 가지게 되었고 환경에 영향을 미치는 국제 상법에도 자연히 관심을 갖게 되어 이 분야에서 법률 상담을 하고 강의도 나가고 있었다. 그녀는 텔레비전 프로듀서와 결혼을 해서 어린 딸을 두고 있었다. 그녀는 지독한 일벌레여서 언젠가는 일에 치여 미쳐버릴지도 모른다고 스스로 생각하고 있을 정도였다.

"난 그를 사랑해." 니콜은 울었다. "그가 왜 그렇게 변했는지 모르겠어. 전에는 우리가 성취할 수 있는 일을 함께 계획했는데 지금 그이는 필요에 의해 지배당하고 있어."

실비는 뭐라고 말해야 좋을지 몰랐다. 말을 이은 것은 니콜이었다. 니콜은 결혼을 깨뜨리고 싶지 않은 욕구가 자신의 양심을 압도해 버리기 전에 발견한 것을 실비에게 이야기해야 했다. 실비는 캐나다 〈환경정의연합〉의 위원이었다. 니콜은 실비에게 자신이 발견한 서류뭉치의 내용에 대해 이야기했다.

그녀가 이야기를 마쳤을 때 불길한 침묵이 그들 사이에 내려앉았다. 니콜은 실비가 받은 충격을 느낄 수 있었다.

"니콜," 마침내 실비가 말했다. "그런 규모의 사업계획을 믿기는 힘들어. 환경운동에 잔뼈가 굵은 나조차 말이야. 정말 그런 일이 벌어지는 게 확실한 거야?"

"난 내가 읽은 내용을 말해 주었을 뿐이야. 일이 어느 정도 진척되었는지는 모르겠지만 올가을에 이 계획이 의회에 제출될 예정이란 것은 분명해."

"그럼 여섯 달 뒤잖아? 그런데 왜 아무도 이 사업에 대해 모르고 있는 거지?" 실비가 소리쳤다. 그녀의 목소리에는 분노와 당혹감이 서려 있었다. 니콜은 실비가 무슨 생각을 하고 있는지 알 수 있었다. 맙소사, 또 전쟁이 시작되려나 보군.

"알 수가 없지. 비밀리에 진행되고 있다는 사실이 더 마음에 걸려."

"아주 걸리는데." 실비가 잠깐 생각하더니 말했다. "이 정보를 가지고 내가 어떻게 하길 바라지?"

"〈환경정의연합〉에 알려야 되는 것 아닌가? 아니면 〈오노위원회 Eau NO, 캐나다수질보호단체〉나 드니 라몽따니에게라도 말 해!" 라몽따니는 《르 솔라일》의 환경 리포터였는데 니콜과 실비는 그에게 정보제공을 한 적이 있었다. "누구든지 이 일에 대해 어떤 조치를 취할 수 있는 사람에게 알려." 니콜은 가슴이 꽉 막혀왔다. "난 할 수가 없어. 우리 결혼생활이 걸린 일이야."

"이해해."

"그리고 내가 이 정보를 제공했다는 사실도 비밀로 해줘."

"물론이지." 실비는 힘주어 말하며 그녀를 안심시켰다. "걱정마. 누군가 벌써 이 일에 대해 알고 있는 사람이 있을 거야. 비밀로 유지되기에는 너무 큰 사안이야."

우트레몽 중산층 저택들보다 훨씬 위쪽으로 구불구불한 길을 따라 올라가다 보면 집들은 점점 더 커졌고 그 간격은 더 멀어졌다. 정상에는 퀘벡 상류층의 대저택들이 있었는데 퀘벡의 북쪽과 동쪽을 내려다보고 있었다.

로흐 베찌나의 집은 가장 높은 거리의 끝에 있었다. 뒤뜰은 공원과 연결되어 끝없이 넓은 느낌을 주었다. 베찌나는 노르디콘사를 소유하고 있었는데 퀘벡의 큰 댐들과 전력망을 가지고 있을 뿐 아니라 아라비아 사막에 물을 공급하고 열대지방의 홍수를 방지하는 일을 하는 회사였다. 그는 눈에 띄게 잘생긴 외모에 스키, 테니스, 섹스와 극적인 사업을 즐기며 화려한 인생을 추구하는 정열적인 사람이었다.

대성당만 한 서재에서 베찌나는 세르주 라롱드 산업기술통상부 차관과, 퀘벡 주민 예금의 절반을 보관하고 있는 카이스 로리에 은행장 가이 프랑스와 랑제뱅, 선임 기술고문 피에르 가슬랭, 후임 헬더 페레이라를 만나고 있었다. 술병들로 가득 찬 벚나무 장식장 위로는 베찌나가 왕이나 대통령, 영화배우들과 함께 찍은 사진들이 걸려 있었다. 베찌나의 커다란 하바나 시가와 세르주가 피워 대는 담배 때문에 실내의 공기는 탁했다.

세르주가 베찌나를 선택한 이유는 그가 퀘벡에서 단연 두각을 나타내는 건설자본가였기 때문이었다. 또한 랑제뱅을 택한 이유는, 그가 은행을 현대화하고 세계화해서 퀘벡인들이 싫어하는 토론토 베이 스트리트 은행을 추월하고 싶어하기 때문이었다. 뿐만 아니라 퀘벡에서 가장 오래된 은행을 경영하고 있기 때문에 비도시 지역의 노른자위 자본도 끌어들일 수 있는 저력을 지닌 사람이었다.

"여러분," 세르주가 말했다. "여러분은 벌써 몇 년째 브리티시컬럼비아주 법원에 계류 중이던 물 수출 관련 소송에 대해 알고 계실 겁니다. 미국의 사우스벨트 프로버티사는 브리티시컬럼비아 주정부를 상대로 5억 에이커 피트의 물을 캘리포니아로 수출하는 계약 건 위반에 대해 소송을 제기했습니다. 최근에 판결이 나왔는데 사우스벨트가 패소했습니다. 사우스벨트는 이번에는 나프타에 제소할 계획입니다. 그렇게 되면 브리티시컬럼비아가 아니라 연방정부가 나서서 캐나다 물에 대한 미국의 엄청난 갈증을 해결해 줄 수밖에 없게 됩니다. 수상과 그의 사기꾼 일당이 거래조건을 만들게 되겠죠." 사람들은 그들 앞에 제시된 염려스런 전망 앞에 잠시 할 말을 잃었다.

"상황이 급박합니다." 세르주가 말을 이었다. "미국의 물 부족은 이미 심각한 상태이며 앞으로 더 안 좋아질 겁니다. 다른 회사 하나가 뉴펀들랜드와 협상에 들어갔습니다. 브리티시컬럼비아와 알베르타 주정부에 제시된 물 수출 계획만도 두 건입니다. 그리고 신임 수상은 그 돼지 같은 미국 대통령과 거래하기를 원하고 있고요. 우리 스스로 우리 물의 이용과 관계된 조건들을 빨리 정하지 않으면 수상이 직접 미국인들과 거래에 나설 겁니다." 세르주는 잠시 사이를 두고 덧붙였다. "저에게 접근한 사람들하고 말입니다." 두 사업가가 그를 쳐다보았다.

"윌리엄 에릭슨 그릴 - 그릴생명산업은 다 알고 계시죠? - 그릴과 그의 컨소시엄은 향후 10년간 25억 에이커 피트의 퀘벡 물을 미국으로 수출하고자 합니다. 그들은 퀘벡 정부와 지역의 사업 파트

너와 함께 상호 이익이 되는 협력관계를 맺을 수 있을 것이라고 생각하고 있습니다. 두 분이 관심 있으시면 그 사업 파트너는 당연히 두 분이 되시겠죠."

"물론이죠!" 베찌나는 거의 소파에서 벌떡 일어나다시피 하며 불어로 소리쳤다. 랑제뱅도 불어로 "당연하죠!"를 외치며 화답했다. 랑제뱅은 넥타이를 잡아당겨 느슨하게 만들면서 혀로 두툼한 입술을 핥아 반들거리게 만들어 놓았다. 그리고 두 사람은 세르주에게 질문을 퍼붓기 시작했다.

"피에르씨가 참석하신 것으로 보아 환경평가는 긍정적으로 봐도 되겠지요?" 평소에 잘 알고 지내는 가슬린을 돌아보며 베찌나가 말했다. 가슬린은 고개를 끄덕이며 그를 안심시키는 몇 마디를 해 주었다. "좋아요," 베찌나가 말했다. "가슬린씨라면 꼼꼼히 따져보셨을 테니까 당장 사업계획을 보고 싶군요."

세르주는 테이블에 커다란 지도를 펼치고 몇 페이지에 달하는 보고서도 꺼냈다. "사업의 구체적인 내용을 논의하기 전에 이 사업이 갖는 위험부담에 대해서 페레이라씨의 의견을 들어보는 게 중요할 것 같습니다."

카키색 작업복과 소매가 짧은 체크무늬 셔츠 차림의 헬더 페레이라는 세르주가 부탁한 짧은 설명이 부담스럽게 느껴졌다. 가슬린은 페레이라를 제외시키자고 했지만 세르주는 젊은 전문가의 판단을 존중했고 독자적인 시각으로 몇몇 문제들을 확실히 짚어줄 사람이 필요했기 때문에 그를 포함시키기로 했다. 나중에 생길지도 모를 환경문제를 생각해 그 근거를 사전에 분명히 해 두자는 포석이었다.

세르주는 페레이라에게 고개를 끄덕였다. 헬더는 목이 바짝 탔지만 간신히 말을 시작했다. "지난 백 년간의 수위에 비해 현재의 수위가 낮아져 있음을 고려할 때 이 사업계획에 제시된 양을 취수한다면 우리의 수자원이 보존될 수 있을지 저는 전혀 확신할 수 없습니다."

불편한 침묵이 방 안을 감돌았다. "자원의 훼손은 없을 겁니다." 피에르 가슬린이 성가시다는 투로 말했다. "제대로만 하면."

"가슬린 선생께는 죄송하지만, 그 말씀에 저는 동의할 수 없습니다. 설명을 드리죠." 헬더는 반대 이유를 하나하나 힘겹게 더듬거리며 말했다. 그가 설명을 끝냈을 때 베찌나도 랑제뱅도 가슬린도 아무 말이 없었다.

"고맙네, 헬더." 침묵이 거북해지자 세르주가 말했다. "자네의 솔직한 의견에 감사하네. 그만 가 봐도 좋네." '살았군.' 헬더는 서재를 나서며 생각했다. 그는 계단을 날듯이 내려와 집 밖으로 뛰쳐나와 크게 숨을 들이쉬었다. '제길, 내가 무슨 짓을 한 거람.'

"여러분," 세르주가 모인 사람들에게 말했다. "가슬린 선생의 고견이 더 권위가 있는 것이 사실이지만 우려의 목소리도 존재한다는 것을 여러분들이 아시는 것도 매우 중요합니다. 사업을 추진하면서 환경에 대해서도 지속적으로 고려해야 한다는 점을 유의해 주십시오." 그의 말에 사람들은 헛기침을 했다.

도청을 경계하며 실비 라크르와는 동료의 사무실에서 퀘벡시로 여러 통의 전화를 걸었다. 그녀는 산업, 무역, 기술 관련 변호사, 환경사정관, 퀘벡 수자원공사의 전문가, 천연자원 기술자에게 전화를 걸어 최대한 막연하게 물 수출에 관해서 물어보았다. 하지만 아무도 아는 사람이 없었다. 혼란스러운 마음으로 그녀는 토론토에 등록되어 있지 않은 한 번호로 전화를 걸었다.

"안녕, 실비, 우리 법률 테러리스트." 제임스 아만포어가 애정 어린 목소리로 말했다. "어떻게 지내?"

"안녕, 난 스케줄이 허용하는 만큼 잘 지내지. 당신은?" 실비는 그의 구릿빛 피부와 투명한 갈색 눈을 머릿속에 그릴 수 있었다. 그녀는 사회적으로도 성공하고 행복한 결혼생활을 하는 유부녀들이 그의 옆에 서면 자기도 모르게 숨을 헐떡이는 모습을 본 적이 여러 번 있었다. 그는 캐나다 〈환경정의연합〉 지부장이라는 직함이 허용하는 범위 내에서 점잖음과 장난기를 적절히 활용했다.

"제임스, 정보가 좀 필요한데, 보안이 되는 회선으로 통화를 했으면 해."

"알았어. 전화번호를 불러. 내가 다시 전화할게." 그는 전화를 끊고 사무실에서 엘리베이터를 타고 6층을 내려와 퀸가의 공중전화박스 안으로 들어갔다.

"무슨 일이야?"

"퀘벡 라크생장 지역 북동부에 대규모 물 수출 계획이 있다는 이야기 들어봤어?"

아만포어는 놀랐다. "브리티시컬럼비아, 알베르타, 뉴펀들랜드 얘기는 알지만 퀘벡은 못 들어 봤는데. 무슨 소리야?"

"나도 잘은 몰라. 하지만 믿을 만한 정보제공자가 퀘벡당이 엄청난 프로젝트를 논의하는 중이라고 나에게 말해 주었다고만 해두지. 엄청난 규모야. 병입공장, 선박수송, 송수관, 믿을 수 있겠어? 미국으로 말이야. 그게 사실이라면 왜 아무도 모르고 있는 거지? 퀘벡시의 알 만한 사람들한테 다 연락해 보았는데 아무것도 나오질 않아."

"처음 듣는 이야기야. 거대하고 비밀스러운 프로젝트라. 좋지 않은데. 좀 알아보고 연락 줄게."
"부탁해. 하지만 정보제공자의 신변보호를 위해서 내가 한 이야기는 다른 사람들한테 말하지 마. 당분간은 말야. 알았지?"
"알았어."
"고마워."
"천만에."

10

버렌트 포겔은 브랜디잔을 주무르며 그의 센트럴 파크 웨스트 아파트 발코니에서 5번가의 스카이라인을 바라보고 있었다. 완벽한 아트 데코 복고풍의 아파트였고 클레, 칸딘스키, 키리코의 작품들로 휘황찬란했다. 포겔은 빌 그릴이 와서 프로젝트의 자금 문제를 확정짓기를 기다리고 있었다.
그는 보나파브리카사의 전략 문제로 고심하고 있었다. 노바티스, 몬산토, 젠시스코가 그랬던 것처럼 90년대에 그는 생명공학분야 쪽으로 사업을 확장하려고 많은 공을 들였다. 그리고 지금은 예상치 못했던 고질적인 문제를 해결해 줄 세포 복제 기술을 사들이기 위해 몬트리올 근처의 작은 회사와 협상 중이었다. 그가 배아복제이식기술에 투자한 돈은 노바티스사가 돼지 품종 개량을 위해 투자한 수십억 달러에 맞먹었다. 또한 그는 인간 게놈 프로젝트라는 금광을 개발할 과학자와 컴퓨터 전문가 집단을 거느리며 비싼 연봉을 지급하고 있었다. 거기다가 그릴의 테크니플랜트사와 함께 건강보조식품 사업에 뛰어들기 위해 식물유전공학에 상당한 자금을 쏟아 붓고 있었다. 그 자신은 이런 전략이 뛰어나고 종합적이며 21세기적이라고 평가하고 있었다.

그런데 그의 동료 유럽인들이 이 영웅적인 발명품들을 환영하기는커녕 집단적인 공포에 사로잡혀 버린 것이다. 처음에는 광우병으로 멍청하고 더러운 영국인들이 난리를 치더니, 스코틀랜드에서 몬산토사를 위해 연구를 하던 아르파드라는 헝가리인이 유전자조작을 한 감자가 면역기능을 손상시킬 수도 있다는 발표를 하지 않나, 또 윌멋이라는 후레자식까지 나서서 복제배아가 유산되거나 비만증세를 보이거나 빠르게 노화하는 것을 볼 때 배아복제는 결국 실패할 것이라는 헛소리까지 지껄이고 있었다.

또 환경단체들은 미 대륙 정화에 나서고 있었다. 음식물에 유전자조작 표기를 의무화하는 데에 성공했고 가장 유망한 신제품들을 아예 금지시키려는 운동을 전개하고 있었다. 소위 환경 전문가들이 뉴스에 나와 불평을 늘어놓고 슈퍼마켓 체인점들은 유전자조작 식품을 받지 않겠다고 납품업자들에게 말하고 있었다. 공중보건의들은 서로 다른 종 사이에 병이 전이될 가능성에 대해 거품을 물고 경고하고 나섰고 〈환경정의연합〉과 〈세계야생생물기금〉, 기타 모든 환경단체들은 WTO 조약에 유전자 안전성 관련 조항을 넣을 것을 소리 높여 요구하고 있었다.

버렌트 포겔은 잔을 내려놓고 관자놀이를 문질렀다. '젠장. 모두 제정신들이 아니야.' 이번 여름까지만 해도 그는 미국이 유전자 변형곡물을 허가해줄 것으로 기대했고 무역법을 이용해서 나머지 나라들에도 이를 강요할 생각이었다. 그런데 미국조차도 많은 식품 유통망들이 유전자조작식품을 거부하고 있다. 아랍의 미치광이들 덕분에 미국인들이 잠시 한눈을 팔게 된 것은 다행이었다. 하지만 포겔은 뭔가 확실한 수입선을 잡는 것이 절실했다.

초인종이 울렸고 경비가 그릴과 허스트의 도착을 알렸다. 그들이 올라오는 동안 비토리오 마사로도 도착했다. 곧 네 사람은 식탁을 둘러싸고 앉아 서류들을 검토하기 시작했다.

"추진계획은 섰어." 그릴이 먼저 말했다. "첫 단계에만 우리 쪽 자본이 백억 달러 정도 필요해. 어쩌면 백오십억이 될지도 모르지. 퀘벡의 건설업자들은 현장 공사 계약의 노른자 부분을 차지할 거고, 아마 70퍼센트 정도 될 거야, 퀘벡 은행이 전체 프로젝트 예산의 30퍼센트를 댈 거야. 그럼 도합 백오십억이 되는 거지.

모든 시설이 건설된 뒤 우리 소유가 되기만 하면, 그리고 이사회를 우리가 좌우하게만 되면 우리 수익 목표를 달성하는 데에는 별 문제가 없을 거야. 우리 컨소시엄은 계획과 설계와 감독의 단계에서 제공한 부가가치 높은 서비스의 대가로 고소득을 챙기지. 그리고 우리는 퀘벡의 물을 소유하게 되어 비벤디, 수에즈, 테임즈, 다농, 코카콜라와 경쟁할 수 있는 위치를 확보하게 되지. 캐나다의 나머지 지역과 미국의 물을 장악하는 교두보도 확보하고. 그리고 그에 따른 수익을 챙기는 건 물론이고." 만족스러운 표정으로 사람들은 서로에게 고개를 끄덕였다. 그릴이 계속 말을 이었다.

"워싱턴 회의는 성공적이었어. 자, 이제 모금 시간이야. 얼마나 준비했나?"

마사로는 그의 삼촌과 상의를 했다. 삼촌은 세탁을 해야 할 돈이 아주 많은 사람이었다. 그는 삼촌에게 18퍼센트의 이익을 보장하고 현금을 상자로 받았다. 마사로는 4억 달러를 제시하고 가보 마줄리와 지역 전문가들과 함께 일할 최고 수준의 감독관들을 투입하기로 약속했다. 그릴은 만족했다.

다음으로 그릴은 포겔을 쳐다보았다. 둘은 유전공학의 거친 바다에 처녀항해를 나선 항공모함을 함께 지켜보느라 공통된 관심사가 많았다. 항해의 성공 여부는 아직도 불확실했다. 그래서 포겔이 8억 달러를 제시하자 그릴은 놀라지는 않았지만 그래도 기뻤다. 절반은 회사 돈이고 절반은 개인 투자였다. 회사의 뒤를 봐주고 있으니 개인 투자를 못할 것도 없었다.

"닉 카메네프는 6억 달러를 투자했네." 그릴이 동료들에게 알려 주었다. "스틸러는 무려 10억. 지금 현금이 풍부한 모양이야. 월버는 5억에 전문적인 문제를 자문해 주기로 했네. 리치 프랭클린은 2억 5천에 언론 지원을 약속했네. 다 합해서 35억 달러 정도 되는 셈이지. 우리가 투자해야 할 총액은 110억이야. 내가 37억을 내지." 그는 이 액수가 동료들에게 접수될 때까지 잠시 기다렸다. 그것은 그에게조차 너무 큰돈이었고 마련하는 데 조금 힘을 들여야 했다. 하지만 이로써 그가 최대지분을 갖게 된 셈이고 중요한 것은 그것이었다. "워싱턴에 있는 정치인 친구들의 비자금도 조금 거둬들일 계획이네. 그들에게는 짭짤한 투자가 되겠지. 하지만 돈보다도 그들의 적극적인 지원을 끌어내기 위해서야." 다른 동료들도 그의 생각에 동의했다.

그릴은 번팅 허스트를 보았다. 이제 모든 것은 그에게 달려 있었다. 허스트는 방 안의 팽팽한 긴장감을 느끼고 있었다. 포겔이 마침내 소리쳤다. "번팅, 뭘 꾸물거리는 거요? 어서 당신 입장을 말해 봐요."

그릴은 허스트가 아직도 머뭇거리고 있음을 감지하고는 혈압이 올라감을 느꼈다. 그는 화가 나서 목덜미가 달아오르고 있었다. 지가 최고인 줄 아는 저 땅딸보 때문에 지금까지의 노력이 수포로 돌아간다면……

"약속대로 35억 달러를 내지." 허스트가 선언했다. "나와 내 은행의 명예와 함께 이 사업에 내놓겠네. 우리 모두의 성공을 위해 건배나 하지."

그가 커피잔을 높이 들자 나머지도 재빨리 그를 뒤따랐다. 잠깐이었지만 그릴을 아주 불안하게 했던 순간이었다. 날 아주 바이올린처럼 연주하는구먼. 그는 감정이 좋지는 않았지만 겉으로는 웃고 있었다. 사업이 시작된 것이다.

클래어 데이비도비츠는 다른 임무들도 수행하면서 리포트를 작성하느라 사무실에서 정신없는 시간을 보내고 있었다. 그때 비서가 인터폰으로, 이름을 밝히지 않는 한 남자가 통화를 요구한다는 말을 은근한 말투로 전했다. 그녀는 정신이 번쩍 들었다. 시애틀의 그 잘생긴 오드봉 사람? 클래어는 말콤을 잊지 않고 있었다.

"연결해 줘요."

"분부대로 합죠." 비서가 대답했다.

"전화를 받아줘서 고마워요, 데이비도비츠씨. 스파이 접선이라도 하는 것 같죠? 하지만 당신과 상의드릴 중요한 문제가 있습니다. 제가 조심하는 이유를 이해해 주실 거예요."

마지막 말은 의도적으로 천천히 말했다. 클래어는 말콤이 누구도 엿듣지 않기를 바라는 어떤 이야기를 하려고 한다는 것을 알아챘다.

"좋아요." 클래어는 다시 말할 수 있게 되어서 기뻤다.

"당신과 만나고 싶습니다. 가능하다면 다음 주에 당신이 편한 시간에요. 제가 최근에 알게 된 중요한 정보를 알려드리고 싶어요."

"제 문젠가요, 〈환경정의연합〉 문젠가요?"

"이 대륙의 환경보존에 관계된 문제입니다."

"음. 매우 중대하게 들리는군요."

"아주 중대하죠. 제가 워싱턴으로 갈까요?"

"전 다음 주를 거의 뉴욕에서 보내요. 호르몬 분비 교란 현상에 관한 비정부기구 대회에 참석하죠."

"뉴욕으로 갈 수도 있습니다. 당신이 시간이 된다면."

클래어는 잠시 생각했다. "좋아요." 그녀는 흥미를 느끼며 동의했다. "금요일 날 봐요. 딱 일주일 뒤군요. 행사 후반부로 갈수록 덜 바빠질 거예요. 지금 전화로 약속을 정할까요, 아니면 더 조심해야 하나요?"

"지나치게 조심하는 것 같긴 하지만 당분간은 그게 좋을 것 같아요. 전 웰링턴 호텔 557호에 묵을 겁니다. 오전 중에 도착하죠. 그곳으로 메모를 전해주시겠어요?"

"그러죠." 그녀는 아무렇지도 않게 대답했지만 가슴은 뛰고 있었다.

일주일 뒤 뉴욕의 레스토랑 엘 미로는 가장 붐비는 점심시간이라 사람들로 발 디딜 틈이 없었다. 말콤은 거리에서 계단을 타고 내려와 쑥 꺼진 테라스를 둘러보고 난 다음, 실내의 앞쪽을 훑어보았다. 사람들과 재즈 음악의 소음을 뚫고 더 안쪽으로 들어가 살펴보다가 벽 쪽 긴 테이블에 앉아 있는 클래어를 발견했다. 칸막이 때문에 그녀 앞에 앉아 있는 사람은 보이지 않았다. 그녀는 말을 쏟아내고 있었고 화가 난 것처럼 보였다.

말콤은 끼어들기를 주저하다가 다시 밖으로 나왔다. 5분쯤 뒤에 다시 안으로 들어가 클래어의 눈에 띄겠다는 의도로 테이블에 접근했다. 말콤은 열변을 토하고 있는 클래어의 목소리를 들었다.

"절대 어떤 경우에도 묵과할 수 없어요."

"데이비도비츠씨?"

클래어의 얼굴은 창백했으며, 두 볼이 빨갛게 달아올랐다. 그녀는 고개를 들어 말콤을 쳐다보았다.

"바쁘신 모양이군요. 한 시간 정도 뒤에 다시 올까요?"

클래어는 순간 당황했지만 곧 마음을 수습했다.

"아, 선생님, 아니에요! 잘 지내셨어요? 앉으시죠. 이 친구는 막 일어서려던 참이에요." 그녀는 맞은편 상대를 보며 말했다. "그렇죠?" 그녀의 목소리는 냉랭했다.

'무서운데.' 말콤은 생각했다. 두 남자는 서로를 쳐다보았다.

"음, 말콤, 이쪽은 제프예요." 클래어는 어색할 정도로 짙은 금발의 혈색 좋은 덩치 큰 사내를 소개했다. 그는 넓은 어깨와 튼튼해 보이는 팔다리에 데님 셔츠와 청바지와 카우보이 부츠 차림이었다. 전형적인 뉴욕 사람은 아니었다.

말콤이 손을 내밀었다.

"안녕하슈?" 상대방이 악수를 받으며 말했지만 떠날 기미를 보이지는 않았다.

"제프는 대회에 참석하러 왔어요." 클래어가 말했다. "미시시피 서부와 캐나다 초원 지방 남부에서 발견되는 자웅동체 개구리들을 관찰하는 활동에 참여하고 있어요. 맞죠, 제프?"

"그게 내가 하는 일 중 하나지." 그는 불만스럽게 인정했다.

"다른 어떤 일을 하시죠?" 말콤이 물었다.

"캐나다와 미국 늑대 야생화 프로그램에 가장 많은 시간을 들이고 있죠." 제프가 자랑스럽게 말했다.

"어디서 일하시죠?" 말콤이 물었다. 그는 테이블 옆에 서서 무슨 일이 벌어지고 있는 것인지를 짐작해 보며 이 촌티 나는 남자가 떠나거나 자리를 비켜주기를 기다렸는데 이제 더 이상 참기가 힘들어졌다.

"몬태나, 미술라." 제프가 건성으로 대답했다. 그러고는 클래어를 돌아보고 말했다. "생각이 바뀌면 연락해. 내 연락처 알고 있지?" 일어서자 그는 엄청나게 큰 키였다. "만나서 반가웠어요." 제프는 말콤에게 한마디 하고는 나가버렸다.

"앉으세요, 말콤, 어, 맥퍼슨씨."

"말콤이라고 불러줘요."

"클래어라고 불러요. 방금 전 일 사과드려요."

"무슨 일 있는 거예요?"

"별일 아니에요. 제프와 전 환경운동을 같이 한 지 꽤 오래 되었고 때로는 서로 의견이 안 맞을 때가 있어요. 그 일로 기다리게 해드려서 죄송해요."

무슨 의견의 불일치일까? 말콤은 궁금했지만 그냥 지나가기로 했다.

"오시는 길은 괜찮았어요?" 클래어가 물었다. "뭘 좀 드실래요?" 레스토랑에서 사람들이 빠져나가고 있었다. 오후의 햇살이 스테인드글라스 창문을 통해 들어와 테이블과 손님들을 똑같이 부드러운 색으로 물들였다.

"무지 배고픈데요. 여기서 제일 잘하는 게 뭐죠?"

"다 맛있어요." 그녀는 기지개를 켜더니 머리를 뒤로 넘기며 뒷목을 문지르며 그에게 웃어 보였다. "정말 제게 하실 말씀이 무엇인지 궁금해요." 말콤도 마주 웃었다가 심각한 표정으로 얼굴을 바꾸더니 서류가방을 열어 얇은 마닐라 봉투를 꺼내었다.

"이 정도의 물이라면 전체 생태계에 심각한 손상을 입힐 게 분명하군요." 말콤이 설명을 마치자 클래어가 말했다. "그들이 물을 공급할 예정인 미국의 주들에 비해서 퀘벡이 물이 많은 건 사실이지만 과거에 비해서는 그렇게 많은 편은 아니죠. 이 프로젝트에 대해서 왜 지금까지 들어 본 적이 없는지 이해가 안 가는군요. 그들이 캐나다의 약점을 파고들고 있는 게 분명해요. 퀘벡 말이에요." 그녀는 잠시 생각했다. "몰래 땅을 사들이려는 것 같은데요. 그러고 나면 필요할 때 나프타 2장이나 WTO를 이용해 강제로 거래를 성사시킬 수 있으니까요."

"나프타 2장이요?"

"그 부분이 환경적 고려를, 개발을 막을 수 있는 합법적인 이유가 아니라 소위 사업의 자유에 대한 침해로 판단할 근거를 제공하고 있거든요. 그래서 이들이 땅을 산 뒤 누군가가 그들의 사업을 막으면 엄청난 보상금을 요구할 수 있거든요. 오아사카에서 이미 벌어진 일이죠. 사우스벨트사 측은 몇 년 전 브리티시컬럼비아 정부에게 한 방 먹은 후 100억 달러를 요구하고 있어요. 믿어지세요? 그리고 가장 무서운 점은 캐나다의 한 지역에서 물이 상품화되면 - 물론 퀘벡도 마찬가지지요 - 나머지 지역의 물도 모두 상품화될 수밖에 없다는 거예요. 정말 끔찍하죠."

"이런 짓을 하고도 어떻게 무사할 거라고 생각할까요?" 말콤은 역겨움을 느꼈다.

"아마 대단히 힘이 센 놈들이겠죠. 그리고 대부분의 미국인들은 캐나다 문제에 관심이 없어요."

말콤은 눈썹을 치켜 올렸다.

"당신은 관심이 있군요."

"저는 버몬트주 벌링턴에서 자랐어요. 퀘벡과 가까운 곳이죠. 가족이 몬트리올에 있고 학교도 그곳에서 다녔죠." 그녀가 웃었다. "저도 전형적인 미국인은 못 돼요."

"그게 무슨 뜻이죠?"

"제 부모님은 유럽인이세요. 진짜 유럽인이요. 그분들은 오페라와 연극과 안초비(지중해나 유럽 근해에서 나는 멸치류의 작은 물고기나 이것을 절여서 발효시킨 젓갈 - 옮긴이)를 좋아하시죠. 1960년대에는 버몬트에서 그런 사람은 이상한 사람 취급받았어요. 정말이에요. 그리고 부모님은 연휴나 여름과 겨울 휴가 때에 저를 몬트리올과 맨체스터, 파리, 예루살렘 등지로 끌고 다니셨죠. 그래서 전 세상에 대해 다른 관점을 갖게 되었어요."

"그래서 몬트리올에 있는 학교에 다니시게 된 거로군요."

"그런 셈이죠."

말콤은 그녀의 얼굴을 보며 도저히 눈을 뗄 수가 없었다. 클래어는 그가 빤히 쳐다보고 있다는 것을 깨달았다. "본론으로 돌아가죠." 그녀가 황급히 말했다. "대부분의 미국 환경운동가들이 캐나다에 관심이 없다는 말은 아니었어요. 특히 국경지방에 사는 미국인들은 안 그렇죠."

"전 미시간에서 자랐습니다." 말콤이 말했다. "하지만 여름이 되면 롱비치에서 지냈죠. 휴런 호수의 미국 쪽 가장자리죠."

"그럼 다른 곳에 사는 미국인들이 캐나다를 커다랗고 춥고 텅 빈 공간으로, 북극곰과 이글루밖에 없는 곳으로 생각하는 것을 느끼셨겠네요. 혹은 미국의 51번째 주쯤으로 생각하죠. 미국인들이 사막의 잔디밭에 물을 주기를 거부하거나 수영장을 물로 채우기를 거부하는 운동을 벌이는 걸 보신 적 있어요? 지구온난화에 의한 가뭄이 몇 년 더 계속되면 상황이 바뀔지도 모르죠. 하지만 현재로서는 대부분의 미국인들이 WTO까지 가는 한이 있더라도 이 컨소시엄의 계획을 지지할 겁니다."

"당신은 미국인들이, 북부 지역의 물을 기업자본이 인수해서 대륙의 환경을 망치도록 가만히 내버려 둘 거라고 말하시는 겁니까? 설마요!"

"제가 말하고 싶은 건 환경문제를 이해하고 관심을 갖는 사람들은 소수이고, 힘도 없고, 거대한 문제를 떠안고 있지만 자금도 없다는 거예요. 미국인들이 퀘벡 환경운동을 돕기는 하겠지만, 그들의 한정된 자원을 미국인들의 관심이 적고 이길 가능성도 없는 싸움에 직극적으로 투입할 가능성은 없죠." 클래어의 표정이 어두웠다. "그게 현실이죠."

"그렇군요." 말콤 눈가의 주름이 낭패감으로 팽팽해졌다. 하지만 그는 잘 이해할 수 있었다. 그도 자원보존운동단체에서 부족한 인력과 자금문제로 논쟁을 벌인 적이 있었다. 언제나 자금은 턱없이 부족했다.

"하지만 제 나름대로는 최선을 다해 보죠." 그녀가 말했다. "대단히 중요한 문제입니다. 문제가 되는 지역의 생태계는 우리 대륙에서 중요한 부분이고 회복이 불가능할 정도로 손상된다면 반구 전체에 영향을 미칠 수도 있습니다."

"앞으로 어떻게 하죠?" 말콤이 물었다.

"전 전화를 걸어서 좀 알아볼게요. 이렇게 큰 건이 오랫동안 비밀로 유지될 수는 없죠. 지금쯤 워싱턴에 있는 누군가가 이 일에 대해 들었을 거예요. 퀘벡도 마찬가지고. 법적이거나 공식적인 행동을 취할 수 있는 단서를 제공할 사람이 있을지도 몰라요."

"좋아요."

클래어는 테이블 맞은편의 그를 물끄러미 보았다. "몇 달 뒤면 틀림없이 이 계획이 공식적으로 발표될 거예요. 어쩌면 더 일찍. 그때가 되면 괜찮겠지만 지금은 이런 정보를 입수하는 것은 큰 위험을 무릅쓰는 일이에요." 말콤은 칭찬을 듣고 있다고 생각했다. "해고될 수도 있고 소송을 당할 수도 있고 더 나쁜 일을 당할 수도 있어요."

"우리 두목이 알아채지는 못할 거요." 말콤은 이것이 사실이기를 간절히 바랐다.

"알아챌지도 모르죠. 당신이 이 정보를 내게 가져온 동기를 알고 싶어요."

"제 친구와 저도 환경에 관심이 많습니다." 러셀의 이름을 밝히지 않으려 조심하며 말콤이 말했다. "그도 당신의 강의를 들었죠. 일단 이 정보를 손에 넣었을 때 우리는 뭔가 조치를 취해야 한다는 생각이 들었어요. 저는 지리학에 관한 기초 지식만 있죠. 하지만 전문지식이 없더라도 이 사업이 초래할 재난은 누구나 예상할 수 있어요."

"그랬군요." 클래어는 곰곰이 생각해 보았다. 미끼로 던져진 자본의 하수인처럼 보이지는 않았다. 똑똑하면서도 용감해 보였다.

그들은 잠시 말이 없었다.

"다른 정보를 얻게 되면 알려주시겠어요?" 그녀가 물었다.

"물론이죠. 안전하게 정보를 교환할 방법을 강구해야겠어요. 무슨 일이 벌어지면 저도 알고 싶거든요." 말콤은 화젯거리가 다 떨어져가고 있어 이제 일어설 때가 되었음을 알았다.

"저도 어떤 방법으로든," 클래어가 그를 바라보았다. "당신과 접촉하고 싶어요."

'접촉.' 클래어를 바라보았다. 말콤은 숨을 한 번 들이쉬고 말했다.

"오늘 저녁에 혹시 시간이 되세요? 물론 대회 일정 때문에 바쁘시겠지만."

"오늘 오후 일정은 끝났어요."

기다렸다는 듯이 말이 너무 빨리 튀어나왔기 때문에 클래어는 얼굴을 붉혔다.

11

국회의사당의 고딕식 건물 처마 밑에 조각된 가고일은 그랑드 대로를 내려다보고 있었다. 재무부 사무실에서 로베르 코베이 장관은 월요일부터 쉬지도 않고 내각의 주요 장관들과 이번 사업이 영향을 끼칠 선거구 소속의 현역 의원들을 만나 의논을 하고 있었다.

그 주일 내내, 세르주 라롱드는 불안으로 미칠 지경이었다. 그는 코베이와 매일 통화를 하며 상황을 파악하고 있었다. 집안의 분위기는 냉랭했다. 그는 이제 소파에서 잠을 잤다. 니콜이 점점 멀어지는 것은 자신의 잘못임을 알고 있었다. 내각이 그 사업을 승인하면 그는 니콜에게 그 프로젝트가 자신이 시작한 것이 아니라 자기에게 주어진 것이라고 납득시킬 수 있게 되기를 바랐지만 가망성은 없었다. 어쩌면 화해할 수 있을지도 몰랐다. 긴 휴가를 내서 어디 멀리라도 함께 떠나면 괜찮아질지도 몰랐다.

마침내 네 시에 전화벨이 울렸다.

"대다수가 사업에 찬성하고 있는 분위기네." 코베이의 흥분한 목소리가 수화기에서 왕왕거렸다. "국무회의가 수요일에 있을 거야. 난 안건을 상정해서 투표에 부칠 거네. 그때까지 예상치 못한 어떤 사고가 벌어지지 않는다면 통과될 거라고 난 확신해. 동료들은 이해하고 있어. 최대한……" 코베이는 적당한 말을 찾고 있었고 세르주는 그것이 무슨 말일까, 궁금해했다.

"부드럽게 처리할 필요가 있다는 걸."

"대단히 반가운 얘기군요." 마음속에서 들끓고 있는 갈등을 감추고 세르주는 대답했다.

"하지만 우리 쪽에서나 베찌나나 랑제뱅 쪽에서 모든 문서가 완전히 갖추어질 때까지는 전에 이야기했던 대로 공식적 발표는 하지 않을 걸세. 그리고 땅의 취득과 매각, 그리고 필요한 인프라 구축을 허용하는 법안이 입안되고 의회와 위원회에서 신속하게 처리될 준비가 될 때까지도."

"물론이죠." 세르주가 말했다.

"시월 초순경쯤이나 되어야 할 거야. 하지만 발표가 있으면 반대의 목소리가 있게 되는 것은 피할 수 없지. 원래 의심들이 많으니까. 지금 당장 내가 염려하는 것은 사업의 규모를 생각할 때에 우리에게 시간이 너무 없다는 거야."

"내년 총선을 말씀하시는 건가요?"

"맞아. 크리스마스까지는 이 일을 성사시켜야 해. 선거운동이 임박해서 반대파의 비난을 감수할 수는 없지."

"이해합니다. 지금부터 전력투구를 해야겠군요."

"바로 그거지. 이 건이 국무회의를 통과하면 자네를 우리 부로 발령을 내서 나에게 직접 보고하도록 하겠다고 자네 장관에게 말해 두었네. 그게 마찰을 줄이는 최선의 방법이야."

"배려해 주셔서 감사합니다." 세르주는 자신의 상관과 대립하게 되는 상황을 피하고 내각 내의 최고참 정치인을 방패막이로 삼을 수 있게 된 것에 대해 안도했다.

"정말 고맙습니다, 장관님."

"천만에. 그게 합리적이지. 지금까지 아주 잘해주었네, 세르주. 앞으로 계속 잘해주면 자네에게 아주 좋은 일이 있을 걸세. 파리의 퀘벡 총영사 정도면 어떤가?" 코베이는 한번 떠보았다. 퀘벡 총영사는 대사급이었다. 대사급 - 게다가 니콜도 좋아할 것이었다. 그렇게 되면 니콜과 멀어진 거리를 다시 좁힐 수 있을지도 몰랐다.

샌프란시스코 버클리 언덕 위에서는 버터빛깔의 석양이 흰 벽토를 칠한 집 하나를 비추고 있었다. 전체적으로 나즈막하고 수평으로 널찍한 집이었다. 미국 에너지 장관 제이슨 스탬퍼는 노란색 폴로셔츠와 갈색 카키바지 차림으로 윌리엄 그릴을 큰 거실을 지나 가족이 함께 쓰는 방으로 안내했다. 엄청나게 큰 텔레비전 화면에 웨스트 윙의 재방송으로 보이는 드라마가 진행되고 있었다. "난 이 드라마 좋아하네." 스탬퍼가 텔레비전을 끄며 말했다. "정말 환상

119

적인 정치판이지."

제이슨 스탬퍼는 아칸소 출신이었고 농구 장학생으로 스탠퍼드를 졸업했기 때문에 그릴을 별로 부담스럽게 느끼는 입장은 아니었다. 여전히 멋진 외모였지만 이제는 혈색 좋고 살도 찐 데다가 머리는 백발이 되어 있었다. 지난 수년 동안 에너지의 모든 분야의 사람들과 업무관계를 돈독히 해왔다. 그는 자유무역과 민영화의 신봉자였으며 그의 휘하에 있는 부서를 이런 목적에 맞게 몽땅 재구성해 놓았다.

그릴은 언제나처럼 스카치 한 잔을 손에 들고 그가 생각하는 바를 천천히 설명했다. 스탬퍼는 물 부족 문제에 대해서 이미 잘 알고 있었기 때문에 그 문제를 자세히 설명할 필요는 없었다. "그러니까." 그릴은 그의 의도를 요약해서 이야기했다. "우리는 퀘벡에서 25억 에이커 피트의 물을 수입하고 싶습니다."

"대단하군!" 장관의 놀라움은 약간의 적의를 내포하고 있었다. "너무 많은 양인데요! 사우스벨트사는 그것의 사 분의 일도 브리티시컬럼비아에서 가져오지 못했는데 어떻게 그게 가능하다는 거요?"

그릴은 자신들의 계획에 대해 차근차근 설명해 주었다. 장관의 부정적인 시각은 그가 던지는 질문과 그릴이 대답하는 동안 오른쪽 다리를 흔드는 모습에서 확연히 드러났다. 스탬퍼의 태도에는 두 가지 이유가 있지 않을까, 그릴은 의심했다. 우선 그는 전 대륙에 대해 그가 행사하고 있는 영향력을 빼앗길 것을 두려워하는 것 같았고, 두 번째는 질투를 느끼는 것 같았다. 그릴의 조사팀은 스탬퍼가 사우스벨트의 주식을 가지고 있다고 알려주었다. 물론 에너지 장관 직함 때문에 복잡한 중간 단계를 거쳐 간접적으로 소유하고 있었다. 그래서 그릴은 기술적인 이야기만 줄곧 하다가 결정타를 한 방 날렸습. "저는 장관님의 지원을 요청하고자 왔습니다. 그리고 관심이 있으시다면 장관님의 적극적인 참여도 부탁드립니다. 에이엠워터사의 일원이 되주십사 하는 겁니다. 장관님께서 원하시는 방식을 강구해 볼 수도 있습니다." 그릴은 의미심장하게 덧붙였다. "그리고 꼭 강조하고 싶은 것은 퀘벡 물을 상품화하면 캐나다 전체의 물도 시장에 개방된다는 점입니다." 이 말은 사우스벨트 건에 대한 간접적인 언급이었지만 두 사람에게는 너무도 명백한 의도를 담고 있었다.

스탬퍼는 안락의자에 몸을 기대었고 다리를 떠는 것을 멈추었다. 몇 분 뒤에 현실적으로 '전혀 가망이 없어' 보였던 프로젝트는 갑자기 '대단히 멋져' 보이기 시작했다.

만족한 그릴은 백악관에서 스탬퍼가 중재에 나서 주기를 부탁했다.

"좋아요." 스탬퍼가 말했다. "대통령은 이 계획을 듣자마자 몸이 달아오를 겁니다. 각하는 이라크 전쟁을 지지하지 않은 것 때문에 캐나다에 대한 감정이 아주 안 좋아요." 스탬퍼는 그의 생각을 큰 소리로 떠들어댔다. "그가 캐나다 연방정부와 전면전을 벌일 수는 없는 노릇이니까 이 일로 대리 만족을 느낄 거예요. 연방정부 쪽은 이미 성사된 일에 대해서 딴지를 걸지는 못하죠. 신임 수상은 우리와의 관계를 개선할 궁리를 하고 있는 형편이니까."

"그점이 우리 측의 정치적 계산의 핵심적인 부분입니다." 그릴이 간사하게 맞장구를 쳤다. "정말 기쁘군요. 무역대표 쪽은 어떻게 할까요?"

"문제될 것 없어요. 미국 업계를 지원하는 게 그의 일이니까. 던져 줄 미끼라도 있나요?" 그릴이 고개를 끄덕였다.

"좋아요. 일이 주 안에 점심 자리를 주선하죠. 괜찮죠?"

"완벽합니다."

"좋아요. 우리는 법안을 만들 필요조차 없어요. 사업이 잘 추진되도록 경호만 해주면 되죠. 그래도 사전조율을 철저히 해둘 필요는 있죠. 월요일에 사업계획서를 가져다주시겠어요?"

"당연하죠. 장관님의 협조를 기대하고 있습니다. 재판관할상의 문제에 대해 교정청과 육군기술단의 협조를 얻도록 도와주시겠습니까? 제 판단으로는 제가 그들을 직접 찾아가는 것보다는 장관님께서 윗선에서 협조가 이루어지도록 도와주시는 게 나을 것 같은데요. 그리고 나서 우리 기술 책임자인 가보 메줄리가 실무적인 선에서 나머지를 해결하는 거죠. 물론 저는 장관님의 생각에 따르겠습니다만."

"워싱턴 쪽은 제가 알아서 조율해 놓죠. 당신 쪽 사람들이 찾아올 거라고 얘기해 두겠습니다."

"고맙습니다."

"주정부 쪽은 또 다른 얘깁니다." 스탬퍼는 턱을 만지며 잠시 생각에 잠겼다. 그의 오른쪽 다리가 다시 춤추기 시작했고 그는 파티오 테이블 위에 젖은 유리잔 바닥으로 팔자를 그리고 있었다. 그릴은 긴장했다.

"요즘 사정에 대해 잘 아시죠?" 스탬퍼가 마침내 입을 열었다. "작은 규모의 대안들과 댐 철거 프로젝트들이 서구사회에서는 대세예요. 지역 환경단체들의 지독한 반발을 한번 생각해 보세요. 캐나다에서 들여오는 것이라도 대형 파이프라인 사업에 대해 그들이 가만히 있지는 않을 겁니다."

그릴의 표정이 멍해졌다.

"그 문제에 대해서 생각해 보는 게 좋을 거예요, 빌." 스탬퍼가 충고했다. "내 말뜻을 곧 알게 될 거요. 주지사들을 설득시키는 일은 당신이 직접 하도록 해요. 풀라스키나 맥팔랜드 건에 대해서도 그랬던 것처럼. 물론 중앙행정부는 당신을 지지할 거요. 그리고 내가 대통령한테 오케이 사인을 받으면 당신은 주지사들에게 그점을 내세울 수 있겠지. 우리는 퀘벡에 사인을 주고 워싱턴 사람들을 정리할 테니까. 하지만 내가 직접 주지사들 앞에 나서는 일은 피하는 게 좋겠소. 그래서 중앙정부가 파이프라인의 설치를 각 주에 강제하는 듯한 인상을 주지는 않았으면 하오."

"이유를 모르겠습니다, 제이슨." 그릴은 눈을 번득이며 차갑게 말했다. "과거에도 종종 하셨던 일이잖습니까?"

"이 프로젝트에 대해서는 수선을 적게 떨수록 더 좋습니다." 어휘는 부드러웠지만 말투는 강경했다. "불필요하게 적대감을 살 이유가 없죠. 〈강연합〉은 회원 그룹이 삼천 개가 넘어요. 알고 계신가요? 그리고 그들은 현 정부를 싫어하죠. 전국적인 반발을 일으키는 것은 피해야 해요. 그러니까 당신이 일을 추진하고, 마지막 순간까지 소란을 최소화하고, 비난이 쏟아질 경우 당신이 뒤집어쓰도록 해요. 당신을 해고할 사람은 없으니까."

그릴은 아무 말이 없었다.

"이봐요, 빌. 계획서를 월요일에 검토하겠소. 워싱턴의 지지가 확고해지면 알려 주겠소. 주지사들이 당신 편이 되면 내게 말해요. 우리가 중재를 해주지." 스탬퍼는 자리에서 일어섰다.

하지만 그릴은 그대로 앉아 있었다. "뉴욕은 제가 처리할 수 있습니다. 하지만 버몬트를 장관님이 책임져 주지 않으시면 이 사업은 앞으로 나갈 수가 없어요." 그는 큰 모험을 하고 있었다. 하지만 스탬퍼가 끝까지 도와준다는 확신이 없다면 그는 한 발자국도 앞으로 나가지 않기로 마음먹은 상태였다.

장관은 그를 노려보았다. 그릴이 일어섰다.

"약속해 주시겠습니까?"

12

청동빛 물결을 흘리는 대서양의 석양이 이스트강의 물결 위에 반사되고 있었다. 뉴욕이 20세기 초에 강제로 합병해버릴 때까지 미국에서 두 번째로 큰 도시였던 브루클린의 창고와 공장, 오래된 건물들은 하늘을 등지고 검게 서 있었다. 집들이 난잡하게 널려 있는 프로스펙트 공원의 남서쪽 가장자리를 따라 말콤을 태운 택시는 달렸다.

말콤은 와인 한 병을 들고 초인종을 눌렀다. 나무판자로 지은 이 층짜리 검소한 집이었다. 클래어는 뉴욕에서 보내는 시간이 일 년에 반 정도 되기 때문에 없는 동안에는 다시 세를 주기도 하면서 10년도 넘게 이 아파트의 1층을 임대하고 있다고 설명했다. 그녀는 지금 독극물 환경 감시 활동을 하고 있는 사람과 아파트를 같이 쓰고 있는데 룸메이트는 정기적으로 가는 유럽과 아시아 여행을 떠나고 없었다. 말콤은 그녀를 따라 타일로 단장된 밝은 부엌으로 들어갔는데 포도넝쿨잎으로 그늘진 작은 파티오와 연결되어 있었다.

"이탈리아인들 덕분이죠." 클래어는 바깥공기를 들이마시며 포도넝쿨을 가리켰다. "50년 정도 됐어요. 땅은 자비롭죠. 와인 좀 따라 드릴까요?" 말콤은 그녀의 말을 놓치고 있었다. 클래어는 종아리를 잘라낸 까만 바지와 흰 티셔츠와 빨간 샌들 차림으로 가볍게 눈 화장을 하고 있었다. 피부는 약간 그을려 있었다. 그녀에게서 아마 라벤더인 듯한 향수 냄새가 났다.

"아니면 진이나 보드카나 스카치를 섞은 걸로 하실래요?"

"와인이 좋겠어요." 말콤은 취하고 싶지 않았다. 부엌으로 들어간 클래어는 자신이 이 낯선 남자에게 느끼는 강력한 끌림에 몸을 떨었다. 거의 잊고 살았던 본능이었다. 그런데 지금 갑자기 그 본능이 열대의 폭풍처럼 일어나 그녀의 갑옷을 두들겨대기 시작한 것이었다.

"뉴욕과 워싱턴 생활이 마음에 들어요?"

말콤은 열려 있는 문을 통해서 클래어에게 말했다. 대답이 없었다. 그는 그녀가 못 들었다고 생각했다. 그녀는 접시와 병과 코르크 따개와 잔을 가지고 돌아왔다.

"아니요." 클래어는 발로 스크린 문을 닫으며 말했다. "도시에 사는 건 어쩔 수 없기 때문이에요. 다른 사람들과 마찬가지로 일 때문이죠. 그런데 점점 지쳐요. 겁을 먹었다고까지는 할 수 없겠지만. 지평선 바로 저편에 두 고층빌딩이 지금은 사라지고 텅 비어 있죠."

"이해해요." 말콤이 말했다. 두 사람은 그 충격적인 사건을 상기하며 잠시 말이 없었다.

"저는 천성적으로 대도시 여자는 못 돼요. 산과 숲이 있는 곳에서 살고 싶어요. 나이가 들수록 더."

그녀에게 잔을 들어 보이는 말콤의 잘 발달된 손에는 파란 핏줄이 드러나 있었다. "스카이포인트에서 일하신다고 하셨죠?" 말콤은 고개를 끄덕였다. 그는 생각을 정리하여 회사를 그만두고 싶은 현재 상황을 설명하려고 했지만 그녀가 말을 이었다. "군에서 전역은 했지만 아직 경제적으로는 관계를 맺고 있네요."

"제 능력과 인맥은 공군에서 형성되었죠." 말콤이 건조하게 말했다. "전역 후 항공업계로 진출한 건 당연한 일이었습니다. 우리 사장은 저를 잘 알았고 제 능력을 인정해 주었어요. 그래서 괜찮은 자리를 저에게 마련해 주었죠. 저는 이혼한 아내와 대학에 다니는 두 아이를 부양해야 했죠. 그래서 그 일자리를 받아들인 겁니다." 사연은 이것보다 훨씬 더 길었지만 그는 어디서부터 시작해야 될지 몰랐다. "전 전투기생산에서 무기조종기술을 책임지고 있어요. 궁극적으로 그 일은…… 그건 그렇고, 전 닉 카메네프에게 경영전략과 주요 계약에 관해서도 조언을 하고 있죠. 그는 저의 판단을 신뢰하고, 제가 그의 자리를 차지하기 위해 등 뒤에서 칼을 찌르는 다른 부사장들과는 다르다는 것을 알고 있어요."

"어쨌든." 클래어는 비판적인 시선으로 말콤을 보며 말했다. "거기서 아주 잘나가고 계시군요."

"그렇게 보이겠죠." 말콤은 지친 목소리로 말했다. "하지만 실상은 그렇지 않아요. 카메네프와 저는 전혀 다른 세계에서 살고 있어요. 전 일 년에 이십오만 달러를 벌죠. 그 돈으로 네 명의 어른을 먹여 살리죠. 물론 세금도 떼고. 불평하는 건 아녜요. 미국 기준이나 지구촌 기준으로 보면 전 특권층에 속하죠. 하지만 카메네프는 백만장자이고 백만장자가 누릴 수 있는 특권은 따로 있죠. 우리는 친구가 아니에요. 특히 최근에는."

"무슨 뜻인지는 알겠어요. 하지만 당신은 회사의 경영방침에 동조하고 계시잖아요. 그리고 요즘 스카이포인트사는 군수산업에 주력하고 있을 테고요."

"맞아요. 하지만, 당신이 생각하는 대로는 아니에요. 제가 스카이포인트에 합류했을 때, 전 혁신적으로 새로운 비행기 디자인을 확보하고 있었어요. 정말 혁신적인 거였죠. 현재의 비행기보다 연비가 이십 배에서 사십 배까지 향상될 수 있었으니까요. 환경에 어느 정도 기여할지 한번 생각해 보세요."

"굉장한데요. 그런 이야기는 들어본 적이 없군요."

"진짜예요. 어쨌거나 아주 긴 얘기죠. 닉을 설득해서 특허권 계약을 하고, 생산을 주문할 업자가 나타나기를 기다리고, 그러면서 이 비행기의 현실화에 다가가고 있었죠. 그런데 9·11 사건이 터지고 국방부에서 자금이 터진 하수구에서 쏟아지는 오물처럼 쏟아져 들어왔죠. 그 덕에 카메네프는 다른 사업은 모두 연기시켜 버렸어요. 거기에 이라크 전쟁까지 터진 거죠. 일은 더 지연되었어요. 그리다가 브라질의 한 회사가 단거리 비행 노선을 위해 비행단을 구성할 계획이라는 소식을 들었죠. 완벽한 기회였고 카메네프는 마침내 그쪽을 뚫는 것에 동의했어요. 저는 무척 기뻤고, 비행기를 개발한 두 사람도 매우 좋아했죠. 정말 꿈이 실현되는 듯 했어요. 그런데 당신과 제가 만나기 바로 직전에 저로서는 도저히 알 수 없는 이유로 카메네프는 계획을 취소했어요."

클래어는 그의 실망감을 상상하며 몸을 움찔했다. "충격이 크셨겠어요."

"네. 정말 컸죠. 국방부 돈이 그렇게 많으니 닉이 새로운 사업에 뛰어들어야 할 이유가 없는 거죠. 게다가," 말콤은 잠시 쉬면서 와인을 한 모금 마셨다. "제가 직면해야 하는 또 하나의 현실은 닉이, 어떻게 말해야 되나…… 그 사람은 전투기에 광적으로 빠져 있어요. 그가 만들고 싶은 건 전투기뿐이죠. 뿌리가 아주 깊어요." 클래어는 눈썹을 치켜세웠다. "농담이 아니에요. 그 사람은 좀 당혹스런 얘기지만 육체적인 열정으로 전투기를 사랑해요. 그의 아내나 애들보다 더 좋아하죠."

"좀 더 설명해 봐요." 그녀는 흥미를 느끼며 말했다.

"그는 타이 왕실공군기지 우돈에 주둔하며 베트남 공습에 두 번째 참전했죠. 제8전술비행단 소속이었어요. 늑대 무리라고 알려져 있기도 했죠. 그가 그 전투기들과 출격에 대해 이야기할 때면 - 그는 그런 이야기를 하는 걸 아주 즐겨합니다 - 탐욕스런 눈을 번득이기 때문에 자리를 비켜줘야 할 것 같은 기분이 들 정도죠. 차에 대해서도 마찬가지예요. 1958년형 코르벳 - 잉카 실버란 놈인데 283입방인치의 V형 8기통이죠. 멋진 찹니다. 그 차를 닦는 모습이 꼭 애무를 하는 것 같아요. 본 적이 있는데, 차마 눈을 뜨고 있기가 힘들죠."

"그러니까 사장은 섹시한 전투기들을 만들고 싶어하는 거로군요."

"정말 그래요."

"공군에서 전역하실 때 계급은?"

"소령이었죠."

"음, 정말 궁금한 건요, 당신같이 똑똑해 보이고 감수성도 있고 도덕성도 갖춘 사람이 어떻게 20년 동안이나 군대에서 버틸 수 있었느냐는 거예요."

말콤은 적당한 말을 찾았다. 그는 클래어가 왜 알고 싶어 하는지 알 수 있었다. 하지만 너무 빨리 단도직입적으로 이 문제를 건드리게 된 것에 당황하지 않을 수 없었다.

"미안해요." 클래어는 무안한 듯 말했다. "제가 너무 무례했어요. 그런 사적인 질문을 할 사이도 아닌데." 잠시 말이 없더니, "당신처럼 고위직 군인을 만난 적이 없어서 그래요. 당신이 더 이상 군인이 아니라는 것 잘 알아요 – 제 말뜻을 아시겠지만 – 저랑 뜻이 통하고 또 믿을 수도 있고."

믿음. 그 단어의 의미가 어디선가 울기 시작한 귀뚜라미 소리를 타고 울려 퍼졌다. 그 말은 그녀가 의도했던 것보다 훨씬 더 친밀하게 들렸다.

"괜찮아요. 저도 당신 입장을 알고 싶어요. 그리고 제 입장도 이해해 주시길 바라요. 저는 애국심과 이상주의로 군생활을 시작했죠. 미시간 촌놈이었으니까. 저희 아버님은 골수 공화당원이었어요. 베트남전은 그의 인생의 최대 관심사였고요. 그런데도 전 징집될 때가 되자 베트남에 가고 싶지 않았어요. 뭔가 잘못되었다는 감이 있었던 거죠. 저는 미시간 주립대학을 졸업하고 세 개의 대학에서 지리학 박사과정에 합격을 한 상태였어요. 게토는 불타오르고 학생들은 시가행진을 하고 있었죠. 하지만 선택의 여지가 없었어요. 캐나다로 도망갈 수는 없었어요. 저는 장남이었고 착했죠. 그리고 저는 아직도 미국이 무엇이 됐든 뭔가 좋은 것을 상징할 수 있다고 믿었어요. 육해공군에서 장교 교육을 제의받았죠. 전 공군을 택했죠. 가장 과학적이고 잡무는 적은 곳이죠."

멀리서 도시의 소음이 윙윙거렸고, 귀뚜라미가 울었고, 사이렌이 울렸다. 클래어는 그를 보았다. 산들바람이 어린 포도잎들을 훑고 지나갔다.

그들은 한동안 말이 없었다. 마침내 클래어가 말했다. "얘기해 줘서 고마워요. 당신을 이해하는 데 많은 도움이 되었어요." 그녀가 웃으며 일어섰다. "배가 몹시 고파요. 먹을 것 좀 가지고 올게요."

"좋아요, 도와줄까요?"

전화벨이 울렸다. "잠깐만요." 클래어가 아파트 안으로 사라졌다. 말콤은 저녁 공기를 들이마셨다. 자라나는 식물의 향기와 공해의 냄새가 뒤섞여 있었다. 그는 클래어의 개인사에 대해 아는 것이 없었지만 그녀와 함께 있는 것이 이상할 정도로 좋았다. 그녀가 공격적인 질문을 해대고 있었지만 클래어도 그와 가까워지고 싶어 한다는 것을 느낄 수 있었다.

"말콤, 들어오실 거죠?"

"물론이죠." 그는 부엌에 들어서며 말했다. 클래어는 홀로 연결된 문에 서 있었다. 그녀의 가슴 쪽이 빨갛게 달아올라 있었는데 새하얀 V넥 티셔츠와 대비되어 더욱 선명했다. 검은머리는 그녀의 얼굴을 휘감으며 펄럭였다.

"제임스 아만포어 전화예요." 클래어가 야릇한 표정을 지으며 말했다. "캐나다 〈환경정의연합〉 지부장이죠. 무슨 일 때문에 전화한 줄 아세요?"

"뭐라고요?" 말콤이 그녀를 바라보았다. 클래어가 눈썹을 치켜올리고 심각한 표정을 지었다.

"정말이에요?" 말콤이 말했다. "물 주식회사?"

"이번 주 초에 몬트리올위원회의 한 여자가 알게 된 사실을 그에게 이야기했대요. 제임스는 조사를 해 보았지만 아무것도 알아낼 수 없었다더군요. 그의 생각으로는 이 문제를 전화로 이야기하지 않는 게 좋을 것 같고 단지 물과 '우리 퀘벡 사람들'이 관련된 문제라고만 말해두자고 하더군요."

"딱이군. 제때에 전화를 걸어 주는군요."

"제임스 말로는 그 위원이 내일 오후 늦게 몬트리올에서 퀘벡 물 보호운동가협회와의 회의를 소집하려 하나 봐요. 제가 와주었으면 하네요."

말콤은 바위가 가슴에 내려앉는 것 같은 실망감을 느꼈다.

"알겠어요." 말콤은 그녀와 함께 메트로폴리탄 예술 박물관이나 미국 자연사 박물관을 방문하거나 어느 조용한 레스토랑에서 저녁식사를 함께 하게 되기를 기대하고 있었다.

"전 내일부터 며칠 동안 소머빌에서 전원생활을 할 계획이었는데." 클래어가 말했다.

클래어와 만난 시간에 비해 터무니없이 커다란 서운함이 그를 사로잡았다. 그녀는 공단처럼 펼쳐진 밤하늘에 갇힌 정원으로 난 문에 기대 선 말콤을 바라보았다. 상심한 듯 보였다. 클래어도 그와 작별하고 싶지 않았다.

"자, 그럼," 클래어는 냉장고로 가서 거즈파초 스프 병과 식은 통닭, 씻어서 썰어놓은 채소를 꺼냈다. 그녀는 찬장에서 튀김용 프라이팬을 꺼내어 양파와 고추를 저어가며 튀기기 시작했다.

"그때 그 빨강머리 글래머 아가씨는 누구죠?" 클래어는 그렇게 내뱉고는 다시 스토브로 돌아서서 채소를 휘저으며 붉어진 얼굴을 감췄다.

"빨강머리 - 글래머- 요?" 말콤은 그녀가 한 말을 멍청하게 반복했다. "아, 제럴딘!" 그는 그제야 깨달았다. 클래어를 보고 웃었지만 속으로는 움찔했다.

"그냥 친구 사이예요. 정말로."

"그렇게 보이지 않던데요."

말콤은 클래어에게 다가가서 그녀의 눈을 들여다보았다. "서로에 대한 감정의 무게가 다른지는 모르겠지만 제럴딘과 저는 그냥 친굽니다. 전 자유계약 선수예요."

"하지만 선수는 아니시겠죠."

"아니죠." 말콤은 진지했다. "무슨 말인지 알겠지만, 아니에요."

클래어는 크게 숨을 들이쉬더니 스토브를 껐다. "좋아요. 그럼, 당신은 파이프라인이 어디를 통과하게 될지 궁금하겠죠? 버몬트 북부와 퀘벡 남부에서 말예요."

"파이프라인?" 말콤은 다시 한 번 화제의 전환에 당황했다. "아 송수관 말이군요!" 말콤은 그녀가 무슨 말을 하는지 알아채고는 숨이 턱까지 차올랐다. "물론 그게 어디로 지나갈지 무척 궁금하죠."

"내일 함께 우리 동네로 간 다음 거기서 몬트리올로 가서 일요일에 돌아올 수 있어요. 당신만 괜찮다면."

"전 좋아요."

"분명히 해두고 싶은 건요, 전 한 단계 한 단계 밟아갔으면 좋겠어요. 어떻게 말해야 좋을지 모르겠지만 제가 평정심을 잃지 않으려면 음…… 너무 빨리 육체적인 쪽으로 발전하지 않았으면 해요." '맙소사,' 클래어는 생각했다. '내 나이 마흔다섯이야. 섹스라는 말을 입에 올려도 되는 나이지. 그리고 그걸 왜 거부하려는 거야?'

"같이 자고 싶지 않다는 뜻이군요."

"전 누군가와 육체적인 관계를 갖기 시작하면 판단력이 흐려져요. 당신은 안 그런가요?"
 "남자 쪽 사정을 당신이 알 리가 없죠."
 "너무 강렬하거나 너무 빠르면 전 겁을 집어먹고 도망쳐요."
 "걱정 말아요, 클래어." 말콤이 말하며 클래어의 손을 살며시 쥐었다. 그녀는 그의 따듯한 미소에 녹아내릴 것만 같았다.
 "이것만은 알아줘요. 클래어, 난 당신에게 끌려요. 아주."

 뉴욕 주지사 에드워드 카시아는 얼굴은 감자같이 생겼지만 면도날처럼 날카로운 지성의 소유자였다. 윌리엄 그릴이 중요한 문제를 상의하기 위해 은밀히 만날 것을 청하자 주지사는 토요일 아침 알바니 관저로 오라고 했다. 그래서 아침 열 시에 그릴은 맛없는 커피를 마시며 주지사의 애국심에 호소하는 번지르르한 말들을 늘어놓고 있었다. 그는 주지사와 잘 알고 지내는 비토리오 마사로가 주지사의 지지를 필요로 하는 컨소시엄에 참여하고 있음을 언급하며 다른 참여 인사들의 이름들을 나열했다.
 그릴은 뉴욕의 물길들이 얼마나 오염되어 있는지를 자세히 설명하는 데에 귀중한 시간을 10분이나 투자했다. 호수와 냇물의 광범위한 산성화, 허드슨강에 버려졌으나 아직 정화되지 못한 엄청난 양의 PCB, 그는 구체적인 이름을 들어가며 지난 수년간에 이루어진 거래들을 자세히 설명하여, 자신이 뉴욕의 오염문제의 본질을 아주 잘 알고 있다는 사실을 보여주었다. 미네아폴리스의 조사팀이 언제나처럼 완벽한 준비를 해 주었던 것이다. 카시아는 계속 놀랐지만 기분은 별로 안 좋아졌다. 에이엠워터사는 뉴욕주에 300마일 길이의 파이프를 설치해야 했기 때문에 그릴은 카시아를 완전히 구워삶아야 할 필요가 있었다. 그 정도의 땅을 별 소란 없이 신속하게 확보하려면 주지사의 정치적인 도움이 절대적으로 필요했다.

채찍을 휘둘렀으니 이제 당근을 내밀 차례였다. 다른 주지사들과 상원의원들에게 제안한 것과 마찬가지의 제안이었다. "바라옵건데, 주지사님," 그릴은 말을 마무리했다. "저희 사업에 참여하시고 지원해 주시기를 부탁드립니다."

카시아가 소파에 너무 기대었기 때문에 소파가 삐걱거렸다. "솔직히 말해서, 빌," 그는 뉴욕 없이는 파이프라인도 없다는 점을 염두에 두며 계산하고 있었다. "원론적으로는 이 사업의 장점을 알겠습니다. 앞날에 대비하는 것은 좋은 일이죠. 우리 정치인들은 다음 선거를 준비하는 데에 많은 시간을 들입니다. 뭐랄까 내일은 내일의 오늘인 거죠." 네 놈 속셈이야 뻔하지, 이 거만한 놈아. 그릴이 생각했다. "빌, 당신처럼 미래를 내다보는 사람이 있다는 건 우리에게 참 다행스런 일입니다. 그리고 저도 들어서 알고 있습니다. 뉴욕은 공해문제로 시달리고 있죠. 어딘들 안 그렇겠습니까? 그렇다 해도 – 정말 솔직히 말씀드리는 거지만 – 저는 뉴욕 사람들이 치러야 할 비용 대비 편익에 대해 확신이 서지 않는군요."

그릴은 카시아의 말뜻을 알아채고 대답했다. "제 생각으로는 이 사업에 참여하심으로써 주지사님은 유권자들에게 주지사님이 비전을 가진 애국적인 정치가라는 인상을 심으실 수 있을 것입니다." 물론 그렇게 되면 선거에 아주 긍정적으로 작용할 게 틀림없었다. "그리고 저는 그런 인상을 퍼뜨리는 데에 저희가 도움이 돼 드릴 수 있을 것으로 확신합니다. 《타임즈》에 몇 개의 기사를 싣고, 《뉴욕 매거진》에 약력을 다룬 다음에 적당한 시기에 《뉴스위크》 표지를 장식하는 거죠." 그릴은 이 말을 매우 조심스럽게 했지만 주지사를 향한 그의 표정은 좀 더 무서운 의미를 전하고 있었다.

카시아는 흑색선전의 가능성을 생각해 보았다. "버몬트를 통과하여 남쪽으로 맨체스터 근처까지는 주지사 퍼트냄의 허락을 얻어야 할 테니까 제가 할 수 있는 일은 뉴욕 지역 150마일 정도를 확보하는 거고. 그건 제가 도와드리겠습니다. 여긴 산성비나 지구 온난화, 폐타이어 등등 예상할 수도 없는 많은 문제들에 벌떼처럼 달려드는 환경쟁이들이 많아요. 플라츠버그에서 한 그룹이 말썽을 피워 골치를 썩고 있죠. 시기가 안 좋아요. 이 문제에 관해서는 제 판단을 믿으시는 게 좋을 거요." 그는 일어섰다. "출범을 시키자마자 배를 가라앉힐 수는 없는 노릇이죠. 안 그렇습니까?"

"무슨 말씀인지 알겠습니다." 그릴은 모욕감으로 화가 나서 일어나 주지사를 차갑게 내려다보았다. "사업의 진행 상황을 알려 드리죠."

"좋아요, 좋아. 계획서를 가져와 봐요. 사람을 시켜 검토를 하게 하고 마사로에도 연락을 취하게 하겠소. 믿을 만한 사람으로. 보기보다 괜찮으면 당신에게 연락하죠."

윌리엄 그릴은 밖으로 나갔다. 카시아는 문이 닫히는 것을 보며 미소지었다. '저 덩치를 보기 좋게 요리했군. 챙길 것도 챙겼고.'

13

　　클래어와 말콤은 차를 빌려 팰리세이즈 파크웨이를 돌아 북87로와 뉴욕 고속도로를 달리며, 세계와 환경의 현 상태에 대해 자신들의 생각과 희망을 서로 얘기했다. 알바니 동북쪽 분기점을 지나자 말콤은 클래어에게 그녀 자신에 대한 이야기를 좀 해보라고 졸랐다.
　　"뭘 알고 싶은데요?" 그녀가 물었다.
　　"모든 걸. 처음부터 시작해 봐요."
　　"처음부터?" 클래어가 물었다. 그녀는 언제나 혼자였던 수많은 여행 끝에 함께 운전을 할 사람이 생긴 것이 무척 즐거웠다. 그녀는 그와 함께 있으면 왜 그렇게 편안한지를 설명하기가 힘들었다. 그에 대해 아는 것도 별로 없는데 말이다. 그런데 클래어는 그 느낌에 취하고 있었다.
　　"부모님 얘기부터 해봐요." 말콤이 제안했다.
　　클래어가 데이트를 그만둔 이유 중의 하나는 자신의 복잡한 가족과 복잡한 선택들을 설명하는 데 신물이 났기 때문이었다. 그러나 말콤의 경우는 달랐다.
　　"좋아요. 전에 말했던 대로 저는 전통적인 뉴잉글랜드 혈통은 아니에요. 아버지의 가족은 1920년대에 바르샤바를 떠났어요. 일부는 뉴욕으로, 일부는 파리로 갔고, 우리 조부모님들은 예루살렘으로 갔죠. 큰삼촌 한 분은 폴란드에 남았죠. 그분의 가족은 아우슈비츠에서 모두 돌아가셨어요. 아버지는 성형외과 의사신데 지금은 은퇴하셨죠. 전쟁 기간 동안 영국 맨체스터에서 일하셨어요. 그곳에서 유대인이 아닌 어머니를 만나셨죠. 전쟁 뒤에 부모님은 몇 년 동안 이스라엘에서 살아보셨지만 이방인에 대한 배타성이 너무 강했죠. 아버지는 뉴욕에 친척이 있었고 전쟁 중에 함께 일했던 외과의사가 플라츠버그에 있는 군사 병원에 아버지를 초빙했어요. 그래서 부모님은 직장과 친척 양쪽 모두에 가까운 벌링턴으로 이사했죠. 이곳에 온 지 여섯 달 만에 어머니는 저를 임신하셨어요. 남동생 에릭은 삼 년 후에 태어났고요. 그애는 영국에서 잘 지내고 있어요.

고등학교 시절 이야기는 전에 한 적이 있었죠? 고등학교를 졸업하고 저는 맥길 대학에서 식물학을 공부하고 컬럼비아 대학에서 언론학을 공부했죠. 졸업하고서 《디트로이트 자유 언론사》리포터 자리를 구했죠. 물론 전혀 자유롭지 못했죠. 전 그때 디트로이트의 환경문제에 대해서 솔직한 기사를 쓸 수 없었어요. 우습죠. 그러다가 디트로이트뿐만 아니라 윈저에서도 세인트 클래어 호수의 바닥 상태를 조사하기 시작한 사람들을 알게 되었죠. 끔찍했죠. 지속성 화학 독극물의 문제에 처음으로 접하게 된 거죠. 디트로이트 사람들이 이 문제에 관한 책임 연구원으로 일하지 않겠느냐는 제의를 해왔어요. 저는 선뜻 수락했죠. 그 이후로 전 여러 단체와 정부기관에서 연구원이자 정책 기획자로 일해왔죠. 브뤼셀에서 세계보건기구와 여섯 달 동안 일하기도 했어요. 파리에서 유네스코와 일 년을 일했고요. 5년 전에 〈환경정의연합〉에서 일하게 되었고 그래서 지금의 제가 있게 된 거죠."

그들을 태운 차는 기분 좋게 미끄러져갔다. "남편이나 애들이나 애인 얘기가 빠진 것 같은데요," 말콤이 말했다. "왜죠?"

"글쎄요, 제대로 가정을 꾸린 적이 없었어요. 그런 적이 있었다 해도 애를 낳았을지는 의문이고요. 아빠로 괜찮겠다 싶은 사람을 만나게 되면 또 모르지만." 그녀는 말을 멈췄다.

"그래서요?"

"컬럼비아에 다닐 때 변호사 한 사람을 사귀었어요. 이 년 동안. 그 사람은 뉴욕에 가서 경력을 쌓기 시작했고 월스트리트의 한 법률회사에서 능력을 인정받고 있죠. 아픈 이별이었어요." 클래어는 말을 멈추고 창 밖을 내다보았다. "처음 만났을 때 그는 진보적인 사람들과 어울렸죠. 변호사 동료들을 견딜 수 없어 했어요. 시작은 좋았어요. 처음엔 저도 속았죠. 그가 우리 편이라고 생각했으니까."

"아니었나요?"

"아니었어요. 그는 부자들이 권력을 쥐고 있기 때문에, 그리고 그 권력을 지키기 위해 무슨 짓이든 다 할 것이기 때문에, 언제나 승리할 거라고 믿었어요. 그는 가난한 집안 출신이었고 평생을 다해도 상류로 오르지 못할 거라고 말하곤 했죠. 그는 돈 벌 기회를 잡았고 놓치지 않았죠."

그들은 한동안 말없이 차를 달렸다.

"그와 헤어진 후로 몇 년 동안 저는 싱글이었죠. 그리고 제프를 만났어요." 말콤은 클래어를 쳐다보았고 그녀는 수줍게 고개를 끄덕였다. "멸종 위기의 종에 관한 콘퍼런스였죠. 89년쯤이었나, 제프는 〈환경정의연합〉에서 그 주제에 관한 한 최고 권위자였죠. 그의 성은 브래니건이에요. 제프는 정말 날 좋아해 주었고 전 허공에 붕 뜬 기분이었죠. 우리는 정치적으로도 잘 맞는 것처럼 보였어요. 적어도 처음에는 그렇게 생각했죠." 클래어의 얼굴이 어두워지더니 말을 멈추었다.

"잘되지 않았군요?" 말콤이 말했다.

"그런 셈이죠. 아이러니는 우리가 정치적인 문제로 싸웠다는 거예요. 전반적인 목표는 아니었더라도 전략과 전술 때문에. 언제나. 애정관계에는 몹시 해로운 일이죠. 그리고 우린 일 때문에 같이 있는 날이 별로 없었어요. 둘 다 유럽에 자주 다녔고. 1996년 크리스마스에는 환경정치의 미래에 관해 큰 논쟁을 벌였죠." 그녀는 적당한 단어를 생각해내려 말을 잠시 멈추었다.

"우린 직접적인 행동에 있어서 폭력의 사용에 대해 근본적으로 다른 견해를 가지고 있었죠. 제프는 저와 헤어지는 동시에 조직도 떠났어요."

"하지만 당신은 여전히 그와 얘기를 하는군요."

"그래요. 저는 항상 콘퍼런스에서 그를 만나죠. 그는 이중생활을 하고 있다고 말할 수 있죠. 하나는 유명한 환경운동가로서의 삶이죠. 그는 광대한 지식을 가지고 있고 수년 동안 축적한 놀라운 데이터베이스를 갖고 있고 과거에는 도움도 많이 주었어요. 그러고 보니, 우연인지 제프는 미술라 근처에 살아요. 그 물 사업을 추진하고 있는 그릴도 그곳에 농장을 가지고 있죠. 사냥 시즌에만 그곳에서 지내기는 하지만. 그릴의 이름은 제프의 지구촌 악당 리스트에서 맨 위를 차지하고 있죠. 어찌 됐든 저는 - 우리 〈환경정의연합〉은 정치적으로 제프와 아무 관련이 없다는 걸 분명히 하고 싶군요."

"알겠습니다."

클래어는 기분이 나아지기는커녕 자신의 전 애인을 배신했다는 기분이 들었다. 말콤도 적십자에서 일하며 평생을 반전론자로 살아온 사람은 아니었다. "당신이 알아야 할 것은 제프가 인간을 상대로 폭력을 사용하지는 않는다는 거예요. 이 점은 오해 없으시길 바라요. 때때로 제프가 인간을 열등한 종족으로 생각하는 듯한 느낌을 받기는 하지만요. 그 사람이 여러 가지 종류의 재산들을 정당한 타깃으로 생각한다고만 해두죠."

"무슨 뜻인지 압니다."

말콤은 그녀의 얼굴에서 스트레스와 슬픔과 그리움의 주름살들을 찾아보았다. 전혀 없었다. 그에게 중요한 것은 그뿐이었다.

말콤은 그녀를 보고 웃었고 그녀도 밝은 웃음으로 화답했다. 산맥과 들판과 숲은 점점 높아지고 넓어지고 무성해졌다. 두 사람은 한동안 차창 밖으로 보이는 세상의 아름다움에 놀라워했다.

"꼭 스카이포인트에서 일해야만 하시나요?" 마침내 그녀가 시비를 걸었다.

"그만둘 거예요. 이미 결정했어요. 퇴직금을 두둑이 챙길 방법이 고민이죠. 내년에는 몰리와 마이클 모두 출강할 거예요. 마이클은 박사과정을 거의 마쳤어요."

"잘됐군요." 클래어는 진심으로 말했다.

퀘벡 소머빌의 마을 광장에는 늦은 봄꽃에 둘러싸인 전망대 하나가 서 있었다. 클래어는 말콤을 데리고 페레그린즈 피크라는 빵집에 들어갔다. 거기서 그녀는 크로아상을 사며 가게 주인인 베누아 그리고 시몬느와 인사를 나누었다. 그들은 이스턴 타운십(township, 郡區)에 반해 그곳에 정착한 프랑스 출신 이주자였다. 그 다음으로 그들은 남쪽으로 넓게 트인 농장들을 찾아 나섰다.

두 사람은 작은 흰색 농가로 난 진입로를 따라 양편에 늘어선 포플러 나무 사이로 차를 몰았다. 농가의 정면은 라일락 울타리로 그늘져 있었다. 태양열 판이 지붕에 얹혀져 있었고 풍차와 우물이 집

뒤편에 있었는데 그곳에는 초원이 넓게 펼쳐지며 숲이 우거진 산 정상에까지 이어지고 있었다. 둘은 차에서 내려 발목을 덮는 미나리아재비와 클로버 속에서 기지개를 켜고 알록달록한 들판과, 미시시콰이강 계곡의 숲과, 풀을 뜯는 젖소와, 살찐 양 모양의 구름들이 떠 있는 거대한 푸른 하늘을 둘러보았다. 둘은 시동을 끄고 퀘벡과 버몬트를 나누는 지붕이 덮인 다리까지 일 마일 정도 산책을 한 후 다시 차를 타고 몬트리올로 향했다.

라퐁텐 공원 대로의 석회석 마을회관 밖에는 몬트리올 동부 지역 사람들이 분수와 연못 주변에서 휴식을 즐기고 있었다. 시내지도와 관광안내책자로 무장한 말콤은 클래어가 녹색 래커칠이 된 정문을 향해 걸어가는 모습을 지켜보고는 다시 차량의 대열에 합류했다.

"안녕, 친구." 제임스 아만포어가 일어나 말하며 클래어를 끌어안았다. "다시 보게 되어 반갑군."
"안녕, 제임스, 오랜만이야." 클래어도 그를 포옹하며 대답했다. "환대해줘서 고마워. 어떻게 지내?"
"잘 지내지. 하지만 별로 좋은 소식은 아니야."
실비는 클래어에게 커피를 대접하고 모임을 주목시켰다.
"친애하는 친구들, 반갑습니다." 클래어가 말했다.
"클래어, 이쪽은 〈오노위원회〉 대표야. 우린 퀘벡의 물 문제에 관해 함께 일하고 있지. 난 내가 알게 된 사실을 모두에게 알려줬어. 정보제공자를 지금은 밝힐 수 없지만 말야. 네가 알게 된 것부터 이야기하는 게 좋겠어. 그러고 나서 나머지 사람들이 들은 이야기를 보태기로 하지. 여러분, 발언하면서 각자 자기소개를 하죠. 그다음에 대책을 논의하고."

"좋아요." 클래어는 동의했다. 그녀는 아는 범위 내에서 컨소시엄의 구성원들을 밝혔고 물의 수출 목표량이 얼마나 되는지, 어떤 식으로 취수를 할 것인지, 워싱턴의 정치적 지원은 얼마나 확보되었는지에 대해서 이야기해 주었다. 오싹한 침묵이 뒤를 이었다.

마르고 강한 인상의 한 남자가 자신을 소개했다. 그는 검은빛이 도는 정장에 검은머리를 땋아서 늘어뜨리고 섬세한 구슬이 달린 벨트를 하고 있었다.

"저는 오비드 오반사원이라고 합니다. 실비와 함께 일하고 있죠. 제임스 베이에 있는 ZZ레 전자에서 법률자문을 십 년간 했죠. 이 물 사업에 관해서는 오늘 처음 듣습니다." 누렇게 뜬 피부와 오반사원의 눈 주위에 감도는 긴장이 그가 험난한 세월을 겪어왔음을 말해주고 있었다. "이 컨소시엄이 프로젝트 2단계에서 물을 바닥내려는 지역의 대부분은 이곳 사람들에게 대대로 전해져 온 유산입니다. 그들에게 빼앗길 수는 없습니다."

"푸!" 그의 옆자리에 앉은 중년 남자가 코웃음을 쳤다. "그들은 빼앗을 겁니다. 당신이나 여기 있는 모두에게 허락을 구하진 않아요." 체크무늬의 바지에서 끈을 묶은 신발까지 골프를 치러 갈 복장이었다. 그는 파리 악센트로 말했다.

"전 르네 두부아입니다." 그는 클래어를 보고 말했다. "몬트리올 대학에서 공학을 가르치죠. 전 수문학자입니다. 오비드와 마찬가지로 이 사업에 대해 전혀 들은 바가 없었죠. 하지만 단언하고 말씀드리는데 이 계획이 실행되면 관계된 지역의 수자원은 돌이킬 수 없이 훼손될 겁니다. 퀘벡 수자원공사는 수력발전을 미국에 팔아먹기 위해 이미 저수지의 물들을 다 끌어다 쓰고 있습니다. 1990년대 말에 이미 퀘벡의 저수지들은 반 이상이나 비었습니다. 그리고 지난 몇 년 동안 적설량은 적었습니다. 이건 미친 짓입니다."

"정말 이번 정부는 너무 한 것 같아요." 실비가 소리쳤다. "그들은 소위 애국심으로 자신들의 위선을 가장하고 있죠."

"현실을 직시해. 그들은 다 한통속이라고." 머리가 희끗희끗한 큰 안경을 쓴 덩치 큰 여자가 실비의 말에 손을 휘휘 내저었다. "로레인 베크만이에요." 그녀는 화난 목소리였다. "캐나다 공공근로자 노동조합 소속이죠. 전 개인 자격으로 이 자리에 참석했어요. 그래도 전 이 건을 상부에 보고해서 소용이 된다면 무슨 행동이든 제의하려고 해요. 행동으로 보여줘야 해요. 그것도 당장."

"당신은 운이 좋은 편이요, 로레인." 땅딸막하고 머리가 벗어진 남자가 말했는데 색이 바랜 청바지와 회색 티셔츠 차림이었다. "앙리 스콧입니다. 전 치쿠티미에 살고 있고 생장 호수 지역에서 일합니다. 전 퀘벡 수자원공사의 전력 노동자들의 건강과 안전을 관리하고 있죠. 우리 지역 사람들은 일자리에 목말라 있어요. 그 미국인들이 노동조건 협상에 응한다면 제 동료들은 기꺼이 그들의 사업에 참여할 겁니다."

"노동조건이라고요, 농담하지 말아요."

이렇게 빈정거린 것은 지나치게 호리호리하고 얼굴이 긴 한 남자였는데 독특한 말투를 가지고 있었다. "그들이 노동조합원들을 고용할 것 같아요?"

"자네 말이 맞네." 스콧은 지친 투로 말했다.

"우리에게 싸울 기회가 주어질 수도 있지만 그렇다 해도 아무것도 달라지지 않을 수도 있지요." 남자는 자신을 〈베르셰르구조위원회〉 위원장 올라프 군더슨이라고 소개했다. 군더슨은 스웨덴 출신이었는데 칠십년대 말에 겨울 캠핑 여행을 왔다가 퀘벡에 반한 사람이었다. 존경스럽기는 하지만 유별난 사람이라고 실비는 생각했다. "지역 회사가 우리 강에 이미 취수용 댐을 건설한 상태입니다." 그는 말했다. "당신이 말한 것에 비하면 소규모이죠. 우린 이런 사업이 끼치는 훼손을 직접 목격했습니다." 그는 몸을 앞으로 숙여 클래어에게 사진 몇 장을 건넸다.

"맙소사!" 클래어가 탄식했다.

"같은 회사가 이와 같은 것을 두 개 더 지으려 하고 있죠." 군더슨이 말을 계속했다. "이에 저항하고 있는 우리 위원회는 지역 전역에 걸쳐 지지기반이 있어 꽤 잘 싸우고 있습니다. 하지만 첫 번째 댐을 막지는 못했죠. 이제 겨우 나머지 둘에 대해 제대로 된 공청회를 얻어냈을 뿐입니다."

"정말 걱정되는군요." 실비가 잠시 동안의 침묵을 깨며 말했다. "세인트 로렌스강과 로렝샹 호수의 수위는 그 어느 때보다 낮습니다. 40에서 50퍼센트나 차이가 나죠. 기온은 해마다 올라가고 있고요. 굳이 말할 필요도 없겠지만. 그런데도 그 멍청한 미국인들은 여기에 물이 풍부한 줄 알고 있어요."

"그 사람들이야 여기 걱정은 하려고 들지 않죠."

검은머리의 젊은 여자가 바싹 자른 머리카락을 곤두세우며 말했다. 그녀의 진한 갈색 눈이 분노로 빛났다. 그녀는 연두색과 검은색이 배색된 사이클복을 입고 있었다. "제 이름은 디안 몰린느입니다. 몬트리올 대학 공학전공 학생이며 학생회 간부이기도 하죠. 군 내에서는 연못들이 벌써 마르기 시작했습니다. 이제 겨우 오월인데 말이죠. 우리 세대에게 바싹 말라버린 지구를 물려주실 작정인가요?"

마지막으로 말한 사람은 미쉘 에리보였다. 굳은살이 박인 손과 수년에 걸친 현장 작업으로 강인해진 몸을 지닌 그는 모임에 참석하기 위해 아비티비에서 왔다. 그는 아한대 숲에서 끄레와 일해왔으며 벌목과 수력발전 댐 건설을 대체하는 경제활동을 개발해왔다. "이봐요, 퀘벡당은 일곱 달 후에 선거가 있는 해를 맞이합니다. 우리와 우리 동지들이 충분히 큰 소란을 피운다면 정부는 크리스마스 전에 관련 법안을 통과시키지 못할 겁니다. 크리스마스만 넘기면 그런 무리한 짓을 할 강심장은 아무도 없죠. 우리가 노려야 하는 건 바로 이 점입니다."

"이론적으로는 큰 소란을 피우는 건 좋은 작전이죠." 실비는 지친 손짓으로 그녀의 검은 단발을 쓸어 올렸다. "현실적으로는 모두가 과로로 지쳐 있고 여름 동안 모든 활동이 중지될 위기에 처해 있고 모두의 예산이 여유가 없어요. 이 일을 막을 만한 자원을 동원하는 것은 불가능할 거예요."

"저희도 마찬가집니다. 예산도, 인력도, 홍보비도, 전부 없어요." 글래어의 표정은 어두웠다. "워싱턴에 있는 다른 환경단체의 동료들에게 한번 알아보죠. 〈강연합〉과 〈시에라클럽〉에도 알리겠어요. 중앙 언론을 탈 수 있도록 노력도 하고요."

"전 〈캐나다환경네트워크〉와 〈미래를 걱정하는 캐나다인들의 연합〉 쪽을 알아보겠어요. 그 사람들은 대량 물 수출에 극력 반대하고 있으니까." 제임스 아만포어가 나섰다. "그리고 브뤼셀의 〈환경정의연합〉 사무국에도 연락을 취하기로 하죠. WTO 회의에 영향력을 행사할 로비스트들로 하여금 북미의 물문제를 협의 사항에 꼭 포함시키도록 해야 합니다."

"저희는 재경부 장관을 압박하도록 하겠어요." 올라프 군더슨이 말했다.

하지만 이것만으로는 충분하지 않다는 것을 그들은 잘 알고 있었다.

말콤이 클래어와의 밀애를 즐기고 시애틀로 돌아오자 러셀이 맥주나 한 잔 하며 여행 이야기를 들으러 찾아왔다. 러셀은 그에게 새 여자친구가 생긴 일과 물 수출 계획에 반대하는 운동을 촉발시킨 일에 대해 축하를 해 주었다.

"제럴딘에게 전화해서 토요일에 만났죠."

"그러고는?"

"그러고는 주말을 함께 보내게 되었죠."

"정말로?" 말콤이 웃었다. "너무 빠른데."

"전 그녀에게 아주 미쳐버렸어요." 러셀은 아무렇지도 않게 이야기했다. "그녀도 날 좋아하는 것 같고요."

"좋아하지 않을 이유가 없지." 말콤이 실실 웃으며 대답했다.

"당신 여행과 사정에 대해서도 얘기해 주었어요."

"벌써?"

"제럴딘은 당신과 친한 사이고 저하고도 앞으로…… 어쨌든 그녀가 알아야 될 것 같아서."

"잘했어. 뭐라 하던가?"

"조심해요, 용감한 전사들."

말콤의 미소가 조금 어색해졌다. "좋은 충고지. 운만 좋으면 모든 것이 곧 백일하에 드러날 거야. 그 탐욕스런 주식회사에서 뭐 다른 정보는 얻은 게 있나?"

"그들은 에너지 장관 제이슨 스탬퍼와 에드워드 카시아를 손에 넣었어요."
"뉴욕 주지사 에드워드 카시아를?"
"예."
"점입가경이군." 말콤은 부엌 창을 타고 흘러내리는 빗물을 쳐다보며 엄습해 오는 불안에 휩싸였다.

제 2 부

14

베찌나와 랑제뱅과 함께 몬트리올 회의에서 돌아온 로베르 코베이 장관은 그의 사무실 앞에서 플래카드를 흔들며 소리 지르고 있는 백여 명의 시위대를 보고는 경악했다. 플래카드에는 그 지역의 물 프로젝트를 중지하라는 글귀가 쓰여 있었고 〈베르셰르구조위원회〉의 서명이 되어 있었다. 올라프 군더슨 위원장은 직접 코베이 장관에게 자세한 요구사항이 적힌 편지를 전했다. 그런 다음 사무실에 도착한 코베이에게 홍보 담당자가 급히 《르 솔라일》지의 드니 라몽따니라는 기자의 전화를 연결해 주었다. 그는 시위와 미국 기업이 캐나다 물을 대량 수출할 권리를 획득했다는 소문에 대해 알고 싶어 했다. 코베이는 큰소리로 그 소문을 부인하고 전화를 끊고는 머리를 감싸 쥐었다. 세르주 라롱드가 소환을 받고 도착했을 때 장관은 그의 책상을 두들기며 정보가 새어나간 것에 대해 호통을 쳤다. 세르주는 그를 안심시키려 했지만 코베이는 군더슨과 〈베르셰르구조위원회〉의 통화내역을 조사하라고 명령했다. "누군가가 그 히피 같은 라몽따니에게 정보를 흘렸어." 코베이는 소리 질렀다. "난 더 많은 정보가 새어나가기 전에 그게 누군지를 알아야겠네."

오번가에 위치한 뉴욕 인포미디어사 건물의 34층 대회의실 창문은 불덩이 같은 태양을 차단하기 위해 베네치안 블라인드가 내려져 있었다. 리차드 프랭클린은 전국의 선임 편집자들과 피디들을 소집했다.

"여러분들도 아시다시피," 그는 전국 각지에서 모인 서른일곱 명의 남자와 네 명의 여자에게 말하고 있었다. "우리 회사는 주요 현안에 대해 일관성 있는 보도를 지향합니다. 전국 단위의 사설도 그런 일관성을 확보하는 데에 도움이 되죠. 그리고 일 년에 두세 번 정도는 앞으로 닥칠 일들을 대비해서 여러분들에게 지침을 주고 연속성을 유지하고 있습니다. 이번 여름에 어떤 문제들이 우리를 기다리고 있는지 오늘 한번 알아봅시다.

물론, 현 정부가 역점을 두고 있는 테러와의 전쟁에 대한 우리의 지지는 계속될 겁니다. 언론의 자유도 중요하죠. 하지만 적에게 도움이 되는 것은 전혀 다른 문제입니다. 잘 아시겠지만 국가보안이라는 문제를 고려해야 합니다. 정부는 필요한 경우 분명한 선을 그을 것입니다. 그러나 우리도 판단을 잘해서 책임 있는 보도를 해야 합니다."

"이번 여름에 우리가 다루게 될 또 다른 중요한 주제는 날씨입니다. 기온은 이미 지옥보다 더 뜨겁습니다." 불편한 기침들이 테이블 이곳저곳에서 터져 나왔다. "그렇다고 해서 우리가 불난 집에 부채질을 할 수는 없는 노릇입니다." 그는 자신의 말장난에 슬쩍 미소를 지었고 서른여덟 개의 순종적인 입들이 따라서 미소를 지었다. "지구온난화에 대한 과대망상을 부추기는 것은 우리 회사의 책임 있는 자세가 아닐 것입니다. 그러므로 여러분의 보도를 엄격하게 사실에 근거하도록 하시고 불필요하게 원인과 결과에 대해 분석하는 일이 없도록 하십시오. 그리고 제발 이익단체들이 공포를 조장하는 발언대로 우리를 이용하지 않도록 주의하십시오." 회의실 안의 모두가 '환경과 관련된 기상 기사 죽이기'라는 지침을 이해했다. 오직 한 사람만이 그에게 도전할 정도로 강심장이었다.

"이봐요, 리차드." 《로스앤젤레스 스타》의 편집자 엘리아 헤이즌이 말했다. "기후, 기온상승, 가뭄 – 우리는 독자들이 우리 신문을 사도록 해야 하고 우리는 흥미를 끌 기사를 써야만 합니다. 이 문제들은 지금 상당히 큰 관심거리인데 마치 그렇지 않은 척 할 수는 없잖아요?"

"기사를 쓰세요, 엘리아." 프랭클린이 달래며 말했다. "날씨에 대해 보도를 하고 사람들이 겪는 일을 보도하세요. 인간적인 이야기도 쓰시고 기후변화의 순환에 대해서도 보도하세요. 다만 환경보호 운동가들의 창구가 되지는 말라는 겁니다."

"활발한 활동을 펼치고 있는 환경단체들을 보도에서 제외시키는 것은 불가능합니다. 거의 언제나 그들은 기삿거리를 만드니까요."

"제발, 엘리아, '부정적 보도'란 말도 못 들어 봤어요?" 헤이즌은 못마땅한 듯 눈썹을 치켜 올렸다. "엘리아, 미국인들이 기후변화문제에 대응하는 데 있어서 도움을 줘야 하는 우리의 의무를 저버리자는 얘기가 아닙니다. 주와 연방의 여러 정치인들이 해결책을 모색하고 있고 그들이 안을 공개하면 선면적인 보도를 할 준비도 우리가 갖춰야 합니다. 그럼 됐나요?" 헤이즌은 프랭클린의 방식이 좋지 않은 언론철학이라고 생각했지만 일자리를 잃고 싶지 않았기 때문에 고개를 끄덕여 수긍했다.

"지금 내 책상 위에는 돈을 받고 받은 광고 테이프가 놓여 있어요." 캐나다 접경지역인 WNEP 방송사 알바니 지국의 사만타 에버든이 말했다. "〈강연합〉이 제공한 건데 국경을 초월한 미국, 캐나다가 물문제를 새로운 방식으로 풀어나가야 할 필요성에 관한 광고예요."

"틀지 마세요."

"돈을 받고 방송하기로······."

"틀지 말라고 했잖아요!" 프랭클린은 단호하게 말했고 회의가 끝나자마자 다른 방송국도 그 광고를 못하게 할 생각이었다. 그는 이와 유사한 환경친화형 자동차 광고에 대한 전국 방송망 공동 보이콧에 협력했던 것이 불과 일 년도 안 된 일이었기 때문에 지금의 광고 건에 대해서도 방송사들의 협조를 요구할 수 있는 입장이었다.

"여러분들도 다 아시다시피," 프랭클린은 말을 이었다. "인포미디어는 캐나다에 많은 투자를 하고 있습니다. 그곳 프랑스 민족주의자들이 얼마나 극성인지는 잘 알고 계실 겁니다. 우리는 소속 방송국들이 안정을 도모하는 데에 한목소리가 될 것을 요구합니다. 그러므로 어떤 미치광이에게도 잔잔한 호수에 파문을 일으킬 돌을 쥐어주어서는 안 됩니다. 그런 인간들은 가만 내버려 두십시다. 아무도 그들의 멍청한 불평에 귀 기울이지 않으면 그들은 제풀에 그만둘 겁니다." 편집자와 프로듀서 몇 명이 황당하다는 표정을 주고받았다. 하지만 프랭클린이 율법을 선포한 후였다.

6월 21일, 카짐 하케미란 기자가 쓴 기사가 캐나다의 유력 일간지인 토론토《글로브앤메일》에 실렸다. 하케미는 워싱턴 특파원으로 새로 발령을 받아 들뜬 기분으로 외국 기자들을 위한 백악관 기자회견에 참석했었다.

미 대통령 캐나다 파이프라인에 관한 회담 기대

미합중국 대통령은 어제 그가 캐나다의 물을 미국의 가뭄이 심한 지역에 수출하는 것을 허용하는 방안을 모색하고 싶다고 선언했다. 대통령은, "파이프라인을 놓는 방법이 가장 전망이 밝다"고 했다. 그는 또 미국이 종합적인 물 공급 전략을 수립할 필요가 있다고 하면서 서부 지역 주들의 인구가 늘어날 전망을 감안하면 더욱 그렇다고 말했고 "언제라도 파이프라인 계획에 관해 논의할 준비가 되어 있다"고 말했다.

오타와 연방정부의 천연자원부 장관 허버트 오슬러는 인터뷰를 거부했다. 신민주당의 수장인 도로시아 엥글러는 "미 대통령은 우리가 미국에 자원을 수출하는 경제로 돌아가기를 바라는 것 같다. 그는 미국 경제를 도쿄의정서에서 제외시키더니 자원보존을 전혀 고려하지 않는 흥청망청 소비 정책을 조장하고 있다. 의회는 이에 응해서는 안 된다"고 했다.

반면, 브라이언 스토커드 캐나다 보수연합당 의장은 미 대통령의 제안을 진심으로 환영했다. "우리가 필요한 환경보호 조치와 정당한 보상에 합의한다면 캐나다가 물을 팔지 말아야 할 이유는 없다"고 그는 말했다.

캐나다 수상은 경제 외교를 위해 중국을 방문 중이어서 취재를 위해 접촉을 할 수 없었다.

삼 일 동안 이 기사와 관련된 내용은 캐나다 영자지의 지면을 도배했다. 여러 전문가들이 파이프라인 계획에 대해 환경적 관점에서 너무 비싼 대가를 치러야 하기 때문에 현실성이 없다고 무시해 버렸다. 《밴쿠버 선》의 한 기자가 마침내 수상을 찾아냈다. "캐나다의 물은 팔 생각이 없습니다." 상하이에서 수상은 말했다. "하지만 조만간 우리는 남쪽의 이웃을 돕지 않을 수 없을 것이며 가까운 미래에 이는 현실로 닥칠 것입니다."

제임스 아만포어는 클래어에게 전화해 이 소란에 대해서 이야기해 주었다.

"미국 언론은 기자회견에 대해 단 한 마디의 언급도 하지 않고 있어요." 좌절감이 클래어의 목소리에서 울려나왔.

"어떻게 그럴 수가 있지? 이 모든 게 철저하게 통제되고 있는 느낌인데요."

"당신의 미국에 대한 환상을 깨서 미안하긴 하지만, 그건 사실일 가능성이 높아요. 언론에 종사하는 친구들한테 듣기로는 지난 오 년간 몇 가지 이슈에 대해 편집 데스크에 〈환경정의연합〉과 관련된 기사를 내보내지 말라는 지침이 내려졌고 게다가 가능하면 부정적인 보도까지 권유한다더군요. 이건 계속 반복돼왔던 문제예요."

"내 경험과도 들어맞는군요. 시애틀의 신문들은 〈환경정의연합〉이 얼마나 파괴적인지에 관해서 비난하는 기사만 실거든요."

"제 말이 그 말이에요. 유럽에서는 자유시장경제에 반대하는 행사가 일면을 장식하기도 하고 큰 신문사도 보이콧에 합세하기도 하는데 여기서는 단 한 줄의 호의적인 기사도 찾아볼 수가 없어요. 예를 들어, 우리가 끈질기게 숲속 공동체를 위해 대안적인 경제 전략을 제시해 왔는데도 주요 신문사 중에 이를 보도하는 곳은 하나도 없고 오히려 〈환경정의연합〉이 인간보다는 곰이나 나무나 올빼미를 더 걱정한다고 호통만 치고 있죠."

"언론의 자유는 언론사를 소유한 자에게만 적용되는군요. 그래도 A.J. 리블링이 말했던 대로 여전히 믿기 힘들어요."

"왜요? 독점, 광고, 상호지분소유 등…… 새로울 게 뭐가 있어요?"

"결국 당신도 언론이 이 건을 기사화하도록 만드는 데 실패한 것 같군요."

"완벽하게 실패했어요. 심지어는 평상시 환경운동에 적극적이었던 기자들조차도 거절했어요. 〈강연합〉은 국경을 초월한 물 관리 계획의 필요성을 홍보하는 유료 텔레비전 광고를 내려 했지만 모든 방송사에서 거절당했어요. 〈시에라클럽〉, 〈자연보존회〉, 〈세계야생생물기금〉, 〈지구환경감시기구〉에도 알아봤지만 자기들 웹사이트에 관련 정보를 올리는 건 괜찮지만 이 문제가 미국에서 어느 정도 여론의 관심을 끌기 전에는 본격적인 연합 시위는 불가능하다고 하더군요."

"비협조적이기만 한 언론에서 보도를 해 줘야 한다는 뜻이네요."

"확실한 증거를 얻기 전에는 언론의 협조를 얻을 수는 없죠. 그리고 공식적으로는 그런 증거를 아무 데서도 구할 수가 없어요. 실비는 그녀가 취득한 정보로 보아서 이 프로젝트가 무서울 정도의 빠른 속도로 진행되고 있는 것 같다더군요. 여론의 관심을 빨리 끌어야 해요."

15

그해 북미는 유월 강수량 최저치를 기록했으며 전 대륙의 기온도 기록을 세웠다. 칠월이 되자 오클라호마에서 사스카츠완에 이르는 지역의 농부들은 먼지를 내며 부스러지는 흙덩이를 손에 들고 뜨거운 태양을 찌푸리며 쳐다보다가 그만 고개를 흔들었다. 긴급 열차와 트럭의 행렬이 대륙을 가로질러 건초를 수송하여 갈증과 굶주림에 시달리는 가축들을 구난했다.

작은 강은 말라버렸고, 큰 강은 수위가 눈에 띄게 줄었으며, 오대호의 수위도 급격히 내려갔다. 호수의 화물선들은 짐을 덜 실어야 했으며 그러지 않으면 운하에서 진창에 빠지고 말았다. 화물선 선주들은 파산했다. 그와 함께 관련 업계 종사자들도 실업급여 수급자가 되었다. 오월에 시작된 산불이 여전히 대륙을 휩쓸었다. 애틀랜타에서 토론토에 이르는 지역의 화력발전소들은 전 대륙의 냉방기를 가동시키기 위해서 사상 최고치의 화석연료를 연소시켰다. 스모그 구름이 대륙의 하늘을 장악해 큰 주 하나를 다 덮어버릴 만큼 커졌으며 아이들과 노인들은 호흡기 장애를 일으켰다. 기온 관측 이래로 가장 뜨거운 여름이었다.

한 주 한 주가 지나갔지만 여전히 날씨는 신문 일면 기사였다. 오븐이 되어버린 미국 도시의 가난한 지역 아파트에서 수백 명의 사람들이 쓰러져 죽는 것을 누가 못 본 체 할 수 있단 말인가? 그리고 유럽도 코크스 제조 가마처럼 뜨거워졌다. 산불이 기승을 부렸고 수만 명이 죽었다. 매년의 기온 편차와 일시적인 이상 현상과 열대성 해류의 영향들에 대해 언론은 많은 보도를 쏟아냈다. 하지만 국제연합과 환경단체와 과학 학회와 정부기관까지도 온실효과 가스와 기후 변화에 대해 경고를 하고 있었음에도 불구하고 신문에서 몇 줄, 일기예보 채널과 디스커버리 채널에서 몇 시간 다루었을 뿐 주류 언론은 이 경고들을 모든 이들이 겪고 있는 더위와 가뭄에 연결시키기를 거부하기로 작심한 것 같았다.

칠월, 몽펠리에 거리 베어폰드 서점 이층의 널찍한 공간에서 클래어가 마이크 앞에 앉아 '버몬트와 물 위기'라는 주제를 가지고 이백여 명의 사람들에게 강연을 시작하려 하고 있었다.《벌링턴 자유신문》, WVMT 텔레비전, 버몬트 국영방송 기자들이 배석해 있었다. 냉방기는 헛되이 소음을 내며 돌아갔지만 바깥의 폭염과 실내의 조명이 뿜어내는 열기를 식히기에는 역부족이었다. 비행기를 타고 날아온 말콤은 클래어의 윗입술에 맺힌 땀방울과 긴장으로 주름진 얼굴을 놓치지 않았다. 하지만 그녀는 여전히 아름다웠고 목소리는 카랑카랑했다.

그녀는 국내의 물 위기의 원인에 관해 자세히 설명했다. 대량생산 농업이 살포하는 살충제가 어떻게 치명적인 미생물과, 의약품 오수, 가솔린 찌꺼기, 공장 폐수와 섞여 무시무시한 독극물 스프를 만들어 내는가에 대해서. 그녀는 자치단체의 70만 마일에 걸친 수도관 안에 괴어 있는 물과, 찌꺼기, 축적된 독극물이 위장장애를 증가시키고 심지어 암까지 유발하는 것에 대해 이야기했다. 청중은 너무 조용해서 바늘이 떨어지는 소리도 들릴 정도였다. 수질오염에 관한 사례가 끝도 없이 나열되었고 그곳에 참석한 사람들 중에서 그렇게 많은 사례를 들어본 사람은 거의 없었다.

청중이 더위와 나쁜 소식들에 힘겨워하고 있는 가운데 클래어는 20세기 초부터 비롯되는 역사적으로 악명 높은 환경 범죄자들의 예를 몇 가지 들었다. "록웰 인터내셔널을 예로 들면," 클래어가 말했다. "자동차 부품 제조 회사였는데 1910년부터 계속 납, 비소, 청산염 등 여러 가지 독극물을 미시간의 칼라마주강에 무단 방류했습니다. 결국 이 지역에는 공해방지를 위해 대형 자금이 투입되었습니다. 이런 일이 미국 각지에서 벌어지고 있다는 것을 한번 생각해 보십시오. 공해방지를 위한 대형 자금 투입 지역이 우후죽순 격으로 널려 있는데도 의회는 1995년 이후로 오염자 부담 제도를 폐지해 버렸습니다. 제너럴 일렉트릭 공장은 1946년부터 1976년까지 발암물질인 PCB를 이백만 파운드나 뉴욕 허드슨강에 무단 투기했습니다. 현재 육십만 파운드가 허드슨강에 잔류해 있습니다. 이 회사는 강을 준설하는 것이 상황을 더 악화시킨다고 허드슨 계곡 주민들을 설득시키는 광고에 이천오백만 달러를 쏟아 부었습니다. 그것에 대해 환경 전문가들은 강하게 반박했지만 그들에게는 이천오백만 달러가 없었죠." 서점 안의 긴장감이 눈에 띄게 고조되었다.

클래어는 분위기 전환을 위해 긍정적인 사실을 몇 가지 이야기하기로 했다. "1972년에 미국은 수질정화법안을 통과시켜서 가장 심한 형태의 수질오염은 한동안 완화시켰습니다. 하지만 여기서 주의해야 할 점은," 클래어는 말의 속도를 줄이면서 그녀의 논지를 아무도 놓치는 일이 없도록 했다.

"수질오염의 주범들이 이 변화에 저항하면서 연방정부가 이 법의 집행을 소홀히 하게 되었을 때, 이들에게 압력을 가해 법을 준수하도록 만들었던 사람들은 다름 아닌 지역 시민단체였다는 것입니다. 그 결과 많은 강의 수질이 향상되었습니다. 이 예에서 보여준 강력한 지역 운동의 힘과 가능성은 여전히 우리에게 밝은 희망을 제시하고 있습니다. 이제 버몬트 시민 여러분도 이들이 보여준 모범을 계승하여 시민의 힘을 다시 한 번 보여주시기를 저는 바라고 있습니다."

클래어는 수질오염과 연관된 몇 가지 사항을 간략하게 설명하기 시작했다.

"여러분들은 병에 담아 파는 물이 전 세계적으로 일 년에 이천이 백만 달러를 벌어들이는 산업이란 것을 알고 계십니까? 그리고 수돗물이 일정 기준을 충족하는 지역에서는 병에 든 생수가 더 안전하거나 건강에 더 좋은 것이 아니라는 사실도 알고 계십니까? 왜냐하면 병에 든 생수는 오히려 대체로 별다른 규제를 받고 있지 않기 때문입니다. 하지만 부유한 사람들이 병에 든 생수를 사서 먹으면 관계 당국은 모든 사람을 위해 깨끗하고 안전한 물을 공급해야 한다는 압력에서 벗어나게 됩니다. 그 결과 공공 수도시설이 더 열악해지고 부유한 사람들만이 안전한 물을 먹을 수 있게 되는 거죠. 이런 현상은 이미 지구상의 많은 곳에서 일어나고 있으며 미국도 그 방향으로 가고 있습니다. 해마다 일백오십만 톤의 플라스틱이 물병을 만드는 데에 사용되고 있습니다. 제조 단계나 쓰레기 처리 단계 모두에서 유독성 화학물질로 환경을 위협하며 말이죠. 그리고 그 물병을 수송하는 과정에서 상당한 온실가스들이 방출됩니다."

사람들은 매우 놀라며, 아무 생각 없이 병에 든 생수를 마시는 행동이 그런 엄청난 해악을 끼칠 수 있다는 생각을 한 번도 해보지 못했다는 표정을 지었다. 그리고 생수병을 들고 마시던 많은 사람들은 겸연쩍은 얼굴이 되었다.

"이미 이런 일을 빌여서 막대한 이익을 챙기고 있는 미국의 기업들과 이들을 후원하는 연방정부가 파이프라인과 선박으로 퀘벡에서 캐나다 물을 대량으로 수입하려 한다는 건 별로 놀랄 만한 일도 못 됩니다. 아마 여러분들에게는 새로운 소식이겠죠. 중요한 건 이제 한층 더 높은 강도의 감시와 행동이 필요해졌다는 것입니다. 생수 사업을 대규모로 하는 것 자체도 저수지와 호수와 강을 훼손하지만, 파이프라인이나 탱크선박으로 물을 반출하는 것은 훼손의 정도를 훨씬 더 가속시킬 수 있습니다. 도로의 건설과 파이프의 설치, 항만시설의 구축 등은 지역의 생태계 전체를 교란시킬 위험이 있습니다. 그리고 결국은 주변 지역에까지 영향을 미치겠죠." 클래어는 잠시 시간을 두어 말을 이었다. "그 지역이 바로 버몬트가 될 것입니다."

청중석에서 웅성거리는 소리가 들렸다.

"이것이 우리에게 의미하는 바는 무엇일까요?" 클래어가 던진 질문은 청중을 잠잠하게 만들었고 클래어는 숨을 한 번 들이쉰 다음 본론으로 들어갔다. "사유화는 물문제의 해답이 못 됩니다. 지금 백악관과 세계무역기구, 국제통화기금, 세계은행이 그게 답이라고 우기고 있긴 하지만. 저는 관심 있는 분들을 위해 전단지를 준비했습니다." 그녀는 종이 한 장을 흔들어 보였다. "2002년에 미국의 도시들에서 1년 동안 수도요금으로 지불하는 돈은 평균 47.5달러였습니다. 수도시설을 사유화한 자치단체에서는 요금이 무려 100.17달러까지 치솟았습니다. 그렇다면 민간업자들이 소비자들의 요구에 민감하게 대응을 했을까요? 애틀랜타의 경우를 보십시오. 그렇지도 않았습니다. 우리는 우리의 물을 관리하고 지킬 수 있는 대륙 전체를 총괄하는 공적인 기관들이 필요합니다. 오대호를 다스리고 있는 국제 공동 기구는 비록 완전한 것과는 거리가 멀지만 시범적인 모델이 될 수 있다고 생각합니다. 우리는 그보다 더 강력한 기구가 필요합니다. 그것도 시급히."

《벌링턴 자유신문》과 버몬트 NPR 방송사, WVMT는 이 모임과 관련된 기사를 내보냈다. 세 군데 모두 퀘벡 물을 버몬트를 통해서 대량으로 수입할 계획이 진행 중에 있다는 클래어의 주장을 언급하면서도 그녀가 그 주장을 뒷받침할 취재원을 밝히지는 못했으며 퀘벡시의 재무부에 알아볼 것을 권하기만 했다고 보도했다. 알아본 결과, 재무부의 홍보 책임자는 그런 계획이 확정된 바는 없으며 다만 정부가 물 관리 계획의 기본 골격을 마련하는 시작 단계에 있고 가을에 치쿠티미 북쪽 지역의 개발을 위해 퀘벡의 주요 사업자와 계약을 체결했다는 발표가 있을 것이라고만 했다. 대량 물 수입이 예정되어 있느냐는 질문에는 아직 답변하기에는 너무 이르다고 대답했다.

팔월의 첫 번째 토요일에 몬트리올은 찜통이었다. 하지만 여섯 시가 되자 북서쪽에서 상쾌한 바람이 불어오기 시작했다. 여덟 시가 되자 군중들이 로얄산 발치의 공원으로 몰려들기 시작했다. 양 옆 차도는 차로 꽉꽉 막혔고 인도는 콘서트 구경을 온 사람들과 행상인들과 마술사들과 불 쇼를 벌이는 사람들과 광대들로 북적댔다. 아홉 시가 되자 산의 끝자락에 설치된 무대에 이누이트 드럼이 본공연에 앞서 분위기를 돋우는 연주를 하고 있었다. 운집한 군중이 몸을 흔들며 반응을 보이자 밴드는 군중과 응답을 주고받으며 공연장의 열기를 한껏 돋우었다. 마침내 열 시가 되자 그날의 주인공 뤽 모린이 무대에 나타났고 관중들은 광분했다. 모린이 골반을 흔들면 모든 사람들이 흥분상태에 빠졌다. 순수한 퀘벡인. 그는 프랑스판 리키 마틴이었다. 아한대 숲 보호운동을 오랫동안 해온 그는 퀘벡 젊은이들 사이에서 애국적인 우상으로 추앙되고 있었다.

모린은 몇 곡의 신나는 곡을 연달아 불렀고 만 오천 명의 사람들은 춤추고, 발을 구르고, 손뼉을 치고, 휘슬을 불었다. 한 시간 반 동안 산이 흔들렸다. 그리고 나서 음악은 잔잔해졌고 모린이 기타를 들었다. 그는 질 비노(Gilles Vigneault 캐나다 민족주의자이며 시인이자 음악인 - 옮긴이)의 퀘벡에 바치는 사랑 노래를 불렀다. 그것은 퀘벡의 애국가와 마찬가지였다. "나의 조국은 나라가 아니라 겨울이에요." 관중들 가운데 모르는 사람이 아무도 없는 이 노래, 관중들이 따라 부르기 시작했다. 많은 얼굴들이 눈물로 빛났다. 마지막 소절이 잦아들자 모린은 잠시 침묵을 지켰다. 이윽고 시적이며 정치적인 웅변술로 그는 청중을 향해 말하기 시작했다.

"나의 친구들이여," 모린이 외쳤다. "무엇이 퀘벡의 겨울을 규정합니까?"

"눈이요!" 청중은 한목소리로 대답했다. 모두들 스키를 타며 즐겼던 축제의 밤들과 멋진 하얀 설원을 생각하며 행복한 표정이었다.

"눈입니다!" 그가 따라했다. "부드럽고, 하얗고, 얼어 있는 물. 그것이 우리의 땅을 덮고 우리의 호수를 채웁니다. 우리의 강을 부풀리고 우리의 농토와 정신을 기름지게 하는 물인 것입니다. 그 풍요로운 물은 계절에 따라 그 아름다운 자태를 바꿉니다. 그런데 나의 친구들이여, 우리의 물과 우리의 땅이 위험에 처해 있습니다!"

청중이 조용해졌다.

"인구가 증가하고 산업이 팽창함에 따라 오염, 수력발전, 관개, 지구 온난화가 이 행성의 물을 파괴하고 있습니다. 세계는 지금 점점 가물어가고 있습니다. 그리고 우리가 가지고 있는 퀘벡의 물은 푸른색 보석이 되어가고 있습니다. 나의 친구들이여, 우리의 정부는 우리의 동의도 없이 우리의 이 보물을 미국 기업에 팔아 치우려 하고 있습니다!"

충격의 파장이 청중이 숨쉬는 대기 중에 가득 퍼졌다.

"정부는 퀘벡 사람들이 우리의 생명에 가장 소중한 자원에 대해 주권을 행사하는 것을 불가능하게 만들고 있습니다!"

야유가 터져 나왔다. 사람들이 여기저기서 발을 굴렀다. 모린이 손을 들어 그들을 잠재웠다. 그는 스포트라이트 아래 아름다웠다. 땀이 가슴팍에 흘러내렸고 검은머리는 헝클어져 있었으며, 갈색 눈동자는 무대를 둘러싼 수천 개의 조명으로 빛났다. 사람들은 조용히 귀 기울였다.

"환경을 사랑하는 친구들이 이 문제를 여러분들께 알려달라고 저에게 부탁을 해왔습니다. 그들은 여러분들에게 〈오노위원회〉와 그들과 함께 하는 다른 단체들에 대해서 소개하고 우리가 우리의 소중한 물을 관리할 공공기구를 설립할 때까지 퀘벡 물의 판매를 전면 중지할 것을 요구하는 것에 여러분이 지지해 줄 것을 호소해 달라고 저에게 부탁했습니다." 박수소리가 시작되더니 점점 커졌다. "그래요, 나의 친구들, 여러분의 지지를 그들에게 보여주십시오."

박수소리는 이제 파도가 되어 일렁였다. 그러더니 리듬을 타기 시작했다. "자," 모린은 제일 앞자리에 앉아 있는 〈오노위원회〉 대표들에게 말했다. "올라오셔서 인사를 해 주십시오." 이누이트 드림이 반복 악절을 다시 연주하기 시작하면서 리듬을 탄 박수는 더 커졌다. 실비 라크르와의 집에 모였던 사람들이 무대에 올라 관중들에게 손을 흔들었다. 관중들은 그들을 열렬히 환영했다. 미쉘 에리보는 마이크를 잡고 관중에게 감사 인사를 하고는 마련된 테이블들을 가리키며 거기서 관중들이 탄원서와 참여신청서에 서명을 할 수 있고 그들의 공동체와 그들을 대변하는 정치인들에게 나눠 줄 책자를 받을 수 있음을 안내했다. 그는 9월에 몬트리올 환경부

청사 앞에서 대규모 시위가 있을 것을 선언했다. 뤽 모린은 그때에도 공연할 것을 약속했다.

그날 오후에 연락을 받았던 몬트리올의 모든 연예부 기자와 모든 환경부 기자들은 미친 듯이 메모를 했고 환경단체공동전선이 나눠주는 자료들을 챙긴 다음 택시를 잡아타고 이 소식을 기사화하기 위해 시내로 달렸다. 관중들도 안내 테이블로 우르르 몰려들었다. 일요일 아침, 뤽 모린의 호소는 영어판과 불어판을 막론하고 모든 퀘벡 신문의 일면 기사가 되었고 〈오노위원회〉는 그들의 계획이 멋들어지게 성공한 것에 대해 환호작약하며 서명 명단을 박스로 챙기고 있었다.

"잘 있었나, 포겔, 무슨 일이야? 뉴욕에서 전화하는 건가?"
"난 스위스에 있어, 빌. 몬트리올에 있는 우리 상무에게 방금 전화를 받았네. 그리고 자네에게 이메일을 보냈지. 자네가 아직 유럽에 있는 줄 알았네."
"방금 돌아와서 아직 이메일을 확인하지는 못했네."
"콘서트 얘기 들었나?"
"콘서트? 무슨 콘서트?"
포겔이 설명했다.
"죄송합니다만, 그릴씨." 그때 집사 유르겐이 문 뒤에서 고개를 내밀었다.
"잠깐만, 포겔." 그릴은 놀란 마음을 진정시키지 못했다.
"그릴씨, 프랭클린씨가 긴급한 용무로 전화하셨습니다. 2번 선입니다. 선생님께서 통화 중이라고 했지만 막무가내로……"
"포겔, 다시 전화하겠네. 리치가 지금 전화를 했어." 그는 2번 버튼을 눌렀다.

"내게 설명할 필요 없네. 방금 그 애기 들었네." 충격에서 깨어난 그릴은 치밀어 오르는 화로 얼굴이 붉어졌다. "도대체 뭔가? 그 사람들 누구야?"

"모르겠어요." 프랭클린이 말했다. "부하를 시켜서 일요일 미국의 언론을 체크해 보았는데 다행스럽게도 아무도 이 사건을 다루지 않았습니다."

"물론 아무도 다루지 않지. 내가 말했잖은가, 아무도 퀘벡 일은 신경 쓰지 않는다고. 하지만 만일을 대비해서 내일도 똑같이 한번 살펴보도록 하게." 그릴은 '1번 버튼의 램프가 들어오는 것을 보았다.

"죄송합니다만, 그릴씨," 유르겐이 다시 문에 나타났다.

"잠깐, 리치. 이번엔 또 뭔가, 유르겐."

"메줄리씨가 1번으로 전화하셨습니다."

"알겠네." 그릴은 신경질적으로 대답했다. "내일 다시 전화 주게, 리치. 끊어야겠어. 가보가 전화했네." 그는 1번 버튼을 눌렀다. "여보세요." 그는 숨을 몰아쉬며 말했다. "다 알고 있네. 포겔과 리치가 방금 전화했어."

"로흐 베찌나가 방금 전화했어요." 메줄리가 말했다. "그의 말로는 몬트리올 사람 절반이 콘서트에 갔다는군요. 또 그의 생각으로는 환경운동가들이 퀘벡당의 퀘벡 카드를 선수를 쳐서 사용한 것 같다더군요. 뭐 결정타는 아니지만 그래도 한 방 먹은 셈이라고 말하던데요."

"겁나는데." 그릴은 사나운 목소리로 말했다.

"그릴씨," 또 유르겐이었다. "허스트씨 전화입니다."

"내가 전화하겠다고 말해요." 그릴은 소리 질렀다. 얼굴이 심각할 정도로 붉어졌고 땀이 흐르기 시작했다. 유르겐은 머뭇거리다가 말했다.

"그렇게 말씀드렸지만 허스트씨는 당장 통화하겠다고!"

"빌어먹을!" 그릴은 폭발하기 직전이었다. "다시 전화할게. 가 봐." 불이 깜박이는 버튼을 눌렀을 때 귀청이 떨어지는 줄 알았다.

"내가 타이타닉호에 투자를 한 줄 아나!" 번팅 허스트는 인사조차 하지 않고 소리를 질러댔다. "이런 일은 없을 거라고 자네가 말했던 것 같은데."

"진정하게, 번팅." 그릴은 냉정하게 말하며 스스로를 진정시키려 애썼다. "내가 세르주와 코베이에게 전화해 볼 테니까 그때까지 화를 좀 식히게. 미국 일요일자 신문에는 아무 기사도 나지 않았어. 지금까지 우리가 상처 입은 것은……"

"헛소리!" 허스트가 소리 질렀다. "상당히 계산된 작전이었어. 그놈들은 미국 환경단체와 손을 잡을 거야. 두고 보라고."

"찻잔 속의 태풍일 뿐이야, 번팅. 퀘벡은 고립되어 있다고. 연방정부가 신경을 안 쓰고 미국에서 환경단체들이 가만히 있는 한 개네들이 아무리 소란을 피워도 소용이 없는 거야. 퀘벡당이 다수 의석을 활용해서 법안만 통과시켜주면 말야."

"그게 문제네, 빌. 그들이 그 법안을 통과시키는 정치적 자살을 감행할 것 같나?"

"난 그럴 거라고 보네." 그릴은 꿈쩍도 하지 않고 말했다. "퀘벡시에 연락한 뒤 다시 전화하겠네. 난 이런저런 추측을 하며 시간을 낭비하고 싶지 않네." 허스트가 전화를 끊었다. 그릴은 그렇게 무례하게 전화를 끊은 것이 불난 집에 부채질하는 것임을 알고 있었으나 화가 나서 미칠 것 같았고 더 이상 말을 계속 할 수가 없었다. 피가 끓어올랐다. 퀘벡시에 전화를 할까 생각했지만 참기로 하고 프렌치 도어를 열어젖혔다. 40도의 기온과 92퍼센트의 습도가 해머처럼 그를 덮쳤다. 다시 창문을 닫았다.

그릴은 걱정할 만한 반대세력이 퀘벡에서 형성되지 못할 것을 장담했었다. 그리고 그 확신에 모든 것을 걸었다. 이제 망신당할 일을 생각하자 얼굴은 더욱 붉어졌다. 인터폰으로 얼음물을 주문했다. 유르겐이 물을 들고 왔을 때는 숨도 제대로 쉴 수 없었고 다리를 구부리고 의자 위에 앉아 주먹을 꽉 쥐고 있었다. "세상에, 무슨 일이십니까, 선생님?" 집사는 주인이 물을 마시는 것을 도우며 물었다. "의사를 부를까요?" 그는 항상 혈색이 좋은 그릴만을 보았기 때문에 그런 모습은 처음이었다. 그러나 순전히 의지의 힘만으로 그릴은 다시 호흡을 되찾았고 물을 마신 후 손을 내저어 유르겐을 내보냈다. 그릴은 냉방이 잘된 방에 앉아 자신이 할 수 있는 방법을 숙고했다.

16

로베르 코베이가 유월에 올라프 군더슨과 그의 임원들을 전화 도청하는 일을 세르주 라롱드에게 맡겼을 때, 세르주는 그 일이 문제가 많은 것은 둘째 치고 불쾌하게까지 느껴졌다. 그런 조치는 대단히 미국적인 방식이었다. 그리고 지방경찰청장의 사무실은 체에 물을 붓는 것처럼 정보가 새나갔기 때문에 지방경찰에 이 일을 의뢰하는 것은 내키지 않았다. 하지만 때마침 뜻하지 않게 몬트리올 경찰 컴퓨터범죄반의 반장 장-뤽 페리노가 몇 달 전에 좋은 대안을 마련해 주었다.

어느 겨울 밤 반장은 항상 하던 대로 언더그라운드 해커들의 홈페이지를 점검하다가 퀘벡 산업무역기술부에서 수백 개 회사에 제공한 현금 보조금과 세제감면 내용을 기술한 여러 페이지의 문건을 발견했다. 그렇게 자세한 기업 지원 관련 자료를 빼냈다는 것은 놀라운 일이었지만 다른 한편으로는 그것은 정부의 보안망을 침해한 중대한 범죄였다. 다음날 아침, 그는 정부보안 책임자인 차관 - 그가 바로 세르주 라롱드였다 - 에게 알렸고 래디슨이라는 별명으로 통하는 해커를 잡아들이라는 명령을 받았다.

무서운 악마 래디슨은 귀와 코를 뚫은 빅터 파케란 젊은 말라깽이인 것으로 밝혀졌다. 정말로 그 말라깽이는 집에서 만든 슈퍼컴퓨터를 가지고 있었는데 그의 방은 컴퓨터와 주변기기로 차고 넘쳤다. 슈퍼컴은 그가 향상시키고 변형시킨 유닉스 코드에 기반하고 있었다. 퀘벡 정부 전산시스템의 어떤 메인프레임과 비교해도 뒤떨어지지 않는 성능이었다. 반면 그는 롱게이 교외에서 자란 스물두 살의 이상주의적 청년에 지나지 않았으며 엄청난 아이큐 덕에 대화상대가 없었을 뿐이었다. 그래서 자신과 놀아줄 기계를 만들었던 것이다.

빅터는 재판에 회부될 때까지 거의 육 개월 동안 감금되었다. 그의 부모님은 아연실색했다. 하지만 페리노 반장은 차관과 대법관을 설득해서 그가 침입한 정부보안 시스템의 방화벽을 개발해 주는 것이 이 해커가 사회에 진 빚을 갚는 가장 좋은 방법임을 납득시켰다. 빅터는 죠스의 목구멍 앞에서 구조되어 플러시 벨벳 쿠션 위에 앉혀진 기분이었다.

빅터는 곧 자신의 능력을 알아주어 자신의 인생을 파국에서 구해준 사람들에게 깊은 충성심을 갖게 되었다. 세르주도 빅터를 상당히 좋아하게 되어 저녁식사에 초대하기까지 하였고 니콜은 그의 재치에 매우 즐거워하였다. 그런 빅터에게 조언을 구하는 것은 아주 좋은 생각 같았다.

"집과 사무실의 통화내역만 알면 되는 건가요?" 빅터가 물었다.

"현재로서는 그래. 누가 누구에게 전화를 했는지만 알아보라고."

"염려 마세요, 대장. 가능한 일이에요. 저만 믿어요. 겨우 전화회사인걸요." 빅터는 전화회사에서도 정보를 빼내지 못하면 해커협회를 탈퇴해야 된다는 투였다.

빅터 파케는 유월의 마지막 두 주간 하이킹 계획이 잡혀 있어서 칠월이 되어서야 작업을 시작했다. 매일 아침 그는 전화회사의 메인프레임에 들어가서 〈베르셰르구조위원회〉 위원장 군더슨과 그의 임원들이 전날 통화한 번호들을 찾아냈고 그 번호들이 통화한 번호들을 확인하여 추적했다. 작업을 시작한 지 열흘이 되자 그는 수백 개의 전화번호를 모았고 반복되는 번호를 감시하면서 사용자의 이름과 신상명세를 조사했다. 그다음 두 주간 그는 군더슨이 그의 임원이나 가족이나 업무와 관련된 사람이 아닌 여러 사람들과 주기적으로 통화하고 있다는 사실을 발견했다. 작업 개시 삼주 반이 되어 그가 감시하는 사람들이 주말에 통화한 내역과 이전 몇 주간 통화한 내역을 다시 살펴보다가 빅터는 자리에서 벌떡 일어날 만한 사실을 발견하고는 그의 대장에게 긴급히 연락을 취했다. 하지만 이상하게도 세르주는 무단결근 중이었고 전화도 받지 않았다.

그 시간 세르주 라롱드는 거실의 창가에 서서 밖에 주차된 이삿짐 차량에 기대어 종이컵에 커피를 마시고 있는 짐꾼들을 고통스런 눈으로 쳐다보았다. 평상시에는 민첩하고 활기 있는 그였지만 지금은 헤로인에서 막 깨어난 사람처럼 보였다. 그는 니콜이 월요일에 떠나겠다고 말한 뒤로 꼬박 나흘을 고통 속에 보냈다.

니콜은 작은 아파트를 세내었다. 하지만 세르주와 거리를 두기 위해 남은 8월 동안 이스턴 타운십에 있는 실비의 별장에서 휴가를 보낼 생각이었다. 세르주는 《라 프레스》 일요일 판에 실린 모린 콘서트 무대 위의 실비 사진을 보고 토스트가 목에 걸려 숨이 막힐 뻔했다. 시끄러운 경보음이 머릿속에서 울렸지만 그 소리를 꺼버렸다. 그러자 전화벨이 울리기 시작했다. 하지만 받지 않았다. 결국 전화벨은 멈췄고 니콜이 아래층으로 내려왔다. 그녀는 탈진해서 기운이 없어 보였고 눈은 울었는지 빨갛게 충혈되어 있었다.

"당신의 비서였어요." 니콜이 말했다. "코베이가 당장 사무실로 나오라고 한다더군요." 두 사람은 의미심장한 표정만을 주고받았을 뿐 세르주는 다시 신문을 펼쳤다. "비서는 코베이가 전화기록을 보자고 한댔어요."

세르주는 손으로 눈을 덮었다.

"이제부터 살벌할 거예요." 니콜이 말했다. "당신은 큰 싸움을 더는 피할 수 없게 되었어요. 어쩌면 이 싸움에서 당신이 희생자가 될 수도 있겠죠."

"니콜, 이제 그 얘기는 그만 할 수 없겠어?"

"당신이 맞아요. 이젠 늦었죠."

"빅터에게 전화해야 해. 잠깐만 기다려." 니콜은 남편이 수화기를 들어 빅터에게 코베이에게 보여줄 보고서를 한 시간 내로 준비하라고 지시하는 모습을 절망적인 눈으로 지켜보았다. 그가 전화를 끊자 니콜은 남편의 어깨에 손을 얹고 그녀 안에 남아 있는 모든 힘을 다 모아 마지막으로 그의 마음을 돌리려 해 보았다. "사랑하는 세르주, 제발 다시 한 번 생각해 봐요."

"뭘 다시 생각해 보라는 거야?" 그의 목소리는 날카로웠고 눈은 냉랭했다.

"모든 걸, 세르주. 처음부터 다시 생각해 봐요."

"내 직업, 내 경력, 내가 해온 최선의 판단들…… 그런 모든 걸 말이지?"

"맞아, 세르주, 그런 모든 걸. 꼭 큰 집에 살아야 하는 건 아니잖아. 당신은 다른 많은 목적을 위해 사용할 수 있는 능력이 있어." 니콜은 그의 얼굴을 보고는 말끝을 흐렸다.

"이게 나야, 니콜. 받아들여."

"하지만 내가 사랑에 빠졌던 남자는 당신이 말하는 그런 사람이 아냐. 세르주, 얼마간 시간을 갖자. 그동안 난 다른 사람을 찾지 않을 거야." 그녀는 문가로 가서 짐꾼들을 안으로 불러들였다. "그런 다음에 프랑스로 돌아갈 거야. 당신 자신과 나에 대해서 생각해 봐요. 그리고 우리 모두를 위해 지금과는 다른 미래를 한번 상상해 봐. 세르주."

세르주는 그의 서류가방을 들었고 그들은 마지막으로 포옹했다. "당신을 사랑해." 니콜이 남편의 귀에 속삭였다.

로베르 코베이의 사무국장은 만 사천 명의 서명이 담긴 탄원서를 장관에게 보고했다. 탄원서를 제출한 〈오노위원회〉측은 이건 서명운동의 시작에 불과하며 장관과의 면담을 요청한다는 내용이었다. 코베이를 놀라게 한 것은 그 편지에 에이엠워터사 컨소시엄 참가자들의 명단과 간략하지만 정확한 사업개요가 담겨져 있다는 사실이었다. 그들은 사십팔 시간 안에 답변을 주지 않으면 그 내용을 언론에 공표하겠다고 위협했다.

코베이의 불룩 나온 배가 크게 움직였다. 이 사람들이 세기의 매국행위로 규정한 마당에 이제 물 사업을 퀘벡 주권과 민족적 성숙의 승리로 포장하는 것은 불가능해진 것이다. 아직 일자리라는 당근이 다른 사정들을 사소하게 만들어 버릴 가능성이 있기는 했다. 하지만 앞으로는 일을 추진하기가 훨씬 힘들어진 셈이다. 그리고 그의 눈앞에는 전화기록이 놓여 있었다.

"한번 점검해 보았나?" 세르주는 고개를 흔들었다. 그는 자신이 직무유기를 하고 있다는 사실을 잘 알고 있었다. 이 사업을 강행하기 위해 그들이 하고 있는 일에 대한 염증이 혐오감으로 증폭되어 있었다. 하지만 그의 책무를 더 이상 방기할 수는 없는 노릇이었다. 그들은 함께 빅터의 보고서를 읽었다.

올라프 군더슨이 정기적으로 통화하는 사람들은 《라 프레스》에 실린 〈오노위원회〉 간부들의 사진과 일치했다. 그 사람들 각자가 전화를 걸었던 다른 사람들과 조직들은 기초자치단체의 시장이나 지역 또는 전국 노동조합, 환경단체와 시민단체 등 물 사업에 반대하여 조직화할 만한 사람들이었다. 실비 라크르와 역시 〈환경정의연합〉 미국 사무실과 정기적으로 접촉하고 있었으며 미국지부장 클래어 데이비도비츠의 집으로도 전화를 하고 있었다. 이 부분에 밑줄이 그어져 있었다.

"이럴 수가 있는 건가!" 코베이가 고함을 내질렀다. 그의 눈이 튀어나왔고 분노로 피부가 거의 자줏빛이었다. "벌써 조직화되었잖아! 왜 이 사실을 이제껏 알리지 않았나? 우리가 휘파람을 불며 모든 것이 잘 되어간다고 믿고 있는 사이 그들은 지난 두 달 동안 몰래 반대운동을 조직해 온 것 아닌가!"

"이게 제가 받은 첫 번째 종합 보고서입니다." 세르주는 기분이 상해 퉁명스럽게 대답했다. "기술자들과 도청장치를 구성하는 데에 삼 주가 걸린 점을 감안해 주십시오. 빅터는 불과 몇 분 전에 이 요약된 보고서를 작성했습니다." 하지만 세르주는 자신이 이 일에 주의를 기울이지 않았고 그래서 빅터의 전화를 무시했으며 귀중한 시간을 흘려보냈다는 것과 그 이유가 이 일에 대한 그의 양면적인 감정 때문이라는 사실을 잘 알고 있었다.

다행히도 코베이의 홍보 담당관이 문을 두드려서 세르주는 더는 수모를 겪지 않아도 되었다. 그는 《뉴욕타임스》 《월스트리트저널》 《워싱턴포스트》와 미국 통신사들을 모조리 조사해 봤지만 모린 콘서트에 관해서는 단 한 건도 발견하지 못했다. 그가 발견한 것이라고는 《글로브앤메일》의 연애소식란에 짧게 실린 기사였는데 퀘벡의 환경주의자 록스타가 벌인 음악 공연에 대한 평만 싣고 그의 연설에 대해서는 언급이 없었다. 그 밖에는 캐나다 영문판의 보도는 없었다. 퀘벡 밖에서의 피해는 거의 제로에 가까웠다.

코베이와 세르주는 한 시간 동안 이야기했다. 그러고 나서 코베이가 어두운 표정으로 말했다. "난 수상과 만날 거네. 한 시간 반 뒤에 돌아오지. 그리고 그릴에게 전화를 걸자고." 수상은 미치려 할 거라고 세르주는 생각했다. 입에 거품을 물고 소리를 지르고 난리를 치겠지. "그런 다음, 자네가 어두운 늪에서 끄집어내어 이걸 준비하게 만든 그 물건을 만나게." 그는 큰 손으로 전화 보고서를 한번 훑었다. "당신네 두 천재가 그 환경운동 개자식들이 어떻게 컨소시엄 참가자 명단을 입수했는지 알아내기를 바라네. 그 이름들을 알고 있는 건 자네, 나, 수상, 베찌나, 그리고 랑제뱅뿐이야. 〈오노위원회〉 임원 전원을 도청하게, 모조리! 경찰청에다가 자네 부하가 일을 수행하기 위해 필요한 모든 협조를 청하게. 그리고 《르 솔라일》의 기자 라몽따니도 도청하도록 지시하게. 그는 두 달 전에 낌새를 챘어. 그가 누구와 이야기하고 있는지 알아내야해." 코베이 장관은 뚜벅뚜벅 걸어서 방을 나가버렸다.

세르주는 암울하게 차가운 바람이 그의 등을 쓸어내림을 느꼈다.

그릴의 분노가 불꽃이 튈 정도로 전화선을 태우고 있었다. "지금 당장 우리의 거래가 구속력이 있는 것이고 아무리 늦어도 십이월까지는 관련 법규를 당신네 정부에서 얻어낼 것이라는 약속을 받아야겠소. 그런 보장이 없는 한, 한 발자국도 앞으로 나갈 수 없고 그렇다고 뒤로 물러설 생각도 추호도 없소!"

코베이 장관은 차가운 목소리로 캐나다 정부의 약속은 유효하며 이 싸움이 가능한 한 잘 해결되도록 조치를 취할 계획이라고 말했다. "우리는 잘 계획되고 통제된 공청회를 열어 우리의 물 관리 계획을 설명할 참이오. 그리고 그 계획을 실현시킬 기업들과 사전 검토를 위한 회의를 개최할 것임을 공표할 것이오. 그 사이에 그 멍청한 환경운동가들이 입수한 명단을 공개한다면 그 명단 속의 이름들은 우리가 선정할 기업에 포함될 수도 안 될 수도 있고 그 이상의 의미는 없다고 해명할 예정이오. 우리는 또 퀘벡이 미국인들과 별도의 계약을 빨리 맺지 않으면 오타와 연방정부가 나서게 될 것이라고 퀘벡인들을 설득할 것이오. 수상은 싸울 준비가 되어 있고 끝장을 볼 생각이오. 우리는 토론의 방식을 정하고 개별적인 청문회를 개최해서 반대자들을 우리 계획의 수정자들로 참여시킬 것이오. 그래서 삼사분기가 끝날 때쯤에는 법안을 통과시킬 수 있을 것이오."

"마음에 안 들어요." 그릴이 말했다. "그렇게 하면 환경운동가들에게 소란을 피우고 방해를 할 기회만 주게 될 거요."

"이봐요, 빌." 세르주는 객관적인 어조를 유지하려고 애쓰며 끼어들었다. "내 기억으로는 처음부터 환경을 고려하는 대책들의 중요성에 대해서 충분히 논의를 한 것으로 알고 있는데요. 우리 선임 기술관들이 주말의 사건과 연관지어 당신네 계획을 분석해 보았는데 공개될 경우 이대로는 시행될 수가 없을 것 같다는 소견이에요. 난 그들에게 필요한 수정의 범위와 그 비용을 산출하도록 지시했어요. 이번 프로젝트에는 최소한의 환경적 고려가 반영되어야 합니다." 세르주는 이 말을 전하며 끔찍했던 하루 끝에 잠시나마 기분이 좋아졌다.

그릴은 웃기지 말라는 투였다. "당신네 반대자들은 대량으로 물을 수출하는 것 자체가 환경을 훼손한다고 말할 거요. 화장 좀 고친다고 해서 당신네 계획에 찬성해 줄 것 같소? 그리고 분명히 말해 두지만 수정은 표면적인 선에서 그쳐야 해요."

"그러면 더 좋죠." 세르주가 반박했다. "그들이 무조건 반대한다면 그들의 접근방식이 얼마나 말도 안 되고 비현실적인가를 보여주게 되고 농촌 지역 퀘벡인들이 윤택한 생활을 누릴 권리를 빼앗기만 할 뿐이라는 걸 알려주게 되는 셈이죠." 코베이는 그의 말 한 마디 한 마디에 동의하듯 고개를 끄덕였다. "모린 콘서트가 벌어진 이상 우리의 선택의 폭은 좁아졌으니, 환경운동가들로 하여금 직접 우리 계획을 개선하도록 하는 것이, 약간 손해를 보더라도 큰 이익을 지키는 방법이고 대규모 시위의 영향으로 의회의 신진 의원들이 반란을 일으키도록 하는 것보다 훨씬 나은 선택이죠. 그렇게 되면 하고 싶어도 법안을 상정시킬 수 없을 테니까."

세르주는 용이 불을 뿜는 듯한 그릴의 숨소리를 들을 수 있었다. "나를, 우리를 믿어요." 그릴의 동의를 끌어내려는 의도였다. "이런 일은 우리가 더 잘 압니다. 포섭하는 것이 대항하는 것보다 더 결과가 좋습니다."

"이 단체의 정체가 뭐요?" 그릴이 화제를 바꾸며 물었다. "어떻게 그렇게 조직적으로 움직이는 거요?"

"그들은 우리의 계획을 반대할 것이라고 예상할 수 있는 정확히 그런 사람들이오." 장관이 말했다. "하지만 예상보다 최소한 삼 개월이나 빨리 행동을 개시했소." 그는 화난 목소리로 덧붙였다.

"도대체 어디서 정보를 얻은 거요?"

"아," 코베이는 얼음처럼 차갑게 말했다. "내가 보장하는데, 그릴씨, 그들은 우리 쪽에서 정보를 얻은 게 아닙니다. 문제의 단체 임원들의 전화통화 내역을 입수했어요."

그릴은 최소한 조사를 착수했다는 사실에 대해 감사하다고 말했다. "그들의 통화기록에서 어떤 패턴을 찾아냈어요. 하지만 정보원을 알 수 있는 통화는 찾지 못했소. 하지만 일부 임원들은 워싱턴과 뉴욕에 있는 미국 〈환경정의연합〉 사무실로 정기적으로 전화하고 있다는 사실을 발견했죠. 아직 이 통화기록이 우리 프로젝트와 관련이 있는지는 알 수 없소. 하지만 당신네 쪽에서 정보가 새고 있는 건 아닌지 확실히 해 둘 필요는 있을 거요." 코베이의 입술은 분노로 파래졌다.

"주요 인사들의 전화를 도청하시오." 그릴이 말했다.

"이미 하고 있소." 코베이는 사실을 확대해서 대답했다.

"여기 〈환경정의연합〉은 내가 알아서 하겠소." 그릴이 말했다. "어쨌든 들통이 났군."

"이봐요," 코베이가 이를 악물고 말했다. "이 프로젝트가 성사되길 바란다면 정보의 흐름을 빈틈없이 통제하시오! 당신은 누가 몬트리올위원회를 뭉치도록 자극하고 있는지를 알아내야 할 것이오. 이들 일당이 다른 어떤 정보를 가지고 있는지, 어떤 치명타를 날릴 수 있는지 알 수 없는 일이잖소."

"옳은 말이오." 그릴은 힘이 들어간 목소리로 말했다. "당신들이 조사한 정보를 이리로 보내 주시오. 내가 며칠간 살펴봐야겠소. 최악의 상황에 대비할 필요가 있으니까. 그건 그렇고, 통화를 마치기 전에 당신네들이 크리스마스까지는 법안을 통과시키겠다는 보장을 받아야겠소. 경고하는데, 난 구월에 첫 번째 법안으로 통과시켜 줄 것을 고집할 수도 있소!"

세르주는 그의 서재에서 빅터와 앉아 석양을 바라보며 맥주를 마시고 있었다. 세르주는 빅터와 함께 있는 것이 위안이 되었지만 불안으로 미칠 것만 같았다. 그날 아침 전화통화 기록이 담긴 봉투를 건네주며 빅터는 나무라듯 이렇게 말했었다.

"몇 가지 정보를 일부러 빠뜨렸어요. 오늘이 가기 전에 선생님께서 알아두시는 게 좋은 정보죠. 연락하려고 무지 애썼는데."

빅터는 그의 대장 앞에 실비 라크르와의 유월과 칠월 통화내역을 펼쳐 보였다. 말없이, 그는 노란색 형광펜으로 칠해진 부분을 가리켰다. 세르주는 그 페이지를 보고는 잘못 본 게 아닌가 하고 눈을 깜박이며 초점을 다시 맞추려 했다. 하지만 소용이 없었다. 그는 자신의 집 전화번호가 스무 번이나 찍혀 있는 것을 보았다. 실비가 니콜에게, 니콜이 실비에게 지난 두 달 동안 한 통화내역이었다. 그의 잠재의식의 표면에 몇 주 동안이나 떠다니던 모루가 쿵 하고 내려앉았다. "니콜과 라크르와는 절친한 사이야." 세르주는 노란 줄에 대해 대수롭지 않다는 듯이 변명하려 들었다.

빅터는 그를 쳐다보더니 말했다. "내 눈을 똑바로 봐요."

"사실이야. 빅터. 둘은 친한 친구라고. 니콜이 이 프로젝트에 대해 누군가에게 알렸다고 믿을 만한 이유는 없어. 그녀는 거의 아는 게 없다고…… 적어도 〈오노위원회〉가 알고 있는 사실들은 아니야."

"그런데 왜 그렇게 겁을 먹고 있죠? 나뭇잎처럼 떨고 있어요."

"미국에 있는 상전이 우리의 전화통화 기록을 자기 보안 담당자들에게 보여주고 싶어하기 때문이지 - 그쪽 관련자들을 찾아내기 위해서. 그들에게 어떻게 보일 거라고 생각하나? 특히 오늘 아침에 니콜이 나를 떠났다는 걸 알게 되면."

"누가 선생님을 떠났다고요?"

"니콜이 짐을 싸서 나갔어. 가버렸다고."

"왜요?" 빅터는 깜짝 놀랐다. 그가 가지고 있는 세르주의 성공적이면서 멋진 이미지에는 그의 총명하고 아름다운 아내가 포함되어 있었다.

'왜냐하면, 니콜은 날 배신자에 변절자로 생각하기 때문이지.' 그러나 세르주는 대답을 피했다. "빅터, 미안하지만 난 지금 그 이야기를 하고 싶지 않아." 머리가 어지러웠다. 그는 머리를 감싸 쥐었다. "어떻게 해야 좋을지 모르겠어."

"너무 걱정 마세요." 빅터는 관료조직과 정부에 대해서는 하등의 충성심도 갖고 있지 않았다. "괜찮아요, 아무도 이걸 볼 필요는 없어요. 코베이에게 준 보고서에는 이미 지워놓았어요. 니콜이 정보를 흘린 것도 아니니까 지워도 상관없잖아요. 그들이 모른다고 해서 문제될 건 없죠."

"그래 줄 수 있겠나?" 세르주는 고개를 들었다. "만약 그들이 전화회사의 원본을 확인하면 어쩌지?"

"맙소사, 세르주씨, 그러지는 않을 겁니다. 그렇게까지 할 생각은 들지 않을 거예요."

"자네는 이 사람들을 몰라서 그래."

"당장 조치해 놓죠." 빅터는 그의 노트북으로 몸을 돌렸다. 그는 전화선에 접속했다. "범죄현장을 목격하고 싶지 않으시면 등을 돌리세요. 벨 본사에 있는 마스터 컴퓨터에 잠깐 들를 거니까."

세르주는 노트북이 윙윙거리며 타닥 소리를 내는 것을 들었다. 그러고는 짜잔! 통화기록은 메인프레임 기록에서 사라져버렸다. 빅터는 통화기록에서 노란 줄이 쳐진 페이지를 찢어내어 아코디언 모양으로 접더니 불을 붙여 쓰레기통에 던져 넣었다. 그리고 담배꽁초가 가득한 재떨이를 그 위에 털어 부었다.

세르주는 어깨에서 무거운 짐을 내려놓은 기분이었다.

"된 건가? 사라진 건가?"

"백업된 테이프 원본이 온도와 습도가 통제되는 페에르퐁즈나 세인트 조티크 어딘가의 방에 남아 있긴 하지만 그걸 구하려면 금고를 깨부수고 들어가야겠죠. 그럴 사람이야 없으니 사라진 셈이죠."

"고맙네. 친구." 세르주는 진심으로 말했다. "자네는 진정한 나의 친구야."

"아무것도 아니에요." 젊은이는 겸연쩍어하며 말했다. "그리고 도청장치들의 녹음을 시작해야겠어요. 그것들을 가지고 딴 장난을 시작하고 싶어지기 전에 말이에요." 맙소사, 도청장치! 세르주는 잊고 있었다.

17

사라 그릴은 은밀한 온천으로 개조한 산타크루즈의 저택에서 두 주 동안 휴식을 취하고 있었다. 이곳에서 그녀는 이 지구가 제공하는 모든 먹을 수 있는 채소를 갈아서 만든 생즙과, 기공수련, 테니스, 에어로빅 개인교습, 웨이트 트레이닝, 매일 받는 마사지를 누렸다. 그녀는 잘 그을린 뼈근한 몸 위로 기름을 바른 따듯한 손이 미끄러지는 느낌을 즐기고 있었다. 사라는 벌써 수년 동안 그녀의 감각적인 생활이 마사지에 전적으로 의존하고 있다는 사실을 인정하지 않을 수 없었다. 셀 수 없이 많은 젊은 여자들이 힘 있는 손길로 탐색하듯이 그녀의 몸 구석구석을 만져주었다. 이제 남편과도 멀리 떨어져 있는 지금, 그녀는 자신의 쾌감을 인정하는 신음소리를 내고 말았다. 젊은 안마사는 사라의 몸을 관통해 지나가는 전율을 느낄 수 있었다.

인디언 힐에서는 남편 윌리엄 그릴이 온천에 전화해서 사라에게 메시지를 남긴 뒤 새벽에 서부행 비행기를 탔다.

중서부는 찜통이었고 북서부는 물이 부족해서 난리였지만 시애틀에서는 시원한 바닷바람이 그를 맞아주었다. 호텔 웨이터가 커피와 롤빵과 패스트리를 그의 웨스틴 스위트룸에 내려놓는 동안 그릴은 아침뉴스를 보기 위해 CNN을 틀었다. 엄청난 군중이 화면을 가득 채웠다. "그렇습니다, 브릭. 이곳에서도 대규모 시위가 벌어지고 있습니다." 리포터가 말했다. "보시는 바와 같이 여기는 부에노스아이레스입니다. 남녀를 불문하고 교토의정서를 지지하기 위해서 수많은 사람들이 모여들었습니다 – " 리포터의 말이 커다란 함성소리에 파묻혀 버렸다. 빌딩 크기의 현수막이 펼쳐지고 있었다.

노크소리에 그릴은 텔레비전을 끈 다음 방문객들을 맞았다. 닉 카메네프 일행이었다. 그들은 곧장 사업문제로 들어갔다. 그릴은 퀘벡 사람들과의 통화내용을 요약해 주고 다음과 같이 결론을 지었다. "난 그들에게 대놓고 무조건 법안을 크리스마스까지 통과시킨다는 보장을 해달라고 말했네. 그게 대중적 지지를 받든 그렇지 않든 말이야."

"좋아," 닉 카메네프가 잘한 일이라는 투로 말했다. "내 입장에서는 그건 사업을 진행시키기 위한 전제조건이네."

"그 사람들은 소위 잘 통제된 공청회를 개최하면 계획을 확정짓고 크리스마스까지 법안을 통과시키는 데에 그 공청회 결과를 이용할 수 있다는 말도 안 되는 생각을 하고 있더군. 내 생각에는 그들에게 구월에 날치기로라도 통과시키라고 말해야 될 것 같아."

"글쎄요," 가보 메줄리가 말했다. "똑똑한 사람들이에요. 그들 생각대로만 되면 프로젝트도 살리고 큰 말썽을 일으키지 않고 다음 내각을 구성하는 데에도 성공하겠죠. 우리에게도 그게 최상의 결과고."

"자네 생각은 그런가. 하지만 보게." 그릴이 반박했다. "그들 얘기로는 시민들의 저항이 강한데도 다음 달에 법안을 억지로 통과시키려 하면 신진 의원들이 당론에 따르기를 거부하고 반란을 일으켜 법안 통과를 막을 수도 있다더군. 진짜 그런 일이 일어날 수 있을까?"

모두들 서로의 얼굴만 쳐다보다가 어깨를 으쓱했다. "그럴 수도 있죠." 메줄리가 말했다. "그들이 그렇게 말했다면."

"그러니까, 가보, 만약 공청회가 뜻대로 잘 안 돼서 반대세력이 커져 버리면, 그러니까 가을 동안 말이야, 그러면 크리스마스에 있을 반발은 무슨 수로 잠재울 수 있겠나?"

방 안이 조용해졌다. "세상에." 메줄리가 말했다.

"그게 내가 하고 싶은 말이네." 그릴이 말을 이었다. "백퍼센트 확신이 서지 않으면 우리는 크리스마스까지 기다리는 모험을 할 수가 없어. 성공할 가능성만큼 실패할 가능성도 높은 위험한 정치적 모험에 우리 프로젝트의 운명을 맡길 수는 없네!" 아무도 그의 말에 토를 달지 못했다.

"좋아, 해줄 얘기가 하나 더 있네." 그릴은 보안상의 허점에 대해 이야기했다. "코베이는 몬트리올위원회가 그 콘서트를 준비하는 데에는 두 달은 걸렸을 거라고 하더군. 그렇다면 정보가 새나간 것은 워싱턴 회의가 있은 지 겨우 몇 주가 지난 뒤야."

"거기 참석했던 사람들 중에 누군가가 이 황금 거위를 찜 쪄 먹었다고는 생각되지 않는데요?" 앤드류 스틸러가 말했다. 모두들 같은 생각이었다.

"프로젝트에 동의해 놓고 그걸 망쳐버릴 이유가 없잖아요?" 메줄리가 말했다.

"자네 회사 사람들만큼 이 프로젝트의 범위에 대해 잘 알고 있는 사람들이 없지 않은가. 혹시 자네 사람들 중에 내부고발자가 있는 게 아닐까?" 닉 카메네프가 메줄리에게 물었다.

"그럴 수도 있죠." 메줄리가 대답했다. "한번 조사해 보죠. 하지만, 당장 떠오르는 사람은 없어요."

"그렇다면," 스틸러가 계산을 했다. "두 달 전에 – 우리의 정치인 친구도 아니고, 우리 직원도 아니라면, 우리 중에 한 사람이라는 이야기인데."

카메네프가 몸을 곧추세우더니 실눈을 떴다. 그는 스틸러와 메줄리를 한 번씩 보더니 다른 사람들을 생각해 보기 시작했다 – 마사로, 프랭클린, 포겔, 헤이스, 허스트. "솔직히 빌, 난 모르겠네." 그가 말했다. "동기가 없잖은가?"

그릴의 생각도 미찬가지였다. 자신이 몸소 선정한 사람들이었고 처음 모임을 가진 후로 이 프로젝트에 대한 그들의 열의를 의심케 할 단 한 마디 말이나 사건도 없었다.

"누군가가 뭘 발견했거나, 보았거나 한 거 같아." 카메네프가 말했다.

"어떻게?" 스틸러가 물었다. "문서가 유출되었을 리는 없고. 내 말은 각 회사들이 일의 일부를 맡고 있긴 해도 우리가 지금 얘기하는 높은 수준의 정보는 직원들에게 알리지 않았잖아요." 그는 어떤 생각이 떠올라 말을 멈췄다. "우리가 주고받은 메일을 종이로 복사해둔 사람이 있나요?"

카메네프가 당혹스런 표정을 지었다. "설마 당신이." 스틸러가 믿을 수 없다는 듯이 말했다. "왜 그런 짓을 했어요? 누가 보기라도 하면 어쩌려고?"

"딱 한 번이었어. 오월에 세부사항에 관해 작업하고 있을 때. 그 날 바로 태워버렸다고. 집의 서재에서."

"난 보내거나 받는 모든 이메일을 프린트해." 그릴이 말했다. "인디언 힐에 파일을 보관하지. 그 서류들은 내 사무실 밖으로는 절대 안 나가. 난 잘못했다고 인정 못 해. 그곳 내 사무실에는 아무도 들어오지 못해."

"내 것도 아무도 못 봤어." 대령이 말했다. "누군가가 우리의 서신을 전산망상으로 볼 수도 있을까? 우리 컴퓨터에 있는 정보를 말야."

"그럴 리는 없어요!" 스틸러는 모욕적이라는 듯 대답했다. "가능한 암호가 삼십사 데실리온 개나 된다고요. 아무도 그걸 풀 수는 없어요. 다른 가능성을 생각해 보시죠." 그는 긴 머리를 획 넘겼다.

"여러분, 고맙습니다." 그릴은 말하며 일어섰다. "여러분들의 의견을 참고하죠. 하지만 여러분들이 아직도 사업에 참여하려는 마음을 바꾸지 않았다고 제가 믿어도 괜찮을까요?"

"맙소사, 빌." 메줄리가 다정하게 말했다. "어떻게 그런 말을 꺼낼 수가 있어요? 이미 사업은 시작이 되었는데." 다른 사람들도 마찬가지 의견이었다.

"좋아요," 그릴이 말했다. "하지만 난 아직도 우리 전산정보의 보안을 확신하지 못하겠어요."

"확신하세요." 스틸러가 말했다. 그는 자신을 천재라고 믿는 사람 특유의 무례한 표정으로 그릴을 쳐다보았다. "마음 놓고 확신하세요. 아무도 사이버크립트를 깨지는 못해요."
"그러지," 그릴이 말했다. "충고 고맙네. 잘 가게. 가보 - 오늘 저녁식사나 같이 하며 그들이 요구하는 수정안에 대해서 얘기 좀 하세. 최악의 상황까지 고려해 봐야 해. 그리고 닉," 그릴은 문을 열고 그의 큰 손을 대령의 어깨에 올리며 말했다. "좀 이따 가게. 자네가 앞으로 보안을 맡아줘야 할 것 같아."

타코마 교외의 공중전화 박스에서 말콤은 스미소니안 박물관의 큐레이터 집 전화번호를 눌렀다. 클래어가 빌려 쓰고 있는 전화였다. 그녀의 친구 안드레아 바레티의 시내 다락방을 방문하는 것은 워싱턴에 머무는 동안에는 클래어의 일상생활의 일부였다.
"안녕."
"안녕, 말콤." 클래어는 그의 목소리를 들을 때마다 느끼는 따듯하고 녹아내리는 듯한 기분 속에 빠져 말을 잇지 못했다. "이번 주말 준비는 다 되었어요?" 그녀는 포틀랜드에서 그를 만나 그의 오두막에 갈 예정이었다.
"그럼요." 말콤이 말했다. "그날까지 기다리기가 너무 힘들군요."
"저도 그래요." 그들 사이에 다시 끼어든 침묵은 다른 어떤 말보다 많은 것을 전달하고 있었다. 말콤은 그와 러셀이 일요일에 모니터한 분노한 시민들 간에 주고받은 이메일에 대해서 이야기했다.
"아주 훌륭했어요. 민족주의를 이용해서 정부에 대한 반감을 높이고 어쩌면 현역 의원들까지 내각에 반대하도록 만들 수도 있겠죠."
"축하해요." 말콤이 말했다.

"고마워요. 하지만 당신도 알다시피 여기서는 아무 일도 없었고 단 한 마디 이야기도 나오지 않았어요. 제가 행한 연설은 버몬트 밖에서 아무런 호응을 얻지 못했죠. 아직 이 문제가 이슈화되지 못했고 그릴과 그의 회사도 부각되지 못했어요. 본격적인 운동을 시작하려면 꼭 필요한 일인데 말이에요. 퀘벡 사람들만으로는 이길 수가 없잖아요."

"아직 기사를 쓰겠다는 기자도 없고요?"

"아직도."

말콤은 조금 주저하면서 다른 화제를 꺼냈다. "그들이 바짝 긴장하고 있어요. 몬트리올 간부들을 감시하기 시작할 것 같아요. 벌써 하고 있는지도 모르죠. 통화내역을 조회한다면 미국 〈환경정의연합〉의 관련성을 파악하게 되겠죠. 당신이 사무실로 돌아갈 때쯤이면 당신 전화기에 도청장치가 되어 있다 해도 별로 놀랄 일은 아니죠. 집 전화도 그렇고. FBI나 NSA(미국국가안전보장국)가 일상적으로 하고 있다고 믿어지는 도청에 더해서 말이죠."

"맞아요." 그녀는 어두운 목소리로 말했다.

"그러니까 당분간은 전화를 할 때 항상 조심해야 돼요. 휴대전화도. 서로 연락하는 방법에 대해서는 이번 주말에 얘기해요. 조심하는 게 후회하는 것보다 낫죠."

"그래요." 갑자기 불편하고 불안해졌다. 그녀는 어깨를 움츠리고 몸서리를 쳤다. "하지만 이번 주에 다시 통화할 일이 생기면?"

말콤은 이 문제에 대해 고민해 보았다. "우리 둘 다 다른 사람 명의로 휴대전화를 마련해야겠어요. 지금 생각해 보니 벌써 오래 전에 그랬어야 했다는 생각이 드는군요. 그렇게 할 수 있겠어요?"

"네."

"그럼 그렇게 해요. 안드레아에게 번호를 가르쳐 주고 제럴딘 모로우에게 가르쳐 주라고 부탁해요. 나도 안드레아한테 번호를 알려주고 두 사람이 번호를 교환하면 우린 앞으로 걱정 없이 통화할 수 있을 거예요. 그리고 그러기 전에 무슨 일이 생기면 안드레아더러 제럴딘에게 메시지를 남겨 달라고 해요. 그리고 다른 사람들을 괴롭히는 걸 걱정하지 말고 필요할 때에는 언제든지 연락해요."
"좋아요." 클래어는 팔로 자신의 가슴을 감쌌다.

클래어는 친구의 다락방에서 나와 사무실을 향해 걸었다. 과대망상적 공포가 담긴 판도라의 상자가 열려버린 셈이었다. 다른 무엇보다도 말콤이 위험하다는 사실이 그녀를 무섭게 했다. 클래어가 당장 알고 싶은 것은 〈오노위원회〉가 그의 정보에 의존하지 않고도 컨소시엄 관계자 정보를 확인하는 데에 성공했는지의 여부였다. 그녀는 또 미국에서 이 문제를 터뜨리되 말콤에게 불똥이 튀지 않을 방법을 찾아내야 했다. 물 프로젝트가 미국 〈환경정의연합〉의 선결과제만 되어도 그녀의 비서를 시켜 지역의 정보수집에 나서게 할 수 있을 것이다. 그렇게만 되면 환경문제에 관심을 가진 관료 한 사람 정도는 찾아내서 도움을 받을 수도 있을 텐데. 하지만 비서 주니퍼 디아즈는 현재도 과중한 업무에 시달리고 있었다. 클래어는 발걸음을 멈추고 잠시 생각하더니 안드레아의 다락방으로 되돌아가기 시작했다. 그곳에 도착해 두 통의 전화를 걸었다.

18

더글라스 보일은 항상 입는 폴로셔츠와 군복 바지를 입고 검은 선글라스와 값비싼 구두를 신었다. 그리고 검은색 GMC 타이푼을 스카이포인트로 몰아 여덟 시 사십오 분에 도착했다. 그는 피도 눈물도 없는 프로페셔널 킬러가 된 기분이었고 남들이 보기에도 그랬다.

오후 두 시에 보스에게 호출을 받았다. "잠깐 밖에서 산책 좀 같이 하지." 카메네프가 말했다. 두 사람은 중앙 현관에서 만나 공원처럼 만든 뜰로 나갔다.

"돌려서 말하지 않겠네," 카메네프가 말했다. "자네를 여기서 보자고 한 건 일상적인 업무 때문이 아니야. 자네에게 일을 하나 맡겨야겠어. 스카이포인트 일이 아니야, 적어도 직접적으로는." 카메네프는 보일을 들여다보았다.

"계속하시죠, 듣고 있습니다."

"좋아, 난 퀘벡의 자원 채취 프로젝트에 참여하고 있네 - 엄청나게 큰 프로젝트지. 근데 그게 이곳 언론과 환경단체가 알아서는 안되는 일이어서 말이야 - 시애틀뿐만 아니라 미국 전체 말이네 - 최소한 두 달 정도는. 서너 달이면 더 좋고."

"정치적인 일이로군요."

"맞아. 게다가 민감한 일이지." 잔디밭을 거닐며 그는 프로젝트와 정보의 유출에 대해 이야기해 주었다.

보일은 스카이포인트의 기업 보안을 책임지고 있었다. 물리적인 경호와 정보 보안에 이르기까지. 그는 캘리포니아 공과대학을 졸업하고 공군과 NSA에서 항공정보수집반의 반장을 지냈다. 거기서 위성첩보에서부터 초소형 카메라와 마이크에 이르기까지 모든 첩보 기술을 익혔다. 그는 이 기술들을 주로 NSA의 주 고객인 미국무역대표부를 위해 사용했었다. 이를테면, 파키스탄에서 BMW가 맥도넬 더글라스보다 유리한 조건을 제시하려 할 때, 에어버스가 스페인에서 보잉보다 유리한 조건을 제시하려 할 때, 보일의 첩보는 미국 기업들에게 그들의 제안을 좀 더, 그러니까, 세련되게 다듬을 수 있는 기회를 제공해 주었다.

보일의 정체성은 직무의 수행을 통해서 형성되었다. 그래서 내적인 삶이나 가정의 생활은 거의 없었지만 자신의 일에 지나치게 집착하고 목적의식이 강한 사람이 되었는데 카메네프의 보안 담당자로서는 적격이었다. 특히 NSA 사람들과 지속적인 관계를 유지하고 있다는 점은 다른 어떤 사람과도 비교될 수 없는 장점이었다.

"가장 급한 일은, 미국 〈환경정의연합〉이 도대체 무슨 일을 꾸미고 있으며, 얼마나 진행을 시켰는지 알아내는 거네. 아주 빨리 알아내야 해." 카메네프는 그에게 솔깃한 제안 하나를 했다. 보일은 반색했다.

"저에게 이 일을 맡겨주시다니 영광입니다."

말콤의 집 초인종이 울렸다. 그는 문구멍으로 카우보이 셔츠를 입은 큰 남자의 어깨와 목과 턱을 보았다. 낯이 익었다. 문을 열었을 때 그는 놀라는 표정을 감출 수 없었다. 지난번에 말콤이 보았을 때보다 더 화난 표정으로 제프 브래니건이 서 있었다.

"제프, 놀랐습니다. 무슨 일이시죠? 보니, 조용히 해." 개는 짖기를 멈추지 않았다.

브래니건은 인상을 썼지만 몸을 깊숙이 숙여 그의 크고 거친 손을 웨스티종 개에게 내밀었다. 그리고 순식간에 녀석과 친구가 되었다. 말콤은 그런 그가 마음에 들었다. "들어오시죠. 아주 중요한 일로 오신 것 같군요."

"그래요," 브래니건이 말하며 거실로 들어와 말콤의 독서 의자에 앉았다. 말콤은 소파에 앉았다. 브래니건의 금발은 한동안 전문 이발사의 손길을 받지 못한 듯 보였지만 옷은 깔끔했고 건강해 보였다. 크고 약간 튀어나온 눈은 충혈되어 있었다. 그는 말없이 그 눈을 말콤에게 고정시켰다.

"먼 길을 오셨군요, 제프씨. 다시 한 번 묻지만 무슨 일이시죠?"

"클래어가 스스로를 심각한 위험에 빠뜨리고 있는 것 같소."

"뭐라고요?"

"클래어와 만났어요. 물문제는 그녀의 건강에 대단히 나쁠 수 있습니다."

"그래요?" 말콤은 클래어가 브래니건에게 물 사업에 관해 이야기했다는 생각에 벌컥 화가 났다. "어떻게 아셨죠?"

"이봐요, 말콤. 솔직히 털어놓겠소. 난 내가 클래어가 말한 사실과 내가 직접 알 수 있었던 사실에서 추측해 낸 문제 때문에 여기 온 거요. 그러니 내 추측이 맞으면 맞다고 말해 줘요. 내가 틀리면 나를 쓸데없는 참견꾼으로 몰아붙여서 내쫓아도 좋아요."

"말해 봐요. 듣고 있습니다."

"내가 추진 중인 일이 있었는데 클래어의 도움이 필요했기 때문에 같이 차 한 잔을 했소. 클래어는 도와줄 마음이 없었고 그 일에 대해 얘기하고 싶어하지 않았지. 그래서 다른 일에 대해 얘기했소. 난 당신에 대해 물어봤고." 말콤의 표정이 어색해졌다. "당신을 처음 봤을 때부터 당신이 클래어에게 빠져 있음을 알 수 있었지. 클래어 또한 당신을 엄청 반기는 눈치였지. 그래서 물었더니 얼굴을 붉히더군. 클래어는 대답하기를 거부합디다. 당신이 바라는 대로."

말콤은 자신의 감정을 너무 훤히 드러낸 것에 대해 부끄러워졌다. 그는 클래어가 제프 브래니건에게 그에 대해서뿐만 아니라 다른 모든 것에 대해서도 이야기하지 않기를 바랐다. 하지만 이 덩치 크고 지친 남자가 그와 대화를 청하며 몸을 앞으로 숙이고 앉아 있는 모습을 보고 있노라니 문득 그는 깨달은 바가 있었다. "당신은 아직 클래어를 사랑하고 있군요. 그렇죠?"

브래니건은 얼굴을 찌푸리더니 위엄 있게 말했다. "난 클래어를 많이 걱정하오. 그래서 여기 온 거요."

"알겠어요." 말콤이 잠시 뒤 말했다. "무엇이 문제죠?"

"클래어의 문제요. 윌리엄 에릭슨 그릴이라는."

"클래어가 그에 대해서 말했나요?"

"클래어가 그릴에 대해 묻더군요. 클래어는 우리가, 말하자면, 이웃인 셈인 걸 알고 있으니까."

"클래어가 당신 별장 얘기를 한 적이 있어요."

"별 얘기를 다 했나 보군."

"별로 중요한 얘기는 안 했으니까 걱정 말아요."

"알겠소. 어쨌든, 그릴은 만 에이커 정도고 난 백 에이커니 서로 가깝게 지내는 사이는 아니오. 하지만 그릴에 대해서는 잘 알고 있지. 그는 세계에서 가장 큰 살충제 제조회사를 소유하고 있으며 가장 위험한 종류의 유전공학을 개발하는 데 돈을 대고 있지."

"클래어가 당신이 많은 연구를 하고 있다고 말해 줬어요."

"그렇소. 난 동물에 적용한 기술을 인간에게 적용하려는 아주 위험한 실험들을 하고 있는 주요 신흥 기업들의 활동 기록을 데이터베이스화하고 있고 열다섯 개 다국적 기업이 그 기술들을 사고, 지원하고, 팔고 있는 상황도 추적하고 있소." 그가 말하는 태도로 봐서 브래니건은 자신의 일을 자랑스럽게 생각하고 있는 것이 분명했다. "물론 그들은 미친 듯이 합병하고 변형하고 결국 독점하게 되죠. 1990년에 조사를 시작했을 때에는 사십 개였는데 지금은 열다섯 개의 큰 놈들만 남았소."

"그래서 어떤 내용을 알게 된 겁니까?" 말콤은 그의 이야기에 열중하게 되었다. "그는 어떤 사람이죠?"

"머리가 좋을 뿐 아니라 냉혹한 놈입니다."

"어떤 식으로?"

"그는 다른 어느 다국적 기업보다 먼저 생명공학 마차의 대열에 올라탔지요. 이제는 정부의 힘을 빌려서 사업을 유리하게 만드는 데 그보다 더 능숙한 사람은 없을 거요. 미국은 무역법을 동원해서 유전자조작곡물을 금지하는 움직임을 모조리 불법화하고 있고 이 덕을 보고 있는 생명공학 카르텔에서 그는 거물이 되었소. 그는 많은 생산공장을 인도, 인도네시아, 중국과 같은 아시아로 옮기는 데에도 남들보다 십 년이나 빨랐지. 그리고 그는 우리의 안방을 위협하는 악당이기도 합니다. 칠십년대에 몬태나에 있는 그의 구리 광산에 노조를 도입하려다가 여섯 명이 죽었소. 그의 미국 화학공장 노동환경과 유해물질 배출문제는 악명이 높고 이로 인해 생기는 장애인들의 수도 해마다 기록을 경신하고 있소. 그의 변호사들은 보상금 소송에서 다른 어떤 화학 대기업의 경우보다 높은 승소율을 보이고 있고."

브래니건은 어깨를 한 번 으쓱하더니 목소리를 낮췄다. "우리가 알베르타 - 몬태나 늑대 방생 프로그램을 시작하자 그의 농장에서 반대운동을 시작해왔지요. 자기 농장의 소가 늑대에게 잡혀 먹히거나 그가 즐겨 사냥하는 사슴을 늑대들이 먹어치우니까. 이와 관련해서 연방경찰 두 명이 살해되었소. 한 명은 운전 중 '사고'로. 다른 한 명은 사무실에 심겨진 방화폭탄에 의해. 그 후로 아무도 그 자리에 오려고 하지 않소."

"무슨 일이 벌어지고 있는지 알 것 같군요."

"클래어에게 왜 그릴에게 관심을 갖는지 물었더니, 그가 퀘벡 물을 대량으로 수출할 권리를 사들이려고 컨소시엄이 비밀리에 만들어지고 있으며 이와 맞서 싸우려는 환경운동가들을 도우려 한다고 말해 주더군요."

다시 한 번 말콤은 배신당한 기분이 들었고 제프가 이런 자신의 기분을 눈치 챈 듯했다. "이봐요, 말콤. 내가 비록 클래어가 좋아하지 않는 구석이 좀 있고 동의하지 않는 생각을 가지고 있지만 한 가지 날 의심하지 않는 점은 내가 비밀을 지킬 수 있다는 믿음이오. 혹은 환경운동에 대한 나의 헌신이라고도 할 수 있지." 말콤은 입술을 굳게 다물고 고개를 끄덕였다.

"더 들어봐요. 그 이상은 난 몰라요. 당신이 어떻게 관련되어 있는지도. 난 클래어에게 조심하라고, 그릴과 얽히는 것은 위험하다고 말해주었소. 클래어는 자기 일은 자기가 알아서 한다고 하더군요. 하지만 난 이 문제에 대해 많이 생각해 봤소. 그리고 당신과 얘기하려고 이렇게 온 거요. 지금은 당신이 클래어의 남자요. 잘 지켜주시오. 그리고 당신도 이 일과 관련이 있다면 조심하는 게 좋을 거요. 군대에서 생활한 적 있소?"

"이십 년 동안 공군에 있었죠. 구십일 년에 전역했어요. 왜 묻죠?"

"클래어는 정치적으로 말하면 매우 숙련된 여자요." 제프가 대답했다. "하지만 폭력에 대해서는 아무것도 모르오. 내 의견을 묻는다면 클래어는 폭력이 현실세계에서 아주 큰 역할을 한다는 사실을 부인하려고 작정을 한 사람이오. 당신은 편을 잘못 선택하긴 했지만 전사였던 경험이 있소. 적어도 당신은 현실이 어떤지를 알고 있는 거요. 그리고 내가 말해두지만 그릴은 자신을 무슨 황제쯤으로 생각하며, 필요하다면 돈만 주면 뭐든지 하는 용병을 고용하는 일도 서슴지 않을 거요."

"고마워요, 제프." 말콤은 간신히 그렇게만 말할 수 있었다. "정말 중요한 정보를 주셨고 그에 대해 참으로 감사드립니다."

"좋아요." 제프는 건조하게 말했다. "내게 줄 정보는 없소?"

"지금 당장은 안 돼요." 클래어는 이 자를 신뢰할지 모르지만 말콤은 아직 잘 알지도 못했다. 선의를 보여준 오늘의 행동만으로는 불충분했다.

"알겠소. 이제 돌아가겠소. 여기 내 연락처 두 개를 놓고 갑니다." 제프는 주머니를 뒤져 작은 수첩을 꺼내 적었다. "첫 번째 것은 일반 전화요. 놀러가거나 할 때 도움이 필요하면 그걸 사용해요. 두 번째 것은 보안된 전화요. 만일을 대비해서 보안된 전화로 연락하시오."

19

세르주는 주중에 사무실을 나와 실비의 별장이 있는 이스턴 타운십으로 차를 몰았다. 언덕이 높아지자 그는 창문을 내리고 향긋한 풀 냄새를 실은 따듯하고 촉촉한 공기가 근심으로 굳어진 얼굴을 부드럽게 매만지도록 했다. 한참을 달렸고 한 시가 되자 남쪽으로 245번 도로를 따라 볼튼 센터라는 작은 마을을 향해 달리고 있었다. 동쪽 언덕 사이로 방향을 바꿔 몇 마일을 더 달렸다. 니콜의 붉은색 혼다 시빅이 목재로 지은 자그마한 가옥 옆에 주차되어 있었다. 현관을 두드리기도 전에 니콜이 문을 활짝 열어젖혔다.

"니콜, 얘기 좀 해요."

니콜은 말없이 집 안으로 들어갔고 세르주는 그녀를 따라 부엌으로 들어갔다. 두 사람 사이에 긴장감이 돌았다.

"왜 온 거죠?"

"코베이가 〈오노위원회〉 간부들을 도청하고 있어."

"그가 통화기록을 요구했을 때 그 정도는 눈치 챘어요." 그녀는 냉담하게 대답했다.

"내 말은 지금 도청이 진행되고 있단 말이오. 그리고 통화기록에 관해 말하자면 당신은 그 안에 어떤 기록이 있는지 알고 있을 거야." 세르주가 씁쓸하게 말했다.

"나와 실비가 통화한 거?" 니콜은 머뭇거리며 그에게 찬 음료수를 건넸다. 직육면체의 얼음덩이들이 사정없이 달그락거렸다.

"어떻게 그럴 수가 있지?" 세르주가 다그쳤다.

"뭘 그럴 수가 있다는 거야?" 화가 난 니콜이 맞받아쳤다. "내가 어떻게 가장 친한 친구에게 전화를 할 수 있느냐고?"

"무슨 말을 했던 거야, 니콜?"

"난 당신이 무슨 권리로 그걸 묻는지 모르겠군." 니콜은 고통으로 얼굴을 찡그렸다. "당신은 그렇게 많은 비밀을 나에게 감춰 놓고선."

"그 비밀을 당신은 다른 사람들에게 다 말해버린 것 같군."

"그 비밀이 대체 어떤 비밀이었어요, 세르주?" 니콜이 다그치며 물었다.

"내각의 결정이 있자마자 난 당신에게 그 프로젝트에 대해 말해줬어." 세르주가 대답했다. "그런데 일주일도 못 돼서 코베이 사무실 앞에서 시위가 일어났고 당신 친구 드니 라몽따니가 코베이에게 질문을 퍼부었지. 도대체, 니콜!" 세르주의 목소리가 커졌다.

"실제로 벌어진 일은 말이죠," 니콜의 언성은 더 높았다. "파리에서 돌아왔을 때 난 지도와 차트를 발견했어요. 난 당신이 내게 말해 주기를 기다리고 또 기다렸지만 당신은 내게 거짓말을 했어! 그래, 난 그 일을 실비에게 얘기했어. 당신이 내게 말해주기도 전에." 세르주의 눈빛이 분노로 폭발했다.

"하지만," 니콜은 미안하기도 하고 겁도 나서 재빨리 덧붙였다. "그 후 얼마 안 있어서 실비는 미국에 있는 누군가에게 훨씬 더 많은 정보를 얻었어. 〈환경정의연합〉 네트워크를 통해서. 내가 준 정보는 그것에 비하면 아무것도 아니었어."

세르주가 니콜을 멍하게 쳐다보았다. '미국에 누군가가 있었군.' 니콜은 그의 표정을 보고 하지 말아야 할 말을 해버렸다는 생각이 들었다.

"내가 치명적인 책임을 떠안지 않고는 당신의 통화내역을 설명할 방법이 없어." 세르주가 말했다. "전혀. 그리고 정무기밀을 누설한 죄로 당신이 형사고발을 당하지 않을 방법도 없고. 만약 코베이가 그렇게 마음만 먹는다면 말이야."

"그러지는 않을 거예요." 그녀는 지금 코베이가 가장 두려워하는 것이 그 프로젝트가 비밀리에 추진되었다는 사실이 공개되는 것이라는 것을 잘 알고 있었다. "그리고 당신도 그에게 협조하지 않을 테죠." 니콜은 그러길 바라는 마음으로 대담하게 말한 것이지 확신을 해서 말한 것은 아니었다.

"그래. 하지만 코베이가 당신이 실비에게 전화했다는 사실을 알면 난 끝장이고 그 돼지 같은 그릴은 피에 굶주려 날뛰겠지."

니콜은 무슨 말을 해야 할지 몰랐다.

"그래서 그 기록을 삭제시켰어." 세르주가 마침내 말했다.

"삭제시키다니. 무슨 뜻이죠?"

"마스터 기록에서 삭제시켰다고. 빅터가."

험악한 분위기 속에서도 이 소식은 그녀로 하여금 웃음 짓게 만들었다.

"하지만 니콜, 코베이와 그릴은 정보가 새어나간 것에 대해 잔뜩 화가 나 있어. 그들은 어떻게 환경운동가들이 그 정보를 얻게 되었는지 알고 싶어 해. 지금부터 그들은 당신이 실비와 통화하는 것을 도청할 거요." 세르주는 잠시 쉬었다가 말을 이었다. "당신은 실비와 이제부터 말하면 안 돼. 이 문제에 대해서뿐만이 아니야. 어떤 문제로도 당신은 이곳에서 실비에게 전화하면 안 돼. 그녀도 마찬가지고." 그는 니콜이 실비의 별장에서 나와 다시는 그녀와 만나지 않기를 바랐지만 니콜이 폭발 직전이란 것을 눈치 채고는 밖으로 나가자고 말했다.

가지를 넓게 드리운 설탕단풍 그늘 아래 테이블에서 니콜은 조용히 말하려고 애썼다. "세르주, 어떻게 이럴 수가 있어? 실비는 당신의 친구이기도 하잖아. 당신은 친구의 전화를 도청하고 있는 거야!" 세르주가 미안한 표정을 지었다. "난 당신을 알아. 당신은 이 일을 싫어해. 잘못된 일이라는 걸 아니까. 위험하기도 하고. 생각해봐요, 이런 방법이 어떤 결과를 초래할 수 있는지 - 코베이나 당신의 미국 동업자에게 말이야." 멀리서 전기톱 소리가 희미하게 들렸다.

"니콜, 난 당신이 내게 앞으로 실비와 전화로 정보를 교환하지 않겠다고 말해 주었으면 해. 그렇게 해 줄 수 있겠어?"

니콜이 생각하는 동안 차 한 대가 언덕을 올라오는 소리가 들렸다. "당분간은 실비와 통화하지 않을게. 그건 약속할 수 있어. 하지만 만나서는 이야기할 거야. 이런 미친 짓 때문에 가장 친한 친구를 버릴 수는 없어." 베이지색 닛산이 긴 진입로로 들어왔다.

"맙소사," 세르주가 말했다. "실비는 또 웬일이람."

"여긴 그녀의 집이잖아."

"나 갈게."

"마음대로 해." 니콜이 화를 냈다. "하지만 제발 정중하게 대해요."

"우리끼리 다시 만나서 얘기해. 할 이야기가 남았어." 실비의 차가 은색 푸조에서 멀찌감치 떨어져서 멈췄다.

"꼭 그래야겠으면 금요일 오후에 다시 와요. 실비는 토요일까지는 오지 않을 테니까. 하지만 그 뒤로는 나한테 뭔가 좋은 이야기를 들려 줄 일이 없으면 다시는 올 생각 하지 마요. 내가 떠난 건 당신을 견딜 수가 없어서야. 여기까지 와서 날 괴롭히지 말아줘요." 차의 문이 닫히는 소리가 들렸다. 세르주는 차 키를 꺼내서 푸조로 걸어갔다. 서로 차갑게 고개만 까딱하고는 실비를 지나쳤다. 그리고 자갈을 튀기며 차를 몰고 떠났다.

"불쌍한 니콜," 실비는 니콜의 눈물을 보며 말했다. "끼어들어서 미안해."

"모든 게 엉망이야," 니콜이 말하며 손등으로 눈물을 닦았다. "엉망진창이야. 미안해. 네가 올 줄 몰랐어."

"아, 그건," 실비가 말했다. "콘서트 이후로 우리는 감시당하고 있다고 보는 게 좋아. 그런데 너하고 의논해야 할 중요한 문제가 있거든. 그래서 온 거야."

"넌 진짜로 감시당하고 있어!" 니콜이 흥분한 목소리로 말했다.

"세르주가 말해 줬구나. 의심했던 대로야." 실비의 표정이 어두웠다.

"너와 전화로 연락하지 않기로 세르주와 약속했어."

"알았어. 관련된 모든 사람을 위해 그게 좋겠지. 특히 너의 세르주를 위해서는."

"실비, 난 걱정돼. 아까 둘이 다투고 있었어. 세르주는 내가 정보를 유출시킨 것을 나무랐고 난 네게 봄에 전화한 사실을 시인했어. 그이에게 거짓말을 할 수는 없었어. 하지만 그이는 무척 화를 냈어. 난 그이를 그렇게 화나게 하고 싶지 않았어. 그러다가 생각없이 그만……" 니콜은 자신의 말을 끝맺을 수가 없었다.

"무슨 말이야, 니콜?"

"실비, 나도 모르게 그만 다른 사람이 있다고 그랬어. 내가 유일한 정보원이 아니라고. 미국에 더 많은 정보를 가진 사람이 있다고."

"아, 그랬구나……"

"멍청한 짓을 한 거지?"

"글쎄," '큰일 났군,' 그녀는 속으로 생각했다. "니콜, 어제 보안된 전화로 클래어와 통화를 했어." 니콜은 지속적인 유기오염물질에 반대하는 네트워크를 통해 클래어를 알고 있었다. "클래어는 자신에게 정보를 제공한 남자의 신변을 매우 염려하고 있었어. 그녀 생각으로는 빨리 이 프로젝트를 공개하는 방법을 찾는 게 이 사실을 알게 된 사람들을 위험에 빠뜨리지 않는 길이라는 거야. 클래어의 직감이 맞다면 위험한 상황인지도 몰라. 난 클래어의 걱정을 가볍게 생각지 않아. 세르주에게 그 사람의 존재를 알린 건 현재의 상황을 적어도 더 낫게 만들지는 않을 거야."

"맙소사," 니콜이 말했다.

"우리가 지금 필요한 것은 숨겨진 나머지 이야기를 해줄 정보원이야." 실비가 말을 이었다. "너나 미국에 있는 정보제공자와 관련이 없는 사람으로 말이야. 기자에게 여기 상황을 기사로 쓰도록 해서 이곳에서 벌어지고 있는 일에 반대하는 세력을 결집하고 미국의 반대세력이 뭉치도록 자극할 수 있는 그런 사람."

"우리가 진짜 필요한 것은 의회 야당이 이 정신 나간 프로젝트를 저지하기 위해 목숨 걸고 싸우도록 만드는 거야." 니콜이 톡 쏘듯 말했다. "앙드레 뒤샹과는 말해 봤어?" 니콜은 정권을 되찾는 일에 혈안이 된 자유당 당수를 말하는 것이었다.

"응. 그의 입장은 내각 수상 시절 자유무역협정을 고안해 낸 사람이 취할 것으로 예상되는 정확히 그런 입장이야. 나를 비웃더라고. 자기가 수상이라면 스스로 추진할 일을 반대할 수는 없지 않겠느냐고 하더군. 의회의 다른 의원들도 접촉해 봤지만 — 알다시피 미묘한 문제라서 말이야. 별다른 진전을 보지 못했어. 환경운동에 호의적인 몇몇 의원이 계획에 반대하기는 했지만 현 시점에서 당론을 거스를 생각은 없었고 그 정도가 고작이야." 그녀는 생각에 잠겨 길게 숨을 들이마셨다. "퀘벡 관료라면 네가 더 잘 알잖아? 우리를 도울 만한 생각나는 사람 없어?"

20

"정말 믿기지 않아, 폴라, 너도 그렇지?" 클래어가 말했다. "우리가 이곳에서 이렇게 다시 만나다니."

"할버슨씨네 식당에서 버몬트 역사상 가장 더운 여름날에 만나니 믿기지 않긴 하지." 맥킨타이어 박사는 냉소적으로 대답했다.

"여전히 밥맛 떨어지는 똑순이구나." 클래어의 애정 어린 말이었다. 일곱 살 먹은 폴라 맥킨타이어가 이민자의 어색한 발음을 하며 스네덴 선생님의 2학년 교실에 나타났던 시절, 폴라와 클래어는 그 반에서 가장 똑똑한 아이들이었으며 학년이 올라가도 그랬다. 그 시절 절친한 친구였던 두 사람은 클래어가 몬트리올로 이사를 가면서 연락이 끊어졌었다. 비록 연락은 못했지만 소문과 신문 기사를 통해 그녀가 의사가 되었다는 사실과 공중보건을 전공해서 처음에는 시에서 다음에는 버몬트 주정부 보건부서에서 일하게 되었다는 사실을 알고 있었다. 그리고 일 년쯤 전에 존 퍼트냄 주지사의 보건 정책 자문 자리를 수락했다는 소식을 들었다.

"내 말뜻 잘 알잖아." 클래어가 말했다. "우린 비슷한 목적을 위해 비슷한 삶을 살기로 했잖아."

 큰 키에 어깨가 떡 벌어진 폴라의 숱이 많은 적갈색 머리는 희끗희끗해지기 시작하고 있었다. 턱선이 뚜렷한 그녀의 얼굴에는 등산가의 주름이 방사되어 있었다. 하지만 클래어가 보고 있는 것은 초등학교 시절을 함께 보낸 키 큰 소녀의 모습이었다. 단지 크림색 셔츠와 주름 바지를 입고 갈색 조깅화를 신은 채 조금 조용해지고 단정해졌을 뿐이었다.

 "정말 다시 만나니 반갑다, 클래어. 정말 멋져 보여. 하지만 옛일을 추억하기 위해 갑자기 날 찾은 건 아니겠지? 내가 없는 동안 네가 시내에서 연설을 했다는 얘길 들었어. 그 문제로 날 만나자고 한 거니?"

 "그래." 클래어가 말했다. "중요한 문제로 네 도움이 필요해. 도움을 줄 만한 다른 사람들도 많이 찾아봤어."

 폴라가 산뜻한 그녀의 눈썹을 치켜올렸다.

 "난 공식적으로 퀘벡 물을 나르는 파이프라인의 진실을 확인해 줄 사람이 필요해."

 "계속 해봐." 폴라가 말했다.

 "난 이 프로젝트가 시작된 동기와 이를 추진하는 것이 현명한 일인지에 대해 의문을 제기해 줄 사람이 필요해. 난 이 프로젝트가 엄청난 환경파괴를 초래할 것으로 믿고 있고, 이에 반대하는 세력을 규합 중인 퀘벡의 환경단체들도 전부 같은 생각이야."

 폴라가 클래어를 쳐다보다가 입을 열려는데 클래어가 그녀의 말을 막았다.

 "잠깐, 네 동의 없이는 네가 주는 정보를 가지고 아무 짓도 하지 않을 거야. 맹세해. 그러니 거짓말은 하지 마. 그리고 왜 이 사업이 그렇게 위험하고 생각 없는 일인지에 대한 내 설명을 끝까지 들어 봐."

"대단한데, 클래어." 폴라가 존경스럽다는 듯 말했다. "딱 걸렸 군."

클래어는 사건의 전말을 폴라에게 이야기해 주었다. 그녀가 말을 마치자 폴라가 물러앉았다. 그녀는 손을 들어 웨이터를 부르더니 맥주 한 병을 주문하고 클래어 쪽을 보았다. 클래어는 술만 마시면 한 시간 안에 만취해 버렸지만 긴장된 분위기를 완화하는 데에 필요할 것 같아 백포도주를 주문했다.

"좋아," 폴라가 말했다. "그 얘기에 대해 나도 알고 있어. 아니면 그 비슷한 얘기. 한 남자가 퀘벡에서 버몬트 서부 지역에 이르기까지 파이프라인이 지나갈 땅의 사용권을 사들이고 있어. 내 생각에 그는 연방정부 사람인 것 같아. 내가 아는 한 연방정부가 이 프로젝트를 감독하고 있어. 주정부가 아니라. 컨소시엄 얘기는 들어 본 적이 없고 그릴생명이 연루되어 있다는 말도 못 들어 봤어. 난 공공 프로젝트인 줄 알았는데."

"전혀 공공적인 방식으로 진행되고 있지 않아." 클래어가 말했다. "주정부 땅을 팔기 위해서는 누군가 계약서에 서명해야 하지 않아? 허가를 위해서도. 조례 250조도 준수해야 하잖아?"

"내가 알기로는 퍼트냄 주지사가 서명한 것으로 알고 있어." 폴라가 대답했다. "이 사업은 250조가 규율하는 범위를 넘어서 있어. 250조는 중소규모 개발만 다루잖아. 하지만 이 일이 내 업무는 아니야. 에너지 장관 제이슨 스탬퍼의 사무실에서 취급하는 것 같아. 내가 없는 동안 벌어진 일이어서 자세히는 몰라. 퍼트냄의 수석 국장 고든 펠러린이 지난주 회의에서 이 건에 대해 언급했어. 안 그랬으면 난 전혀 모르고 있었을 거야."

"논의된 건 없고?"

"논의의 대상이 아니었어. 하지만 회의가 끝난 후 펠러린에게 물어보긴 했지. 그의 말로는 우리가 연방정부를 도와주는 거고 아직 초기 단계일 뿐이라고 했어. 어쨌든 그나 주지사나 크게 문제될 것은 없다고 본다고 그러더군. 전체 미국인들을 위해 우리의 역할을 할 뿐이라고." 클래어는 콧방귀를 뀌었다. "나쁜 일은 아니잖아? 너도 알다시피 앞으로 물 부족은 심각해질 거고. 물을 함께 쓰자는 것이 잘못된 건가?"

"아니지." 클래어가 말했다. "원칙적으로는. 물은 사유되어서는 안 되고 공유되어야 하지. 하지만 물의 공유는 물을 절약하고 오염을 방지하고 자연의 순리에 따라 순환되도록 하는 방법으로 이루어져야 해. 그래서 물의 재생능력을 훼손하지 않도록 말이야. 그건 너도 나만큼 잘 알잖아, 맥킨타이어 박사. 그런데 이 프로젝트에 의해 수출되는 물의 양은 너무 많아서 자연의 치유력을 망가뜨릴 정도라는 거지. 간단히 요약하면 그런 거야."

"그게 사실일까?" 폴라가 논쟁을 시작할 때 짓곤 하는 표정으로 말했다. "클래어, 난 아닌 것 같아. 내가 읽은 바로는 진짜 물을 위협하고 있는 것은 대량 수출이 아니야. 실제로 엄청난 해를 끼치고 있는 것은 캐나다의 대형 수력발전 프로젝트라고 하던데. 캐나다인들은 자기네 물을 제대로 관리하지 못하고 있대. 세계에서 가장 많이 댐을 만들고 물길을 인위적으로 바꿨다더군. 그 규모도 엄청나대. 그게 문제지, 미국으로 물 좀 가져오는 게 문제는 아니야."

"야, 맥킨타이어 박사," 클래어가 말하며 뒤로 물러앉아 빙그레 웃었다. "환경문제에 관한 지식이 풍부한 사람한테 반박을 듣는 건 기분 좋은 일이야. 넌 뭔가를 알긴 아는구나."

폴라는 클래어의 칭찬에 기분이 좋아져 마주 웃었다. "흐름은 파악하고 있지." 그녀가 말했다. "우린 북온타리오와 퀘벡에서 등산을 많이 하거든. 어쨌든, 내 일이 환경이 건강에 끼치는 영향을 알아내는 거니까 물은 중요한 문제지."

"네가 말한 대로야. 하지만 그렇다고 해서 내 주장이 틀린 것도 아니지. 나도 캐나다 관료들과 기술자들이 우리 모두의 물을 다 망쳐버리도록 내버려두어서는 안 된다고 생각해. 국경 양쪽 모두 효과적인 규제 장치도 없고 이미 손상된 환경을 치유하는 정책도 없어. 물의 절약이나 절수형 관개용수 공급법이나 하수의 재활용이나 염분제거 등 여러 기술들도 충분하지 못하고. 난 대량 물 수출에 대한 대안을 개발하는 캠페인이 시작되기를 바라고 있어."

"좋은 생각이야." 폴라가 말했다. "그럴듯해. 나도 동참할게."

"어떻게 동참할 건데? 화제가 되지도 못했고, 기사도 한 줄 없고, 규탄할 악당도 없는데. 캠페인은 불가능해."

"아, 그렇구나." 한동안 폴라는 시선을 떨어뜨린 채 있었다.

"이제 알겠니? 지금 당장은 이 문제에 관한 공개토론회라도 개최할 수 있으면 만족하겠어. 대중들에게 이 사업이 얼마나 대규모의 환경파괴를 가져오는지와 앞날을 내다보고 개발을 해야 할 필요성을 알려야 하니까. 그런데 난 이 사업이 추진되고 있다는 사실을 공개적으로 인정할 사람조차 찾지 못하고 있으니."

"네가 그 사실을 공개하면 되잖아?"

"난 보여줄 증거 서류가 없어. 그리고 내가 접촉해본 기자들은 추측성 기사는 쓸 수 없다고 거절했어. 그들 중 몇몇은 그래도 호기심을 보일 거라고 기대했는데 말이야."

"그런데 넌 어떻게 이 정보에 대해서 확신하고 있지?"

"언제나 마찬가지지. 이 사업과 밀접한 관계가 있는 믿을 만한 누군가가 말해준 거야. 하지만 그 누군가는 공식적으로 나설 수가 없는 거지."

"그렇군." 몇 분 동안 폴라는 생각에 잠겼다. 하지만 더 이상 의견을 제시할 기미를 보이지 않았다.

"좋아, 폴라." 클래어가 그녀를 압박했다. "한번 생각해 봐. 너도 대륙 전체에 걸친 지속가능한 물 전략이 수립되어야 하는 필요성에는 동감했잖아?" 폴라는 어쩔 수 없다는 듯 고개를 끄덕였다. "누가 그 전략을 수립하지? 투자자들의 수익 극대화를 위해 무슨 짓이든 다 하는 민간 컨소시엄이? 아니면 국민의 의견을 수렴하여 임무를 부여한 위원회가? 후자가 맞지?"

폴라는 다시 고개를 끄덕였다.

"미국 기업가들의 손에 퀘벡의 물을 넘기게 되면 캐나다 북부의 물을 시장에 개방하게 되는 셈이고 그렇게 되면 공인된 전문적인 권위자들에 의해 물을 제대로 관리하게 될 기회는 아예 봉쇄되는 거지. 그리고 미국에 들어온 물도 공공의 필요에 의해서 배분될 수 없어. 물은 가장 높은 가격을 부른 사람이 사들일 거고 공익은 고려 대상이 아니지. 미국 국민들도 자본 앞에 무력해지는 거야."

폴라는 자리에서 몸을 뒤척였다.

"대처 수상 때 물을 사유한 결과로 영국에서 어떤 일이 벌어졌는지 알지?" 클래어가 말했다. "수도시설 관리를 사기업에 맡긴 후 요크셔 사람들은 마실 물을 얻기 위해 녹슬어 가는 공공장소의 수도꼭지로 몰려들었어. 기반시설이 붕괴했기 때문이야. 남아프리카에서 비벤디사가 한 지역의 수도시설을 인수한 결과 천만 명의 사람들이 수도세를 내지 못해 물이 끊겼어. 베어폰드 서점에서 내가 사람들에게 보여 줬던 자료야. 이 나라에서 무슨 일이 일어났었는지를 한번 보라고."

버몬트 주지사의 보건 자문은 그 내용을 훑어보고는 몸을 뒤틀었다.

"들어봐," 클래어가 절박하게 말했다. "하수처리 서비스와 수도 위생까지 포함시키면 수도의 민간 경영은 백 개가 넘는 국가에서 채택하고 있어. 오천조 달러나 되는 사업이지. 그리고 이 프로젝트는 벤앤제리 같은 환경친화적인 아이스크림 사업이 아니야. 상대는 살충제와 유전자이식식물을 파는 그릴생명산업이라고." 클래어는 폴라를 보았다. 폴라는 눈을 내리깔고 있었다. "할 말 없지?" 클래어가 말했다.

"흠," 폴라가 신음소리를 냈다. "난 생명공학의 헛수작이 싫어. 화학실험 세트를 가진 애들이지. 엄마, 내가 해낸 걸 좀 봐 – 아차! 하지만 아차 했을 때에는 벌써 십 년이나 흘러 돌이킬 수 없는 엄청난 결과를 초래한 후이지."

"그러니까 도와줘, 폴라."

"내가 뭘 할 수 있을지 모르겠군. 복잡한 문제인 것 같은데." 폴라는 다 마신 맥주의 찌꺼기를 컵 안에서 굴리고 있었다. "클래어, 지금 당장은 뭐라고 말할 수가 없어. 사무실로 돌아가 봐야 해. 오늘 밤에 우리 집에 좀 들르지? 라모나를 소개시켜 줄게."

"좋아." 클래어가 말했다. "그거 좋지."

폴라 맥킨타이어 박사는 존 퍼트냄 주지사와 관계가 좋았다. 그는 무소속이었고 그녀의 엄격한 기준으로도 공공보건문제에 대해 상당한 식견을 가지고 있었다. 그는 그녀가 여러 사업을 추진하는 것을 도와주었다. 백신접종 봉사활동, 수질검사 사업, 출산 전 산모 지원과 저소득층 산모 급식 사업 등. 폴라는 네 가지 새로운 사업을 추진 중이었다. 그 사업들은 폴라에게 아주 큰 의미를 가지고 있었다. 그리고 그녀는 남자친구 대신 여자친구가 있기 때문에 많은 정치인들이 그녀를 기용하려 들지 않는다는 것도 알고 있었다. 그래서 그녀는 존 퍼트냄이 어느 기준으로 봐도 좋은 사람이고 정치적인 기준으로 본다면 희귀한 보석 같은 존재라고 생각했다.

"무슨 걱정거리라도 있습니까?" 폴라가 의자를 끌어당겨 앉으려고 하자 존 퍼트냄이 물었다. 주지사의 길고 울퉁불퉁한 얼굴과 짙은 눈썹, 황새 같은 팔은 책상 뒤의 의자를 가득 메우고 있었다. 그는 공중보건 자문 위원을 좋아하고 존중했기에 심각한 고민에 빠져 있음이 명백해 보이는 그녀에게 물었다.

"한 옛 친구에게 질문을 받았는데요……" 폴라는 머뭇거리며 말을 시작했다. "환경운동을 하는 친구죠 - 송수관 프로젝트에 관한 것이었어요. 전 별로 아는 게 없어서 혹시 주지사님이 말씀해 주실 게 있나 하구요."

"음," 주시사가 말했다. 폴라는 그의 눈에 드리워지는 그늘을 놓치지 않았다. "뭘 알고 싶은 거지?"

"어, 제 친구 말로는 그 프로젝트의 배후에는 민간 컨소시엄이 있다고 하더군요." 폴라는 퍼트냄이 무슨 말을 해 주길 기다렸다. 하지만 그는 아무 말이 없었다. "주지사님?"

퍼트냄은 눈길을 딴 데로 돌리더니 다시 그녀를 보았다. "폴라, 난 두 가지 중 하나를 선택해야 하는 입장입니다. 이 건에 대해 당신에게 거짓말을 하거나 아니면 적어도 대답을 회피해서 당분간

뚜껑을 덮어둔다면 당신은 스스로 조사를 해서 무슨 일이 벌어지고 있는지 알아내게 될 것이고 나는 당신의 존경심과 신뢰를 잃게 되겠지. 아니면 당신에게 사실을 다 말하고 그 대신 상황이 시끄러워지는 것을 감수하든가."

'젠장, 그러니까 입을 다물겠다고 약속을 해야 된다는 거군.' "무슨 일이 벌어지고 있는지 주지사님께 직접 들을 수 있으면 좋겠는데요." 그녀는 천천히 말했다.

"좋아요, 그럼 난 당신이 비밀을 지켜 줄 것으로 믿겠습니다." 폴라의 진지한 표정을 보면서 주지사는 답답한 기분이 들어 화가 났다. 존 퍼트냄은 더러운 사업들을 청소하기 위해서 정치에 입문했지만 지금은 그 자신이 더러운 사업에 휘말려 있었다.

"사정은 이래요, 폴라. 유월에 난 윌리엄 그릴에게 전화 한 통을 받았습니다. 그는 그릴생명산업의 최고경영자야. 그가 주도하는 프로젝트에 대한 전화였지. 그릴은 나와 만나서 그가 구성한 컨소시엄과 퀘벡에 송수관을 설치할 계획에 대해 얘기해 줬어. 그 송수관이 버몬트를 통과해야 한다는 사실도. 파이프라인은 뉴욕을 관통해서 펜실베이니아와 오하이오로 들어갈 예정이라고." 퍼트냄은 그의 길고 깡마른 체구를 펴서 일어나더니 책상을 돌아 나와 그녀의 옆자리에 앉았다.

"처음에는 나도 기분이 좋지 않았어요. 그리고 그릴은 정말 밥맛 없었지. 아주 거만한 작자였어. 하지만 그의 말은 설득력이 있었고 단도직입적으로 미 행정부의 지지를 받고 있다고 말했어요. 십 년 후면 엄청난 물 부족 사태가 와요. 미국 농업은 위기를 맞게 되죠. 그는 제이슨 스탬퍼의 사람들이 권리취득 과정을 감독할 것이라고 했어요. 주정부에서 하고 싶어하지 않는다면, 물론 난 전혀 할 생각이 없어. 비용도 연방정부에서 대기로 했어요. 그 후 에노스버그 폴즈에서 새 치즈 합작회사에 자금을 대고 있는 한 은행가가 전화를 했어. 번팅 허스트라는 신사였어요."

"그런데 왜 모든 게 비밀리에 진행되는 거죠, 주지사님? 그리고 연막을 치는 이유는? 이곳 사람들은 연방정부에서 추진하는 일인 줄 아는데 실제로는 민간 컨소시엄이잖아요."

"오, 폴라," 퍼트냄이 말하며 고개를 천천히 좌우로 흔들었다. "현실 정치에 대해서 강의를 늘어놓곤 하던 사람은 당신이었잖아요. 그릴은 가을까지 이 건에 대해 침묵을 지켜달라고 요구했어요. 퀘벡에서 해야 되는 교통정리와 관련된 요구였지. 모든 준비가 다 되기도 전에 너무 이른 반발을 사고 싶지 않다고 했어요."

"토지사용권을 취득하기 시작했다면 벌써 준비는 다 된 것처럼 들리는데요?"

"정치란 그런 거요, 맥킨타이어 박사." 주지사는 그녀의 정치적 입장을 상기시켰다. "이 프로젝트는 백악관의 보호를 받고 있어요."

"그럼 왜 미국 정부가 직접 나서지 않죠?"

"더는 그런 일을 정부에서 하지 않으니까. 잘 알잖소." 퍼트냄이 대답했다. 그는 일어나서 커다란 스테인드글라스 창 밖으로 잔디밭을 내려다보았다. "정부는 이제 민간 부문을 지원하기 위해 존재할 뿐이오. 우린 그들의 뚜쟁이이지, 단속자가 아니야."

"당신은 그렇게 믿지 않잖아요." 폴라가 말했다.

"난 그렇게 되어야 한다고 믿지는 않아요. 물론이지. 하지만 내가 뭡니까? 아무것도 아니지."

"아무것도 아니라니요. 당신은 주지사예요."

"연방 중 가장 가난한 주의 주지사지요." 그가 말을 가로막았다. "그리고 양 당에 대해 별 영향력도 없죠. 이봐요, 폴라. 백악관까지 간 일이라고 하지 않았어요. 무역대표부는 벌써 퀘벡인들이 마음을 바꿀 경우 나프타나 WTO에 제소할 사건 개요서까지 작성해 놓았다고 그릴이 말했지. 스탬퍼도 내게 전화해서 같은 말을 했고."

"당신은 대부분의 주보다 훨씬 의식 있는 강력한 유권자를 지닌 주지사예요. 제발 이 문제를 공개적으로 논의하자고요. 당신의 유권자들에게 기회를 주세요."

"난 그게 별로 좋은 생각이 아니라고 봐요, 폴라." 퍼트냄은 우울하게 말하며 다시 책상 뒤의 자리에 앉았다. "동감은 해요. 부분적으로는. 하지만 난 승산이 없는 크고 험난한 싸움에 휘말릴 준비가 되어 있지 않아요."

"알겠습니다." 폴라는 우울한 기분이 되어 말했다. "주지사님은 부분적으로는 동감한다고 하셨죠? 어떤 부분이죠?"

"이처럼 큰 사업은 논의를 거치는 것이 더 낫다고 봐요. 난 물이 공공의 위탁물로 관리되기를 바랍니다. 그 정도까지는 인정하겠소."

"그런데요?"

"우린 캐나다의 물이 필요해요. 중서부 또는 다른 지역까지도. 당신도 잘 알다시피 어려운 시기가 닥치고 있고 환경친화적인 접근에 대한 이야기는 무성하지만 대량의 신선한 물을 공급할 수 있는 기술 중 현재 활용할 수 있는 다른 기술은 없소. 안 그래요?"

"그 질문에 대한 답은 전 모릅니다, 주지사님." 폴라가 대답했다. "하지만 제 친구는 더 나은 방법이 있다고 생각하고 그 방법의 목록도 가지고 있어요."

주지사는 신음소리를 냈다.

"적어도 주지사님, 이 파이프라인이 환경에 미칠 영향에 대한 공개적인 논의는 이루어져야 합니다."

"누구의 환경을 말하는 겁니까?" 퍼트냄이 물었다. 그의 눈썹은 빛나는 짙은 색 눈 위에서 두 마리의 송충이처럼 보였다.

"물론 우리 모두의 환경이죠. 우리는 퀘벡 물길의 바로 하류에 있는데 지금 퀘벡의 수위는 믿을 수 없을 정도로 낮아요. 그건 우리 수위도 마찬가지죠."

"흠……" 퍼트냄은 잠시 생각에 잠겼다. "잘 연구된 대륙 전체의 물 관리 시스템이 구축되려면 긴 시간이 필요해요."

"정확히 내 친구가 한 말이에요."

"그 친구가 누구요?"

"지금은 알려드릴 수 없어요. 하지만 그녀는 관련 지식이 풍부해요. 그녀의 말로는 이 프로젝트가 완성되면 대안적인 정책이 수립될 가능성을 봉쇄해 버릴 거래요." 그녀는 퍼트냄에게 클래어의 주장의 요지를 말해주었다.

퍼트냄의 표정이 복잡해졌다. "난 그걸 막을 수 없어요, 폴라." 한참 후에 그가 말했다. "난 그럴 능력이 없어. 퀘벡 사람들도 마찬가지요."

"버몬트 사람들과 퀘벡 사람들이 힘을 합친다면요?" 그녀는 깊은 실망 속에서 혼란스러워하며 몰아붙이듯 물었다.

"당신은 비밀을 지키기로 약속했소." 존 퍼트냄은 그녀에게 상기시켰.

"제 친구가 이미 아는 사실을 부정하지 않는 것도 안 되나요?"

"사업이 진행되고 있다는 사실을 이미 알려준 거요?"

"그게 비밀이란 것을 몰랐습니다, 주지사님." 폴라는 조용하지만 화난 목소리로 말했다. "게다가 별로 아는 것도 없어서 많이 알려주지도 못했어요."

"우리가 사실을 숨기는 것이 아닙니다. 단지 앞으로 몇 주 동안 그 건에 대해 별 얘기를 하지 않는 것뿐이에요. 곧 모든 것이 발표될 것이고 그때가 되면 사람들이 원한다면 논의도 할 수 있을 겁니다."

"이건 옳지 못해요." 폴라가 말했을 때 퍼트넘은 종이 한 장에 뭔가를 쓰더니 그녀에게 건넸다.

"그게 세상이 돌아가는 방식이오. 미안해요, 폴라. 난 연방예산에 부담을 주기보다는 업자들이 토지 사용료를 내도록 하는 편을 택하겠소. 난 이만 실례해야겠소. 퇴근하기 전에 해야 할 일이 많거든."

기분이 상해서 혼란스런 마음으로 폴라는 비어 있는 비서실을 지나 문을 통해 홀로 나왔다. 그녀는 멈춰 서서 오른 손에 들려진 쪽지 속의 작은 글씨를 읽었다. "찰스 에머슨"이라고 쓰여 있었고 그 밑에는 "북버몬트 토지사용계획위원회"라고 되어 있었다. 폴라가 그 의미를 깨달았을 때, 그녀의 눈에는 눈물이 그렁그렁했다.

21

사무실로 들어서자마자 더그 보일은 퀘벡시의 빅터 파케가 긴급 택배로 보내온 기록을 검토하기 시작했다. 캐나다와 미국 사이에 있었던 통화내역 중 단 하나의 연락 경로가 눈에 띄게 두드러졌다. 그는 수화기를 들었다. 처음부터 다시 시작할 필요는 없었다.

"안녕, 젭." 그가 말했다. 젭 앵겔은 과거에 NSA에서 보일이 앉았던 자리를 차지하고 있었다.

"안녕, 더그. 요즘 소식이 너무 뜸했어."

"부탁이 있어. 급한 일이야."

"도울 수 있으면 도와야지. 뭘 원하는데."

"좋아, 어떤 프로젝트가 심각한 정보유출문제에 봉착해 있어. 스카이포인트가 아니라 다른 것과 관련된 문제야."

"누굴 추적하고 있는데?"

"〈환경정의연합〉. 지금 비행기 타고 가면 이따가 시간 내줄 수 있겠어?"

"내일이 좋겠는데. 사무실로 와. 해로울 것 없어. 사적인 방문으로 해두면 돼. 우리 현장 전문가 조지 에체베리아를 부를게. 젊고 유능해."

다음 날 열한 시, 삼십팔도의 기온과 스모그 경보가 내린 날씨 속에서 보일은 조지 에체베리아를 앵겔의 사무실에서 단둘이 만났다. 에체베리아의 로스앤젤레스 길거리 리듬은 보일의 군대식 걸음과 잘 어울리지 않았다. 잘라낸 청바지와 하와이 셔츠를 입은 그는 자신의 검은머리를 말총 모양으로 묶고 있었다. 그는 머리부터 발끝까지 히피족으로 보였다.

"뭘 알려드릴까요?" 에체베리아가 보일에게 물었다.

"〈환경정의연합〉이 무슨 일을 꾸미는지, 자네가 그들에 관해 얼마나 많이 알고 있는지."

"그들에 대해 얼마나 알고 계시죠?"

"아무것도 모르고 있다고 쳐." 보일이 말했다. 시간을 낭비할 이유는 없었다.

"좋아요. 재미있는 조직이죠. 아주 세련된 조직이기도 하고요. 많은 문제에 관해 여러 캠페인을 벌이고 있죠. 지난 몇 년간은 숲을 지키는 캠페인을 많이 벌였어요. 오래된 열대우림을 놓고 큰 대립이 있었죠. 아마존에서도 큰 캠페인을 벌였고요. 불법적인 마호가니 거래 같은 문제가 이슈였죠. 그들은 유전자이식 공학이나 유전자변형 의약품에 대한 시위도 벌였어요."

"염병할." 보일이 말했다. 그는 속이 메스꺼워졌다. 콩의 유전자를 섞는 거야 그렇다고 치더라도 돼지의 간이 그의 스테로이드에 찌든 간을 대체한다는 생각은 역겨웠다. 차라리 죽는 것이 나았다. 하지만, 한편으로는⋯⋯

"그리고," 에체베리아가 말을 이었다. "기후 변화에 관련된 캠페인도 하죠. 난 그들이 현장고발 시위를 벌이는 데에 매우 능숙하다고 평가합니다. 공장 굴뚝을 기어오르고 핵 호송선에 기어오르거나 길을 막아서는 행동들 말입니다."

"환경테러리스트들이군." 보일이 말했다.

"아, 아니요, 난 그들을 환경테러리스트라고 부르지 않습니다. 직접적인 행동을 테러리즘과 혼동하는 경우가 있는데⋯⋯"

"소유권에 대한 테러도 있네, 에체베리아." 보일이 불만스러운 목소리로 말했다.

"압니다." 조지는 자신의 생각을 굽히지 않았다. "하지만 그들은 결코 폭력을 사용하지 않아요. 그들의 헌장에 명시되어⋯⋯"

"새 캠페인을 시작하는 건 누구지? 그리고 지부장이 하는 역할은 뭐지?"

"캠페인은 고참 운영진에 의해 결정돼요. 모든 국가의 지부에서 모여든 캠페인 지부장들이 보통 그들이죠. 그들은 해마다 만나서 국제적으로 협력합니다. 미국 지부장은 클래어 데이비도비츠라는 똑똑한 여자예요. 독극물 전문가이자 정책 연구가로서 미국, 브뤼셀, 파리에서 오랫동안 활동했죠."

"그들을 도청하고 있겠지?"

에체베리아는 망설였지만 보일이 이쪽 세계에서도 보스 노릇을 했다는 것을 잘 알고 있었기에 말을 하지 않을 수 없었다. 그는 NSA에서는 전설적인 인물이었다. 그다지 기분 좋은 전설은 아니었지만. "현재는 그들의 생명공학 전문가를 도청하고 있습니다."

"각 지부장은?"

"통화내역을 알아내는 일은 어렵지 않지만 녹음테이프 같은 건 없습니다."

"이 사람들이 물에 대해서 얘기하던가?" 보일이 다그쳤다.

"그런 낌새는 없었는데요."

"그들이 물과 관련된 캠페인 같은 것을 계획하고 있다면 자네는 그걸 알 수 있는 위치에 있나?" 보일은 계속 다그쳤다.

"글쎄요······" 에체베리아는 작은 턱 위에 자란 수염을 만지며 말했다. "그들이 하는 모든 일이 물과 관련되었다고 말할 수 있죠. 저는 종이와 석유, 가스 관련 캠페인을 감시하는 친구들과 꽤 정기적으로 얘기를 하지만 그런 말은 없었어요."

"물어봐."

"물어보라고요?"

"물어봐, 물에 관해서."

"그러죠."

"그리고 그들의 통화내역과 그에 대한 자네의 분석도 최대한 빨리 넘겨주게. 에쉘론사의 데이터를 살펴 봐. 그들이 전화, 팩스, 이메일로 세계 어디에서든 서로 교신하는 내용을 알아야겠네. 캠페인 운동가와 지부장 한 사람 한 사람에 대해 조사하게. 키워드는 물, 파이프라인, 퀘벡이야."

"맙소사, 보일씨, 그걸 다 조사하려면 평생이 걸릴 겁니다."

"아니. 자네는 며칠 만에 그걸 해낼 거야. 자료를 다 모아서 젭에게 갖다 줘. 그가 나에게 전달할 테니." 보일은 명령했다. "가 봐."

커피는 세르주의 회의 테이블 위에서 차갑게 식어 있었다. 가보 메줄리는 치쿠티미에서 내려와 퀘벡 정부의 수석 기술관인 피에르 가슬린이 환경문제를 보완하기 위해 물 프로젝트를 재평가하는 문제에 관해 논하는 것을 들었다. 가슬린은 영어로 말하는 것에 익숙하지 않았지만 미국인들은 프랑스어를 전혀 할 줄 몰랐다.

"이 평가는, 어, 우리에게 삼 주 정도 걸릴 겁니다." 가슬린이 선언했다. "그보다 더 빨리 정확한 달러 가치를 산출할 수는 없습니다." 메줄리는 인상을 찌푸렸다. "저는 우리가 댐과 수로변경, 세 개의 병입공장, 취수를 위한 저수지 여러 곳, 초대형 탱크선에 필요한 시설, 송수관 설치를 위한 토지사용 허가 등 열 가지 사업제안에 대해 이야기하고 있다는 것을 여러분께 상기시키고 싶군요. 지금까지 계획을 수립하는 데에만 여섯 달이 걸렸습니다. 삼 주 이내에 재사정을 끝내려 시도하는 것 자체가 전혀 무책임한 짓이라고 할 수 있습니다!"

"삼 주라니 말도 안 돼요." 메줄리가 잘라 말했다.

"그보다 짧은 기간은 절대 안 됩니다!" 가슬린이 받아쳤다. "이해해 주셔야 합니다."

"저는 이해할 수도 있겠죠. 하지만 우리 컨소시엄은 그보다 더 빨리 알아야 한다는 사실에는 변함이 없습니다. 그릴은 결정을 내릴 때까지 삼 주나 기다리지는 않을 거예요." 두 기술자는 서로를 노려보았다.

"메줄리씨," 세르주가 말했다. 그는 며칠 만에 처음으로 면도도 하고 깔끔하게 차려입은 모습이었다. "도대체 그릴씨는 어떤 결정을 내릴 작정이죠? 물론 우리는 그의 지도와 조언을 고려하겠지만 결국 이 사업을 현실화시킬 장본인은 우리이고 앞으로 험난한 여정을 헤쳐 나가야 하는 것도 우리입니다."

"추가 비용에 대해 최종 결정권을 쥔 사람은 그릴입니다, 라롱드씨." 메줄리가 차갑게 말했다. "당신도 잘 알잖아요?"

"죄송합니다만, 메줄리씨, 만장일치를 볼 수는 없습니다. 우린 이 사업이 여전히 수익을 낼 것으로 확신합니다. 전과 같은 수준은 아닐지라도." 세르주는 가슬린을 쳐다보았고 그는 고개를 끄덕여 동의를 표했다.

"죄송합니다만, 라롱드씨," 메줄리는 그의 말투를 흉내냈다. "수익의 수준이 문제의 핵심입니다. 그리고 삼 주나 기다릴 수는 없어요."

세르주와 가슬린은 눈길을 주고받았다. "우린 몬트리올위원회와 다음 월요일 아침에 만나기로 되어 있습니다." 가슬린이 말했다. "회의가 끝나면 그들의 입장을 더 잘 알게 될 것입니다. 비록 어떤 입장인지 대부분 예상할 수 있기는 합니다만. 월요일 오후에 우리 모두가 함께 얘기해 보는 게 어떻겠습니까?"

"그걸로는 충분치 못해요." 메줄리가 말했다. "당장 구체적인 수치가 필요합니다. 정확한 것은 아니더라도 근사치에 가까워서 우리가 작업을 할 수 있는."

"메줄리씨," 세르주가 선을 그으며 말했다. "오늘 우리는 그런 수치를 제시할 수 없습니다. 그렇다고 만들어낼 생각도 없고요. 다시 한 번 상기시켜드리지만, 전 당신과 그릴씨께 사업 추진 매 단계마다 환경영향문제가 해결되어야 한다고 말씀드렸습니다."

메줄리는 콧방귀를 뀌었다. "당신들의 회의가 끝난 후 하루를 주겠소. 뜨거운 감자로 떠오른 지점들과 소요되는 돈의 액수를 정리해 내십시오. 아까 말했듯 근사치로. 다음 수요일에 여기서 다시 만나기로 합시다." 그는 무례하게 의자를 뒤로 밀쳤다. "그리고 다음에 만날 때까지 공청회 등에 관해서 어떤 약속도 하지 말 것을 다시 한 번 말해 둡니다." 메줄리는 뚜벅뚜벅 걸어 나갔다. 세르주와 가슬린은 서로의 얼굴을 쳐다보았다.

"일을 시작해요." 세르주는 무미건조하게 말했다. 가슬린은 눈을 굴리며 나갔다. 세르주는 아무 생각 없이 차가운 커피를 마셨다. 그릴이 줄어든 수익성을 받아들일 준비가 되어 있지 않다면 도대체 어쩔 셈이란 말인가? 계획을 취소할 것인가? 원 계획에 따르도록 주정부를 강제할 수단을 찾아낼지도 모른다. 하지만 어떻게? 주정부가 협조한 사실을 공개한다면 여론은 주정부뿐만 아니라 미국인들에 대해서도 나빠질 것이었다. 그러면 신민주당도, 그리고 내년 선거에 신민주당이 질 경우 자유당도 의회로 하여금 이 프로젝트를 받아들이도록 강요할 수 없게 될 것이다. 그렇게 되면 미국인들은 연방정부를 상대해야 하고 나프타에 제소하게 될 것이다. 그렇게 되면 그릴이 꿈꾸는 단기 이익은 물거품이 되는 것이다. 정치적인 폭로 협박이 통하지 않는다면, 그렇다면 남은 방법은?

22

북부 퀘벡 지방에서 발생한 산불의 불길이 퀘벡시에서 보스턴까지 북동부 전역을 연기로 뒤덮어 천식 환자와 숨을 제대로 못 쉬는 아기들과 노인들로 모든 병원의 응급실을 가득 채웠다. 클래어는 눈에 쓰라림을 느끼며 버몬트 토지이용계획위원회의 현관문을 밀었다. 빅토리아 시대에 지어진 복합 건물의 벽에는 원래 정신병동이었다는 설명이 새겨진 동판이 붙어 있었다. 복도는 조용하고 차분했다. 클래어는 이 건물에서 일하는 사람들의 목록이 새겨진 안내판을 보고 찰스 에머슨이 206호실에 있음을 알았다.

전날 밤, 폴라는 농장 집에서 마가리타를 마시며 클래어를 공식적으로는 도울 수 없다는 선언으로 입을 열었다. 하지만, 클래어가 수집한 정보의 내용을 부인하지는 않았다. 그녀는 한 달 정도 시간을 두고 다시 조사해 볼 것을 권했다. 또 정보의 자유를 추구하는 신문들의 자료들을 찾아 볼 것도 제안했다. "너무 늦어!" 클래어는 거부했다. 그러자 그녀는 클래어에게 종이쪽지 하나를 건넸다. 퍼트냄 주지사가 그녀에게 흘려준 이름과 주소가 적힌 쪽지였다. "아무 말도 하지 마, 아무 말도 묻지 말고. 고맙다는 말도."

클래어는 계단을 올라 복도 끝에서 206호실을 찾았다. 그러나 출입문에는 단정한 글씨로 "월요일까지 휴가입니다. 아래층 편지함에 메모를 남겨주세요. 아니면 이메일을 보내주세요. 돌아와서 연락드리겠습니다'라는 쪽지가 붙어 있었다.

"빌어먹을!" 클래어는 문을 걷어찼다. '다시 찾아와야 하다니. 이렇게 되면 모든 게 엉망이 되는데.'

건물을 나선 클래어는 편의점으로 돌아가서 전화번호 수첩을 뒤져 론 벤홀즈의 번호를 찾아 전화를 걸었다. 그는 과학기자로 그녀가 제공한 단서를 쫓아 사실을 조사하고 로이터나 야후에 기사를 터뜨린 적이 여러 번 있었다. 기사를 전국적으로 터뜨리는 것이 지역 신문이나 방송을 통하는 것보다 훨씬 나을 것이었다.

"론 벤홀즈입니다." 클래어는 그의 자동응답 메시지를 수없이 들어왔다. "뉴멕시코에 파견 나가 있습니다." 클래어는 전화를 끊었지만 메시지는 남기지 않았다. 대신, 그녀가 외우고 있는 로스앤젤레스 번호를 눌렀다.

여성 기계 음성이 응답했다. "당신이 전화하신 곳은 현재 오전 일곱 시입니다." 아직 잠들어 있다면 젬마는 이 전화를 달가워하지 않을 것이라고 클래어는 생각했다. 미안하군. 하지만 그녀마저 포기할 수는 없어. 전화벨이 한 번 울렸다. 클래어는 친구가 수면제 같은 것을 먹고 큰 침대에 늘어져 있는 모습을 머릿속에 그렸다. 세상모르고 잠들어 있는 젬마의 모습은 퓰리처상을 수상한 미녀의 모습과는 어울리지 않을지도 몰랐다. 하지만 십중팔구 그녀는 새벽 네 시까지 기사를 쓰고 있었을 것이다. 마감시간을 맞추기 위해서는 각성제도 마다하지 않는 그녀였다. 그녀는 세계에서 가장 훌륭한 환경 전문기자 중 한 사람이었고 캘리포니아 센트럴 밸리의 생태 전문가였다. 세 번째 신호, 네 번째 신호. 전화를 받아, 젬마. 클래어는 속으로 부탁했다. 다섯 번째 신호가 울리고 자동응답기가 전화를 받았다. 클래어는 전화를 끊고 다시 걸었다. 세 번째 신호, 네 번째 신호. 마침내, 통화가 시작되었다.

"젠장, 여보세요!" 젬마 리차드슨이 쉰 목소리를 냈다.
"젬마, 나 클래어야. 일어나."
"아침 일곱 시에 전화를 걸고 이게 무슨 미친 짓이니?" 젬마가 잠긴 목소리로 따졌다.
클래어는 그녀의 거친 입담을 우정의 증표로 받아들이기로 했다. "나도 네 목소리를 들어서 반가워. 네게 기삿거리를 주려고."
"아침 일곱 시에? 농담 마. 아침 일곱 시에 난 내 이름도 쓸 수 없다고."
"잘 들어, 젬마. 난 곧 떠나. 침대에서 일어나서 화장실을 가고 아스피린을 한 알 먹은 다음 커피를 한 잔 타라고. 난 지금 너에게 얘기해야 해."
"삼십 분 뒤는 어때?" 젬마가 졸린 목소리로 사정했다.
"부탁이야," 클래어가 말했다. "이건 중요한 문제이고 시간이 급해."
젬마는 신음소리를 냈다. 그녀는 일어나서 지끈지끈한 이마를 문지르고 이불을 걷어냈다. "뭔데?"
"몇 주 전에 네게 전화했었던 물에 관한 이야기야."
"미안하지만, 친구. 그건 기삿거리가 아니라 그냥 소문이었잖아." 《로스앤젤레스 스타》에 계약직으로 고용되어 있는 젬마는 자주 프리랜서로도 활동을 하며 종종 편집자들을 설득해서 모험심이 덜 강하고 덜 숙련된 기자에게는 주지 않았을 단서나 기삿거리를 따내기도 했다. 《로스앤젤레스 스타》지가 그녀의 기사를 받아주지 않을 경우 - 최근 몇 년 동안에 그런 경우가 늘어나고 있었는데 -

그녀는 《아웃사이드》, 《내셔널지오그래픽》, 《마더 존스》에 기사를 냈다. 그녀는 가능한 한 많은 기사를 활자화했다. 대부분의 기자에 비하면 엄청나게 많은 양이었다.

"이젠 기삿거리가 됐어." 클래어가 강조하며 말했다. "네가 인터뷰할 사람을 찾아낸 것 같아. 이 프로젝트에 실제로 관여하고 있는 사람. 버몬트 토지사용 관계 공무원. 그 사람은 네게 파이프라인 토지 사용권이 어디를 관통하는지 알려줄 거야. 어쩌면 다른 것도. 하지만 다음주가 될 때까지는 확실히 알 수 없어. 그동안 넌 편집장에게 이 얘기를 해 놔. 내가 전화한 이유는 그거야."

"오늘 계곡으로 취재 떠나. 그리고 엘리아는 관심 없다고 내가 말했잖아."

"그의 마음을 돌려 봐. 넌 할 수 있어."

《로스앤젤레스 스타》의 편집장인 엘리아 헤이즌은 젬마의 열렬한 팬이었고 그들은 한동안 사무적인 관계 이상의 관계를 맺었다 끊었다 하면서 드라마를 펼치기도 했었다. 지금은 젬마가 고집을 피우는 바람에 몇 달째 소원해진 상태였다.

"말조심해, 친구. 지금 우리 관계가 어떤지 잘 알잖아. 어쨌든 간에 난 그의 마음을 돌릴 자신 없어." 젬마는 부엌 카운터 테이블을 더듬어 커피포트로 향했다. 그러다가 컴퓨터 선에 걸려 육중한 의자에 발가락을 찧었다. "아야!" 그녀가 소리쳤다.

"슬리퍼를 신으라고."

"시끄러워."

"나도 엘리아가 관심 없다는 거 알아." 클래어는 굽히지 않았다. "하지만 이건 진짜야. 이 사람은 공식적으로 파이프라인에 대해 알고 있어. 어디에서부터 오고 어디로 가는지. 헤이즌에게 그걸 얘기하라고."

"그래도 그는 관심이 없을 거야." 젬마는 프랑스식으로 세 번 구운 원두를 큰 순가락으로 여러 번 커피 필터에 떠 넣었다. 그리고 주전자를 스토브 위에 얹었다. "그는 그 이야기에 대해 부정적인 태도를 가지고 있어. 그러니 네가 증거를 손에 넣기 전에는 아무런 약속도 할 수 없어."

"내가 구해 줄게. 그동안 이걸 한번 생각해 봐. 이번 물 프로젝트가 공개토론 없이 이루어질 경우 이것을 선례로 나프타 2장과 세계무역기구의 관례에 의해서 북아메리카의 모든 물길을 사유화하는 계기가 될 거야. 모든 물길을 말이야. 캐나다도 미국도 멕시코도."

"말뚝을 박아 넣는 셈이로군."

"이 건에 걸려 있는 것이 그거야. 이건 심각한 문제야. 그러니 난 내가 할 수 있는 일을 할 테니까 너도 네가 할 수 있는 일을 해. 정보를 얻어서 다시 연락할게. 네가 제정신을 차리고 기사를 쓰고 싶은 생각이 들거든 내 휴대폰으로 연락해. 통화가 안 되는 지역에 있을지도 모르니까 메시지를 남기면 내가 연락할게."

"그래라. 난 침대로 돌아갈란다."

몬트리올 상공에서는 번개가 쳤다. 먹구름이 엄청난 폭우를 짧은 시간 동안 집중적으로 쏟아 부었고 이제는 공기가 연무로 끈적거리며 숨쉬기 곤란한 상태가 되어 있었다. 전조등과 미등이 오후의 스모그 속에서 빛났다. 니콜은 셔브룩가에 위치한 주정부청사의 키가 큰 유리문을 밀어 열고 곰팡내 나는 로비를 지나 거대한 원형 계단을 올라갔다. 그녀는 복도에서 왼쪽으로 접어들었다. 그

끝에 방문 하나가 열려 있었다. 문패에는 "퀘벡 환경부, 폐기물분해신기술연구소"라고 씌어 있었다. 게시판에 꽂혀 있는 브로슈어는 플라스틱 거미줄에 박테리아를 심어 부패하는 쓰레기를 먹어치우도록 하는 기술과 부패하는 쓰레기를 비료로 전환시키는 토탄 시설을 광고하고 있었는데, 둘 다 퀘벡의 중소기업에서 제조한 것이었다. 파두(Fado) 음악의 작은 소리가 성능이 좋지 않은 라디오에서 들려왔다.

"앙증맞은 것들," 니콜은 혼잣말을 중얼거리며 문을 두드렸다.

"들어오시오." 따분한 목소리가 조용히 말했다. 헬더 페레이라가 방구석의 낡은 책상에서 몸을 돌렸다. 좁은 창문으로 인접 건물의 젖은 회색 벽이 보였다. "라롱드 부인!" 그의 표정은 놀라움과 기쁨과 당혹감을 감추지 못했다.

"헬더." 니콜은 부드럽게 말하며 방 안으로 들어와 문을 닫았다. "안녕하세요. 당신과 할 이야기가 있어요."

그는 니콜에게 자기 의자를 권했다. 사무실에 있는 유일한 의자였다. 니콜이 의자에 앉았다. 헬더는 벽에 기대어 섰다.

"다시 보게 되니 정말 기쁘군요. 보고 싶었어요. 여기서 뭘 하죠?"

"어, 뭐 밖에 붙어 있는 브로슈어에 나온 폐기물 처리 시스템을 개발하죠. 라롱드씨와 환경부 장관이 자금을 구해준 두 가지 녹색 기술이에요. 전 그 기술들의 상대적인 장점에 관한 장기 연구를 감독하고 있죠."

"잠깐, 헬더. 당신은 수문학자잖아요. 당신은 강을 연구하지, 폐기물 처리 탱크를 연구하는 건 아니지 않나요?"

"전보 발령 났어요."

"왜 항의하지 않았죠?" 니콜은 그의 눈을 읽고 말했다.

헬더는 말없이 그녀를 쳐다보았다. 라롱드 부인이 물 프로젝트에 대해서 알고 있는 걸까?

니콜은 헬더의 얼굴에 당혹감이 번지는 것을 지켜보았다. 그녀는 일상적인 관료사회의 발령이라면 자신의 질문이 그런 당혹감을 불러일으키진 않았을 거라고 생각했다. 니콜은 그를 더 곤란하게 만들고 싶지는 않았지만 미국에 내부고발자가 있다는 사실을 세르주에게 알려주었다는 죄책감과 근심이 그녀를 한 발 더 나아가게 만들었다. "헬더, 저는 퀘벡 주정부와 미국의 대형 컨소시엄이 물 수출을 위해서 엄청난 넓이의 땅을 사들이고 물을 대량 반출하도록 허용하는 계약을 확정짓는 중임을 알고 있어요."

"당연히 라롱드씨가 당신에게 말했겠죠." 안도감이 그의 눈에서 빛났다.

"아니, 헬더. 사실, 그는 나에게 거의 얘기한 게 없어요." 니콜은 자신의 말뜻이 충분히 이해될 때까지 기다렸다. "하지만 난 알아내고 말았죠."

"예……"

"그리고 그 문제로 난 지난주 세르주를 떠났어요." 니콜은 결국 폭탄을 떨어뜨리고 말았다. 헬더의 표정이 멍해졌다. 그는 묻고 싶은 게 많았지만 아무 말도 떠오르지 않았다.

"헬더, 제발. 난 당신에게 내 인생의 고통스런 사실을 털어놓았어요. 당신이 그토록 사랑하는 이 땅을 위해서 제발 내게 솔직하게 얘기해 줘요." 헬더는 비참한 표정으로 그녀를 보았다. "당신은 그 미국인들이 누군지 알고 있죠? 그 컨소시엄을 소유한 사람들 말이에요."

"몇몇은요." 그는 새어나오는 목소리로 말했다. "몇몇은 알아요."

"누가 주모자인지 아나요? 그릴생명산업의 윌리엄 그릴인가요?" 그가 고개를 끄덕였다. "당신 말고 누가 이 계획에 대해 잘 알죠?"

"전, 전 모릅니다." 헬더는 고통스럽게 말을 더듬었다. "별로 많지 않아요. 코베이씨는 확실하고. 재무부에 특별 전담부서를 설치했어요."

"그랬군요. 계획을 보셨나요?" 헬더가 고개를 끄덕였다. "전부 다요?" 그는 다시 고개를 끄덕였다.

"그럼 말해봐요. 당신 생각에 이 프로젝트가 환경에 대해 배려하는 정도에 어떤 점수를 줄 수 있는지." 비록 그의 입술은 굳게 다물어져 있었지만 니콜은 그의 표정으로 답을 알 수 있었다. "그렇군요." 그녀가 말했다. "재난이군요. 제 친구들이 제게 말해준 대로."

"당신의 친구들이요?"

"〈오노위원회〉. 전 그들이 이 프로젝트를 저지하는 일을 돕고 있어요. 진짜 어떤 일이 벌어지고 있는지를 입증하도록 도와줄 누군가가 우린 절실히 필요해요. 전 도움을 청할 다른 사람이 없어요. 부탁이에요. 당신이 옳다고 생각하는 일을 위해서 《르 솔라일》의 드니 라몽따니 기자에게 얘기해 주세요. 물론 익명으로. 우리는 이 컨소시엄에 대해 알고 있지만 그들의 존재를 입증할 수가 없어요. 그리고 라몽따니 기자는 이런 일이 벌어지고 있다는 것을 직접 경험한 사람이 보증하지 않는다면 기사를 써주려 하지 않아요."

"라롱드 부인," 헬더는 충격을 받았다. "전 그럴 수 없다는 걸 잘 아시잖아요? 제가 어떻게 라롱드씨에게 그런 짓을 할 수 있겠어요? 그는 제 은인이고 조언자예요. 그는 제 친구라고요."

"그이는 제 남편이에요, 헬더. 저도 그를 다치게 하고 싶지 않아요. 하지만 이 비밀을 지키는 것은 옳지 않아요. 우리 둘 다 그걸 알잖아요." 니콜의 어조는 부드러웠지만 한순간도 굽힘이 없었다.

"아, 라롱드 부인." 헬더는 머리를 쥐어뜯으며 말했다. "전 그럴 수 없어요."

"그래야만 해요. 어떻게든 용기를 내서 당신의 공동체와 이 땅을 도와야 해요. 월요일에 다시 찾아뵐게요." 그는 처절한 눈빛으로 그녀를 보았다. "그리고 헬더," 그녀는 문으로 걸어가며 말했다. "아주 강도 높은 감시가 바로 지금 행해지고 있다는 사실을 믿을 만한 사람에게 들었어요. 그러니 난 당신에게 전화하지 않을 거예요. 그리고 세르주에게 내가 왔었다는 말은 하지 말아요. 다른 누구에게도. 그리고 당신이 괜찮다고 할 때까지는 저도 당신에 대해서 아무에게도 말하지 않을 거예요." 그는 고개를 끄덕였다. 그는 길을 잃고 버려진 고아처럼 보였다. 충동적으로 그녀는 돌아서서 그를 힘껏 끌어안았다.

"용기를 내세요."

23

젬마 리차드슨은 시내로 차를 몰고 와 헤이즌의 전화번호를 휴대폰에 찍었다. 연두색 실크 바지가 그녀의 긴 다리에 착 달라붙어 있었고 흰색 이탈리아 샌들은 귀족적인 발을 완벽하게 드러내고 있었다. 말총머리를 한 금발은 빛났고, 증기와 보습화장으로 피부는 벨벳색을 회복하였고, 적절한 색조의 코랄 립스틱을 발라 그녀의 초록빛 눈은 더욱 빛나 보였다.

"젬마," 그녀가 문을 열었을 때 헤이즌은 숨을 몰아쉬었다. '성욕이 발동하고 있군.' 의자에 앉으며 젬마는 생각했다. 헤이즌은 헛기침을 했다. "반갑군." 그는 냉소적인 어조로 말하려 했으나 잘 되지 않아 굶주린 사람의 신음소리에 가까워지고 말았다. '그렇겠지.' 젬마는 생각했다. 어쨌든 그가 아직 그녀를 좋아한다는 사실을 확인하는 것은 기분 좋은 일이었다. 동기가 무엇이든 간에.

"연락하려고 노력했어, 알고 있겠지만." 헤이즌이 좁은 사각 안경알 너머로 갈색 눈을 날카롭게 빛내며 그녀를 쳐다보았다. "어디 있었던 거야?"

"당신을 피해 있었지." 젬마는 그의 눈을 똑바로 보며 말했다. 그는 얼굴을 붉혔다.

"난 당신의 상관이야." 헤이즌이 말했다. "내가 전화를 하면 당신은 응답을 해야 하는 거야." 하지만 말투는 화가 났다기보다는 애원조였다. 그는 의자 뒤쪽으로 물러앉으며 팔을 머리 뒤로 돌려 기지개를 펴고 근육을 풀었다. 젬마는 그의 멋진 가슴과 그 가슴과 연결된 모든 부분을 연상하며 웃음 지었다. "자," 그가 물었다. "누가 먼저 시작할까? 내가 아니면 당신이?"

"내가 얼마 전에 언급했던 건에 대해서 다시 한 번 검토해 보고 싶어요, 엘리아." 젬마가 말했다. "미국 컨소시엄이 캐나다 퀘벡에서 미국으로 물을 수입하겠다는 계획에 관한 이야기 말이에요."

"그 이야기를? 뭐 새로운 사실이라도 건졌어?"

"다음주까지는 확실히 알게 돼요."

"뭐지?" 헤이즌이 물었다.

"버몬트 사람인데 그 프로젝트와 관련되어 있어요. 확실히 알기 전에는 말 안 하는 게 좋겠어요. 하지만 엘리아, 난 좋은 단서가 아니라면 좋은 단서라고 말하지 않아요."

"이봐," 헤이즌이 힘들여 말했다. "난 이 건을 우리 서로가 만족할 수 있는 쪽으로 몰고 갈 수 없어. 난 이 이야기에 관심 없어. 여긴 로스앤젤레스야. 캐나다가 아니라고. 캐나다 기사는 다루지 않아."

"당신은 이곳에 백만 명의 캐나다인이 있다고 말했잖아요." 그녀가 반박했다. "당신은 항상 캐나다 관련 기사를 싣고 있고요."

"우리가 다루는 건 캐나다 자원 채취에 관한 것이 아니야, 자기. 그게 LA랑 무슨 상관이냐고?"

"사우스벨트. 내가 지난번에 말했잖아요. 내 말이 맞았어요. 그리고 날 자기라고 부르지 말아요."

"사우스벨트 소송은 진행 중이야. 새 소식은 없어. 이게 그거랑 무슨 상관이지?"

"이게 선례가 될 거예요. 앞으로의 사업들을 구속하게……"

"젬마," 그가 말을 가로막으며 말했다. "난 이 기사를 싣지 않을 거야. 난 당신의 딸기 기사 때문에 이미 심각한 골칫거리를 떠안고 있다고. 진짜야." 헤이즌은 그녀의 못 믿겠다는 표정에 못을 박았다. "이제 내 차례야, 여전사. 그러니 잘 들어. 테크니플랜트사가 당신의 지난번 기사에 대해 우리 신문사를 상대로 소송을 냈어. 당신이 내가 했던 세 번의 전화에 응답했으면 당신도 알고 있겠지."

"소송? 설마." 젬마는 별로 놀라지도 않았다. 언론의 자유는 변호사 군단을 거느릴 수 있는 부자에게나 존재하는 것이었다. "정확히 무엇에 대해서?"

"유전자이식 유기체를 불법적으로 퍼뜨렸다는 근거 없고 잘못된 주장에 대해서."

"소송하라지." 그녀는 경멸적으로 말했다. "농업인연합은 이미 유전자 분석을 마쳤어요. 그 결과가 법정에 제출될 거예요. 그건 테크니플랜트사가 직접 소유하고 있는 유전자합성품에 대한 기사였어요, 젠장. 그건 테크니플랜트사가 특허 낸 딸기와 가자미의 유전자합성품이었죠. 가자기 또는 딸자미? 좋을 대로 부르라지. 그걸 먹는다고 생각해봐요."

"속이 메스꺼워지는군." 헤이즌이 말했다. "왜 그런 짓을 하는 거지?"

"딸기가 냉해에 좀 더 내성을 가지기 위해서라는 게 공식적인 이유죠."

"비공식적인 이유는 알고 싶지도 않군."

"겁쟁이."

"캘리포니아에 무슨 냉해가 있어."

"더 추운 기후에서 재배하기 위해서죠."

"제길, 그 훌륭한 과학으로 좀 더 나은 짓을 할 생각은 없는 건가?" 헤이즌은 멀미가 나는 표정으로 불쾌한 듯 말했다.

"당신이 화난 걸 보니 좋은데요, 엘리아." 젬마가 말했다. "성욕을 채울 생각만 하는 발정난 황소의 이면에 세상을 걱정하는 인간의 모습이 있다는 걸 알게 되어 기뻐요."

"정말 말 한 번 심하게 하는군." 헤이즌은 연상되는 이미지에 자극을 받아 굶주린 듯 말했다. "그건 인정하지. 그래. 하지만 캐나다 이야기는 안 돼. 관능적이라고까지는 할 수 없지만 겁 없는 나의 리포터 양, 사실 당신은 내 변호사들이 테크니플랜트에 답신을 작성하도록 도와줘야 할 입장이야. 그게 해결되지 않는 한 두 번째 기사는 없어. 월요일 공판 사이에 천천히 점심을 먹으며 술이나 한 잔 같이 하는 게 어때?"

"안 돼요, 엘리아. 농업인엽합 사람들에게 연락하라고 할게. 당신네 사람들이 필요한 건 그들이 전부 가지고 있어요." 그녀는 일어나서 문으로 향했다.

"그게 전부야?" 헤이즌이 물었다. "그런 옷차림으로 들어와서 그냥 가버리는 거야? 당신은 총각들도 싫어하잖아!"

"이게 전부야, 내 사랑." 젬마는 그를 돌아보며 가볍게 말했다. "월요일에 변호사들은 내가 상대해 주겠어요. 하지만 화요일부터 난 휴가예요. 이 기사를 내줄 다른 사람을 찾아봐야 해요."

"주요 일간지는 받아주지 않을 걸." 헤이즌은 뭔가 알고 있다는 투로 말했다. 그는 일어나 그녀 쪽으로 몸을 기울였다. "주요 주간지도 마찬가지고."

"뭐요?" 젬마가 말했다. "어떻게 그걸 확신하죠?"

"뉴욕에서 명령이 떨어졌어. 두어 달 전에."

"그랬어요?"

"그랬어."

젬마는 그에게로 다시 걸어와서 얼굴을 맞대고 섰다. "지구 온난화에 대해서 책임 있는 보도 태도를 취하겠다는 둥, 캐나다인들에게 좋은 친구가 되어 주어야 한다는 둥, 그런 소리들은 몽땅 순전히 감언이설이었군요."

헤이즌은 젬마의 눈을 들여다보았다. "맞아. 위에서 내려온 지시야. 인포미디어가 당신을 감시하고 있다고." 그는 눈썹을 위아래로 움직이며 말했다. 그녀의 향수 냄새와 체취를 맡을 수 있었다. 그의 손은 그녀를 잡고 싶어 움찔거렸다.
  젬마는 자신의 얼굴을 헤이즌의 얼굴에 들이밀었다. 헤이즌의 호흡이 가빠지는 것을 느꼈다. "난 아직도 당신을 매력적으로 느껴. 하지만 이런 프로젝트에 대한 기사를 쓸 수 없다면 더는 민주주의는 없어. 안 그래, 내 사랑?" 그의 입술에 가볍게 키스했다. "그리고 난 전체주의자들과는 안 해."
  "연락해." 헤이즌은 밖으로 나가는 젬마의 등에 대고 말했다.

  말콤은 온종일을 이동하면서 보냈다. 거기에다 날씨는 더웠고 클래어를 다시 만난다는 것에 대한 주체할 수 없는 설렘 때문에 계속 땀범벅인 상태였기 때문에 그가 출입 통제선 너머의 수하물수취대에 서 있는 그녀를 발견했을 때쯤에는 온몸이 구질구질한 느낌이었다. 클래어는 깨끗한 흰 셔츠와 황록색 반바지에 그를 미치게 만드는 빨간 샌들을 신고 있었다. 그는 열일곱 살 소년처럼 몸속에서 요동치는 호르몬에 자제력을 완전히 빼앗기고 말았다.
  클래어는 심각한 얼굴로 한동안 말콤을 쳐다보았다. 마치 그가 실제로 존재하는지 확인이라도 하려는 듯이. 마침내 그녀의 얼굴이 환해졌고 둘은 포옹했다. 말콤이 그녀의 머리칼에 얼굴을 묻었다. 그녀는 그를 들이마셨고 그의 심장 박동을 느꼈다.
  "당신을 만나서 얼마나 좋은지 말로 표현할 수가 없어요." 주차장으로 걸어가며 클래어가 말했다.
  두 사람은 기쁜 마음으로 북쪽 소머빌을 향해 차를 몰았다. 클래어는 젬마가 이 기사에 관심을 갖게 될지도 모른다고 말콤에게 말해 주었다.

"젬마 리차드슨 말이에요?" 말콤이 물었다. "《아웃사이드》와 《내셔널지오그래픽》의 젬마 리차드슨?"

"제 옛 친구이자 말썽의 공모자였죠. 하지만 아직 확실한 건 아니에요. 한 가지 조건이 충족되어야 해요."

"무슨 조건?"

"버몬트 토지이용계획위원회의 찰스 에머슨이란 사람이 취재원이 되겠다고 나서주는 조건."

"아하!" 말콤이 말했다. "당신은 그동안 참 바쁜 환경운동가였군요."

"좋아할 만한 일이지만 그가 월요일에 돌아와 봐야 아는 일이죠. 그가 동의해 줄지는 알 수 없어요."

"어떻게 에머슨을 찾아낸 거요?" 말콤이 물었고 클래어는 그에게 폴라에 대해 얘기해 주었다.

"그가 동의하면 리차드슨 기자가 그와 인터뷰를 하는 거군요."

"그녀가 아직 결심을 한 건 아니지만 제가 아는 젬마라면 이 일에 대해 더 많은 것을 알게 될수록 죄책감과 의무감을 이기기 힘들어질 거예요." 클래어의 말은 휴대폰 벨소리에 의해 끊겼다. 당황스러울 정도로 여기저기를 뒤지고 두 개의 휴대폰을 잘못 받은 후에야 클래어는 오래된 휴대폰이 울리고 있음을 알았다. 그녀는 다섯 번째 벨소리에서 숨을 헐떡이며 "여보세요!"를 내뱉었다.

"나야, 친구. 왜 이렇게 전화를 안 받아?" 젬마는 성마르게 다그쳤다. 그녀는 잠에서 완전히 깬 목소리였다.

"젬마! 웬일이야?"

"고작 한다는 소리가. 엘리아와 만나봤어. 물 기사를 다시 한 번 팔아봤지."

"뭐래?"

"뻔하지 뭐."

"안 실어준대?"

"물 얘긴 절대 안 된대. 그리고 너 음모론광이지. 내가 무슨 얘길 들은 줄 알아? 몇 달 전에 인포미디어 소유 회사들에 보도정책 권고문이 내려왔는데 지구 온난화 얘기는 하지 말라는 것과, 잘 들어, 퀘벡에 관한 내용은 다루지 말라고 되어 있었단다."

"세상에." 클래어가 말했다.

"왜 놀라는 거야? 기업자본의 정보 통제와 - 뭐라더라? - 보도 제외의 엄청난 영향력에 대해서 항상 떠들어댄 건 너였잖아?"

"내가 놀라서 놀라는 게 아니야, 젬마. 그걸 실제로 겪을 때마다 완전히 녹다운 되는 기분이어서 그래. 고마워. 무지 고마워. 혹시 기사를 쓰는 걸로 마음을 바꾸진 않았고?" 클래어는 긍정적인 대답을 기대하며 검지와 중지를 교차시켜 쳐들었다.

"바꿨어." 클래어는 엄지손가락을 치켜들었다. "내가 매달릴 수 있는 확실한 무엇을 네가 제시한다면. 그리고 네가 배경 정보를 이메일로 보내 주어서 두 주일 정도를 조사하는 데에 낭비할 필요가 없다면. 그렇게 해 줄 수 있겠어?"

"이따가 내 노트북에 있는 파일들을 보내줄게. 하지만 나머지는 화요일까지 기다려야 할 거야. 그 전까지는 사무실에 돌아가지 못하거든. 중요한 일이 있어서 말야."

"얼마나 중요한 일인데? 언제쯤이면 이 여자가 베일을 벗으려나."

"벌써 벗었어, 젬마. 다만 너한테 말할 기회가 없었을 뿐이야."

"난 전화 걸 데가 몇 군데 있어. 《네이션》에 가 볼 생각이야. 월간지 기사는 최소한 삼 주 전부터 준비해야 해. 아니면《위클리》나 《빌리지보이스》라도. 어쨌든, 물건은 네가 공급해. 그리고 행운을 빌어."

"이메일 확인해. 월요일에 문제의 남자와 얘기한 뒤 바로 전화할 게."

"화요일에 그쪽으로 갈 비행기 예약을 해 두어야 할까?"

"그렇게 해 둬. 변경되면 언제든지 취소할 수 있잖아."

클래어는 젬마와의 통화 후 아주 기분이 좋아졌다.

제3부

24

빅터 파케가 라몽따니를 도청한 내용을 평상시대로 검토하던 중 라롱드 부인의 목소리를 들었을 때 그는 먹던 중동식 채소샌드위치가 목에 걸려 숨이 막힐 뻔했다. 그는 세르주에게 긴급 전화를 걸어 자전거를 타고 그쪽으로 가겠다고 말했다. 그가 도착했을 때 세르주는 서재에서 반바지와 샌들 차림으로 브랜디 아르마냑을 맥주잔으로 마시고 있었다. 빅터는 그의 보스 옆에 앉아 가방에서 카세트 플레이어를 꺼내서 틀어 주었다. 세르주는 유령이라도 본 듯한 표정이 되었다.

"누굴까? 그녀가 접촉한 사람 말이야." 세르주는 더위에도 불구하고 몸을 떨었다. 그의 머리는 재무부의 특별 사무실에서 이 프로젝트에 관여하고 있는 사람들에 대한 편집증적인 의혹의 망상들로 가득 차버렸다.

"알아내는 게 좋지 않겠어요?" 빅터가 물었다.

"내가 니콜을 다시 만나봐야 할까 봐."

"코베이에게 말할 건가요?"

"뭘 말이야!"

"진정하세요." 빅터가 달랬다. "당신을 지켜주려고 노력하고 있는 것뿐이니까. 이 테이프를 없애버릴까요?" 세르주는 젊은이를 쳐다보았다. 그의 충직한 눈빛과 결의를 읽을 수 있었다. "전 이걸 처치해 버릴 수 있어요. 문제없어요. 전 코베이 따위는 상관 안 해요." 그는 보스를 쏘아보며 침을 삼켰다. "하지만, 당신이 잘못된 편에 서 있다는 생각이 점점 드는군요."

"아! 어떻게 해야 좋을지 모르겠어." 세르주는 무너졌다. 그리고 머리를 손에 파묻었다. "이틀만 시간을 줘."

〈오노위원회〉의 선언문은 캐나다의 두 공식 언어인 영어와 불어로 월요일자 조간 《라 프레스》와 《몬트리올 가제트》에 실렸다. 선언문에는 '백 명'이 서명을 했는데 그 명단은 예술계와 과학계의 유명인사 오십 명과 도시환경미화조합을 비롯하여 여성단체, 소비자와 농업인 단체, 전국 노동조합과 노동자연합에 이르는 오십 개의 단체로 이루어져 있었다.

위기에 처한 퀘벡의 물

오늘날, 캐나다의 많은 지방에서는 지방정부와 법원이 미국 민간 기업에 물을 대량으로 판매하고 수출하는 것을 허용하기 위해 다양한 단계의 논의를 진행 중이다. 비록 퀘벡 정부는 사업을 추진 중인 미국 기업의 이름들을 계속 숨기고 있지만 우리는 우리를 대표한다는 의원들이 이 위대한 지방의 유산이자 미래인 우리의 물을 포기하기 직전에 있다는 사실을 알게 되었다.

〈오노위원회〉의 회원들은 대륙 내에서 물을 공유하는 것에 대해 반대하지 않는다. 허나, 다가오는 심각한 물 부족 사태의 가능성과 수로 변경, 수질오염, 물 낭비에 대한 이곳 퀘벡과 북미 사람들의 계속되는 무관심은 우리로 하여금 물을 공공의 선과 지속가능성의 원칙에 의해 관리되는 공동의 유산으로 다루어야 하지 사적인 영리의 대상으로 다루어서는 안 된다는 사실을 일깨우고 있다.

지구촌적인 관점에서 보면 국제연합이 물을 관리하는 세계적 시스템을 구축하는 일에 앞장서서 나서야 할 때이며 그래야만 우리가 이십일 세기의 첫 십 년 동안 우리의 물을 안전하게 지킬 수 있을 것이다. 그렇게 하지 않으면 인간 생명의 가장 중요한 근원인 물은 전략적인 자원으로 - 즉 수익성이 아주 높은 새로운 시장을 형성하는 희귀하고 값비싼 상품으로 이용되게 될 것이다.

여기 퀘벡에서 우리는 우리 자신과 이 대륙의 미래 세대를 지탱해 줄 물 정책을 개발해야 한다. 퀘벡과 북미가 앞장선다면 우리는 국제연합이 전 세계적인 지도력을 발휘할 수 있도록 도울 수 있을 것이고 물 위기가 십 년 뒤 인간 문명을 뿌리째 흔드는 위기가 되는 일을 막을 수 있을 것이다.

우리는 이 지방에서 이루어지는 모든 대량 물 수출 행위를 즉각 중단할 것과 지방, 국가, 대륙 차원의 물 정책에 관한 민주적인 공청회를 개최할 것을 요구하며 여러분의 지지를 호소한다.

로베르 코베이는 연합 세력의 광범위함이 달갑지 않았다. 하지만 에너지와 건설 분야의 노동조합이 빠져 있다는 사실에는 대단히 흡족해했다. 그들은 일자리를 원했고 그래서 그들은 잠자코 있는 것이다. 그들이 국회의원들에게 압력을 행사한다면 평의원들은 감히 그들에 반하여 투표하지는 못할 것이었다.
코베이는 자신이 편지와 팩스의 눈사태에 파묻히게 될 것을 알고 있었다. 그래서 어떻단 말인가? 더 이상의 폭로는 없었고 그의 홍보 담당관은 언론에 다음 두 주 안으로 물 정책에 관한 발표가 있을 것이라고 말해 두었다. 그는 사무국장에게 정부 기획자들과 공동위원회 기술관인 르네 두부아가 다음 금요일에 만나도록 약속을 잡게 했다. 그동안 세르주와 가슬린은 컨소시엄 측이 지나치게 반발하지 않을 범위 내에서 최대한 계획을 수정하고 있었다. 코베이는 계획 수정을 위한 기초분석자료로 눈을 돌리더니 라몽따니에게 전화를 걸어달라는 핑크색 메모 쪽지를 뜯어냈다.

클래어는 사무실 안쪽 벽을 등지고 긴 책상에 앉아 있는 토지이용계획담당관을 발견했다. 적갈색 머리의 여자를 한쪽 팔로 감싸 안은 에머슨의 커다란 사진 액자가 높이 쌓인 종이와 보고서 근처에 놓여 있었다. 두 사람은 등산복 차림에 등산가방을 메고 있었다. 사무실 벽들은 지도와 항공사진으로 완전히 뒤덮여 있었다. 큰 책장 하나는 더 많은 서류들과 책들과 먼지투성이의 수집한 돌멩이들로 가득 차 있었다. 에머슨은 그 모든 것들 속에서 인자한 곰처럼 금발에 턱수염을 기르고 메피스토 샌들을 신고 "오리건을 캘리포니아화하지 말라"는 문구가 새겨진 티셔츠를 입고 앉아 있었다.

"안녕하세요." 에머슨은 궁금한 눈으로 그녀를 보며 말했다. "무슨 일이시죠?"

"에머슨씨, 갑자기 찾아와서 죄송해요. 제 이름은 클래어 데이비도비츠이고 미국 〈환경정의연합〉에서 일합니다."

"당신이?" 그는 벌떡 일어나 그녀의 손을 잡고 마구 흔들었다. "당신이 이곳 지부장이군요?"

"맞아요." 클래어는 그가 자신을 알고 있다는 사실에 기분이 좋아졌다.

"이럴 수가, 반갑네요. 앉으시죠." 에머슨은 급히 의자에 놓인 서류들을 치우고 그녀에게 자리를 권했다. 그의 눈이 빛났다. "전 매달 기부금을 내고 있어요. 〈환경정의연합〉에 말이죠. 초기 서해안 숲 지키기 운동에 성금을 일 년 동안 냈고 대학 졸업 후 몇 년 동안 후원했어요. 당신과 만나게 돼서 기쁩니다."

"대단히 고맙습니다." 클래어는 우쭐해지기도 하고 감동을 받기도 해서 아마도 신이 마침내 도와주시려나 보다 하는 생각이 들었다. "정말 훌륭하십니다." 그녀는 눈을 빛내며 그를 쳐다보았다.

"그럼 데이비도비츠씨," 에머슨은 물러앉아 배 위에 양손을 포개며 말했다. "무슨 일 때문에 이 시골에 다 찾아오셨습니까?"

"클래어라고 불러주세요. 전 도움이 필요해서 왔습니다. 제가 아는 바로는 당신이 뭔가를 알고 있는 어떤 프로젝트에 관한 일입니다."

"어떤 프로젝트죠?" 에머슨의 상냥한 얼굴이 궁금한 표정을 지었다.

"퀘백주의 서부를 거쳐 뉴욕과 펜실베이니아와 오하이오로 이어질 예정인 새로 개설될 송수관 말입니다."

"아, 정말 우연의 일치군요!"

"뭐가요?"

"저도 그 프로젝트에 대해 의문을 갖고 있었거든요. 한 이 주 전에 몇몇 의문들에 관해 주지사에게 보고를 드렸어요. 휴가를 떠나기 전이었죠. 저는 그에게 버몬트의 생태문제를 고려해서 이 계획을 생각해 봐 달라고 부탁을 드렸어요. 저는 이 문제가 중요하다고…… 하지만……" 그는 말끝을 흐렸다.

"당신도 의문을 갖고 있었군요." 클래어는 그의 말을 이어주려

했다.

에머슨은 클래어를 보고는 입을 다물었다. "그래요."

"왜 그러시죠?" 클래어가 물었다. "저한테 말씀하시기 불편하신가요?"

그는 크고 거친 손으로 곱슬머리를 훑었다. "예." 그는 심각한 표정으로 그녀를 보았다.

"만일 이게 도움이 된다면, 누군지는 정확히 모르지만 전 당신한테 높은 자리에 있는 친구들이 좀 있다는 인상을 받았어요. 전 당신이 저에게 또는 다른 어떤 기자에게 이 문제에 대해서 얘기한다고 해서 해고될 거라고 생각지는 않아요. 말할 것도 없지만, 만일 당신이 이로 인해 어떤 불이익을 받는다면 저도 가만있지 않고 나서서 싸울 거고요."

"음……" 그는 말했다. "정말 전 이 프로젝트가 걱정스러워요. 그리고 호기심도 느끼고요. 그러니 무슨 일이 벌어지고 있는 건지, 또 당신이 필요한 게 뭔지 설명해 주세요. 그러고 나서 제가 도울 수 있는지를 말해 줄게요."

이십 분 동안 클래어는 그녀가 알고 있는 모든 것을 에머슨에게 설명했다. 오직 말콤의 정체와 직장만 생략했을 뿐이었다. 에머슨은 주의 깊게 들으며 몇 가지 질문을 던졌다.

"이것이 민간의 영리 추구를 위한 사업인 줄은 몰랐어요. 하지만 전 이 사업의 규모가 지나치게 크다는 사실은 확실히 알 수 있었고 퍼트냄 주지사에게도 그렇게 얘기했죠. 세상에, 그들이 수송을 계획하고 있는 물의 양과 파이프라인 관련 시설 설치가 가져올 환경 교란을 생각하면 다른 어떤 결론을 내릴 수 있겠어요? 퀘벡 사람들이 누가 어떤 규모로 이 사업을 추진하는지 전혀 모른다는 사실을 생각하면 끔찍하군요."

"동감이에요." 클래어가 말했다. "게다가 미국에서 이를 저지하는 캠페인도 시도할 수 없어요. 아무도 이에 대해서 모르고 있고 이것이 의미하는 바에 대해서 이해하는 사람이 없기 때문이죠."

"안타깝군요." 에머슨은 고개를 저으며 한숨을 쉬었다. "그래서 제게 어떤 도움을 바라시나요?"

"우린 이 프로젝트에 공식적으로 연관된 사람이 필요해요. 저처럼 의심스런 방법으로 정보를 취득했고, 언론이 특정 이익단체라는 꼬리표를 붙인 단체를 이끌고 있는 사람 말고. 누군가 적법하게 기자에게 내부고발을 해서 기사를 쓸 수 있게 할 수 있는 사람."

"그건 당신에게 얘기하는 것보다 더 어려운 일이군요. 전 허락을 받기 전에는 언론사에 아무 얘기도 못하도록 되어 있어요. 그건 기본적인 절차예요. 우린 종종 좋은 기회를 기다렸다가 다른 이슈와 묶어서 대중들 앞에 공개하죠."

"하지만 이번 건은, 당신도 알다시피 비밀로 부치는 이유가, 논의가 절대적으로 필요한 사안을 아무 논의 없이 시행하려는 것이 잖아요." 클래어는 에머슨을 압박하는 것이 괴로웠다. 하지만 그 밖에 다른 방법은 없었고 사안은 그의 일자리나 그녀의 일자리보다 훨씬 중했다. 그녀는 옳은 일을 하다가 여러 번 직장을 잃은 경험이 있었다. 자신이라면 하지 않을 일을 그에게 요구하는 것은 아니었다.

"찰스, 당신은 양 국가의 국민들은 물론이고 특히 버몬트 사람들이 자신들의 바로 북쪽에 위치한 분수령에서 일어날 일에 대해 논의할 권리가 있다고 생각지 않으세요?"

에머슨은 그의 커다란 푸른 두 눈을 클래어의 얼굴에 조준하고는 그의 넓은 손에 달린 엄지를 천천히 돌렸다. 한동안 그는 말이 없었다. 그녀는 기다렸다. 조금 더 시간이 흐른 후 그의 시선은 자신의 내면으로 돌려졌다. 그는 공무원으로서의 선서와 자신이 느끼는 도덕적 책임감의 경중을 가리고 있었다. 그의 몸은 거의 움직임이 없었지만 어쩐지 클래어는 테디 베어 같은 외모 이면에 조심스럽고, 강하고, 싸울 준비가 된 진짜 곰이 숨어 있다는 느낌이 들었다. 그를 관찰하면서 클래어는 그가 어떤 캠핑 여행에서도, 어느 산에서라도, 어떤 공장 굴뚝을 오르더라도 진정 훌륭한 동반자가 되어 줄 것임을 알 수 있었다.

"당신 말이 옳아요, 클래어." 숙고에서 깨어난 그는 분명하고 결의에 찬 얼굴로 말했다. "여기 오기까지 수고가 많으셨겠군요." 클래어는 고개를 끄덕였다. "이 문제가 매우 심각하다는 당신의 의견에 동의합니다. 그러니 저도 수고를 해야겠죠. 마음에 두고 있는 기자가 누구죠?"

25

"좋아요, 보일씨." 조지 에체베리아가 화상전화로 말했다. "우리가 알아낸 걸 말씀드리죠. 우린 〈환경정의연합〉에 대해 조사했어요. '파이프라인'과 관련된 건 아무것도 없고 물과 관련된 쓸데없는 것들과 아한대 숲문제와 관련한 퀘벡 이야기 몇 건이 있었을 뿐이었습니다. 시간 낭비만 한 셈이죠." 보일은 신음소리를 냈다. "그리고 〈환경정의연합〉의 통화내역인데요. 우린 토론토와 몬트리올 지역 번호로 유월과 칠월에 통화한 내역을 조사하면서 클래어 데이비도비츠에 초점을 맞췄죠. 재미있는 점이 발견되었어요. 그녀의 워싱턴 사무실과 집과 휴대전화와 뉴욕 집전화로 그 지역번호에 총 열두 건의 전화를 했어요. 작년에 같은 지역번호로 한 총 통화 건수는 넷이었죠."

"우린 실비 라크르와라는 몬트리올 여자가 그 기간 동안 그녀에게 전화를 하고 있었다는 사실을 알고 있네." 보일은 말했다.

"맞아요. 그녀가 바로 클래어가 항상 전화를 하는 퀘벡 사람이죠. 토론토에 있는 〈환경정의연합〉 사람에게도 전화를 많이 해요. 제임스 아만포어라는 남자죠. 그건 그렇고, 오월 말에 퀘벡에 네 통의 전화를 집중적으로 한 사실은 알고 계신가요?"

"몰랐는데." 보일은 말했다. "오월 말이면 정보가 새어나간 시점이 우리 생각보다 훨씬 전인데. 그 밖에 그녀가 누구와 통화를 하던가?"

"그녀는 미국 내 지역번호로는 수백 통의 전화를 하죠. 〈강연합〉에는 자신의 전화나 비서의 전화로 열 통이 넘게 하고 있고요. 지난 두 달간 그녀가 직접 여러 기자에게 전화한 것만 스무 번이 넘어요. 대단히 수상쩍은 일이죠. 대외협력 부서가 언론사와 접촉하는 게 보통이거든요. 그녀는 로이터와 야후에서 과학 관련 기고를 하는 론 벤홀즈에게 다섯 차례 전화했고 《로스앤젤레스 스타》 기자 젬마 리차드슨과도 유월에 두어 차례 전화했어요. 그 두 사람의 통화내역을 조사해보니 이상한 점이 발견되더군요. 둘 다 지난 목요일 같은 공중전화로에서 전화를 받았어요. 다른 장소도 아니고 버몬트 워터베리에 있는 공중전화였죠. 주정부 종합청사 근처의 편의점 밖에 있는 공중전화로 밝혀졌습니다. 천연자원, 토지이용,

뭐 그런 것들과 관련 있는 정부 사무실들이 소재한 청사였죠. 벤홀즈와 한 통화는 삼십 초 정도 지속되었지만 젬마와의 통화는 십오 분이나 지속되었어요. 젬마에 관한 자료를 준비해 놓았습니다."

"그거 이상하군." 보일은 말했다. "워터베리가 어디야?"

"벌링턴과 몽펠리에 사이에 있죠. 벌링턴은 클래어의 부모가 사는 그녀의 고향입니다. 마지막으로, 버몬트의 반대편인 서부에서 우리는 유월과 칠월에 그녀의 휴대전화로 건 두 통의 전화를 확인했습니다. 시애틀에 위치한 대학 근처의 공중전화 두 개로 건 전화였죠. 왜 클래어가 그곳의 공중전화로 통화를 한 것일까 하는 의문이 들지 않을 수 없습니다."

"좋은 질문이군." 메줄리와 스틸러 모두 시애틀에 근거지를 두고 있다. 둘 중의 한쪽에서 정보가 유출된 것일까? 보일은 생각했다.

"두 기자 중 목요일 이후에 클래어에게 연락한 사람이 있는지 알아보고 나에게 알려 주게. 그리고 시애틀의 공중전화에서 그녀가 전화를 받은 적이 있는지, 아니 시애틀 어디에서건 그녀의 어느 전화로건 통화한 내역이 있는지 알아보게. 그럼 우리가 뭔가 더 알게 될지도 모르지. 지금 당장은 젬마의 집 전화번호와 사무실 전화번호를 알려 주게."

"자료에 다 있으니까 이메일로 다운로드 받으시면 됩니다."

보일은 전화를 끊고 에체베리아가 말한 대로 자료를 다운로드 받아 젬마의 집에 전화를 걸었다. 그녀가 받으면 끊어버릴 참이었다. 자동응답기가 전화를 받았고 잘 가다듬은 목소리로 며칠 동안 그녀가 부재 중일 거라고 알려주었다. 그는 다시 《로스앤젤레스 스타》 사무실로 전화를 걸었고 피처 기사 편집자에게로 연결되어 그에게 젬마가 출장 중이고 메시지를 남기면 그녀가 돌아왔을 때 전하겠다는 말을 들을 수 있었다. "매우 급한 일입니다." 보일은 둘러댔다. "그녀의 가족에 관한 일이라서……" 그는 모니터에 뜬 자료를 황급히 살피며 그의 머뭇거림이 말을 삼가는 것으로 해석되기를 바랐다. "그녀의 여동생이……"

"그녀가 어디 있는지는 모릅니다." 피처 편집자는 말했다. "우리 기사를 취재하러 간 것이 아니에요. 뉴잉글랜드나 그 근처로 생각되는데. 뉴햄프셔, 메인, 뭐 그런 곳이겠죠."

"버몬트는요?" 보일이 물었다.

"버몬트일 수도 있어요."

"고맙습니다. 그녀를 한번 추적해 보죠." 보일은 즉시 전화를 끊었다.

전화벨이 울렸고 다시 에체베리아의 목소리였다. "금요일에 젬마가 클래어 데이비도비츠의 휴대전화로 전화한 사실을 알아냈어요. 월요일 오후에도 전화했더군요. 딱 걸린 것 같습니다, 보일씨."

"좋아," 보일은 사냥감을 쫓는 흥분이 고조됨을 느끼며 말했다. "젬마가 지난 이십사 시간 안에 버몬트로 가는 비행기에 탑승했거나 항공권을 예약했는지 당장 알아봐." 보일은 기다리고 또 기다리며 무수한 시나리오를 마음속으로 구성해 보았다.

"탔어요." 에체베리아가 마침내 말했다. "아메리칸 에어라인 아침 일곱 시 반 비행기로 LA 공항에서 출발했어요. 그리고 라 과르디아 공항에서 컨티넨털 비행기로 - 출퇴근용 소형 여객기죠 - 갈아타서 벌링턴에는 오늘 오후 십칠 시에 도착할 예정이에요."

"알겠네." 보일은 말했다. "고맙네." 그는 전화를 끊고 다시 전화를 걸었다. "어이, 마르코." 보일의 가장 뛰어난 공작원은 워싱턴

〈환경정의연합〉 사무실 건너편에 있는 카페에 앉아 있었다. 그는 잠을 쫓기 위해 에스프레소를 큰 잔으로 마시고 있었다. "잘되가나?"

마르코와 티파니 모스틴은 남편과 아내가 한 조를 이뤄 활동하는 뛰어난 산업 스파이 팀이었다. 그들은 스위스에서 있었던 임무 때문에 지난 삼 주간 하루에 서너 시간 이상을 자지 못했다. 그들을 다시 워싱턴으로 급파하기 전에 보일은 이 임무를 마친 후 모든 비용을 대주는 삼 주간의 휴가를 그들에게 약속했다.

"보일씨, 난 빨리 의사를 만나봐야겠어요." 마르코는 말했다. "자카르타에서 얻은 병이 유럽에서 아주 날 괴롭혔어요. 그리고 점점 악화되고 있고요. 기생충일지도 모르겠어요. 어쨌든 여긴 조용해요. 클래어는 아직 사무실에 있고요."

"티파니는 어딨지?"

"호텔에서 자고 있어요."

"깨워. 그리고 임무 교대해. 자네는 벌링턴으로 가서 젬마 리차드슨이라는 기자를 찾아내야 해. 그녀는 우리가 알리고 싶지 않은 기삿 거리를 열심히 추적하고 있어. 다섯 시에 뉴욕 비행기로 도착할 예정이야. 그리로 가. 필요하다면 탈것을 빌려. 그녀를 찾으면 연락해. NSA에서 자네를 지원할 거야."

"하지만 아직 클래어의 사무실에 잠입하지도 못했는데요."

"그건 티파니에게 맡겨. 자네는 젬마를 뒤쫓아야 해."

마르코는 그의 목 뒷덜미를 손으로 문지르면서 폴란드어로 상스러운 말을 중얼거렸다. 그리고 큰 소리로 이렇게 말했다. "알았어요, 보스."

더그 보일은 젭 앵겔에게 전화해 벌링턴의 마르코와 워싱턴의 티파니에게 인원지원을 요청하고 닉 카메네프에게 보고할 내용을 정리하고 있었다. 그때 에체베리아가 다시 전화를 했다.

"클래어가 휴대전화로 받은 전화 중 시애틀의 공중전화에서 한 전화가 세 건이 더 있어요. 하지만 같은 장소가 아니라 타코마에서 온 것이죠."

보일은 놀라서 몸을 곧추세웠다. "타코마라고?"

"네. 바로 당신이 있는 곳이죠."

"고맙네." 보일은 차갑게 말했다. "나도 내가 어디 있는지 알아. 그 밖에는?" 하지만 그의 머릿속에서는 사이렌이 울리고 있었다.

"물론 그녀는 벌링턴에 있는 부모님께 전화를 걸었고 안드레아 바레티라는 여자에게 전화를 많이 하고 있어요. 내친김에 그 여자의 통화기록도 살펴보기로 작정했죠. 그랬더니 그 여자도 시애틀 공중전화와 다른 시애틀 번호 하나에 많은 전화를 한 것으로 나왔어요. 아버터스 거리 625번지에 사는 제럴딘 모로우라는 여자의 번호였죠."

"도대체 제럴딘 모로우는 또 누구야?" 보일이 말하는 사이 에체베리아는 그녀의 이름을 NSA 데이터뱅크에 조회해 보았다.

"이 여자에 관한 기록은 없는데요."

"비자 기록을 조회해 봐."

"네." 에체베리아는 자판을 두드렸다. "잠깐만. 비자 기록도 없어요."

"신용카드 기록은?" 보일은 한 번 더 기다렸다.

"나왔어요! 주소, 전화번호, 사회보장번호, 신용한도 오천 달러, 직장은……" 거기서 그의 목소리가 멎어버렸다.

"뭐야?" 보일은 침묵을 향해 물었다.

"어, 에, 보일씨…… 제길. 그녀는 스카이포인트에서 일하고 있는데요."

보일의 부신피질에 과부하가 걸렸다. "범인이 우리 깊숙이 들어와 있었군! 잠깐, 에체베리아." 그는 음험한 목소리로 말했다. 그는 스카이포인트의 인사자료로 들어가 영업부의 제럴딘 모로우를 찾아내었다. 그녀는 치약선전을 하듯 하얀 이를 드러내며 웃고 있었다.

"오늘 일과를 마치기 전에 마지막으로 모로우의 통화기록을 뽑자고, 에체베리아." 보일은 말했다. "건 것과 받은 것 모두."

"그렇게 하죠." 에체베리아는 그의 요구대로 자판을 두들겼다. 곧 모니터에 긴 통화목록이 떴지만 바레티의 번호를 제외하고는 눈에 익은 번호는 없었다. 그들이 먼저 뽑은 자료와 비교해서 반복되는 번호를 찾아내는 컴퓨터 조회를 해 보아도 마찬가지였다.

"작업이 좀 필요할 것 같은데요. 번호들을 이름들과 짝지어 봐야 할 것 같아요. 근데 지금 당장 할 일이 있어서 오늘 밤이나 되어야 가능할 것 같은데요."

"당장 시작해." 보일은 으르렁거렸다. 그러고는 인사 부서에 전화를 걸었다.

제트기가 뿜어내는 열기와 섞인 뜨겁고 습한 바람이 문이 열릴 때마다 벌링턴 공항 안으로 들이닥쳤다. 공항 안에서는 두 남자가 수하물 수취대를 감시하고 있었다. 한 사람은 마르코 모스틴으로 수척한 데다가 눈 주위가 빨갰고 며칠째 면도도 못한 모습이었다. 다른 한 사람은 NSA 특별 수사관인 베일리 커밍스로 흑인에 모스틴보다도 키가 컸고 몸무게도 훨씬 나가 보였다. 뉴욕에서 도착한 컨티넨털 항공기 첫 번째 승객이 막 그의 여행가방을 집어 들었다. 하지만 젬마 리차드슨은 하룻밤을 지낼 물건과 컴퓨터 가방만을 들고 왔기 때문에 벌써 공항 카운터에 몸을 기대고 있었다. 두 사람은 그녀를 발견하고 컨베이어 벨트를 사이에 두고 서로에게 고개를 끄덕여 신호했다. 그녀를 따라 밖으로 나선 두 사람 모두 청바지를 꽉 채운 그녀의 몸매가 아주 훌륭하다고 생각하고 있었다.

젬마는 옅은 푸른색 도요타 캠리와 갈색 크라이슬러 미니밴이 처치스트리트의 홀리데이인까지 미행한 것을 눈치 채지 못했다. 호텔 방을 잡자 그녀는 그때까지도 워싱턴 사무실 책상에 앉아 있던 클래어에게 전화를 걸었다. "난 다섯 시에 출발할 거야. 내가 도착했다는 사실을 알리려고 전화했어." 젬마는 침대 위에 가방을, 책상 위에 노트북을 내려놓으며 말했다. "네가 보내준 정보들을 보고 기사를 썼어. 배경 기사는 거의 다 된 것 같아. 고마워, 친구. 완벽한 정보였어."

젬마는 세수를 하고 화장을 고치고 아래층으로 내려와 밖으로 나섰다. 처치스트리트 할인 마트에서 파드 타이(타이 국수) 테이크 아웃을 하나 집어 벌링턴 외곽으로 차를 몰았다. 그녀는 운전을 하면서 플라스틱 포크로 국수를 먹었고 가끔 그린 마운틴 위에 위치한 찰스 에머슨의 집으로 가는 길을 찾기 위해 지도를 들춰 보았다. 도요타 캠리가 그녀를 뒤따르고 있었다.

네 시간 동안 마르코는 진입로의 끝에 앉아 숲 속에서 잠깐씩 쉬기도 하며 심어 놓은 도청장치를 통해 들려오는 대화를 감시했다. 그가 아시아에서 데려온 미생물 동료는 그의 뱃속에서 광란의 파티를 벌이고 있었다. 그는 심한 탈수현상에 시달리고 있었고 열두

255

번이나 시차를 변경하고 패스트푸드로만 끼니를 때운 몸을 추스르려고 애썼다. 그런데 지금 그는 신마저 버린 듯한 인적 없는 언덕에 어울리지 않게 누군가가 사과나무길이라고 이름 붙인 길 위에 앉아 밤 열한 시에 깨어 있어야 했다. 그의 휴대전화가 안주머니에서 울었다.

"딱 걸렸어!" 베일리 커밍스가 소리쳤다.

"뭘 알아냈는데?"

"많은 걸. 젬마의 호텔 방에 도청기를 설치할 때 그녀의 노트북을 들여다보았거든. 그녀는 북미 물에 관한 기사를 거의 다 완성해 놓았는데 북동부에 관한 엄청난 폭로 기사를 곧 쓰겠다는 약속으로 끝나고 있어. 그녀의 버몬트 파일에는 찰스 에머슨이란 사람의 주소와 전화번호가 있는데 버몬트 주정부 인명록에 의하면 그 사람은 토지이용계획위원회의 북부 버몬트 지사 간부야."

"난 지금 그의 집 아래쪽에 앉아 있어. 그는 지금 그녀에게 파이프라인에 대한 모든 걸 얘기해 주고 있어. 사용허가를 받게 된 경로와 주지사에게 그에 관해 경고하려 했던 사실 등등. 돌아가자마자 연락하지. 빨리 끝났으면 좋겠군. 난 더 이상 버티지 못하겠어."

마르코는 오래 기다리지 않아도 되었다. 젬마가 떠날 채비를 하는 것을 들었다. 그녀가 산길을 따라 내려오기를 기다려서 도청장치를 회수한 다음 벌링턴으로 그녀의 뒤를 쫓았다. 그녀가 호텔로 돌아오자마자 마르코의 휴대폰이 다시 울었다. "이쪽으로 오지." 커밍스가 바비큐 파티에라도 초대하듯이 말했다. "당신도 들을 수 있어."

"그러지." 마르코가 대답했다. 비록 그가 원한 것은 제대로 된 화장실과 깨끗한 침대뿐이었지만. 주차장 반대편 구석에 있는 밴으로 천천히 걸어갔다. 따듯하고 습한 밤공기는 그의 피부에 축복처럼 느꼈다. 냉방이 된 밴 안에 들어섰을 때 지독한 감기 기운 같은 추위가 파고드는 것을 느꼈다.

"클래어와 얘기하고 있어." 커밍스가 말했다. "들어 봐."

젬마가 말하고 있었다. "우리는 국경의 리치포드로 갈 거야. 그의 말로는 그곳에 사는 아베나키족이 토지사용 허가를 내주지 않을 거라고 생각되는 땅이 있대. 원주민의 권리침해 같은 사유로 말이야. 그리고 북부에 미칠 환경적인 영향이 알려지면 합세할 세력이 부족하진 않을 거라는 말도 했어." 클래어는 아베나키족과 대화할 수 있는 퀘벡 인디언의 전화번호를 젬마에게 알려주었다. 클래어는 기쁜 목소리였다.

마르코는 보일에게 보고했고 계속 젬마의 꽁무니를 감시하라는 명령을 받았다.

26

시애틀은 자정이었지만 싱가포르는 오후 세 시였다. 카메네프 대령은 라플즈 호텔의 포켓볼 바의 테라스에서 후 젠유 장군을 설득하고 있었다. 인민해방군 장성들은 외국 항공전자공학과 무기 기술을 어린애들이 사탕 가게에서 사탕 사듯이 사들이고 있었다. 모든 이들이 중국에 무기를 수출했다. 미국은 천안문 사태 이후 무기 수출을 금지했지만 – 그래서 카메네프가 장군을 시애틀의 회의실에서 만날 수 없는 것이지만 – 많은 이스라엘 사람들이 미국 무기판매업자들의 간판 역할을 기꺼이 대신해 주었다. 카메네프는 엄청난 이윤을 생각하니 전화 때문에 방해를 받는 것이 짜증스러웠다.

"죄송합니다, 사장님. 사장님께 가능한 한 빨리 보고를 드려야 할 것 같아서." 카메네프는 보일의 목소리에 서린 긴장감을 감지했다. 카메네프가 양해를 구하고 밖으로 나왔다.

"하느님 맙소사." 보일이 버몬트에서 일어나고 있는 일을 알려주자 카메네프가 보인 반응이었다. "젠장. 아니, 수고했네, 하지만 그 기자에 관한 일은 정말 안 좋은 소식이야. 생각할 시간을 좀 주게."

"알겠습니다."

카메네프는 천천히 이마를 문질렀다. 그는 많은 것을 무시할 수 있다는 사실을 살면서 배워왔다. 예를 들면 지방 녹색 소식지에 실린 기사 같은 것은 아무리 많은 사실들에 근거했어도 별문제될 것이 없었다. 지방 대도시 일간지에 헤드라인으로 실린다 해도 지방 문제면 좀처럼 전국 언론에서는 다루지 않았다. 하지만 파급효과가 큰 기사가 광범위한 여론과 연결되어 전국 언론을 타면 여론 조작이 있든 없든 작은 물살이 쓰나미 규모로 발전할 수도 있는 노릇이었다. 교토의정서 캠페인처럼 지금쯤 사문화되어 있어야 할 구호도 버젓이 살아 있는 것이다. 그리고 현 정부의 환경 정책에 대한 잠재적 불만도 상당했다.

"우리가 손쓰기 전에 기사를 송고하면 우리는 망하는 거야." 카메네프가 말했다. "그러니 자네는 호텔 방에서 송고하지 못하도록 확실히 조치해 둬야 해."

"무선 모뎀을 갖고 있을지도 몰라요."

"빌어먹을."

"지금 마르코더러 그녀 방에 침입하라고 할까요?" 카메네프는 대답하지 못했다. "그보다 더 나쁜 소식이 있습니다."

"뭔데? 도대체 무슨 소리야?" 카메네프는 위장이 마비되는 느낌이었다. "지금까지 들은 것만 해도 충분히 최악인데."

보일은 제럴딘 모로우에 대해서 그에게 이야기를 하고 대령이 꽥꽥 소리를 지르는 동안 손가락으로 귀를 틀어막았다.

카메네프는 이를 악물고 인디언 힐에 있는 그릴에게 전화했다. 붙인 파스를 천천히 떼어서 고통을 오래 견디기보다는 한번에 확 떼어버리는 식으로 그릴에게 보고했다.

"그 여자는 어떻게 알게 된 거야?" 그릴이 소리 질렀다.

"귀신이 곡할 노릇이야, 빌." 카메네프가 대답했다. "그 여자는 영업부에서 일한다고." 그는 그릴의 거친 숨소리를 들으며 기다렸다. 그릴은 지금 카메네프가 필요했기 때문에 화를 참고 있었다. 마침내 그릴이 말했다.

"요 며칠간 감이 아주 안 좋았어. 최소한 이제는 무슨 일이 벌어지고 있는 건지 알게 되었군. 어떻게 했으면 좋겠나?"

"요주의 인물들에게 직접적인 경고 메시지를 보내야지."

"아마도." 그릴은 그것으로 되겠느냐는 투로 말했다. "그들에게 경고를 하면 오히려 경각심만 높이게 되고 그들은 기사를 더 서둘러 터뜨릴 거야. 지금 우리가 할 수 있는 경고는 그들이 절대로 무시할 수 없는 강도의 것이어야 해."

"나도 같은 생각이야." 카메네프가 말했다. "젬마 리차드슨의 기사가 실리는 것은 위험한 일이야. 즉시 어떤 조치를 취해야 해."

"동감이네. 그리고 이 프로젝트에 합세한 다섯 개 주의 사람들과 퀘벡에 있는 사람들이 이 하찮은 버몬트 내부고발자에 관해 읽게 되는 것은 아주 안 좋은 일이지." 그릴이 응수했다.

"그리고 우리 회사에 있는 직원이 정보를 유출시키는 걸 내버려 두는 것도 좋지 않은 일이지. 작전에 대해서는 더그 보일과 상의하겠네. 내일 새벽에 더 많은 정보를 입수할 걸세."

"좋은 생각이네. 고맙네, 닉." 어지러움을 느끼며 그는 자신의 혈압이 많이 높아진 것을 알았다. "비토리오에게 이 사실을 알려 주는 게 좋겠네. 필요할 경우 그의 도움을 요청할 수도 있으니까. 결국에는 윌버도 끌어들여야 할지 몰라. 하지만 당장은 마사로까지만 포함시키지. 그리고 아무에게도 이야기하지 말게. 알 필요가 있는 사람만 알게끔."

"알겠네." 카메네프가 말했다.

"철저를 기하게, 닉. 그리고 무슨 조치든 신속히 취하게."

"보일씨, 에체베리아입니다." 보일은 사무실에서 여기저기 전화를 하고 있었다. 먼저 비토리오 마사로에게 전화를 하고 나서 과거에 몇 번 이용해서 결과가 만족스러웠던 LA의 경비회사에 전화를 걸었다. 갈등을 느끼며 고민하던 그는 우울한 기분이었다. 치라는 명령을 받았다. 하지만 얼마나 세게 쳐야 하는 것인가?

"말해 봐." 그는 신경질을 내며 노트와 펜을 집었다.

"전 제럴딘이 전화한 번호들과 이름들을 대조하고 있습니다. 그리고 그들의 뒷조사도 하고 있죠. 그런데 그녀는 어느 지역 유기농 식품단체의 임원인 것 같아요. 환경운동가니까 맞아떨어지죠. 그건 그렇고 당신이 놀라 자빠질 이름 둘을 발견했어요."

"빨리 말해, 에체베리아." 보일이 심술궂게 말했다. "본론만."

"알았어요. 제럴딘은 러셀 제퍼슨이란 남자에게 아주 많은 전화를 걸었어요. 그가 세금을 환급받은 기록을 조사해보니 사이버로닉스에서 일하더군요." 스틸러의 회사 이름이 더그 보일의 귀에서 핵 원자로처럼 진동했다. "제퍼슨의 이름이 귀에 익더라고요. 그래서 첨단기술 고수들의 파일을 뒤져봤죠. 그는 많은 유전자와 암호 관련 프로그램을 스틸러와 공동개발 했더군요. 자신의 업적으로 인정받지는 못했지만 다들 그렇게 알고······."

"그만!" 보일이 으르렁거렸다. 그는 아드레날린이 치미는 것을 느꼈다. "제퍼슨은 누구와 통화를 하고 있지?"

"별로 많은 사람은 아니에요. 일요일에 그의 고향인 뉴욕주 뉴팰츠에 있는 그의 가족들에게 하는 정도죠. 모로우와 통화하는 것 이외에 우리 관심을 끌 만한 통화내역은 당신 회사에서 일하는 한 남자와 한 겁니다. 이름은 말콤 맥퍼슨이죠. 아시는 분인가요?"

보일은 가슴속에서 늑대의 사냥 본능이 솟구치는 것을 느꼈다. 말콤, 그 개자식! 보일은 말콤과 제퍼슨이 정보를 유출한 진짜 장본인이라고 확신했다. 제럴딘은 종범으로 두 사람의 친구 정도일 것이었다. 두 남자가 컨소시엄의 이메일을 해킹이라도 해서 빼낸 정보를 제럴딘을 통해 클래어나 젬마에게 전달하고 있다면 그 여기자는 그들이 감당할 수 있는 것보다 훨씬 더 많은 정보를 갖고 있을 것이었다. 갈등이 사라지는 순간이었다. 보일은 이제 한 가지 목표에 집중할 수 있었다.

"말콤과 제퍼슨과 제럴딘의 주소, 전화번호와 그들의 신상에 관해 자네가 얻을 수 있는 모든 정보를 이리로 보내게." 그는 명령했다. "그들의 부모, 애인, 형제, 자녀들의 위치도 알려줘. 지금 당장!" 에체베리아는 보일의 목소리에 서린 살기에 질려 황급히 전화를 끊었다.

젬마가 찰스 에머슨과 긴 하루를 보내고 홀리데이인으로 돌아왔을 때 그녀가 짐을 싸서 호텔 체크아웃을 하고 공항에 들어가기까지 남은 시간은 45분뿐이었다. 그녀는 세면도구를 가방에 던져 넣고 노트북 컴퓨터를 집어 들었다. 이륙 십 분 전에 공항 출구를 통과할 수 있었다. 큰 키에 피부가 하얀 깡마른 사내가 같은 출구 카운터에서 긴 가죽가방을 검사 받았다. 어쩐지 낯이 익은 사내였다. 그녀는 지쳐서 자리에 풀썩 주저앉았다. 그녀는 종종 긴 항공 여행 중에 일을 하기도 했지만 요번에는 48시간을 쉬지도 않고 뛰어다닌 터라 녹초가 되어 소설을 읽으며 꾸벅꾸벅 졸았다. 눈을 감은 채로 그녀는 자신이 알아낸 것들을 상기해 보았다. 새로운 거대한 파이프라인 시설은 논의도 해보기 전에 벌써 확정되어 있었다. 사업은 대담하면서도 단순했고 컨소시엄이 미국 국민의 지지 - 곧 그들의 뼛속 깊이 새겨진 물에 대한 권리의식 또는 캐나다 자체에 대한 권리의식 - 에 기대고 있음을 알 수 있었다. 미국의 북미에 대한 패권주의가 다시 한 번 명확히 드러난 것이다. 그녀가 이민 온 조국의 특성 중 가장 매력적이지 못한 특성이었다.

젬마는 자기가 해야 할 일은 물 관리는 공공 부문의 계획적인 협력을 통해야지 민간기업이 물을 사유화하면 엄청난 재앙이 따른다는 사실을 미국인들에게 알리는 것이라고 생각했다. 그녀는 자신이 해야 할 거대한 임무를 상상하며 눈을 비볐다. 화장실로 가는 길에 비행기 뒤쪽 좌석에 앉은 금발의 남자를 보았다. 그녀는 그를 LA 공항의 카운터에서 다시 보았다. 그는 다른 승객들과 함께 줄을

서 있었다. 그녀는 주차된 미아타를 타고 지붕과 창문을 열어젖힌 채 고속도로를 달려 집이 있는 협곡으로 들어갔다. 집에 도착해 짐을 풀고 자동응답 메시지를 확인하고 오래된 크래커와 말라빠진 체다 치즈를 꺼내고 스카치위스키를 큰 잔에 따랐다. 그리고 담배에 불을 붙이고 기억이 아직 생생할 때 오늘 취재한 내용을 기록하기로 했다. 부엌 카운터에 노트북을 얹고 전원을 꽂아 배터리를 충전시키며 컴퓨터를 부팅했다.

그런데 친숙한 수국꽃 화면보호기 대신 낯선 문자열들이 나타났다.

    Bios message
    VGA BIOS
    Memory Check
    Plun' n Play BIOS
    CPU Type

메모리 용량과 하드 디스크 용량, 사용되는 평행포트와 일렬포트가 나타났고 다음 문자열들이 뒤따랐다.

    Non-System disk or disk error.
    Replace and press any key when ready.

"미치겠군!" 그녀는 플로피 드라이브가 비어 있음을 확인했다. "왜 이러나……" 책상으로 가 시동 디스크를 가져와 플로피 디스크로 부팅을 해서 도스상에서 시스템을 점검해 보기로 했다. 점검

결과는 끔찍했다. 컴퓨터 하드웨어는 작동했으나 하드 드라이브에 있던 모든 파일이 사라져 버린 상태였다. 이는 오직 한 가지만을 의미했다. 누군가가 컴퓨터를 만진 것이다.

젬마는 호텔에서 노트북이 열려져 있었던 것을 기억하고는 반은 신음이고 반은 비명인 소리를 냈다. "안 돼. 말도 안 돼." 그녀는 침실 뒤편 작은 골방에 놓인 책상으로 돌아가 데스크톱을 켰다. 데스크톱 역시 하드웨어는 멀쩡했지만 모든 파일들이 지워져 있었다. 책상 서랍을 열어 백업 테이프들을 찾아보았지만 그것들 역시 사라지고 없었다. 코를 자극하는 냄새를 따라 쓰레기통을 들여다보니 끈적끈적하게 녹아내린 테이프의 일부가 잡초처럼 잎을 내밀고 있었다.

"안 돼!" 비명을 질렀다. 공포가 분노를 압도했다. 젬마는 클래어를 보고 과대망상증이라고 놀리곤 했었다. 그런데 그녀의 눈앞에 펼쳐진 일이란! 이것은 클래어가 두려워했던 것 이상이었다. 누군가 집 안에 침입해서 물건에 손을 대고 그녀가 축적한 모든 자료를 완전히 지워버렸다. 그녀는 자신의 과거 기사들과 조사한 자료들을 지프 디스크에 보관해 놓았었다. 그녀는 미친 듯이 서두르며 서랍장을 뒤졌다. 그것들은 그대로 있었다. 그녀의 회계사는 세금 관련 파일을 보관하고 있었다. 하지만 플라운더베리 기사들과 클래어가 준 물문제 관련 파일, 그녀가 쓴 관련 기사, 일 년치의 업무상의 서신, 개발 중이었던 취재 계획, 센트럴 밸리에 관한 책을 쓰기 위해 축적한 방대한 기록이 모두 사라져 버렸다.

갑자기 그녀의 인생에 안성맞춤이라고 여겨졌던 고독이 끔찍한 고립감으로 다가왔다. 부엌으로 달려가 무선 전화기를 들고 클래어의 집 전화번호를 눌렀다. 친구가 전화를 받기를 기다리며 옷장으로 돌아가 여행용 가방을 꺼내 서둘러 다시 짐을 챙기기 시작했다.

"여보세요, 클래어!"

"젬마?" 클래어가 졸음에 겨운 목소리로 대답했다. "무슨 일이야? 지금 새벽 세 시라고."

"나 지금 빌어먹을 위기 상황이야." 젬마는 심각한 목소리로 그녀가 서둘러 협곡을 빠져나와 웨스트 할리우드의 보안시설이 잘된 호텔로 도망치려고 준비하는 이유를 설명할 참이었다.

"왜 그래?" 클래어는 젬마가 말을 잇기를 기다렸다. "젬마, 무슨 일이야?"

하지만 젬마는 그녀의 집이 침입당했고 컴퓨터 파일들이 파괴되었다면 그녀의 전화도 클래어의 전화도 도청당하고 있을 게 뻔하다는 확신이 들자 갑자기 벙어리가 되어버렸다. 젬마는 집의 앞쪽에서 무슨 소리를 듣고는 얼어버렸다. 그녀는 칸막이 너머로 고개를 내밀었다. 공항에서 보았던 깡마른 사내가 앞문을 여는 모습이 문에 달린 창을 통해 보였다. 젬마는 부엌 칸막이 뒤로 숨었다. 주먹으로 배를 한 대 맞은 것 같은 공포감이었다. 숨조차 쉴 수 없었다. "누군가가 집으로 들어오고 있어, 클래어!" 그녀는 헐떡였다. "경찰에 연락해!"

젬마는 수화기를 떨어뜨리고 지갑과 열쇠를 집어 들고 뒷문으로 달려 나왔다. 발은 납덩이처럼 무거웠고 다리는 고무처럼 휘청거렸다. 도망치려 해도 다리가 움직여주지 않는 악몽을 꾸고 있는 것 같았다. 유리가 깨지고 앞문이 열렸을 때 그녀는 집의 옆면을 돌아나와 집 앞쪽을 살폈다. 그는 집 안으로 들어간 상태였다. 몇 초 뒤면 그가 뒷문을 발견할 것이었다. 자동차가 십 마일이나 떨어져 있는 듯 보였다. 진입로로 가면서 불빛에 드러난 남자의 실루엣을 보았다. 그녀는 억지로 다리를 움직이다가 넘어지기도 하면서 간신히 차에 도달해 시동을 걸었다. 그녀가 거칠게 차를 돌리는 사이 남자가 현관문에서 뛰쳐나왔다.

젬마는 흐르는 눈물과 공포와 싸우면서 협곡의 도로를 향해 달렸다. "하느님 맙소사, 하느님 맙소사." 그녀 내부의 작고 분명한 목소리가 정신을 차리고 집중하라고 말했다. 그녀는 숨을 고르고 떨리는 손을 진정시키려고 안간힘을 썼다. 일 분 뒤, 커다란 차 한 대가 상향등을 환하게 밝혀 후시경에 반사된 불빛으로 눈을 뜰 수 없게 만들면서 위협적으로 쫓아왔다. 세상에. 저 차가 그녀를 따라잡으면 그녀의 작은 차를 범퍼로 눌러 사과처럼 으깨버릴 것이었다. 젬마는 가속 페달을 밟았다. 길이 악어의 꼬리처럼 요동쳤다. 젬마는 궁지에 몰린 쥐의 절박한 심정이었다. 그녀는 도로의 굽이굽이를 익히 알고 있었기 때문에 미아타를 한계 속도로 몰고 있었다. 저주와 기도의 말들이 입에서 흘러나왔다. 뒤차와의 간격이 조금씩 벌어졌다. 협곡을 따라 구불구불 내려온 오 분이 한 시간처럼 느껴졌고 그녀는 열병에 걸린 사람처럼 땀으로 목욕을 하고 있었다. 하지만 간격을 충분히 벌릴 수는 없었다.

젬마의 뒤에서 엔진을 개조한 셰비 서버번에 타고 있는 마르코 모스틴은 상태가 아주 안 좋았다. 눈에는 모래가 들어간 것 같았고 입 안은 하수도처럼 느껴졌고 속은 부글부글 끓고 있었다. 그의 차가 끔찍한 마찰음을 내며 미끄러졌다. 그는 차를 멈추기 위해 안간힘을 다했다. 그들은 고속도로 진입로에 거의 다 와 있었다. 기회가 코앞에 다가온 상태였다. 하지만, 반대편에서 사이렌을 울리고 경광등을 깜박이며 경찰차가 오고 있었다. "제기랄, 제기랄, 제기랄!" 경적이 마구 울어댔다. 그녀는 경찰차를 멈추기 위해 차를 반대편 차선으로 들이밀었다. 경찰들이 급정거했고 젬마가 그들 쪽으로 뛰어갔다. 모스틴은 운전대를 부여잡고 오른쪽 차선으로 그들을 지나갔다. 후시경으로 거의 다 잡은 사냥감을 볼 수 있었다. 그녀는 경찰차 차창에 대고 그를 가리키며 말하고 있었다.

한 시간 뒤, 마르코는 다시 젬마의 집 근처 숲에서 경찰들이 범죄현장을 조사하는 모습을 지켜보고 있었다. 그는 반 마일 정도 떨어진 곳에서 차도 밖에 주차를 시켜놓고 살금살금 유칼립투스 숲을 헤치고 젬마의 집이 보이는 곳까지 왔다. 두 대의 차가 더 왔고 두 사람의 여자 경관도 왔다. 리차드슨이 그들에게 현장을 안내하고 컴퓨터를 보여주고 있었다. 그들이 떠날 때까지 기다렸다가 그녀를 다시 끌고 나올 수 있는 방법이 과연 있을까? 배에서 느껴지는 극심한 통증이 그로 하여금 생각을 제대로 할 수 없게 만들었다. 그는 총을 내려놓고 휴대전화를 꺼냈다. 그러나 더그 보일의 번호를 누르기 전에 젬마가 현관에 나온 것을 보았다. 혼자였다. 신선한 공기를 깊이 들이마시고 있었다. 쉬운 표적물이었다. 거의 칠십오 야드나 떨어져 있었지만 마르코는 총을 집어 들었다. 조준경으로 본 그녀는 아름다웠다. 현관의 불빛에 의해 성상처럼 밝혀진 모습이었다. 천천히 그는 목표물을 조준했다. 내장형 소음기 덕에 안에 있는 사람들은 아무도 총성을 듣지 못할 것이었다.

젬마는 기지개를 켰다. 모스틴은 치명상을 확실히 입힐 생각으로 이연발 모드를 선택했다. 그리고 조준경을 사용해서 그녀 몸의 중심을 조준했다. 그는 통증을 참으며 호흡을 가다듬었다. 그리고 폴란드 저격수 훈련에서 배운 대로 심장 박동 사이에서 방아쇠를 당길 준비를 했다. 하지만 방아쇠를 당기는 순간 그의 장이 극심한 통증과 함께 뒤틀렸다. 그 찰나에 그의 조준은 아래로 내려가 목표점에 명중하지 못했다. 젬마는 봉제인형처럼 고꾸라졌고 그와 동시에 현관문이 열렸다. 그는 자신이 그녀를 죽이지 못했음을 알 수 있었다. 다만 앰뷸런스가 도착하기 전에 그녀가 출혈과다로 죽기를 바랐다.

27

그 시간 워싱턴의 패어팩스에 있는 아파트에서 클래어는 거의 평정을 잃은 상태로 LA 경찰에게 상황을 설명하고 대륙의 절반 정도 되는 거리에서 신고된 긴급 구조 요청을 접수하도록 설득하려 애썼다. 그러고 나서 공포 속에서 한 시간을 기다렸다. 그 시간 동안 클래어는 갈등은 언제나 있었지만 그래도 견딜 만하던 현실에서 자신과 사랑하는 사람들이 악과 정면으로 맞부딪히는 현실로 변하는 상황을 절감했다. 클래어는 몇 번이고 몸서리를 쳤고 몇 잔의 브랜디로 몸을 덥혀보려고도 했다. 다시 경찰에 전화했을 때, 경사는 젬마에게 벌어진 상황과 병원을 알려주었다.

공포와 슬픔, 죄책감과 두려움에 사로잡혀 클래어는 말콤에게 전화를 걸려고 자신의 휴대전화를 찾았다. 그러다가 갑자기 얼어붙었다. 젬마를 추적할 정도로 많은 것을 알고 있다면, 그녀의 아파트에 도청장치를 설치하고 모든 말을 엿듣고 있을지도 모를 일이었다. 클래어는 공황 상태에 빠진 듯했다.

갑자기 생각이 흐려졌다. '카메라'라는 단어가 떠올랐고 소스라쳤다. 어디에 설치해 놓았을까? 지금도 나를 보고 있는 것일까? 찰스 에머슨에게 경고를 해야 했다. 말콤에게도. 뒷문으로 나가야 해. 차에도 도청장치가 되어 있으면? 마이크로폰을 피하려면 얼마나 떨어져야 할까? 패어팩스에서 새벽 네 시에 휴대전화 하나만 들고 갈 수 있는 곳이 도대체 어디일까?

좋아. 그녀는 스스로에게 말했다. 기운 차려. 그녀는 침대를 정리하고 베개를 둥그렇게 만들고 이불을 개고 라디오를 틀어 수면을 돕는 클래식 음악 방송국에 채널을 맞췄다. 어두운 침실을 통과해 불이 꺼진 홀에서 다시 불이 밝혀진 부엌으로 들어가 찻주전자를 불에 올려놓았다. 숨겨져 있을지도 모르는 마이크로폰에 대비해 욕조의 수도꼭지를 틀어놓았다. 그러고 나서 어두운 침실로 살짝 들어가 창 밖을 내다보았다. 클래어가 사는 구획에는 열 대에서 열다섯 대 정도의 차량이 있었다. 구획에서 반쯤 내려간 곳에 흰색 영업용 밴이 안테나를 달고 서 있었다. 많은 숫자의 안테나였다. 그녀는 사이드 테이블 위에 놓인 파일을 집어 서류가방에 쑤셔 넣었다. 그리고 어두운 서재로 조용히 걸어가 노트북을 집어 들고 두 가방을 앞문 근처에 놓았다. 다시 부엌으로 돌아와서 여유롭게 차를 타는 시늉을 했다. 그러고 나서는 깜깜한 홀에서 앞쪽 옷장 속의 비상 가방을 꺼냈다.

만약 적외선 감시 카메라를 아파트 곳곳에 설치해 놓았다면 도망치려고 준비하는 모습을 그들은 볼 수 있을 것이었다. 하지만 그냥 밖에서 감시하거나 보통 카메라를 사용한다면 불 켜진 침실과 부엌 외에는 아무것도 볼 수 없을 것이었다. 홀에서 그녀는 최대한 빠르고 조용하게 옷을 입었다. 가방을 열쇠와 지갑과 함께 문 옆에 놓고 문고리를 걸었다. 옷 위에 잠옷을 걸치고 욕실로 돌아가 물을 잠갔다. 그리고 물을 튀기는 소리를 내며 이를 닦고 변기의 물을 내렸다. 다시 밝은 부엌으로 들어가 찻주전자를 내리고 불을 끄고 침실로 돌아와 침대에 들었다. 그리고 십 분 동안 차를 마시며 독서를 하는 시늉을 했다. 젬마와 함께 했던 즐거운 시간들을 회상하며 앞으로도 더 많은 시간을 그녀와 함께 보낼 수 있기를 기도했다. 그리고 불을 껐다.

"당신이 지금 무슨 생각을 하고 있는지 알 수 있다면 많은 돈을 지불할 수도 있을 텐데, 환경운동가 여사." 티파니 모스틴은 NSA에서 임대한 흰색 밴에 앉아 그렇게 말했다. 밴에는 세탁소 이름이 스텐실로 새겨져 있었다. 그녀는 아파트의 불빛이 꺼지는 것을 보았다. 티파니는 잠을 쫓기 위해 뺨을 꼬집었다. 그녀는 젬마와 클래어, 클래어와 LA 경찰 사이에 있었던 대화를 한 마디도 빠짐없이 듣고 녹음해 놓았다. 그녀는 보일에게 마르코가 젬마를 살해하는 데에 실패했지만 치명상을 입혔다는 이야기를 들었다. 보일은 클래어를 놓치면 각오하라고 말했다. 그녀는 한쪽 눈은 아파트의 불 켜진 창에 다른 한쪽 눈은 아무것도 보이지 않는 모니터에 두고 있었다.

티파니는 어째서 마르코가 그런 실수를 했을까 궁금했다. 그가 아시아에서 얻은 병이 아주 걱정되었다. 스웨터를 어깨에 두르고 의자에 좀 더 깊숙이 몸을 파묻었다. 클래어는 내일 아침 일찍 떠날 것이었다. 젠장, 난 지쳤어. 작은 소야곡 소리가 이어폰을 통해 흘러들어왔다. 눈꺼풀이 무거웠다. 고개를 흔들어 잠을 쫓았다. 그녀는 주의해서 클래어의 아파트에서 나는 소리에 귀를 기울였다. 조용했다. 음악과 클래어의 주차된 차에 장착된 위치추적장치의 작은 신호음뿐이었다.

　드뷔시의 〈바다〉가 절정에 이르렀을 때, 클래어는 침대에서 몸을 미끄러뜨려 바닥으로 내려왔다. 격랑의 삼십 분 동안 그녀의 마음은 폭풍에 휘말려 자신이 감시당하고 있다는 확신과, 망상에 사로잡혀 혼자서 생쇼를 하고 있다는 확신 사이에서 오락가락했다. 그녀가 소리 없이 아파트를 빠져나가는 데에는 십 분이 걸렸다. 복도에는 아무도 없었기 때문에 그녀는 세탁실로 향했다.

　먼저 찰스 에머슨에게 전화를 걸었다. 응답이 없었다. 다음에는 말콤에게 걸었다. 보니가 짖는 소리가 들렸다. "말콤, 아무 말도 하지 말아요." 그녀가 속삭였다. "아주 조용히 옷을 입고 산책을 나서요. 당신의 집과 차에서 멀리. 십오 분 뒤에 다시 전화할게요."

　깜깜한 세탁실에서의 십오 분은 몇 시간처럼 느껴졌다. 클래어는 거리에 주차된 밴을 눈여겨보며 그녀가 알고 있는 것들을 계속 상기해 보았다. 다시 전화했을 때 말콤은 이십사 시간 영업을 하는 식당에 있었다. 클래어는 말콤에게 젬마에 대해 이야기해 주었다.

　말콤이 말했다. "그녀가 취재와 관련된 어떤 일로 언짢았던 것일지도 모르지. 하지만 그건 그녀를 저격한 자와는 무관해요, 클래어. 다른 말은 없었어요?"

　"없었어요. 하지만 젬마는 무척 겁에 질려 있었어요. 난 서두르는 소리와 문이 열리고 닫히는 소리, 나뭇가지가 부러지는 소리를 들을 수 있었어요. 하느님 맙소사! 그리고 그 남자는 돌아와서 경찰들이 가득한 집에 있는 그녀를 쏜 거예요!" 클래어의 목소리는 충격으로 갈라졌다.

　"맙소사. 흔히 보는 무장강도는 아니군."

　"그리고 내 생각엔 내 아파트 밖에 감시차량이 있는 것 같아요.

말콤, 만일 젬마가 물 기사 때문에 저격당한 거라면 그들이 나 때문에 그녀를 알게 되었을 거예요. 그 밖에 달리 어떻게 그녀가 연관되었다는 걸 알았겠어요?"

"에머슨이 누군가에게 그녀와 만난 사실을 말했을지도 모르지."

"그럴지도 모르지만 전 그렇게 생각지 않아요." 그녀는 일 분간 그 가능성에 대해 생각해 보았다. "실비의 말대로 퀘벡에서 사람들이 감시당하고 있다면 〈환경정의연합〉이 반대운동에 가담하고 있다는 정도는 그들이 알아냈겠죠. 그리고 그들이 내 통화기록을 세밀하게 조사하기로 마음먹었다면 내가 젬마에게 전화한 것을 알아냈을 거예요."

"이런."

"그리고 그들이 정말 열심히 조사했다면 당신에 관해서도 알아냈겠죠. 러셀과 제럴딘에 대해서도. 말콤, 당신도 저격당할 수 있어요. 지금 당장. 그들은 누군가를 시켜서 사람을 쏘게 하고 있어요."

"세상에. 알았어요. 나도 긴급대피를 하는 게 좋겠군요. 제럴딘과 러셀도 마찬가지고."

"같은 의견이에요."

"며칠 동안 잠적해서 이 문제를 생각해 본 다음 변호사와 접촉을 하는 등의 조치를 취해야겠소."

"전 젬마를 봐야겠어요. 그녀가 내일까지 버티지 못할지도 몰라요. LA에서 당신을 다시 볼 수 있을까요?"

"클래어, 우리는 새로운 각오가 필요해요."

"전 그녀를 다시 보지도 못하고 죽게 내버려둘 수 없어요."

"좋아요, 알았어요. 로스앤젤레스에서 당신과 다시 만나죠. 하지만 지역 〈환경정의연합〉 변호사에게 전화를 해놓고 LA 경찰이 수작을 부리면 도망칠 준비를 해놔요."
 "무슨 수작이요? 거기에는 확실한 증거가……"
 "무슨 증거요? 물과 관련된 어떤 것도 입증하는 것은 어려워요."
 "말콤, 우리 말은 그만 하죠. 가능한 한 빨리 센추리 시티 병원에서 다시 봐요. 거기서부터 다시 생각하죠. 단지……"
 "뭐요?"
 "들키지 않고 내 차까지 갈 수 있는 방법을 모르겠어요."
 그들은 기가 막힌다는 듯이 함께 웃었다. "당신 차에 위치추적장치를 장착해 놓았는지도 몰라요." 그가 말했다. "나 같으면 그 차를 몰지 않겠어요. 뒷문 없어요? 거리로 나 있다든지 하는."
 "있어요. 주차장과 연결되어 있죠."
 "택시를 불러요. 뒷문에서 당신을 태우라고 해요. 학대하는 남편을 피해 도망가는 중이라든가 하는 핑계를 대서 전조등을 끄도록 해요. 그렇게 할 수 있겠죠?"
 "있겠죠."
 그녀의 목소리에 자신감이 없었다. "이봐요, 별로 좋은 아이디어는 못 되지만 당신 차로 가는 것보다는 나은 방법이에요."
 "알았어요. 병원에서 봐요."
 "경찰이 쫙 깔렸을 거요. 그들이 도움이 될지는 모르겠지만 그들이 있는 한 저격수가 우리를 노리지는 못할 거요."
 "관둬요! 젬마도 경찰들이 보는 앞에서 당했다고요."
 "그렇다고 훤한 대낮에 병원에서 그러지는 못할 거요. 난 러셀과 제럴딘에게 연락해야겠소."

"난 찰스 에머슨에게 방금 전화해봤는데 응답이 없어요. 새벽 다섯 시 반에 말이에요."

"다시 한 번 해봐요."

"공항에 도착하자마자 그래 볼 생각이에요."

"클래어?"

"예?"

"괜찮을 거예요. 우리 일과는 상관이 없을지도 몰라요. 내가 곧 갈 테니 함께 해결해요. 필요하면 언제든 전화해요. 안녕, 내 사랑."

어두운 거리를 따라 집으로 돌아가는 길에 말콤은 공중경계관제비행기(AWACS)를 맡았던 시절에 알았던 옛 친구에게 전화를 걸었다. 그는 그와 많은 고난과 시련을 함께 했고 아주 끈끈한 관계였다. 미드웨스트시에 사는 프랭크 스피내이커는 자고 있었다. 그곳에서 가까운 팅커 공군기지에서 그는 여전히 일하고 있었으나 지금은 민간 컨설턴트로서였다.

"잘 있었나, 프랭크." 말콤은 졸린 목소리에게 말했다. "깨워서 미안해. 늦었다는 건 알아. 하지만 워낙 시급한 문제라서 말야. 네 도움이 필요해. 그래, 당장. 내게 자네가 가장 아끼는 놈을 이십사 시간 동안 빌려줘야겠어. 내일 오전 중에 로스앤젤레스로 가져다 줘야 돼. 농담 아니야. 전혀. 그래, 자네가 그걸 정확히 어디에 놔 둬야 하는지 내가 알려주지. 그건 절대 안 돼. 자네에게 이유를 말해 줄 수는……" 그들은 몇 분 동안 입씨름을 했다. 하지만 말콤이 집으로 향하는 길목을 돌 때쯤 프랭크는 결국 말콤의 계획에 동의하고 말았다.

클래어는 간신히 여섯 시 반에 덜레스 공항에 도착했다. 티파니 모스틴이 마침내 깨어나 클래어의 차가 아직도 주차되어 있다는 사실에 안도하고 있을 때 클래어는 지친 몸과 겁에 질린 마음으로 비행기를 타고 워싱턴을 벗어났다.

28

찰스 에머슨은 그의 집 뒤에 있는 작은 과수원의 가장자리에서 바위에 걸터앉아 있었다. 아침 여섯 시 반이었고 공기는 가을을 예감케 하는 상쾌한 느낌이었다. 찰스는 브래틀보로에 있는 여자친구한테 간밤에 받은 연락이 꿈인지 생시인지 아직 분간이 가지 않았다. 그녀가 임신을 했고 그와 함께 살고 싶다는 것이었다. 향기로운 진통제를 맞은 것처럼 만족감이 그의 가슴 깊이 퍼져왔다. 그는 과수원을 줄이지 않고 그의 집을 늘리는 방법이 없을까 생각해 보았다. 그는 차 한 대가 멀리서 그를 향해 다가오는 소리를 들었다. 순간 그는 자신이 클래어 데이비도비츠와 젬마 리차드슨에게 준 정보가 좋은 일에 쓰여지되 이제 막 아버지가 되려는 자신의 직업을 빼앗는 결과를 초래하지 않기를 바라고 있음을 깨달았다.

차의 엔진소리가 가까워지더니 집 진입로로 들어와 멈춰 서는 동안 그는 짧은 감사의 기도를 드리고 있었다. 크고 진한 초록색의 SUV였고 검은색 청바지와 티셔츠를 입은 키 큰 남자 하나가 차에서 내렸다. 남자는 앞좌석에서 낯선 기구 하나를 꺼냈다. 에머슨은 그것이 석궁임을 알 수 있었다. 남자는 석궁을 들어올려 자세를 취하더니 들판을 훑어보기 시작했다. 남자의 얼굴에 나타난 표정이 무기보다 더 많은 것을 에머슨에게 말해 주고 있었고 그는 무슨 일이 벌어지고 있는지 알 수 있었다. 그 순간 남자의 눈이 찰스를 포착했고 능숙한 하나의 연결동작으로 시위를 당겨 독이 묻은 화살촉을 날렸다. 화살은 에머슨의 종아리에 꽂혔고 타는 듯한 아픔에 이어 곧장 마비와 치명적인 질식이 찾아왔다.

킬러는 석궁을 다시 차에 싣고 작업용 가죽장갑을 낀 다음 트렁크에서 천 몇 조각을 꺼내 찰스에게 다가왔다. 그는 상처에서 조금 흘러나온 피를 막기 위해 천을 다리에 둘러 묶었다. 그리고 화살촉을 제거한 다음 에머슨의 육중한 체구를 들어올려 자신의 살찐 어깨 위에 올린 뒤 비틀거리며 집 안으로 들어갔다. 커피포트를 올려놓은 나무 스토브에는 이미 약한 불이 지펴져 있었다. 남자는 불을 크게 돋운 후 에머슨의 몸을 나뭇더미 위에 얹고 사용한 헝겊을 그 위에 던진 다음 발화가 잘되도록 통나무와 불쏘시개를 잘 넣었다. 다시 밖으로 나가 맨손으로 사과나무에서 커다란 가지를 꺾어 잔디밭에 남긴 흔적을 조심스럽게 덮었다. 차를 도로로 후진시키고 진입로에 남긴 흔적도 지웠다. 그러고 나서 포석이 깔린 길을 따라 집으로 돌아갔다. 비가 오지 않은 덕분에 집은 불쏘시개처럼 말라 있었다.

집 밖에서는 밤에 전화선을 끊어놓았던 자리에 점화제를 뿌렸다. 집 안으로 들어가서는 나무 스토브 뚜껑을 열어 부젓가락으로 네 개의 불붙은 통나무를 꺼내어 목재로 지은 그 작은 집의 모든 귀퉁이에 배치하고 불이 잘 번지도록 점화제를 뿌린 다음 뛰쳐나왔다. 집은 쉬익 하는 큰 소리와 함께 불붙기 시작했다.

가장 가까운 이웃이 타는 냄새를 맡고 밖으로 나가 찰스 에머슨의 집에 엄청난 화재가 난 것을 보고 소방서에 신고했을 때에는 이미 이십 분이나 경과한 상태였다. 소방대원들이 도착했을 때 집과 앞뜰과 과수원의 절반이 잿더미가 되어 있었고 시체는 숯덩이가 되어 있었다. 증거가 될 만한 수상한 발자국 또는 핏자국은 없었다. 아무도 방화를 의심하지 않았고 경찰관도 살인을 의심하지 않았다. 워터베리 경찰서장은 그날 오후 에머슨의 망연자실한 부모에게 그런 결론을 전달했다.

"당신 신세를 졌군요, 마사로씨. 고맙습니다." 더그 보일이 전화로 말했다. "대령님께서 매우 고마워하십니다."

"우리 쪽 사람은 백퍼센트 죽었소. 당신네 목표물은 어떻소?"

보일은 말없이 인상을 구겼다. "우리도 자신 있습니다. 곧 알려드리죠."

"그러시오." 비토리오 마사로가 말했다. "이봐요, 보일씨. 난 퀘벡 쪽이 걱정이오. 지난주에 난 거기 서튼에 있는 가보의 숙소에서 베찌나와 함께 일을 좀 했소. 물에 관한 현수막들이 상점마다 걸려 있었고 슈퍼마켓 주차장에서는 탄원 서명을 받고 있었소. 그리고 베찌나의 말에 의하면 지난주 불어 일간지 하나에 물 관리에 관한 장문의 기사가 실렸다고 하오. 기자 이름이, 잠깐만요." 마사로는 책상을 뒤적이더니 말했다. "드니 라몽따니로군."

"우리 쪽 사람들이 그 사람의 전화를 도청하고 있습니다. 벌써 조치를 취했어요. 하지만 당신의 염려와 정보 제공에 대해서는 감사드립니다."

"알겠소. 이곳 상황에 너무 집중하다가 위쪽의 엄청난 말썽을 놓치는 우를 범하지 마시오."

"알겠습니다." 보일은 기분이 나빴지만 그의 말에 일리가 있음을 인정하지 않을 수 없었다. "그리고 다시 당신의 도움이 필요하다면……"

"전화하시오. 그럼 우리가 해결하겠소." 그는 덧붙여서 보일의 아픈 곳을 찌르는 것을 잊지 않았다. "깨끗하게, 프로답게."

보일은 소리 없이 코웃음 치고는 전화를 끊었다. 그리고 그 문제에 대해 좀 더 생각해 보았다. 그는 에체베리아에게 연락을 했고, 한 시간 뒤에는 지난 두 달간 몬트리올의 라몽따니 사무실의 전화로 걸거나 받은 통화내역을 다운받고 있었다. 몬트리올위원회 명단에 있고 〈환경정의연합〉과도 통화를 많이 하는 실비 라크르와 외에는 라몽따니가 통화한 사람들은 전혀 알 수 없는 사람들이었다. 누군가 그 통화내역을 분석해 주지 않는다면 그에게 퀘벡 이름들은 전혀 무의미했다.

그는 퀘벡 사람들을 도청하고 있는 빅터 파케에게 전화를 걸어 라몽따니의 통화 테이프를 구해달라고 부탁했다. 그러나 젊은이는 테이프들이 어디 있는지 모른다고 지껄이며 보일에게 비협조적인 태도를 보였다. 처음에 보일은 그의 태도에 화가 났으나 곧 뭔가가 수상쩍다는 것을 느꼈다.

세르주 라롱드는 사무실에서 환경 개선을 위한 가슬린의 최종 수치들과 씨름하고 있었다. 그릴이 이 숫자들을 보면 웃기지 말라고 하겠지만 페레이라라면 이 정도로는 환경에 미칠 영향이 수용할 수 없을 정도가 될 것이라고 말할 것이었다. 개인용 전화가 울리자 세르주는 깜짝 놀랐다.

"라롱드씨, 더그 보일입니다."

세르주는 침을 꿀꺽 삼켰다. 그는 최대한의 허세를 부리며 말했다. "네, 보일씨. 뭘 도와드릴까요?"

"라몽따니라는 기자가 그곳에서 물에 관한 기사를 썼다고 하던데, 맞습니까?"

"맞습니다, 보일씨." 세르주의 입에서는 침이 말랐다. "지난주 《르 솔라일》에 실렸죠." 그가 그것을 부인할 방법은 없었다. "하지만 일반적인 내용이었어요. 우리 프로젝트와는 관련이 없었죠."

"지난주에 제게 보내준 명단에 의하면 우린 이 사람을 도청하고 있는 게 맞죠?"

"예, 맞아요."

"왜 그를 도청했죠?"

"왜 그를 도청했냐고요?" 세르주는 앵무새처럼 그의 말을 따라 했다. 이마에 땀이 맺혔다. "퀘벡에서 가장 뛰어난 환경 전문기자이고 유력지에 기고하고 있기 때문이죠."

"그렇군요. 그런데요?"

"그런데 뭐요?"

"도청을 해서 뭘 얻었느냐는 말이오!"

"얻은 게 없소."

"난 지금 두어 시간 전에 다운로드 받은 이름들과 전화번호들을 보고 있소, 라롱드씨."

세르주 라롱드는 뱃속이 무너져 내리는 듯한 느낌이었다. 그는 아무 말도 못했다. 보일은 수화기 저편의 침묵이 의미하는 바를 생각해 보았다. 느낌이 안 좋았다. "라롱드씨, 당신네 도청 담당자가 일을 제대로 하고 있는지 안심이 안 되는군요."

"네? 무엇 때문에 그런 말씀을 하시죠?"

"그가 나에게 라몽따니의 통화를 녹음한 테이프를 잃어버렸다고 하더군요."

맙소사. 빅터가 큰 실수를 저지를 뻔했음이 틀림없었다.

"빅터 파케는 매우 능력 있는 친구입니다. 제가 보증하죠." 세르주는 관료적인 목소리로 강하게, 심지어는 차갑게 말했다. 하지만 속으로는 떨고 있었다.

"존경하는 라롱드씨, 그에게 그 테이프들을 찾으라고 하세요. 그리고 라몽따니의 통화기록이 의미하는 바를 해독하는 일에 협조해 주라고 해 주세요. 이건 매우 심각한 문제이며, 전 이 사업의 성패가 당신의 협조에 달려 있다고 말씀드리도록 지시받았습니다." 그는 즉흥적으로 말하고 있었지만 대령도 이 말에 찬성할 것이라고 확신하고 있었다.

"문제없소." 세르주는 일부러 미국식 표현을 사용하며 미국인을 달랬다. "미국에서의 조사는 어떻게 진행되고 있소?"

"잘되고 있습니다. 정보유출의 근원을 찾아내서 조치 중입니다." 보일은 세르주에게 현 상황에 대해 알려주어도 되는 것인지 알 수가 없었다. 그의 질문에는 꺼리는 느낌이 있었다.

잠시 침묵이 흘렀다. "어떤 조치들인가요?" 세르주는 꼼짝 않고 앉아서 물었다.

세르주의 목소리에는 그가 정말 알고 싶은 것인지 보일을 의심케 하는 구석이 있었다. "선생님께서 신경 쓰실 필요는 없으십니다." 그는 세르주를 떠보았다.

"우리가 알아야 될 부분이 정말 없는 건가요?" 세르주는 가급적 권위 있는 목소리로 물었다. 하지만 그의 떨리는 목소리는 그가 알고자 하는 욕구와 전혀 상관하고 싶어하지 않는 욕구 사이에 찢겨져 있었다.

"전혀 없습니다." 보일은 이번에는 완전히 확신해서 말했다. "연락드리죠."

29

"들어보세요, 형사님." 화도 나고, 지치기도 하고, 겁을 먹기도 한 초췌한 몰골의 클래어는 잭 르누아르를 달래보려고 애쓰고 있었다. 그는 젬마 리차드슨 저격 사건 수사를 맡은 LA 경찰 형사였다. "당신의 답답한 심경은 잘 압니다. 하지만 제 변호사가 샌프란시스코에서 오는 중이에요. 두 시간 후면 도착할 겁니다. 당신도 나중에 이해하시게 되겠지만 제 안전을 위해서 그때까지 저는 아무 말도 할 수 없습니다."

"이해가 안 되는군요." 그는 계속 클래어를 압박하고 있었다. "당신은 용의자가 아니잖아요."

"물론 아니죠. 하지만 매우 힘 있는 사람들이 젬마를 죽이려 했던 일에 관계되어 있어요. 전 저의 증언에 대한 증인이 필요해요."

"클래어!"

말콤이 한 손에는 짐 가방을 다른 손에는 노트북 가방을 들고 문 앞에 서 있었다. 그가 다가오자 그녀의 몸은 안도감으로 거의 흐물흐물해지는 것 같았다. "맙소사." 그는 붕대와 견인 의료기구에 조용히 매달려 있는 젬마를 보며 그렇게 내뱉었다.

"척추가 박살이 났어." 클래어는 쉰 목소리로 말했다. "오른쪽 엉덩이도 마찬가지고."

"하느님, 제발."

"당신은……?" 르누아르가 말콤에게 물었다.

말콤은 르누아르를 돌아보았다. "내 이름은 말콤 맥퍼슨입니다. 당신은?"

"잭 르누아르요. LA 경찰 형사요. 리차드슨씨의 친구 되십니까?"

"클래어의 친굽니다. 도우려고 왔어요."

두 사람은 서로를 쳐다보았다. "클래어는 많이 놀랐습니다. 잠시 단둘이 있었으면 좋겠는데요."

"좋습니다. 당신이 클래어한테 내게 얘기하도록 설득할 수 있다면."

르누아르가 자리를 비켜주자마자 클래어와 말콤은 익사 중인 연인처럼 서로를 껴안았다. 그리고 곧 형사를 어떻게 대해야 할지 의논했다.

"당신이 젬마를 쏜 사건은 사악한 의도의 물증이 된다고 말했었잖아요. 그에게 얘기해야 해요."

"그래요. 변호사가 도착한 뒤에."

"시간이 별로 없어요. 두 시간은 너무 길어요."

클래어가 그를 쳐다보았다. "잘 들어요, 클래어. 이 컨소시엄을 보호하고 있는 세력을 생각할 때, 곧 누군가가 국가보안 딱지를 우리에게 붙여버릴 거요. 어쩌면 이 사건을 중앙정부에 의뢰할지도 모르지."

"그게 내가 변호사를 기다리는……"

말콤은 그녀의 손을 잡았다. "내 생각으로는 우리 얘기를 저 경찰에게 해야 해요. 최소한 한 명의 LA 경찰은 우리 얘기를 알고 있어야 해요. 우린 곧 도망쳐야 할지도 몰라요. 그러니까 경찰에게 협조하는 모습을 보여주는 게 중요하고 현재의 상황이 어떤지 파악하는 데에도 도움이 돼요. 그러니 그에게 얘기합시다."

"꼭 그러셔야 합니다." 르누아르가 방으로 다시 들어오며 말했다. 클래어와 말콤은 차갑게 그를 쳐다보았다.

르누아르는 지쳤다는 듯 한숨을 쉬었다.

그때 새로운 방문객이 문을 열었다. 강인한 인상에 잘 차려입은 남자가 안경알이 좁은 안경을 끼고 커다란 꽃다발을 들고 들어오자 르누아르는 축 늘어진 그의 눈썹을 치켜올렸다. 그는 의심스런 눈초리로 젬마의 침대를 둘러싼 세 사람을 쳐다보았다.

"당신네들은 누구요?" 그가 퉁명스럽게 말했다.

르누아르가 그에게 신분증을 보여줬다. "당신은 누구요?"

"엘리아 헤이즌입니다." 그는 짤막하게 대답했다. 헤이즌은 안으로 들어와서 서랍장 위에 꽃을 놓았다. "저 우주선같이 생긴 고문대 위에 놓인 사람이 가장 뛰어난 우리 기자들 중 한 사람이오. 무슨 일이 있었는지 들었소. 도대체 당신들 어릿광대들이 경찰을 어떻게 운영하고 있는 거요?"

"변명의 여지가 없습니다." 르누아르는 말했다. 그 자신도 한심한 심정이었다. "할 수 있는 말이 있다면 이런 적은 처음이라는 겁니다. 범죄자가 범죄현장으로 돌아와 경찰이 있는 상황에서 다른 범죄를 저지르다니." 르누아르는 진심으로 미안한 표정을 지었다. "헤이즌씨. 누군가가 리차드슨을 해할 만한 이유가 있는지 혹시 짐작 가시는 건 없으십니까? 경찰은 폭력적인 무단침입과 컴퓨터 자료 파괴의 증거를 발견했습니다."

"전혀 없소."

거짓말! 클래어와 말콤은 말없이 같은 생각을 하고 있었다.

"그녀가 현재 어떤 큰 생물공학 회사와 갈등을 빚고 있지 않았나요?" 르누아르가 물었다. "계곡에서 유전자조작 식물을 불법적으로 퍼뜨리는 것에 관한 기사를 당신네 신문에 기고하지 않았습니까? 전 읽었는데요. 그들이 그녀가 더 이상 말썽을 피우지 않기를 바랐는지도 모르죠." 어라, 클래어가 생각했다. 형사가 제법 잘 아는데. 그녀는 말콤과 눈을 맞췄다.

"보나파브리카?" 헤이즌이 비웃었다. "그들은 그녀를 공격할 필요가 없어요. 그들은 그랜드캐년만 한 주머니가 있으니까요." 우연히도 그는 막 인포미디어사가 합의금을 지불하기로 했다는 소식을 들었다. 그 대신 리차드 프랭클린은 《로스앤젤레스 스타》지가 물에 관한 기사를 싣지 않을 것이라는 약속을 그에게서 받아냈다. 그 때문에 헤이즌은 젬마가 조사하던 이야기가 더욱 궁금해졌지만 그만큼 아무 말도 하지 않기로 작정한 터였다.

"죄송하지만, 헤이즌씨." 클래어가 나섰다. "제 생각에 당신이 젬마가 총격을 당한 이유에 대해서 뭘 좀 알고 계실 것 같은데요."

"예?" 헤이즌은 그녀를 고양이가 물고 들어온 지저분한 무엇이라도 되는 것처럼 쳐다보았다.

"제가 믿기로는 젬마는 퀘벡의 물을 다룬 기사를 쓰고 있었기 때문에 저격을 당한 겁니다."

"말도 안 돼." 헤이즌은 경멸적으로 말했다. "우린 그녀에게 그런 취재를 의뢰한 적이 없어요!"

"당신이 그녀에게 그 이야기를 기사화하는 것이 금지되어서 그 기사를 싣지 않겠다고 했으니까." 클래어가 받아쳤다.

"당신들 도대체 무슨 얘기를 하고 있는 거요?" 르누아르는 화난 목소리로 물었다.

헤이즌은 문을 향해 걸었다. "전 저 여자가 무슨 이야기를 하고 있는 건지 모르겠습니다, 형사 양반. 하지만 언제든지 당신과 얘기 할 용의는 있소. 둘이서만. 좋은 하루 되시오." 병실의 분위기는 썰 렁해졌고 그는 떠났다.

"도대체 무슨 일인지 누가 내게 설명을 해 줄 거요, 말 거요?"

"말해드리죠." 클래어는 결심했다.

"결국 부인께서 입을 여시는군." 르누아르는 말했다. "자, 보나마나 길고 복잡하고 끔찍한 얘기일 테니 식당에 가서 맛있는 음식이라도 먹으며 이야기하죠."

"그곳에서 뵙죠." 클래어는 가방을 챙겼다. "전 젬마와 잠시 혼자 있고 싶어요. 그리고 찰스 에머슨에게 전화도 해야 하고."

병원 식당은 아주 소란스러웠다. 말콤은 그 속에서 르누아르에게 자초지종을 설명했다. 오래된 프렌치프라이의 고약한 냄새가 밴 연기와 불 위에 너무 오래 얹어 놓은 커피포트가 그의 속을 뒤집어 놓았고 형광등은 플래시처럼 그의 피곤한 눈을 괴롭혔다. "그러니까 결론은," 르누아르가 줄거리를 요약했다. "비밀리에 파이프라인을 설치하려는 사실을 젬마 리차드슨씨가 폭로하는 것을 막기 위해 공격했다는 거군요." 말콤은 고개를 끄덕였고 르누아르는 메모를 했다. 말콤은 클래어가 다가오는 것을 보았다. 그녀는 팔을 뻗어 의자에 기대어 섰다. 창백한 얼굴로 몸을 떨고 있었다. 말콤이 그녀의 손을 꼭 쥐었다.

"믿기지 않는 얘기인데요, 두 분." 르누아르가 말했다.

"그게 점점 더 믿기지 않는 얘기가 돼가고 있어요. 찰스 에머슨이 - 그가 누구인지 말콤이 말해 줬나요? - 방금 그의 사무실에 전화했어요. 비서가 받더군요. 그녀가 말해줬어요." 여기서 클래어는 북받쳐 오르는 히스테리를 간신히 제어하고 있었다. "그의 집이 오늘 아침 불에 타버렸고 그는 불길 속에서 죽었대요." 그녀는 흐느껴 울며 소리 지르고 싶었지만 목소리의 평정을 잃지 않기 위해 무진 애를 쓰고 있었다. "그들은 어제 만났었습니다, 르누아르 형사님. 젬마와 찰스 말예요."

르누아르는 말콤에게로 시선을 옮겼다. 이것은 정말 이상하고도 무서운 이야기였고 그는 무엇을 어떻게 해야 좋을지 알 수가 없었다. 그는 몇 가지 질문을 더 한 뒤 상관에게 보고하겠다고 말했다.

"러셀과 제럴딘은 어때요?" 르누아르가 가고 난 후 클래어가 물었다. "그들은 안전해요?"

"그들은 괜찮은데……" 말콤은 긴장된 말투로 대답했다. 클래어는 그의 눈가의 주름이 더 깊어졌고 뺨이 야윈 것을 보았다.

"그런데요?"

"그들의 가족과 나의 가족이 위협받고 있다는 거죠.."

"뭐라고요?"

"당신 가족도."

"안 돼." 그녀는 현기증을 느끼며 말했다. "당신이 말한 게……" 말콤이 고개를 끄덕이자 그녀는 말을 잇지 못했다.

말콤은 자리에 앉아 팔로 그녀를 감쌌지만 눈에는 분노와 살기가 어려 있었다.

"이상한 일이군요." 병실로 돌아온 르누아르 형사가 의자에 앉으면서 말했다. "본부장에게 클래어씨와 이야기했고, 또 당신," 그는 턱으로 말콤을 가리켰다. "그녀를 돕기 위해 온 당신과도 얘기 했다고 말했소. 젬마의 이십사 시간 경호도 신청했소. 삼십 분 후면 경찰이 배치될 거요."

"잘됐군요." 클래어가 말했다.

"그래요. 기다려 봐요. 본부장은 나더러 당신들의 진술서와 갖고 있는 컴퓨터나 문서를 당신들과 함께 이송해 들어오라고 했소. 당신들이 절도와 환경 테러로 수배 중이라고 하더군요."

클래어는 자기도 모르게 소리를 질렀다. "그 사람들 미쳤군요!"

"그러니까." 르누아르는 계속 말했다. "난 당신네 파일을 연방정부에 제출해야 해요. 본부장의 말로는 '국가보안상의 이유로' 이번 사건이 NSA 이외에는 아무에게도 공개하지 못하도록 되었소. 워싱턴에서 삼십 분 전에 명령을 받았다고 하더군요."

"그래요?" 말콤은 한쪽 눈썹을 치켜올리며 클래어를 보았다. "이걸 한번 보세요, 르누아르씨." 그는 클래어의 노트북 컴퓨터를 그에게 보여주었다.

"제 남동생과 부모님이에요." 클래어가 말했다.

르누아르는 그 사진을 한참 동안 보았다.

"나도 내 컴퓨터에 해상도가 아주 뛰어난 어머니와 애들, 남동생과 그의 가족들 사진을 받았소." 말콤이 클래어의 말에 덧붙였다. "우리 동료들도 마찬가지요. 모두 우리가 찍은 사진이 아닙니다."

"세상에." 르누아르는 숨죽이고 말했다. 두 번의 습격과 협박용 사진들은 고도로 전문적이고 비용이 많이 드는 것임이 확실했다. "이 컨소시엄이 그 정도로 걱정되었다면, 왜 당신들을 지금껏 그냥 내버려 두었을까요?"

"알 수가 없죠." 말콤이 말했다. "어쩌면 그들은 동료 러셀과 내가 그들의 통신에 직접 접속해서 그들의 이메일 내용을 카피해 변호사에게 맡겨 놓았을까 봐 두려웠는지도 모르죠. 실제로 그랬으니까. 그것도 당신에게 갖다 주겠소. 그 정도면 최소한……"

"그 증거물은 훔친 것이오." 르누아르 형사가 그의 말을 제지했다. "당신은 연방정부에게 당신을 구속할 구실만 제공할 뿐이오."

말콤은 심호흡을 했다. "훔친 것이란 것 잘 압니다. 하지만 그 자료는 우리가 거짓말을 하고 있지 않다는 것을 증명해요. 그리고 클래어가 죽게 되면 그녀가 이끄는 작은 단체가 그녀를 지구적 순교자로 만들어 버릴 겁니다. 그래서 제 결론은 젬마와 에머슨 같은 직접적인 정보유출 경로를 막아버리고 우리를 겁에 질리게 만드는 게 그들의 전략이라는 겁니다."

"우리를 겁주는 데에는 성공했죠." 클래어는 굳은 표정으로 말했다. 세 사람은 잠시 동안 아무 말이 없었다.

"그래서," 말콤이 말했다. "우리를 넘길 셈이오?"

"그게 명령이오." 하지만 르누아르는 침울한 표정으로 앉아 있기만 했다. 그는 어째서 이 사건이 갑자기 하늘에서 뚝 떨어져 그를 엉망으로 만들려고 하는지 알 수가 없었다. 그는 국가보안등급에 반하는 행동을 할 생각을 가져본 적이 없었고 그게 가능한 일이라고 믿지도 않았다. 평생 정보와 보안 분야에서 잔뼈가 굵은 형사는 자신의 본능을 믿었다. 클래어가 테러리스트라면 내 딸도 테러리스트야. 말콤은 항공사 중역인데 국가보안에 위협이 될 만한 소지가 없어. 게다가 음모가 개입하고 있다는 사실은 명백했다. 그의 수사를 종결시켜 버린 명령의 신속성은 지금까지 이 사건과 관련해서 다른 그 무엇보다 가장 그를 무섭게 만드는 점이었다.

르누아르는 이 문제에 대해 생각할 시간이 더 필요했다. 하지만 클래어와 말콤의 입장에서는 시간적 여유가 없었다. 그들은 르누아르가 차를 젓는 스틱을 만지작거리는 모습을 지켜보았다. 르누아르는 자신의 연금에 대해 생각해 보았다. 연금만 바라보고 지금껏 온갖 수모를 견뎌왔다. 딸도 생각해 보았다. 그녀는 우즈홀에서 해양생물학자로 일하고 있었고, 환경운동가였다. 그 딸에게 아버지도 너와 같은 신념을 위해, 네가 내게 선물할 손자들을 위해 당당히 맞섰다고 말할 수 있는 것에 대해 생각해 보았다.

"좋아요." 그는 결심했다. "오늘 오후에 치과 예약을 해 놓은 게 막 생각났어요. 다섯 시에 당신네들을 데리러 호텔로 가겠소." 그들은 그가 의미하는 바를 깨달았다. "난 윌릿 본부장에게 당신들이 아주 협조적이라고 보고했소. 내 판단으로는 당신들은 용의자가 아니오. 둘 다 수천 마일이나 떨어져 있었고 동기도 없소. 당신들은 서류나 컴퓨터도 가지고 있지 않으니 내가 어떻게 그것들을 본부로 이송하겠소?" 그는 말을 멈추고 한숨을 쉬더니 고개를 들었다. "치과 수술을 미룰 수가 없소. 뼈까지 썩어 들어가 아주 심각할 수가 있어요."

"우리 변호사는 어쩌죠?" 클래어가 물었다. "한 시간 후면 도착하는데."

"우리가 여기를 빠져나간 뒤 그녀의 사무실로 전화를 하면 돼요." 말콤은 엄격한 눈빛으로 말했다.

"그래요. 우린 어디……"

"매리옷 코트야드에서." 르누아르가 대신 말했다.

"물론이죠." 클래어와 말콤이 일어섰다.

르누아르는 노트에 무엇인가를 적고 그 페이지를 찢어 말콤에게 주었다. "내 이메일 주소와 집 전화번호, 그리고 직장 연락처요. 행운을 빕니다. 연락 주시오. 물론 보안이 되는 라인으로. 연락을 취할 수 있는 방법을 알려주면 이메일로 상황의 진척을 알려주겠소. 당신들의 일에 협조하고 있는 컴퓨터 천재가 있는 것 같으니까 방법이 있겠지. 연방정부는 다섯 시 십오 분경에 당신들을 달아난 용의자로 간주할 거요. 그때쯤 난 당신들이 사라졌다고 보고할 테니까."

"고맙습니다." 말콤이 말했다. "정말 고맙습니다."

그들이 돌아서서 걷기 시작했을 때, 말콤은 다시 돌아서서 물었다. "당신 노트 좀 잠깐 빌릴 수 있을까요?" 그는 테이블에 몸을 구부리고 무엇인가를 쓰기 시작했다. "제 오랜 친구인데 브뤼셀의 국제경찰입니다. 법인 범죄반이죠. 생각이 있으시면 한번 연락해 보시죠. 컨소시엄에 참여한 회사들이 더러운 짓을 한 기록을 가지고 있는 게 없는지. 전 앞으로 최소한 이십사 시간 동안은 그와 연락할 수 없을 겁니다. 지금으로서는 아주 긴 시간이죠. 그렇게 해주시겠습니까?"

"의도가 뭐죠?"

"압박."

"압박?"

"아니면, 협박." 말콤은 말했다. "양쪽 다일 수도 있죠."

"내일 연락 주시오."

30

"그 사건에 국가보안 딱지가 붙었어." 젭 앵겔이 더그 보일에게 알려줬다. "그리고 로스앤젤레스 경찰이 젬마 리차드슨 저격 사건을 우리와 FBI에게 막 넘겼어. 우리 사람 중 하나가 수사팀을 지휘하고 있지."

"아주 좋아." 보일이 말했다.

"거기까지는 좋은 소식이지."

"그런데? 나쁜 소식은?"

"말콤과 클래어가 어디 있는지 몰라."

"뭐라고?"

"수사관이 도시를 떠나지 말라고 하고 그들을 보내준 것 같아."

"보내줬다고? 세상에 그런 멍청한 놈이. 그들은 뭐라고 진술했지?"

"아무 진술도 하지 않았어. 수사관이 치과 진료 후 다섯 시에 호텔 로비에서 그들을 만나기로 한 것 같지만 그들은 나타나지 않았어."

"치과 진료라고? 장난하나?" 그의 목소리는 악의로 가득 차 있었다.

"그 사람들은 우리가 감시하기로 되어 있지 않아. 자네 쪽이 하기로 되어 있지."

보일은 누군가를 죽이고 싶었다. 앵겔은 그가 으르렁거리는 소리를 들을 수 있었다.

"이봐!" 앵겔은 이 모든 것이 정말 지긋지긋해졌다. "우리는 자네를 돕고 있을 뿐이야. 자네가 고용한 사람이 클래어를 놓친 것이나 시애틀 사람들에게 너무 늦게 손을 쓴 것은 내 잘못이 아니야. 그러니 날 비난할 생각은 말아."

보일은 하고 싶은 말을 참았다. 그는 앵겔의 지지와 도움이 필요했다. 그는 더 많은 사람이 필요했다. 이번 임무는 너무 여러 번 엉망이 되어 버렸다.

"우리가 통상적으로 활용하는 수단에 비상을 걸까?" 앵겔이 제안했다. 항공, 철도, 버스, 렌터카 회사, 경찰, 세관, 출입국 등 모든 관문에 검문을 실시하자는 말이었다.

"즉시 해줘."

"그렇게 하지."

보일은 로스앤젤레스에서 활용하였던 보안 전문가에게 전화한 다음 티파니 모스틴에게 연락했다. "빨리 LA로 가서 마르코가 망친 일을 끝내 놔."

잭 르누아르 형사가 롱비치에서 소금에 부식되어가는 작은 방갈로 밖에 자동차를 주차시켰을 때에는 벌써 열 시가 넘어 있었다. 그는 칠이 다 벗겨진 나무 계단을 오르며 난간과 맨 꼭대기에서 두 번째 계단이 위험할 정도로 헐겁다는 사실을 상기했다. 그는 일 층 발코니로 나와서 톡 쏘는 바다 공기를 깊숙이 들이쉬었다. 으르렁거리는 괴물처럼 그의 인생으로 날카로운 발톱을 번득이며 막 침입해 들어온 현 상황에 아주 많이 흔들리고 있었다.

'난 내가 할 수 있는 최선을 다한 거야.' 그는 자신을 위로했다. 르누아르는 한 시간을 허비하며 본부장과 경찰국장에게 연방경찰과 별도로 수사를 진행해야 할 필요성을 설득하려 애썼다. 해이그 경찰국장은 절대로 안 된다고 말했다. 그리고 윌릿 본부장은 경찰

조직 내의 자신의 위치를 잘 알고 있는 베테랑이었고 그 위치를 계속 유지하고 싶었기에 국장과 같은 생각이라고 말했다.

해이그는 르누아르가 자신의 주장을 펴는 동안 성마르게 자신의 순금 로렉스를 만지작거리고 있었다. 르누아르의 말이 끝나자 그는 눈을 굴리며 같은 말을 반복했다. "이건 국가보안 사안이네, 잭." 그 뜻은 이 일로 말썽을 피우지 말라는 것이었다. "대륙 규모의 거래이고 국가 전체 물 수급의 미래가 걸린 일이야. 앞으로 십 년 동안 우리의 생활방식을 어떻게 유지할 수 있겠나? 그 사람들이 꼼짝없이 누명을 쓴 희생자들처럼 보이나? 그들은 나라를 배신한 자들이야. 환경테러리스트라고. 우린 더 이상 테러리스트들하고 장난 안 해. 안 그런가?" 윌릿 본부장의 오른쪽 어깨가 미친 듯이 경련을 일으켰다. 르누아르는 경찰국장이 거짓말을 하고 있다고 생각했다.

"그 사람들은 테러리스트가 아닙니다. 당신도 알잖아요? 그들은 선량한 중산층 전문직업인입니다."

"잊어 버려, 르누아르." 윌릿은 단호하게 말했다. "잊어버려."

"누군가가 조사를 요구할 수도 있어요. 예를 들어, 신문사라든가." 이것이 그의 마지막 도박이었다.

"난 그렇게 생각하지 않아." 국장은 말했다. "국가보안 규제는 언론에도 적용돼. 게다가 엘리아 헤이즌이 오늘 오후에 전화를 했는데 생명공학 회사에서 소송당한 관계로 그의 회사에 타격을 줄 만한 주목을 받는 일이 없기를 바란다더구만. 우리의 협조를 부탁했어."

"타격을 줄 만한 주목이라고요?" 르누아르는 자신의 목소리가 한 옥타브 올라간 것을 느낄 수 있었다. "농담 마십시오!"

"진담이네." 해이그는 손목에 로렉스를 다시 찼다. "잘 가게, 잭."

더 이상 그들에게 항의하거나 이 사건을 공개적으로 수사하면 윌릿은 어떤 면직 절차보다 더 빨리 르누아르의 자격을 정지시키거나 해고하고 불명예 전역시킬 것이었다. 그렇게 되면 그는 연금을 잃는다. 사무실을 나서면서 르누아르는 본부장이 전화로 다음 날 아침 여덟 시부터 젬마 리차드슨의 병실 경호를 중단하라고 명령하는 소리를 들었다.

31

버몬트 국경 바로 북쪽. 처음에는 작은 비행기의 소음이 잠자리 소리만큼 작았다. 비행기가 버려진 활주로에 다가오면서 하강하자 프로펠러의 소음이 육중해졌고 주변의 들에서 자고 있던 소 떼와 양 떼들은 이 낯선 소리에 깨어났다. 하늘은 별이 반짝이도록 맑았고 작은 비행기는 출렁거리기는 했지만 만족스러운 착륙에 성공했다. 프로펠러가 멈추자 클래어와 말콤이 비행기에서 나와 그들의 짐을 끄집어 내렸다.

"착륙할 때 너무 많이 흔들렸죠?" 말콤이 기지개를 펴며 물었다. "뭐가 보여야 말이죠."

"우리가 무사히 도착한 게 중요한 거죠." 클래어가 말했다. "그것에 대해 당신에게 감사해요."

호텔에서 빠져나온 말콤과 클래어는 배이커스필드의 작은 개인

공항으로 갔다. 그곳에서는 프랭크 스피내이커가 아기처럼 아끼는 빨강과 흰색이 섞인 무니(Mooney)가 기다리고 있었다. 스피내이커가 '이 비행기는 나밖에는 몰지 못 해' 라는 원칙을 굽혀 말콤에게 비행기를 빌려준 것은 이번이 처음은 아니었다. 게다가 그는 몬트리올로 비행기를 타고 와 버스와 택시를 갈아타며 소머빌 공항로 근처의 낡은 활주로로 와서 비행기를 돌려받는다는 조건에도 동의해 주었다. 비행기 대여의 대가는 사건의 전말을 듣는 것이었는데 이마저도 급박한 상황의 와중에서 꼭 들을 필요는 없고 말콤이 편할 때 이야기해주면 된다는 조건이었다.

"군산복합체에서 일하는 친구를 두는 건 좋은 일이에요." 조종석에 오르며 말콤이 클래어에게 한 말이었다. 그 말은 지친 클래어에게서 감사의 미소를 이끌어내었다.

말콤은 이름 모를 활주로에서 기름을 채우기 위해 쉬어 간 것을 제외하고는 꼬박 열네 시간 동안 비행을 한 탓에 완전히 녹초가 되었다. 엔진의 소음 때문에 대화는 어려웠고 그래서 그들은 많은 시간 동안 그들이 처한 곤경에 대해 생각할 수 있었다. 지난 몇 달간을 되돌아보며 말콤은, 자신이 깨닫지도 못하는 사이에, 과거에 스스로 한계지었던 선들을 너무 많이 넘어버려서 이제는 진정한 의미에서 완전히 새로운 사람이 되었음을 깨달았다. 어쩌면 성인으로서 말콤이 환멸의 무게에 의해 껍질처럼 갈라져 그 속에서 전혀 다른 말콤 맥퍼슨으로 걸어 나왔다고 하는 게 더 정확한 표현일지도 몰랐다. 이제 말콤은 그토록 충성스럽게 봉사한 조국의 공권력에서 도망쳐 시민불복종과 그보다 더한 일을 준비하게 된 것이다. 그가 이 변화를 극단적으로 냉소적이 되거나 정신병적으로 되는 일 없이 겪은 것은 전적으로 그의 곁에 있는 이 뛰어난 여성에 대한 사랑 덕분이었다.

그들은 이번 일이 누군가의 생명을 빼앗아 갈 것이라고 예상하지 못했다. 이제 그들이 직면하고 있는 엄청난 상황에 그의 뇌 회로는 망가져 버렸고 작전을 수립하는 일은 굉장히 어려워졌다. 어떻게 하면 그들을 엿 먹일 수 있을까? 그는 스스로에게 묻고 또 물었다. 그러면 항상 같은 답이 돌아왔다. '그들의 마지노선을 무너뜨려야 돼.' 하지만 어떻게?

이른 아침 전원의 향기로운 고요 속에서 두 사람은 자신들 앞에 놓인 운명을 생각했다. 그들은 북쪽의 도로를 향해 출발했다.

처음에는 긴 비행의 긴장감 때문에 경직된 클래어의 모든 근육에서 통증이 느껴졌다. 하지만 달빛이 흔들리는 나무들 사이로 난 길을 비춰주었고, 이슬과 밤공기에 섞인 먼지들은 어린 시절처럼 마음을 평온케 해주는 향기를 빚어냈다. 그녀의 몸이 이완되기 시작했고 곧 눈물이 뒤따랐다. 젬마의 부서진 몸과 멋진 사람이었던 찰스 에머슨을 위한 눈물이었다. 그녀는 지구를 지키기 위해 싸우고 싶었고 일생을 바쳐 싸워왔다. 하지만 이제는 고삐 풀린 공포 앞에서 어떻게 싸워야 할지 알 수가 없었다.

조지 오웰이 『1984년』에서 이중적인 사고라고 명명한 것이 오늘날에도 적용되고 있었다. 그들은 산업 자본의 적나라한 테러에 쫓기는 신세였다. 하지만 언론은 그 테러리즘을 공공을 위한 조치로 포장할 것이고 그들의 비폭력적인 방법을 오히려 왜곡해서 환경테러로 규정할 것이었다. 클래어는 몬트리올위원회에 계속 싸우도록 조언할 자신이 없었다. 이제 계속 싸우는 것은 그들의 가족들의 사망신고서에 사인을 하는 것과 다름없었다. 말콤의 가족은 말할 것도 없었다. 이것이 그녀가 상황을 돌파하려고 생각을 모을 때마다 부딪치는 불의 장벽이었다.

말콤은 클래어의 뺨에 생긴 눈물 자국을 보았다. "괜찮을 거예요." 그는 그녀에게 부드럽게 말했다. "우린 방법을 찾아낼 겁니다."

둘 다 그저 의례적으로 하는 말이라는 것을 알고 있었지만 클래어는 미소지었다. "꼭 그럴 거예요." 그녀가 말했을 때 그들은 길이 아래로 내려가면서 미시시콰이강을 건너 불랑제리 페레그린즈 피크로 이어지는 지점에 서 있었다. 그 길은 베누아 만델과 시몬느 펠레티에의 빵집으로 나 있었다.

의자에 앉아 졸고 있던 잭 르누아르는 첫 번째 전화벨 소리에 수화기를 들었다.

"안녕하십니까, 르누아르씨!"

발신자 표시화면에는 인터폴이 떠 있었다. "오뱅씨? 반갑습니다."

"당신이 보낸 이메일이 아주 흥미롭더군요. 말콤이 말썽을 일으켰다고요? 뜻밖인데요. 그는 항상 착한 소년이었는데!"

"이야기하자면 깁니다, 오뱅씨……"

"장마리라고 불러주세요."

장마리 오뱅과 말콤은 80년대 초 유럽에서 나토 활동과 관련하여 만났다. 오뱅은 프랑스 쇼비니스트였고 지독한 반미주의자였지만 말콤의 열린 사고를 대단히 좋아했고 그와 함께 있는 것을 아주 즐겨했다. 말콤은 장마리의 신랄한 재치와 반체제적인 관점을 무척 재미있어했다. 둘 다 군대의 물 밖으로 나온 물고기였고 불행한 군 경험을 가지고 있어서 서로 친해졌다. "그래서, 당신이 요구한 정보가 말콤에게 씌워진 허무맹랑한 혐의를 벗겨주는 데에 도움이 되는 겁니까?"

"그러길 바라죠." 르누아르는 오뱅을 몰랐기 때문에 공갈이라는 단어를 사용하지는 않았다. 그래도 오뱅은 눈치챘을 거라고 그는 생각했다. 어쨌든 최소한 다른 한 사람의 사법 경찰과 공조하고 있다는 사실은 그의 사기를 돋워주었다.

"좀 조사를 해봤습니다. 전화로 당신이 원하는 정보를 듣고 싶은가요?"

"물론. 고맙소. 뭘 찾아냈죠?"

"일단 가장 기초적인 조사를 했지요." 오뱅은 거침없이 말했다. "그릴과 그릴생명회사의 것으로 알려진 회사들과 자회사들은 기업 자금 관련 범죄에 관해서는 깨끗했소. 물론 다국적 기업에 적용되는 일반적인 범죄기준을 적용했을 때 말이오. 돈세탁 등의 자금 관련 범죄 기록은 전혀 없었습니다."

"다른 것은?"

오뱅은 잠시 머뭇거렸다. "아직은 없다고 말해 두겠소. 우선 이해해야 할 것은 지난 십 년간 그릴생명회사는 초대형 기업들이 흔히 사용하는 전략을 취해왔지요. 생산시설의 직접 경영을 줄이는 것이오. 그렇다고 지배력마저 포기하는 것은 물론 아니오. 예를 들면, 나이키의 경영방식은 당신도 알고 있지 않소?"

"아니. 설명해 주시오."

"나이키는 디자인과 관리, 재정, 광고를 위주로 하는 회사로, 생산은 베트남, 중국 등 아시아 전역에 외주를 주고 있습니다. 그런 공장의 망을 통해서 생산된 제품은 나이키가 그 공장들에 지불하는 값의 스무 배 정도의 가격으로 유럽과 북미에서 팔립니다. 나이키는 국제 근로기준을 준수할 필요가 없소. 왜냐하면 법적으로 그들은 생산공장에 대해 아무런 책임도 지지 않기 때문이오. 이제 알겠소?"

"그래서 그릴생명은 이쪽 방향을 선택한 거로군요. 미국 이외의 나라에 하청을 주어 생산망을 구축하는 쪽으로."

"맞아요. 이미 꽤 됐죠. 그릴생명 명의의 설비도 물론 전 세계에 퍼져 있소. 하지만 지난 수년간 그들은 유전공학연구 일부와 농화학생산의 대부분을 외주로 전환해 온 것 같아요. 게다가 그릴 자신은 열다섯 개에서 스무 개 정도의 다국적 회사에서 이사를 맡고 있어서 여러 가지 방법이 가능한 상황이오. 당신도 그의 협력회사로 유나이티드 컨스트럭션을 언급했잖소?"

"내게 제보한 사람들이 그 이름을 알려줬지요."

"좋아요. 이 회사는 우리에게 아주 잘 알려져 있습니다. 대량 돈세탁의 하수로 역할을 하고 있지요. 마약, 무기, 도박 등의 거래에 쓰인 돈들 말이오. 그들의 현금 흐름에서 중추적 역할을 하는 기지가 시실리 카타니아에 있습니다. 딴 얘기지만 그곳은 벌써 몇 년째 심각한 가뭄을 겪고 있지. 웃기지 않아요? 하지만 우리는 한 번도 - 그러니까 - 실제로 그들의 혐의를 입증해 본 적이 없소. 어떤 사건에서도 완전한 증거가 없었다는 뜻이오. 그걸 입증하려면 관련 국가를 하나하나 조사해서 독립적인 생산자와 애그리켐이나 테크니플랜트, 젠시스코와 같은 핵심적인 회사의 연관성을 파악해야 하오. 그다음 단계는 수주 회사의 기록과 그 회사들의 다른 회사들과의 연관성을 파악하는 것이오. 휴, 포기하쇼. 당신이 이 수주 회사들의 범죄와 그들의 연관성을 찾아낸다고 해도 국제 재판소의 현 풍토에서 그릴생명이나 그 자회사들의 법률적 책임을 묻는 것은 대단히 어렵소. 나로서는 당연히 혐오하는 풍토이지만."

르누아르는 그의 말을 주의 깊게 들었다. "당신이 바쁜 것은 잘 알고 있소만, 당신의 친구는 아주 급박한 상황에 처해 있습니다. 좀 더 알아보실 수는 없겠는지?"

"물론 그럴 수 있지요." 오뱅은 즉시 대답했다. "하지만 주의할 것은, 모든 정보는 비공식이 될 것이오. 비공식이란 말이오. 하지만, 당신의 요청은 수락합니다."

르누아르는 이를 닦고 웃통을 벗은 후 잠자리에 들었다. 두어 시간밖에 못 자고 나서 그는 병가를 내고 젬마 리차드슨이 입원한 병원으로 갔다.

32

클래어는 끔찍한 악몽에서 몸서리치며 깨어났다. 꿈속에서 그녀는 목마른 커다란 새의 몸속에 들어가 있었다. 아래를 내려다보니 나무와 초원으로 초록빛이어야 할 산줄기들이 갈라진 황토가 되어 있었다. 그녀는 물 대신 바싹 마른 모래가 흐르는 강바닥과 해골들이 흩어져 있는 평원과 황폐하게 버려진 땅과 말라비틀어진 쓰레기와 바람에 날리는 신문지들과 버려져 녹이 슨 차들로 가득 찬 도시의 거리 위를 날았다.

빵 굽는 냄새가 그녀를 다시 현실로 불러왔다. 레이스로 장식된 커튼을 빠끔히 젖히고 새벽이 분홍빛에서 푸른빛으로, 다시 금빛으로 소머빌의 마을 광장 위에 밝아 오는 광경을 지켜보았다. 곁에서 말콤이 몸을 뒤척였다. 조심스럽게, 침대 위에 엎드려 누운 말콤의 근육질 어깨 위에 별처럼 뿌려져 있는 작은 연갈색 주근깨들을 어루만졌다. "사랑해요." 그녀는 속삭였다.

"듣고 있어요." 말콤은 졸린 목소리로 말했다. "나도 당신을 사랑해요."

"좋군요." 클래어는 열정적으로 말했다. "정말 정말 좋아요." 말콤은 돌아누워 그녀를 꽉 잡아 곁으로 끌어당겼다. "시간은 날개 달린 전차와 같다는 말은 그때 왜 한 거죠?" 그는 그녀의 귀에 속삭였다. 그는 장례식 뒤에 사람들이 사랑을 나누는 이유를 이해했다.

푸석푸석한 크루아상과 베누아의 뛰어난 커피 여러 잔으로 배를 채우고 말콤은 노트북을 켜 러셀의 메시지를 읽었다. 그와 제럴딘이 머물고 있는 곳을 알리고 있었다.

두 사람은 몬트리올행 여덟 시 버스에 올랐다. 밖은 벌써 30도를 웃돌고 있었다. 몬트리올 시내의 버스 터미널에서 택시를 타고 쌍앙리의 오래된 노동계급 동네로 들어갔다.

작은 빨간 벽돌집들과 세련된 새 벽돌로 지어진 분양 아파트들의 행렬 속에 소매상점들과 뾰족탑의 교회들이 점점 박혀 있었다. 택시는 낡은 삼층 건물 앞에서 멈췄다. 금잔화, 피튜니아, 금어초, 달리아 등이 우표에서 본 것 같은 앞뜰에서 자랐고 양담쟁이가 앞계단을 기어 올라가 작은 이 층 발코니를 휘감고 있었다. 초인종을 누르자 레이스 커튼 뒤로 그들을 살피는 그림자가 나타나더니 환한 눈빛의 러셀이 문을 열었다.

"자네를 보니 정말 좋군." 친구를 끌어안으며 말콤이 말했다.

"얼마나 좋은지 모르실 거예요." 러셀은 말콤을 툭 치고 나서 클래어에게 손을 내밀었다. "뵙게 돼서 기쁩니다. 어서 들어오세요." 러셀은 그들을 이끌고 홀을 지났다.

"몇 달 동안이나 당신과 만나게 되기를 고대해 왔어요, 러셀." 클래어가 말했다. "이런 상황에서 만나길 기대하지는 않았는데 말이에요."

"누가 이렇게까지 되리라고 생각했겠어요?"

그들은 러셀을 따라 뒤뜰로 나갔다. 제럴딘이 붉은빛이 도는 금발을 얼굴에 드리우고 토마토밭을 손질하고 있었다. 말콤이 다가가 그녀를 따듯하게 안았다.

그들은 삐걱대는 의자들을 여기저기서 끌어 모아 작은 푸른색 테이블을 둘러싸고 앉았다. 커다란 은행나무가 세 집의 뒤뜰에 걸쳐 그늘을 드리우고 있었다. 아무도 컨소시엄에서 더 이상의 협박을 받지 않았다는 사실을 확인하고는 그들은 서로 그 간의 소식을 교환했다.

"우린 어젯밤에 실비 라크르와와 만났어요." 러셀이 말했다. "그녀는 오늘 위원회와 연락을 취할 것이고 내일 오후 그녀의 집에서 모임을 가질 거예요."

"우린 갈 수 없어." 말콤은 잘라 말했다. "그들은 감시를 받고 있을 거야."

"그러면 그녀에게 어떤 말을 전해주기를 부탁할지 정해요." 클래어가 제안했다. 잠시 그들은 서로의 얼굴만 쳐다보았다. 클래어가 다시 말했다.

"전 전에 여러 종류의 협박을 경험해 보았어요. 정부의 위협도 있었고 노동조합의 깡패들도 있었죠. 하지만 이번 것은 전혀 달라요. 더 이상 아무도 다쳐서는 안 돼요. 이 사람들은 이미 한 명을 죽였고, 또 한 사람을 죽이려 했어요. 더 많은 사람들이 희생된다면 전 공개적으로 그들과 싸우고 싶지 않아요. 말콤도 같은 생각이고요." 러셀과 제럴딘도 크게 고개를 끄덕였다. "그래서 문제는 그들을 막기 위해서, 그들의 살육을 막고, 그들의 프로젝트를 막기 위해서 우리가 무엇을 할 수 있는가예요. 아니면 또 다른 희생을 막는 것에 만족해야 할까요?"

"둘 다 막기 위해서 우리가 생각해낸 방법은 오직 한 가지야." 말콤이 클래어의 말을 받았다. "그들이 사업을 계속하면 중단하는 것보다 더 큰 대가를 치르도록 만드는 거지. 문제는 그 방법을 전혀 모른다는 거야."

"좋은 생각이에요." 러셀이 말했다. "다른 아이디어는?"

"그들을 협박할 거리를 찾을 수 있을지도 몰라." 말콤은 르누아르 형사에게 부탁한 일을 설명해 주었다.

"좋은데요." 러셀이 말했다. "하지만 눈 뭉치가 지옥불에서 녹지 않을 정도의 가능성이군요."

"아냐." 말콤은 반박했다. "정보의 거대한 우주가 존재해. 대부분 컴퓨터 속에 존재하지. 자네도 잘 알다시피."

"특별히 찾고 있는 정보라도 있어요?" 러셀이 물었다.

"아니요." 클래어가 말했다.

"무엇을 찾을 것인지 모르면 어디를 찾아야 할지도 모르죠."

"그래서 자네는 어떻게 하면 좋겠어?" 말콤이 물었다.

러셀은 고개를 저었다. "지금 우리가 손을 떼면 우린 안전할 수 있을까요?"

"러셀." 말콤이 말했다. "그릴은 고사하고 스틸러나 카메네프가 우릴 그냥 놔둘 것 같나? 그게 가능할 것 같아?"

러셀은 말없이 고개를 제럴딘 쪽으로 돌렸다. 그녀는 팔로 무릎을 감싸 안고 고개를 숙여 파티오의 틈새를 뚫고 나온 이름 모를 잡초를 뜯고 있었다. 말콤은 러셀의 마음을 읽었다.

"나도 이 악몽에서 빠져나오고 싶네." 그는 말했다. "하지만 우린 그럴 수 없어. 우릴 놔주지 않으니까. 그러니 우릴 로스앤젤레스의 그 경찰에게 연결시켜주지 않겠나? 그가 브뤼셀에서 연락받은 게 없는지 확인해야 해."

33

40도를 넘나드는 8월의 기온 속에 신시내티 올트 공원의 오래된, 뿌리 깊은 나무들은 아직 대부분 푸르렀다. 하지만 아래쪽 계곡의 풀들은 바싹 말라 누렇게 변했고, 주택가를 따라 조성된 화단은 색이 바랬고 잔디는 누렇게 메말랐다. 오하이오 주지사 맥파랜드와 켄터키 주지사 히코크는 칠월에 절수를 위해 잔디밭에 물주기와 세차를 금지했다. 팔월의 타는 듯한 더위에 채소들은 시들고 말라버렸다.

그러나 머치모어 거리에 인접한 그릴의 저택은 어찌 된 일인지 예외였다. 오아시스처럼 정원에는 꽃이 만발했고 잔디는 파랬다.

그날 모임의 만찬은, 사라가 아침 일곱 시에 남편의 자가용 비행기를 타고 덴버 상공을 지나면서 음식업자에게 전화를 해 두었기 때문에, 평소만큼 풍성하지는 않았지만 그래도 상당히 인상적이었다.

"이거라네, 친구들." 그릴은 서류를 탁 치며 말했다. "맨 밑에 있는 큰 숫자들 - 8억 5천에서 9억 5천 달러가 세르주란 놈이 만족할 만한 수준으로 프로젝트를 친환경적으로 만드는 데 소요되는 추가 예산인데, 가보가 최대한 정확하게 예측한 거야. 이 안대로 하면 일 단계에서 총 매출의 8퍼센트를 깎아먹게 된다는 건 수학 천재가 아니라도 알 수 있지. 그러니까 총 수익이 19에서 20퍼센트가 아니라 11에서 12퍼센트가 된다는 거지.

물론, 난 자네들의 생각을 듣고 싶네. 하지만 난 이 제안을 받아들일 수 없네. 난 퀘벡 사람들이 무슨 수를 쓰든 우리 수익을 원래 수준으로 회복시켜 놓을 것을 요구할 걸세."

스틸러와 카메네프는 물 프로젝트를 사업 다변화의 일환으로 생각하고 있었기 때문에, 어쩔 수 없다면 12퍼센트로도 만족할 수 있다고 말했다. 그릴은 그들의 대답이 마음에 들지 않는 표정이었다. 윌버 헤이스는 에어컨을 틀었는데도 땀을 비 오듯 흘리며 20퍼센트에 가까운 수익을 기대했으며 그런 수익을 얻을 수 없는 이유를 이해할 수 없다고 말했다. 비토리오 마사로는 그의 삼촌에게 최소한 18퍼센트를 약속했으며 20퍼센트를 기대하고 있고 22퍼센트까지 상상하기도 했다. "마음에 안 들어." 그는 그렇게 말하지 않을 수 없었다.

그릴은 신음소리를 냈다. "우린 자선사업가가 아니오. 그런데 왜 내가 이미 다른 사업에서 12퍼센트 이상의 수익을 올리고 있는 35억여 달러의 자산을 동원해서 이 사업에 자금을 댄단 말이오? 난 20퍼센트를 원하고 그만큼을 가질 것이오. 이건 단순히 돈문제가 아니오. 계약 조건을 바꾸지 않으면 정치력을 발휘할 수 없다니. 우리 정치가들은 이런 문제로 속을 썩인 일이 없소. 그러니 그들이라고 우리가 특별히 참을 필요는 없지."

마사로와 카메네프는 걱정스런 표정을 주고받았다. 전사로서의 역할은 그들에게 별로 문제될 게 없었다. 노골적인 폭력이 요구된다면 그들은 기꺼이 필요한 일을 수행할 자세가 되어 있었다. 하지만 그들은 그런 조치가 냉정하고 이성적인 머리에 의해 결정되기를 바랐고, 이 순간 그릴의 머리는 그렇게 보이지 않았다. 그릴의 짧은 연설 뒤를 이은 침묵은 어색했다.

그릴이 그 침묵을 깼다. "퀘벡의회는 노동절(9월의 첫째 월요일) 다음 날부터 다시 회기를 시작하오. 그러니까 우리는 그들에게 그로부터 삼십 일 이내에 사업을 허가하는 법령을 통과시켜야 한다고 말할 것이오. 10월 7일이 기한이오.. 만일이나, 그러면, 그러나는 없소. 좋아요. 점심이나 먹으러 갑시다."

식당 식탁에 둘러앉아 차가운 오이 스프를 먹는 그들 사이에 보일도 자리했다. 카메네프가 그를 데려온 것이다. 모든 사람들에게 그가 소개되었다. 스프와 빵을 입에 가득 문 앤드류 스틸러가 그릴에게 물었다. "어떻게 퀘벡 사람들이 10월 7일까지 그걸 해내도록 만들 생각이죠?"

"오늘 메시지를 하나 보낼 거야. 내 생각에 그 후론 아무런 문제도 없을 걸."

"어떤 메시지를?" 헤이스가 물었다. 그릴은 직접적으로 대답하지 않고 헤이스와 스틸러에게 젬마와 찰스 에머슨의 입을 어떻게 막았는지 말해주었다.

스틸러의 눈이 접시만 해졌다. 헤이스는 너무 많이 익은 멜론처럼 폭발했다. "도대체 왜 지금까지 말해 주지 않은 거야?" 그는 소리 질렀다. 그는 사탕무처럼 빨개진 얼굴로 침을 튀겼다.

"모여서 의논할 시간이 없었어, 윌버." 그릴은 객관적인 사실을 말하듯 말했다. "지금 말해 주잖아. 젬마는 《네이션》에 기사를 넘겨주기 직전이었다고. 에머슨은 젬마의 죽음을 알게 되면 나서서 소란을 피울 염려가 있었고. 참, 그녀는 죽었나?"

"의식불명이고 예후는 불확실합니다." 보일이 말했다.

"그 문제는 곧 해결될 것으로 믿겠네. 윌버, 우리 사업이 너무 일찍 폭로될 위기였네. 그렇게 되도록 내버려 둘 수는 없잖나? 안 그런가?" 그릴은 헤이스를 노려봤고 헤이스도 마주 노려봤다.

"그래." 헤이스는 마침내 동의했다. 그의 무거운 턱이 분노로 떨고 있었다. "하지만 왜 내게 먼저 말하지 않았지?"

"윌버, 시간이 없었다고 말했잖아. 대신 행동을 했을 뿐이야."

스틸러는 창백한 얼굴로 봐서 적잖이 놀란 것이 분명했지만 아무 말도 없었다.

그릴이 이번 사업의 복잡성과 어려움을 다소 과소평가했다는 것이 동료들 모두에게 떠오른 생각이었다. 하지만 아무도 그런 말을 하고 싶지 않았다. 그들은 다만 헤이스가 수긍해주기를 바랐다.

"좋아, 좋다고. 젠장." 윌버 헤이스는 커다란 흰 손수건으로 얼굴에서 땀을 닦아내며 말했다. "잘했어. 하지만 앞으로는 내 허락 없이 그런 결정을 내리지는 마."

"자네가 여기 있는 이유가 그거라네." 그릴은 차갑게 말했다.

헤이스의 눈은 한 사람 한 사람을 살펴보았다. "왜 다른 사람들은 이 자리에 없지?"

그릴은 한숨을 내쉬었다. "리치는 《디스컨트리투데이》 월요일판에 실을 큼직한 기사를 검토하고 있고 다른 기사들도 준비하고 있어. 그가 해야 할 일이 있고, 우리가 해야 할 일이 있는 거지."

"번팅이 이 얘길 듣는다면 핏줄 하나가 터질 거야. 버니도 그렇고."

"그들은 모를 거야." 그릴은 말했다. 방금 결심한 것이었다.

"뭐라고? 이걸 그들에게 알리지 않는다고? 믿을 수가 없군!" 헤이스의 목소리가 다시 히스테리 수준으로 높아졌다.

"우릴 믿어요." 닉 카메네프가 말했다. "이번 일과 우리가 퀘벡 사람들을 위해 계획하고 있는 메시지 모두에 대해서." 그는 그릴이 무슨 생각을 하고 있는지 알았고 그를 지지했다.

"한 번 더 한다고? 이번엔 도대체 누군가?"

"기자 한 명 더. 퀘벡인입니다." 보일이 대답했다.

"빌어먹을 기자들이 너무 많아." 그릴은 투덜댔다.

보일은 계속했다. "우린 세르주한테 수상한 낌새를 전달받았기 때문에 이십사 시간 전에 그의 전화에 도청기를 장치했습니다. 그는 기사를 확인하기 위해 북쪽으로 가는 중인 것으로 밝혀졌고 퀘벡 측에 그를 도울 정보원을 가지고 있습니다. 그는 모든 것을 폭로할 계획입니다."

"내버려 둘 수 없는 상황이라네, 윌버." 그릴이 말했다. "그리고 우연히도 지금 퀘벡시 사람들은 뭔가 충격적인 일이 벌어지길 기다리고 있네. 큰 걸로 말이야."

"이봐, 빌, 닉, 비토리오." 헤이스는 강경파들에게 호소했다. "자네들도 알지만, 난 겁쟁이가 아냐. 하지만 이건 역효과를……"

"우린 전에 함께 일했을 때도 최상의 보안을 유지하지 않았나?" 그릴은 헤이스의 말을 끊었다. "불평을 시작할 때가 아니야. 그리고 앤드류는 입을 다물고 있을 거고." 그릴은 아무도 그의 암호를 해독할 수 없을 거라고 말했던 남자를 차갑게 쳐다보았다. "그럴 거지, 스틸러?" 스틸러는 고개를 끄덕였다. 개인적으로는 보일이 그 배신자 러셀 제퍼슨까지도 죽여 버릴 방법을 찾기를 바랐다.

클래어는 친구들이 카페에서 대화를 주고받는 것을 듣고 있었다. 실비 라크르와와 토론토에서 날아온 제임스 아만포어는 낮고 다급한 목소리로 다른 사람들과 논쟁하고 있었다.
"이봐들." 클래어는 대화에 끼어들었고 그들의 목소리는 갑자기 멈췄다. "다른 걸 한번 시도해 보자고. 제임스, 전 세계의 〈환경정의연합〉 지부장과 미국 내 모든 〈환경정의연합〉 사무소에 있는 캠페인 책임자와 유해물질 반대운동가들에게 보낼 이메일 하나를 작성해 줄 수 있겠어? 그들에게 지난 오 년간 있었던 대형 석유화학, 유해물질 처리, 살충제, 생명공학 등과 관련된 재난에 대한 정보를 우리에게 보내달라고 하는 거야. 그 재난에 책임이 있는 회사의 이름과 복구비용, 장기간 예상되는 피해, 취해진 조치의 효과성 여부 등 오물을 뒤집어씌울 만한 것은 모두. 피해액이 십억 달러 이하인 것은 빼고. 오십억 달러 이상이 우리에게 바람직하지." 〈환경정의연합〉 사람들이 그녀를 빤히 쳐다보았다. "브뤼셀 인터폴에 근무하는 말콤의 친구 덕에 우린 그릴생명의 자산과 연계된 기업의 목록을 입수했어. 나머지 일당들의 목록을 그가 얼마나 빨리 구할 수 있는지 한번 물어보자고. 어쩌면, 어쩌면이지만 말이야. 우린 아주 심한 환경 재난을 찾아내 그릴이나 그의 동업자들과 결부시킬 수 있을지도 몰라."
"김새게 하고 싶진 않지만, 클래어," 아만포어가 끼어들었다. "그건 시간도 너무 많이 들고 아예 불가능할지도 모르는 시도야. 잊어버려. 건초더미에서 바늘을 찾는 격이지."

"내 생각엔 우린 시도해 봐야 돼, 제임스." 실비가 말했다. "잃을 게 없잖아."

"잃을 게 없다고?" 아만포어는 믿을 수 없다는 표정이었다. "시간에, 노력에……"

"문제는 우리에게 다른 방법이 없다는 거야." 이번에는 클래어가 그의 말을 끊었다. "그리고 집단적으로 보면 〈환경정의연합〉은 공개되지 않은 많은 정보를 가지고 있어."

"알았어, 알았어." 제임스는 한숨을 쉬며 일어서서 손을 쳐들었다. "난 단지 그 모든…… 관두자."

"그래." 실비가 말했다. "한번 해보자."

"한 가지 더." 말콤이 말했다. "총 두 자루가 필요해."

"뭐라고?" 실비의 목소리는 비명에 가까웠고 제임스의 눈은 휘둥그레졌다.

"그들이 우리를 찾아내 죽이려고 할 때를 대비해서 방어할 수 있는 수단이 필요해."

"여긴 캐나다야, 친구." 실비가 말했다. "밖에 나가서 무기를 사 올 수 있는 곳이 아니라고."

"그들은 한 사람을 죽였고 또 한 사람을 죽이려 했어. 우리의 가족들을 죽인다고 협박했다고. 우리가 사격연습용 과녁처럼 그냥 가만히 앉아서 당해야겠어?"

"진정해." 제임스가 말했다. "무기는 우리 전문이 아니야. 다른 건 제쳐두고라도. 하지만 권총 한두 개쯤은 내가 구할 수 있을 것 같기도 해."

"절대 안 돼!" 실비가 펄쩍 뛰었다.

"좋은 걸로." 말콤이 끼어들었다. "총을 쏴본 경험이 없는 사람도 쏠 수 있을 정도로." 그는 제럴딘과 클래어를 보았고, 그들은 고개를 끄덕였다. "탄창 회전식 연발 두 자루가 좋겠지."

"힘써 보지." 제임스가 말했다. 실비는 마치 그가 막 외계에서 뚝 떨어진 것처럼 그를 쳐다보았다. "쉬." 그는 그녀에게 말했다. "우린 전쟁에 반대하지, 정당방위에 반대하는 게 아냐."

"제임스," 클래어가 말했다. "포르투갈에 있는 파울로 소아레스에게도 전화를 해. 물론 보안이 되는 선으로. 삼 년 전쯤에 징클로리니움을 쏟은 사건에 대해 물어 봐. 혹시 모르니까."

"알았어." 제임스는 지친 목소리로 말했다. "시간 낭비일 것 같지만, 해보지."

흰 간호사복을 말끔히 차려입은 티파니의 손에는 주사기가 담긴 쟁반이 들려 있었다. 예정대로 병실 문 앞을 지키는 사람이 보이지 않자 그녀는 미소를 지었다. 경호원은커녕 주변에 보이는 사람은 아무도 없었다. 이번 임무가 그다지 마음에 들지는 않았지만 마르코를 위해서라면 무슨 짓이든 할 수 있었다. 문을 살짝 밀어 젬마 리차드슨이 시체처럼 누워 있는 모습을 힐끗 보았다. 그녀는 장갑을 낀 손으로 주사기를 집어 들고 안으로 들어갔다.

"무슨 주사죠?" 위협적인 남자의 목소리였다. 티파니는 놀라서 크게 움찔하는 바람에 주사기를 놓칠 뻔했다. 그녀가 돌아보았을 때 그곳에는 중년을 한참 지난 나이의 한 남자가 의자에 앉아 다른 의자 위에 다리를 걸치고 무릎 위에는 노트북을 올려놓고 있었다. 그의 곁에 있는 작은 테이블에는 신문과 잡지와 커피잔 여러 개가 놓여 있었다. 어깨에 두른 총집의 윤곽이 뚜렷하게 드러났다.

"당신 누구야?" 그녀는 병원 직원의 권위를 가장하며 물었다.

르누아르는 그녀를 똑바로 쳐다봤다. 그녀는 큰 키에 금발이었고 헬스로 다져진 몸매였다. 강하고 코브라처럼 도사린 몸이었다. "그건 내가 묻고 싶은데?"

"쇼나 앤드루스예요." 티파니는 고개를 젖히며 말했다. "피하주사 담당이죠. 환자를 위한 특별 주사예요."

"난 잭 르누아르 형사요. 수간호사를 불러서 그 특별 주사에 대해 설명하도록 해주시겠소." '도대체 이놈은 어디서 나타난 거야?' 티파니는 화가 나서 생각했다. "그러지 않으면," 르누아르는 총집에 손을 올리며 말했다. "당신은 저 여자에게 손을 대는 즉시 죽은 목숨이오."

티파니는 자신이 그를 해치울 수 있을지 생각해보았다. 르누아르는 그녀의 표정을 읽고 총을 뽑았다. "주사기를 내려놓고 벽에 손을 올리시오."

"꿈 깨시지." 티파니는 그렇게 내뱉고는 뒤로 돌아 나가버렸다. 등 뒤에서 여자를 쏘지는 않을 거라는 계산이었다. 르누아르는 그녀를 쫓아 나갔다.

"서라!" 하지만 그녀는 달리기 시작했고 복도의 모퉁이를 돌아 사라졌다. 젬마를 혼자 놔둘 수가 없어서 르누아르는 다시 방으로 들어가 미친 듯이 호출 버튼을 눌렀다. 티파니는 계단을 찾았고 중앙홀을 지나 주차장으로 나왔다. 사람들은 간호사가 뛰어가면서 뱃사람처럼 험한 말을 하는 것을 보고 깜짝 놀란 표정이었다.

진짜 간호사가 마침내 도착하자, 르누아르는 폭발했다. "내가 여기 없었더라면," 그는 소리 질렀다. 그러고는 듣지도 못하긴 했지만 젬마를 생각해서 곧 목소리를 낮췄다. "당신네 환자는 지금쯤 죽었을 것이오! 주사기를 든 어떤 여자가 방금 들어와서 주사를 놓을 뻔했소."

"세상에, 죄송합니다!" 포동포동한 젊은 간호사가 말했다. "정말 죄송해요. 하지만 저희는 경호 서비스는 제공하지 않습니다."

"알아요, 알아. 당신들은 과중한 업무에 인원도 모자라죠. 잘 알고 있어요. 하지만 내 부탁 좀 들어주시오." 르누아르는 어조를 누그러뜨렸다.

르누아르가 윌릿 본부장에게 다시 전화하기 위해 수화기를 들었을 때 그의 컴퓨터가 삐 소리를 냈다. 그는 무엇이 들어왔는지 보려고 돌아섰다.

34

"찰스 에머슨이 어제 아침에 죽었다는데!" 퍼트냄 주지사가 《벌링턴 프리 프레스》 한 부를 흔들며 폴라 맥킨타이어에게 소리쳤다. "그의 집은 전소되었고. 도대체 무슨 일이 벌어졌는지……"

"저도 막 그 소식을 들었습니다." 폴라는 짤막하게 말했다. "그는 살해당한 거예요."

"뭐라고?"

"제 친구의 말로는, 에머슨씨는 송수관에 관해 인터뷰했던 한 기자와 같이 있었다는 이유로 살해되었다고 하더군요. 그들은 그 기자까지 죽이려 했대요. 그녀는 지금 중환자실에서 의식불명 상태입니다."

퍼트냄의 표정은 놀라움과 공포를 동시에 드러냈다. "무슨 얘길

하는 거요, 폴라? 당신 친구가 누군데?"

"기자는 젬마 리차드슨이에요. 유명한 환경 기자죠. 그녀는 에머슨의 집에 불이 나기 몇 시간 전에 로스앤젤레스에 있는 집에서 피격됐어요. 그녀의 모든 컴퓨터 파일과 백업 테이프들이 파괴되었고요. 그리고 그 프로젝트에 대해서 처음 알게 되어 그것에 반대했던 사람들은 심각한 협박을 받았지요. 그들이 계속 반대한다면 그들의 가족을 죽이겠다는." 그녀는 여기까지 말한 뒤 가쁜 숨을 몰아쉬었다.

"무슨 말을 하는 거야? 말도 안 돼!"

"제가 지어낸 말이 아니에요."

퍼트넘 주지사의 표정이 충격으로 굳었다. 폴라는 그가 폭발하기를 기다렸고, 그는 폭발했다. "내가 그랬잖아요." 그가 소리 질렀다. "내가 할 수 있는 일은 아무것도 없다고 말했잖아요! 난 당신을 도울 수 있는 최소한을 한 것뿐인데, 그런데, 그런데……"

"그는 죽었어요. 정말 마음이 아픕니다. 하지만 주지사님, 에머슨을 죽인 건 제 친구들이 아니에요. 당신은 제게 화가 나시겠지만 현실을 직시하자고요. 당신이 화를 내야 할 대상은 그 컨소시엄이에요!" 말을 끝마칠 때쯤 그녀의 목소리는 외침이 되어 있었다. 그들은 꽤 오랫동안 서로를 노려보았다.

결국 주지사의 어깨가 처졌다. "하느님 맙소사. 내가 조사를 시작해야 한다고 생각하오? 그것이 살인이라는 걸 입증할 수 있는지 확인하기 위해서? 하지만 그들이 명함 같은 걸 남겼을 리도 없고. 그들이 당신마저 쫓게 된다면 어쩔 거요?"

"저도 모르겠어요. 제 친구가 보낸 이메일에 의하면 지금 동료들과 함께 컨소시엄의 중심세력에 상처를 줄 수 있는 정보의 지렛대를 찾고 있대요. 만약 그들이 제대로 된 정보를 찾아내서 보내준다면 당신이 그 정보를 폭로할 의사가 있는지, 친구가 물어봐달라고 했어요. 그들에게는 존재한다는 사실 자체가 폭로와 반대의 가능성을 내포할 수 있는 그런 사람이 절실히 필요하다고 말했어요. 존, 전 이루 말할 수 없이 겁이 난다는 걸 인정하지 않을 수 없군요. 하지만 전 달리 어떻게 해야 좋을지 모르기 때문에 친구의 요구를 당신께 전하는 거예요. 그리고," 그녀는 이마를 문지르며 덧붙였다. "전 당신이 주정부의 강력반을 에머슨의 집에 파견해야 한다고 생각해요."

"좋아요." 그는 풀이 죽어서 말했다. "즉시 그렇게 하겠소. 내일 난 낚시를 떠나요. 당신 친구한테 소식이 오면, 그리고 그 친구가 내가 도울 만한 가치가 있는 그런 일을 찾아낸다면 한번 생각해보지. 하지만 난 지금 아주 피곤하고 무척 괴롭소. 그러니 정말 괜찮은 정보가 아니라면 나한테 연락하지 마시오!"

"알겠습니다, 주지사님." 폴라가 대답했다.

"당신도 경찰의 보호가 필요하겠지?"

"아뇨, 괜찮아요." 그녀는 그렇게 말해야 될 것 같아서 그렇게 말했지만 사실은 전혀 괜찮지 않았다. "다시 생각해 보니까 맞아요. 필요해요."

"조치를 취하겠소. 몸조심해요, 젊은 아가씨." 그녀는 '젊은 아가씨'라는 말에 미소지었다. "자세를 낮춰요. 그리고 때때로 연락해요."

몬트리올 빌러레이 지구에서 노동자 계급의 아들로 자란 젊은 수문학자 헬더 페레이라의 어머니는 아들을 범죄에서 보호하기 위해 온갖 노력을 다했다. 그러나 그런 부모님의 노력은 결국 일생일대의 범죄에서 그를 구하지는 못했다는 생각이 들었다. 거대한 범죄가 기만적으로 자행되는 이 세상에서 그는 상어 떼 속의 치어에 지나지 않았다. 이런 우울한 생각이, 드니 라몽따니 기자의 멋진 독일제 차의 뒷좌석에 앉은 그를 사로잡았다. 날씨는 눈이 부시도록 화사했다. 하지만 앞자리에 앉은 니콜은 그보다 더 우울한 기분이었다. 그와 대조적으로 라몽따니는 검은테 안경을 쓰고, 갈색 머리를 뒤로 넘기고, 향기로운 골와즈 담배를 피우며 생로랑강 북부 강변을 따라 동쪽으로 차를 모는 내내 그녀에게 끊임없이 지껄여 댔다.

그들은 북서쪽 상장 호수와 그 너머의 일대에 도착하게 되고, 그곳에서 헬더는 물 프로젝트에 대해 라몽따니에게 설명할 참이었다. 라몽따니는 백미러로 헬더의 눈을 보면서 말했다. "이봐요, 헬더. 취수 지역과 물 수송 경로에 대해서 자세히 설명해줘요. 치쿠티미에 도착하기 전에 전체적인 그림을 내 머릿속에 그릴 수 있게."

니콜은 창 밖을 내다보았다. 그녀는 의기소침했고 마음이 아주 무거웠다. 그녀는 지금쯤 세르주가 눈앞에 닥친 파멸에 괴로워하고 있을 것임을 알고 있었다. 라몽따니와 헬더를 만나게 하기로 결심함으로써 그녀는 한층 더 뜨거운 지옥으로 세르주를 밀어 넣은 셈이었다. 그런데 겁을 잔뜩 먹은 헬더가 그녀가 동행하는 것을 이번 여행의 조건으로 단 것이었다. 이 모든 것에도 불구하고 세르주에게 이런 짓을 하는 것은 자신의 배에 목검을 찌르는 것같이 고통스러웠다.

"확실히 해줘요, 드니." 니콜이 마침내 말했다. "베찌나가 당신

사무실에 전화해서 당신 기사를 싣지 못하게 하고 당신네 사장이 이에 동의하면 어쩔 거죠?"

"말도 안 돼, 과대망상이 심하군요, 라롱드 부인." 드니는 믿을 수 없다는 듯이 말했다. "이번 기사와 관련해서 어떠한 압력도 난 받은 일이 없어요. 그런 일이 생기면 그때 걱정하는 게 어때요?" 그는 사람 좋은 표정으로 니콜을 보았다. 하지만 그녀는 그에게 소리쳤다. "지금 분명히 해줘요!" 당황한 드니는 어머니의 무덤에 맹세코 그녀와의 약속을 지킬 것이고 기사를 《르몽드디플로마티끄》지에 보낼 것이라고 말했다.

니콜은 더 이상 말이 없었다. 그녀는 실비에게 전화를 걸고 싶었지만 당분간 전화로 접촉하지 않겠다고 세르주에게 약속한 상태였다. 그녀는 예감이 아주 안 좋았다.

니콜은 여행을 계속해야 한다고 자신을 채찍질하는 일에 너무 몰입한 나머지 차 밖에서 들리는 낯선 소음을 깨닫지 못했다. 드니는 숲 속을 달리는 기분에 취해 차를 북동쪽으로 몰며 날아다니는 카누와 숲의 정령들에 관한 퀘벡 민요를 흥얼거렸다. 그는 《르 솔라일》의 헤드라인을 상상했고 그의 기사가 《르몽드디플로마티끄》에 실리고 프랑스어로 방송되는 모든 텔레비전 쇼에서 그를 인터뷰하고, 미 대륙의 모든 방송이 그를 자문으로 초대해 특집방송을 하는 모습을 상상했다.

그러나 니콜의 갈등은 점점 심해져 더는 여행을 계속할 수 없다는 생각이 들었다. "생각이 바뀌었어요." 이 말에 두 남자가 깜짝 놀라 그녀를 쳐다보았다.

"무슨 말입니까?" 드니는 얼굴 표정이 싹 바뀌어서 말했다. "당신 때문에 여기까지 왔소! 안 돼요. 난 여기서 돌아갈 수 없소."

　차 위를 날고 있는 헬기 속의 마르코는, 말쑥한 숲의 그늘을 통과하고 언덕을 오르고 계곡으로 내려가고 U자형 커브길을 도는 라몽따니의 차를 추적하고 있었다. 몇 시간 전 마르코는 그의 차에 컴포지션4 폭약을 장착했다. 그사이 모기에 물렸다. 마르코는 자신이 인간보다 미생물을 더 두려워한다는 사실을 깨닫고 식은땀을 흘렸다. 그는 퀘벡 모기들이 황열병이나 뎅기열을 전염시키지는 않는다고 스스로를 안심시켰다. 항생제와 그의 몸 안에 거주하고 있는 기생충이 부어오른 내장 안에서 고통스런 세균 전쟁을 벌이고 있었다. 하지만 그는 이를 악물고 목표물 사냥을 계속했다.
　차는 높은 산을 오르고 정상에서 다시 긴 내리막길을 내려가, 길게 이어지는 급커브에 속력을 줄이지 않고 진입했다. 차 안에서는 드니와 니콜이 서로에게 소리를 지르며 다투느라 그가 가까이 온 것을 전혀 모르고 있었다. 곡선으로 이어지는 도로는 계획의 실행에 안성맞춤이었고 모스틴은 리모컨을 눌렀다. 폭발물은 브레이크를 날렸고 순식간에 차는 중심을 잃고 비포장의 갓길에서 한 바퀴 돌았다. 그리고 거의 수직으로 산의 경사면에 떨어져 나무를 부러뜨리며 데굴데굴 구르더니 골짜기의 바닥에 있는 바위에 부딪혔다. 다시 한 번 리모컨을 누르자 두 번째 폭발이 차를 화염에 휩싸이게 만들었다.

35

세르주는 속옷 차림으로 이른 아침에 부엌에 앉아 있었다. 그는 기타 줄처럼 팽팽히 긴장해 있었다. 간밤은 그의 일생에서 최악의 밤이었다. 빅터의 모든 통신수단에 메시지를 남겼다. 대화할 사람이 필요했고 빅터는 그가 조금이라도 솔직해질 수 있는 유일한 사람이었다. 제발 전화 좀 해! 세르주는 속으로 빌었다. 지금 당장! 전화벨이 울렸다. 세르주는 번개처럼 받았다. "빅터?" 그는 수화기에 대고 소리쳤다.

"난 빅터가 아닌데." 로베르 코베이의 목소리가 대답했다. "나야. 사무실에 있어. 당장 이리로 나와! 그릴이 막 전화했는데 나더러 보안된 선으로 전화달라고 하더군. 난 그에게 내 전화는 완벽하게 보안되어 있다고 말해줬지. 그랬더니 그가, 정말 믿기지 않지만, 그가 말하길, 그의 수하들이 드니 라몽따니를 죽였다는 거야! 그게 그들이 우리의 수정안에 대해서 어떻게 생각하는지를 말해 주는 방식이었다나."

세르주는 코베이의 전화를 받고는 거의 꼼짝도 할 수 없을 정도로 놀라버렸다. 그는 미국의 거물들이 자기를 가지고 논 것처럼 그도 그들을 가지고 놀 수 있다고 생각했었다. 니콜이 떠나던 날 뭐라고 말했던가? 세르주는 넋이 빠진 상태에서 위층으로 올라갔다. 옷을 입고 있는데 전화벨이 다시 울렸다. "빅터니?" 그는 절박한 심정으로 말했다.

느리고 여유 있는 목소리가 대답했다. "라롱드씨입니까? 세르주 라롱드씨 댁인가요?"

"그렇습니다." 세르주는 목소리를 가다듬었다. "누구시죠?"

"퀘벡 경찰의 플루페 경사입니다."

"전 지금 바쁜데요." 세르주는 몽유병 환자처럼 천천히 움직이고 있었지만 그렇게 대답했다. "무슨 일이시죠?"

"어떻게 말씀드려야 좋을지 모르겠지만, 우린 지금 세인트 어베인 북쪽의 끔찍한 사고현장에 나와 있습니다. 어제쯤 일어난 사고인 것 같은데요. 한 여성의 지갑이 발견되었습니다."

"엄마, 오늘 오후에 영화 보러 가자! 아빠가 오늘 갈 수 있대." 실비의 딸은 기대가 가득한 눈빛으로 그녀를 바라보았다.

실비가 입을 열기도 전에 아이는 그녀의 표정을 읽었다.

"안 돼, 엄마. 안 돼! 아빠가 오늘은 갈 수 있다고 했단 말이야!"

"또 무슨 일이야, 실비?" 그렇게 묻는 남편의 목소리에는 부드러움이나 용서의 흔적은 전혀 없었다.

"상황이 급박해, 조르제. 정말 심각하다고. 물 사업 문제가 아주 심각하고 심지어는 위험하기까지 한 상황으로 발전했어. 어젯밤에 당신이 집에 왔을 때 내가 잠들지만 않았어도 당신한테 미리 말했을 거야."

"정말 심각하다고?"

"조르제," 그녀는 사정하듯 말했다. "날 믿어줘……"

"알았어, 알았다고." 조르제는 마농을 끌고 집을 나섰다. 그때 초인종이 울렸다.

'누구지? 이 시간에 날 찾아올 사람은 없는데.' 그녀는 화장을 계속했다. 초인종이 다시 울렸고, 또 울렸다. 방문객은 아예 초인종에 기대고 서 있는 모양인지 초인종이 계속 울려댔다. 할 수 없이 그녀는 "가요!"라고 소리를 치고 문을 열었다.

너무나 뜻밖에도 문 앞에는 배신자 세르주 라롱드가 서 있었다. 그러나 그녀의 놀라움은 그의 고통에 비해 아무것도 아니라는 듯 표정은 일그러져 있었다. 그의 옆에는 스파이크 머리에 그녀가 세기도 귀찮을 정도로 많은 피어싱을 한 젊은 남자가 보였다.

"도대체 어떤 황당한 사정이 생겨서 당신이 이곳에 나타난 거죠?" 실비는 좀 지나치다 싶었지만 자신을 억제할 수는 없었다. 그러고는 빅터 파케를 쏘아보며 물었다. "당신은 누구예요?"

그녀는 세르주가 그 유령에 기대어 비틀거리는 것을 보았다. "전 빅터 파케입니다. 좀 들어가도 될까요?" 세르주가 그녀 앞에서 처절한 흐느낌을 터뜨렸다.

"니콜한테 무슨 일이 생긴 거군요!" 실비가 세르주에게 소리쳤다. 하지만 그는 거의 통곡을 하고 있었기 때문에 아무 말도 할 수 없었다. 실비는 그들을 거실로 이끌었다. 빅터는 조심스럽게 세르주를 소파에 앉혔다.

"니콜이 죽었소."

"오, 하느님!" 실비는 신음했다. "안 돼……"

"세인트 어베인과 치쿠티미 사이에서 일어난 자동차 사고라는데……" 세르주는 고개를 흔들었다. "드니 라몽따니와 또 한 사람…… 경찰은 화재가 너무 심해서 신원을 확인할 수가 없다더군요. 하지만 그들은 니콜의 지갑을 찾았답니다." 다시 흐느낌이 그를 고문했다.

"그런데 어떻게 드니와 함께 있었다는 걸 알았죠?" 실비는 죄책감이 눈사태처럼 덮치는 것을 느끼며 물었다. "니콜이 말해줬나요?"

그는 다시 고개를 흔들었다. "니콜은 내 전화에 응답하지 않았어. 코베이가 말해 줬어요."

"코베이가요? 뭔가 이상한데요."

"경찰이 니콜의 지갑을 발견했다고 내게 전화하기 전에 코베이에게 전화를 받았어요. 20분도 안 되는 시차를 두고. 윌리엄 그릴이 그에게 라몽따니가 물 프로젝트에 관한 기사를 쓰려 했기 때문에 그를 죽였다고 알려왔어요. 어제 그릴은 우리가 10월 7일까지 사업 허가 법안을 통과시켜야 한다고 하면서 '그러지 않을 경우' 행동을 취하겠다고 했는데 이런 짓을 말하는 것인지 몰랐어요."

실비는 점점 더 큰 충격에 빠지고 있었다. "그릴이 전화로 코베이에게 그런 말을 했다고요? 그냥 그렇게?"

"그냥 그렇게."

세르주와 실비는 공포의 침묵 속에 앉아 있었다. 빅터는 숨죽여 중얼거렸다. "죽일 놈들."

"하지만 니콜은 왜요?" 실비는 이미 답을 짐작하면서, 죄책감에 짓눌려 울부짖었다.

"라롱드 부인은 물 프로젝트에 관해 라몽따니와 연락을 하고 있었어요." 빅터가 말했다.

"빅터가 전화 도청을 했소." 세르주가 설명했다. 실비는 혐오스런 눈으로 그를 보았다.

빅터가 말을 이었다. "우린 그의 사무실로 그녀가 하는 전화를 잡아냈어요. 하지만 그 테이프를 미국인들에게 넘기지는 않았죠. 그래서 그들은 둘 사이의 연관성을 몰라요. 전……" 빅터는 동정심과 경멸이 동시에 담긴 눈으로 세르주를 보았다. "전 라롱드 부인이 살해되었다는 메시지를 코베이에게 남겼어요. 그 인간도 알 필요가 있죠. 그리고 그 차에는 한 사람이 더 있었어요. 경찰은 세르주에게 남자가 둘이라고 말했어요."

"그러니까 당신은 아직 직접 코베이와 얘기하지 못했군요?" 실비가 물었다. 눈물이 그녀의 뺨을 타고 흘렀다.

세르주는 몸을 좀 더 바로 하더니 실비의 눈을 마주했다. "난 이미 죽은 사람이오. 내 경력은 끝장났어요. 자존감은 하수구에 처박혔고. 라몽따니의 차에 타고 있던 여자가 내 아내라는 걸 알면 그들은 아마 나도 죽이려 들 거요. 그리고 난 내 아내를 죽인 거나 다름없소. 니콜을 위해서 당신을 돕고 싶소. 기자회견을 열어요. 당장!"

"세르주, 그건 당신이 결정할 문제는 아니에요. 난 위원회의 의견을 들어봐야 해요."

36

환경범죄가 광범위하게 자행되는 이 세계에서도 이런 컨소시엄과 맞서는 데에 필요한 규모의 범죄는 그렇게 흔한 것이 아니었다. 타이어 폐기장에서 작은 도시 규모의 엄청난 소각이 벌어진 적이 있었다. 한 번은 온타리오주 해밀턴시의 외곽에서, 또 한 번은 케냐 나이로비에서. 소각의 불길은 몇 달 동안 계속되었고 유해한 연기구름이 사방의 바람을 타고 자국의 뒤뜰과 농장뿐 아니라 국경을 넘어 오염물질을 흩뿌렸다. 〈환경정의연합〉의 유해물질 반대 운동가들은 피해 복구비와 의료비를 꽤 정확한 숫자로 예측했다. 하지만 관계 당국은 환경운동가들이 예상한 엄청난 결과들을 인정하지 않았다. 그들의 예측은 눈에 보이는 피해 말고도 미래의 손해와 비용을 모두 고려해 수십억 달러에 이르렀던 것이다.

거대 시설물들에서 초래되는 대기오염의 다른 사례들도 이와 비슷한 문제점들을 가지고 있었다. 아무리 해로운 연기가 공장이나 제련소, 발전소, 제지공장, 소각장에서 나온다고 해도, 그 주변의 생명체들이 아무리 죽고 환경이 달 표면처럼 황폐해진다 하더라도, 폐암 등의 암, 폐기종, 급성 기관지염, 천식의 발생률이 아무리 올라가도, 이런 병들로 인한 비용은 긴 시간과 넓은 공간에 퍼져 있었고 종종 국경을 넘고 대륙 간에도 걸쳐져 있었다. 그리고 그 범죄들은 기업들만큼이나 자주 정부의 잘못에 의해 저질러지고 있었다.

클래어와 동료들은 잭 르누아르 형사가 보낸 자료들과 〈환경정의연합〉 직원들이 보낸 유해물질 사건 자료를 펼쳐 놓고 꼼꼼히 대조하는 작업을 했다. 즉각적이고, 입증이 되었고, 표면에 드러난 복구비용으로 따지면 기름 유출 사건들이 단연 선두권이었다. 기름 유출은 대륙마다 두세 건은 다 있었다. 러셀과 말콤은 그 사건들을 월버 헤이스의 회사인 페트로코와 연관지으려 노력했다. 하지만 아무것도 맞아떨어지는 것이 없었다.

"보팔사고 같은 화학약품 유출이나 유해물질 유출 재난은 도대체 왜 찾을 수 없는 거야?" 클래어는 답답한 심정으로 소리쳤다. "그런 일들은 사방에서 벌어지고 있는데. 지구는 그런 일들로 포화상태라고!"

"슈퍼펀드(1980년 제정된 포괄적 환경처리·보상·책임법을 말하며 미국의 환경법을 대표하는 연방법이다 – 옮긴이)에서 지정하여 관리하는 장소들을 조사해 보는 게 어떨까요?" 제럴딘이 물었다. "러브 운하, 매사추세츠 워번, 어디든지. 복구비용으로 수십억 달러를 받았잖아요."

"슈퍼펀드의 기록은 상상을 초월해." 클래어가 말했다. "유나이티드 홀라주사는 최소한 동부 해안 두 곳에서 슈퍼펀드에 의해 관리되는 장소를 만들어 놨어. 몬태나의 윌리엄 그릴의 집 근처에도 한 군데 있는데 그가 전에 소유했던 구리광산 지역이야. 문제는 슈퍼펀드 관리 지역으로 선정된 곳은 모두 합법적으로 문제가 해결되었다는 거야. 우리에게 필요한 사례가 못 되는 거지. 하지만 해외, 특히 아시아에서는 엄청나게 많은 살충제들이 생산되고 있어. 빠른 시간 안에 뭔가를 찾아낼 방도는 없는 걸까?" 정오가 되자 습도가 너무 높아서 그들은 숨도 제대로 쉴 수 없었다. "제임스의 말이 옳은 것 같아." 클래어가 이마의 땀을 닦으며 씁쓸하게 말했다. 그녀의 뱃속은 돌멩이들로 가득 찬 듯 불편했고 그녀의 어깨는 쑤셨다. 그녀는 생각했다. 만일 내가 이 도시를 살아서 나올 수 있다면 앞으로 양심상 어떻게 다른 기자들에게 이 기사를 다뤄 달라고 설득할 수 있을 것인가?

초인종이 지속적으로 울리기 시작했다. 실비는 깜짝 놀랐다. "내가 가볼게."

말콤이 제임스가 구해준 루거 권총 중 한 자루를 집어 들었다. "내가 바로 당신 뒤에 있을게."

모두의 심장이 공포로 뛰었고 모두의 몸 안에 아드레날린이 분비되었다. 하지만 곧 그들은 돌아왔다.

"안심해." 실비는 그들에게 그렇게 말했지만 그녀 자신은 잔뜩 긴장한 모습이었다. "내 비서였어. 그는 내 사무실과 떨어져 있는 옥스포드 기아대책사무소에서 일해. 도청하는 사람들한테 정보를 주지 않기 위해서지. 포르투갈의 파울로에게서 이게 왔어. 제임스와 연락이 닿은 모양이야."

"그런데?" 말콤이 재촉했다.

실비는 그 서류를 훑어보기 시작했다. "당신네가 물어봤던 징클로리니움에 관한 거야. 그게 뭐지? 난 처음 듣는데."

"항진균성의 제초제야." 클래어가 대답했다. "잘 알려진 발암물질에 호르몬 교란물질이지. 이번 거는 남성호르몬을 억제하지."

실비는 첫째 페이지를 훑어보다가 다음 내용을 큰 소리로 읽기 시작했다.

"삼십팔 개월 전에 플라잉 에스메랄다라는 선박이 징클로리니움을 싣고 가는 도중 일 주일간 리스본항에 정박했었다. 징클로리니움은 윌리엄 그릴의 회사인 애그리켐에 의해 제조되는 곰팡이 제거제에 사용되는 원료다. 듀퐁사와 몬산토사에 의해 제조되는 같은 종류의 곰팡이 제거제에도 주원료로 쓰이고 있다."

실비는 고개를 들어 "그렇군,"이라고 말하고는 다시 읽기 시작했다.

"그 배는 바위만 한 구멍이 측면에 뚫린 채로 항구로 간신히 들어왔다. 정부가 그 구멍을 막는 데에 팔 일이 걸렸다. 그동안 유해물질이 배에서 쏟아져 나와 전 항구를 오염시켰다. 배는 파나마 회사에 등록되어 있었으며 화학물질의 생산지는 인도 우타르프라데시주의 워랑갈이라는 곳이었다. 정부는 남부 유럽의 모든 활용 가능한 기술자들을 불러들여 그 배를 스물네 시간 안에 수리했어야 했지만 관료들은 환경 전문가들의 말을 믿고 싶어하지 않았으며 그 후 나흘 동안이나 믿을 만한 자문을 구하지 않았다. 그래서 그들은 임무를 수행할 충분한 인력을 확보하지 못했다. 그들은 사고

선박이 소속된 해운회사의 등록 기록을 공개하지 않았으며 지금까지 환경 복구에 들어간 비용은 극비문서로 되어 있다. 우리 단체는 이에 항의하고 지역 단체들로 하여금 즉시 항구의 수질과 야생생태를 점검하도록 독려했다.

환경 복구에 들어간 실제 비용은 현재 기밀로 부쳐져 있지만 당신들이 설정한 기준을 충족시킬 가능성이 있다. 게다가 만약 우리가 의심하고 있는 야생동물과 인간에게 끼친 영향이 사실이라면 앞으로 들어갈 비용은 달러로 계산했을 때 생태 교란과 사람들의 정신적인 황폐화까지 감안한다면 산술적인 범위를 넘어설지도 모른다."

"휴." 제럴딘과 러셀과 말콤은 동시에 말했다. 클래어는 입을 굳게 다물고 있었다.

"이 내용에 우리가 쓸 만한 게 있는 건가?" 말콤이 물었다.

"이 사실은 이미 오래 전부터 알고 있는 거야. 누가 책임이 있는지를 알아내지 못하면 그저 옛날 뉴스에 불과하지." 클래어가 말했다.

"어떻게 그걸 모를 수가 있죠?" 제럴딘이 물었다.

"그게 문제의 핵심이지."

"계속 들어봐." 실비의 굶주린 눈은 서류를 계속 읽어나갔다. "정부는 기록을 봉인해버렸고 이베리아 〈환경정의연합〉 지부는 플라잉 에스메랄다호를 소유한 파나마 회사의 등록 기록을 추적했지만 그 회사는 그 배 한 척만을 소유하고 있었고 오직 서류상으로만 존재했다. 우리는 관계자들을 찾아낼 수 없었다. 유출 뒤 회사는 부도가 났고 완전히 사라져버렸다. 그리고 징클로리니움을 생산한 워랑갈사는 지역 화학업체였다. 그 회사는 수송상의 문제에 대해 전혀 책임을 지지 않았다."

"어떻게 그럴 수가 있지?" 제럴딘이 물었다.

클래어가 대답했다. "국제 사법재판소에 면책 관련 소송을 제기했었다면 승소했을지도 모르지. 생산자는 합법적이고 안전한 수송 수단을 고용할 의무가 있어. 하지만 포르투갈 정부는 국제 사법재판소에 그 건을 회부하지 않았어. 당시로서는 엄청난 스캔들이었지. 그 이유를 누가 알겠어? 그저 일상적인 게으름과 비밀? 아니면 실력자에게 엄청난 뇌물을 썼던가. 우리는 결국 알아내지 못했어."

"누가 수송 화물을 받을 예정이었지?" 러셀이 물었다. "그들에게는 전혀 책임이 없는 건가요?"

실비는 다시 편지를 보았다. "파울로는 확실히 알 수 없다고 했어. 화물은 미국을 향하고 있었지만 파나마 회사가 사고에 대한 책임을 졌고 포르투갈 관료들은 화물을 수취하는 회사에게는 전혀 책임이 없으니까 그 회사를 공개할 필요는 없다고 했대."

"악마적인 거래의 냄새가 나는군." 말콤이 말했다. "포르투갈 사람들만 골탕을 먹었군. 피해를 당해 놓고도 그 비용을 자신들이 지불하고 그들의 정부는 그걸 묵인하고." 실비는 고개를 끄덕이며 동감을 표시했다. "그럼 이제 이 사건에 대해 어떻게 하면 더 많은 것을 알아낼 수 있을까?"

"파울로는 유출이 끼친 영향에 대해서 그들이 발견한 내용이 더 있으면 몽땅 팩스로 보내준다고 했어. 하지만 그는 관련 주범들에 대해서나 복구비용과 사람들과 생태계에 준 피해에 대해 더 이상의 정보를 가지고 있진 않아. 그의 마지막 지적은 포르투갈 정부의 누군가가 이 모든 정보를 가지고 있을 거라는 거야. 하지만 그의 말을 인용하면, '우리 동료들은 포르투갈에서 그리고 유럽위원회를 통해 더 많은 정보를 얻기 위해 무수한 시도를 반복했지만 언제나 거절당했다. 사건 은폐가 분명하지만 아주 성공적인 은폐다' 라는 거지."

모두들 이 정보에 대해서 생각해 보았다.

"스파이가 필요해." 말콤이 말했다.

"해커가 필요해요." 러셀이 그의 제안을 구체화시켰다. "앞으로 이십사 시간 안에 포르투갈 정부 파일을 직접 빼내올 방법은 없어요."

"자네가 할 수 있겠나?" 말콤이 물었다.

"아니요." 러셀은 말했다. "우린 유럽 정부의 구조와 유럽위원회의 보안망을 잘 알고 있고 일단 들어가서는 빠르고 창조적으로 움직일 수 있는 진짜 전문가가 필요해요. 무엇보다도 그 사람은 포르투갈어뿐만 아니라 영어와 불어까지 이해할 수 있어야 해요. 저같이 영어밖에 모르는 사람은 안 되죠." 피로와 절망이 그들에게 내려앉았고 기운을 빼앗는 더위에 의해 심화되었다.

실비는 그녀의 아파트에 숨어 있는 세르주와 빅터를 떠올렸다.

"어쩌면, 정말 어쩌면이지만, 우리를 도울 수 있는 사람이 있을지도 몰라. 포르투갈어는 몰라도 영어와 불어에 능통한 해커는 가능할 수도 있어. 한 시간 후에 다시 올게."

일요일 저녁 여섯 시, 장-뤽 페리노 경위는 뒤쪽 발코니에 설치한 바비큐 철판 위에 놓인 삼 인치 두께의 스테이크용 갈빗살을 조심스럽게 다루고 있었다. 그는 그 고기를 이탈리아인이 경영하는 단골 정육점에서 사서 적포도주와 마늘에 절였다. 샬롯을 버터에 튀기고, 개사철쑥을 넣은 베어네이즈 소스를 만들고, 집에서 만든 포테이토칩과 신선한 완두를 준비해 놓고 입맛을 다시며 훌륭한 식사와 맛 좋은 맥주와 조용한 독서로 긴 여름밤을 준비하고 있었다. 그의 여자친구는 팔월 한 달을 이탈리아에 있는 가족과 함께 보내기로 했다. 그는 그녀가 아쉽기는 했지만 콜레스테롤과 광우병에 대한 잔소리 없이 16온스짜리 스테이크를 먹을 수 있는 것도 신나는 일이었다. 그가 만족스럽게 심호흡을 하고 고기가 얼마나 익었는지 확인하려는데 초인종이 날카롭게 울렸다. "빌어먹을!" 그는 큰 소리로 욕을 내뱉었다.

현관 발코니에 나타난 사람들은 하지만 전혀 뜻밖의 삼인조였다. 스파이크 머리가 먼저 그의 명상적인 저녁 분위기를 뚫고 들어왔다. 래디슨이라는 이름으로 악명 높던 빅터 파케가 세르주 라롱드 차관 곁에 바싹 붙어 있었다. 세르주는 과거 모습의 유령처럼 보였다. 그 옆에는 훨씬 나이가 많은 낯선 사람이 서 있었는데 깊은 주름과 못이 박힌 손과 홀로코스트를 직접 목격한 듯한 눈을 가지고 있었다. 세 사람 모두 페리노를 뚫어져라 바라보았는데 어떤 중요한 임무에 그가 적합한지를 재고 있는 듯한 느낌이었다.

"라롱드씨, 안녕하십니까? 어쩐 일이시죠?" 페리노는 공손히 말했다. "반갑군요. 무슨 일로 이렇게 뜻밖에 저를 찾아주셨는지요?" 뭔가 엄청난 일이 닥친 게 분명했다. 그는 그들이 어떻게 자신의 주소를 알아냈는지도 알 수 없었다.

"페리노 경위." 세르주는 딱딱하게 말을 꺼냈다.

"라롱드씨, 장-뤽이라고 불러 주십시오." 페리노는 그들을 안으로 안내했다. "들어오세요. 제가 도와드릴 일이 무엇인지 말씀하십시오." 그는 방문객들을 거실로 인도했다. 부엌문으로 쏟아져 들어오기 시작한 연기가 세르주로 하여금 제정신이 들게 한 것 같았다.

"뭔가 고약한 게 타고 있어." 세르주가 멍청히 말했다.

페리노가 뒷문으로 달려 나갔다.

그가 돌아왔을 때, 세르주는 헬더의 아버지인 토니 페레이라를 소개했다. "이분의 아들은 벌써 며칠째 실종 중인데 그는 이미 사망했을지도 모릅니다."

페리노는 눈썹을 치켜올렸다. "왜요?"

"그는 내 아내에게 도움을 주기로 했는데 그것에 대해 비밀을 지킬 것을 맹세했어요. 그리고 그의 실종 시기가 내 아내의 실종 시기와 일치해요. 어제 아침에 그녀는 살해되었죠." 그는 손을 들어 끼어들려 하는 페리노를 제지했다. "《르 솔라일》의 기자 드니 라몽따니와 함께."

"뭐라고요? 드니 라몽따니가 죽었다고요?" 그 소식은 아직 신문에 보도되지 않았다. 코베이가 경찰에 최대한 그 사건의 공개를 늦출 것을 지시했기 때문이었다.

"조금 이따가 설명할게요. 하지만 이건 아주 확실한 사실이며 그것이 살인이었다는 것도 마찬가지요. 검시관에 따르면 사건현장에는 또 한 사람이 더 있었다더군요. 젊은 남자였소. 난 그가 헬더일 것으로 생각해요. 페레이라씨의 아들이지. 우리가 여기 온 것은 일종의 모험이오, 장-뤽. 빅터가 당신을 만나자고 졸랐어요. 너무 상황이 절박했기 때문에 다른 방법은 없었어요. 내 혼신을 다해 당신에게 부탁하는데, 장-뤽, 당신 상관에게 내가 지금부터 하는 말을 보고하지 말아요. 적어도 아직은. 살인자들을 막기 위해 우린 당신의 도움이 필요해요. 우린 당신의 지원이 필요하고, 당신의 기술이 필요하고, 당신의……" 여기서 세르주는 말을 멈추고 빅터를 찾아 주위를 둘러보았다.

"당신의 컴퓨터가 필요해요." 빅터는 세르주의 말을 대신 끝맺었다.

세르주와 빅터는 머리카락이 쭈뼛 서는 그들의 이야기를 해주고는 자신들이 미치지 않았다는 사실을 이 경찰관이 믿도록 하기 위해 애를 썼다. 공격적이면서 뛰어난 경찰인 페리노는 모든 진술에 의문을 던졌고 그래서 이야기는 더 길어지고 어려워지고 복잡해졌다. 아주 힘든 한 시간 반이었지만 페리노는 세르주의 지위와 빅터의 능력을 존중했고 제시한 증거들도 설득력이 있었기 때문에 그들의 이야기를 무시하는 것은 불가능했다. 그는 락 상-장 지방 경찰의 친구에게 전화를 걸어 그날 일찍 자동차 사고로 니콜이 사망했다는 보고가 있었는지를 물었다. 그의 친구는 그렇다고 했지만 아직 다른 두 사람의 신원을 확인 중이라고 말했다. 둘 다 남자이고 하나는 사십 대로 보이고 다른 하나는 이십 대인 것 같다고 했다. 퀘벡시의 고위 인사가 그 정보를 비밀로 해달라고 부탁했다고도 했다.

페리노는 차관이 마음과 몸이 모두 망가진 모습으로 이마를 짚고 있는 것을 보았다. 그는 토니 페레이라의 충격으로 벌어진 눈을 보았다. 세르주가 세 사람의 퀘벡인과 한 사람의 미국인이 살해되었고, 또 한 사람의 미국 기자에 대한 암살 미수가 있었으며, 그 모든 살인이 세르주 자신이 시작한 비밀스런 거래를 보호하기 위해서였다고 말한다면 세르주는 아마 진실을 말하고 있을 것이다. 그래서 페리노는 정식 절차를 밟기보다는 옳은 행동을 선택하기로 결심했다. 로스앤젤레스의 르누아르와 브뤼셀의 오뱅에 대해서 알게 되어 일은 더 쉬워졌다.

"좋아요." 페리노가 말했다. "도와드리겠습니다. 뭘 원하죠?"

세르주는 리스본 유출사건에 대해 설명하고 관련 정보와 빅터를 도와줄 숙련된 해커 사냥꾼이 필요하다고 말했다. 토니 페레이라는 번역을 돕기로 했다.

"내가 도울 수 있는 일은 물론 얼마 안 되겠지만." 작은 미소가 페리노의 입가에 어렸다.

"그렇지 않아요." 빅터는 말했다. "당신은 틀림없이 유럽을 당신의 손등처럼 잘 알 거예요." 페리노의 작은 미소가 좀 더 커졌다. 하지만 그는 공식적으로 그런 칭찬을 인정할 수 있는 입장은 아니었다. 빅터는 등에 멘 가방에서 다른 서류들을 꺼내어 페리노에게 포르투갈 정부부처와 유럽위원회의 다양한 사무실에 들어갈 수 있는 접속 코드와 절차를 알려주었다.

"어디서 이런 걸 구했지?" 페리노는 흥분했다.

"브뤼셀에 있는 친구에게서." 세르주가 대신 답했다.

"신나는군! 어린애라도 이것만 있으면 들어갈 수 있겠어!" 페리노는 마음이 급해졌다. 한번 결정을 내리자 몸집이 큰 형사는 흥분하기 시작했다. "가서 먹을 것 좀 갖다주시죠, 라롱드씨. 무지 배가 고파요. 우리가 뭔가를 찾아내면 그때 자료를 분석할 수 있을 테니."

37

몇 주 만에 처음으로, 여름밤의 잔잔한 소리들은 인디언 힐의 하얀 저택을 감싼 부드러운 분위기와 조화를 이루고 있었다. 윌리엄 그릴은 많이 진정된 모습이었다. 비토리오 마사로, 닉 카메네프, 더그 보일, 월버 헤이스는 일곱 시쯤 떠났다. 기나긴 이틀이었지만 결국 그들은 축하주를 여러 잔 마시며 전쟁을 종결짓는 회의를 가졌고 라몽따니 건의 성공적인 마무리와 퀘벡 재무장관 로베르 코베이의 무조건 항복과 그들의 리더가 심리적 평정을 되찾은 것에 대해 무한히 안도했다.

코베이는 그들이 충돌보다는 포섭을 선택하는 지혜를 이해하지 못하는 것에 대해 매우 유감스럽게 생각한다고 말했다. 그는 더 나아가서 그렇게 빨리 통과시키려다가 평의원들의 반발을 살지도 모르는 것에 대해 자신은 아무런 책임도 질 수 없다고 말했다. 그는 컨소시엄 회원사들이 살벌하게 추구하고 있는 방향에 찬성하지 않았다. 하지만 그는 그들의 요구를 수행하기로 동의했다. 그는 환경운동가들이 그들의 전략을 '재검토' 하고 있으며 그들의 시위계획을 '중단했다' 고 말한 것을 확인해 주었다.

"모든 게 아주 잘됐군요, 로베르." 그릴이 말했다. "기쁩니다. 하지만 좀 더 생각해보면 아직은 충분치가 않아요."

"무슨 말이오?" 코베이의 놀란 목소리가 스피커폰에 시끄럽게 울렸다.

"10월까지 허가 법률을 통과시킨다. 글쎄, 지금 우리가 겪고 있는 어려움을 생각하면 그 정도로 안심할 수는 없어요, 로베르. 난 우리 실무 담당자에게 당신네 정부와 에이엠워터사 사이에 체결할

협정문을 준비하도록 했소. 양쪽 다 약속을 번복할 수 없도록. 당신은 내일 오후 늦게까지는 서류를 팩스로 받아볼 수 있을 것이고 난 화요일에 비행기 편으로 당신에게 가서 서명할 것이오."

 침묵이 너무 오래 지속되었기 때문에 그릴은 코베이가 아직 전화를 받고 있는지 물어야 했다.

 "아직 받고 있소, 빌." 장관이 말했다. "당신은 미쳤소. 그런 서류는 엄청난 실수가 될 것이오. 게다가 그런 서류가 그렇게 황당하게 빨리 준비되고 비준될 수는 없소."

 "미안해요, 로베르." 그릴이 능글맞게 말했다. "선택의 여지가 없는 것 같소. 당신은 내각의 동의를 얻었고, 우리는 최소 목표치를 정했소. 원칙이 확정되어야 하오. 수십억 달러가 걸린⋯⋯"

 "날 가르치려 들지 마시오!" 코베이는 마침내 참을 수 없는 분노를 폭발시키며 포효했다. 하지만 실제로 그가 할 수 있는 일은 아무것도 없었다. "알았으니까." 그가 내뱉었다.

 다른 사람들과 스피커폰으로 함께 듣고 있던 카메네프가 그릴에게 두 엄지손가락을 치켜들어 보였다. 나프타에 제소할 경우 승소할 수 있는 강력한 근거가 생긴 것이다.

 그릴은 언제나 그랬듯이 세르주가 훼방을 놓을 것이라고 예상했지만 코베이는 세르주가 다른 일로 출장 중이고 다음주의 대부분이나 그 이상을 외지에서 지낼 것이라고 싸늘한 목소리로 알려주었다. 코베이는 세르주의 소재를 애타게 찾고 있었지만 그런 그의 생각을 신시내티에 있는 상어들과 공유할 생각은 전혀 없었다. 세르주가 명령에 따르지 않고 재무부에 출두하지 않은 사실이 경찰이 확인해 준 니콜의 부음과 결부되어 장관의 마음속에 일련의 끔찍한 시나리오들을 춤추게 했다. 도대체 세르주의 아내가 왜 그 차를 타고 있었던 걸까? 그녀는 무엇을 알고 있었던 것일까? 그녀는 무슨 말을 누구에게 한 것일까? 세 번째 사람은 누구이며, 그 사람은 무엇을 알고 있었고, 말했고, 행한 것일까? 은폐를 위한 노력들이 카드를 쌓아 만든 집처럼 한꺼번에 무너져 내릴 것인가? 그렇다면 공청회를 통해 괴로움을 연장시킬 필요는 없다. 즉시 밀어붙여 버려. 코베이는 그릴이 쌍방을 구속하는 합의서를 요구한 것에 큰 모욕감을 느꼈다. 그는 자신보다 더 무자비한 사람을 막는 방법을 생각해 내려 애썼다. 세르주가 있든 없든, 그는 이길 방법이 없었다.

이른 새벽, 도망자들은 상 앙리의 뒤뜰에서 결집했다. 작은 아파트는 오븐처럼 뜨거워서 식탁은 테라스로 옮겨져야 했다. 세 대의 노트북이 익스텐션 케이블과 멀티탭으로 부엌에 있는 여러 종류의 지프드라이브와 외장형 하드드라이브와 프린터에 연결되어 있었다. 다소 평평한 곳이면 테라스의 돌이든, 잔디 덤불 위든 서류들이 널려 있었다. 그들은 아직도 환경재난 목록을 컨소시엄 회원사의 자산 목록과 연관지으려 하고 있었다. 하지만 오뱅이 말한 대로 외주에 의한 생산이 사실이라면 컨소시엄 회원사들이 직접 소유한 사업들의 목록은 별 의미가 없었다.

그들이 포기하지 않는 것은 다른 방도가 없기 때문이었다. 그들은 아직 리스본에 큰 희망을 걸 수는 없었다. 그들은 다른 건수를 찾기를 멈추기에는 너무 절박한 상황이었고 잠을 자는 것은 생각할 수도 없었다. 제럴딘은 실비가 준 수면제를 먹었는데도 지난 이틀 밤 동안 한 시간도 눈을 붙이지 못했다. 그녀 눈 주위의 원은 거의 검은색이었다. 창백했고 아파 보였다. 클래어는 끔찍한 악몽에 시달리는 통에 머리를 베개 위에 내려놓기도 무서웠다.

말콤은, 찌푸린 얼굴에 검은 곱슬머리를 드리운 클래어가 등을 구부리고 팔로 상체를 꼭 안은 채 러셀이 계속 출력하는 프린트물을 들여다보고 있는 모습을 지켜보았다.

러셀이 고개를 들다가 말콤의 눈과 마주쳤다. "인정하고 싶진 않지만," 그는 말했다. "우린 끝장났어요. 완전히. 아무것도 나오질 않아요."

"이틀 동안 모든 대륙의 모든 나라의 환경범죄를 뒤졌는데 우리가 쓸 만한 게 아무것도 없다니." 말콤이 말했다. "이제 어떻게 하지?"

"찾을 때까지 계속 찾아야지." 클래어가 말했다. "그리고 실비와 그녀 쪽 사람들이 뭘 찾아낼지도 기다려 봐야 하고. 그 사람들이 우리를 도와줄지도 모르고, 르누아르가 도와줄 수 있을지도 모르고 젬마가 깨어나 그녀가 당한 일을 증언해 줘서 우리가 어떤 보호나 지원을 받게 될 수도 있어."

그때 문을 두드리는 소리가 들렸다. 약속된 신호대로 문을 두드렸지만, 러셀은 총을 들고 문으로 갔다. 실비임을 확인하고 그들은 총을 치웠다. 실비는 그들에게 세르주를 소개했다. 그들은 함께 정원으로 나갔다. 세르주가 새벽 두 시에 그녀를 찾아왔을 때, 실비는 지난 이틀 동안의 일로 잠이 오지 않아 최근의 국제법원 판례를 읽고 있었다.

클래어는 세르주가 퀘벡의 프로젝트를 시작하는 일에 관여했다는 사실을 알고 있었다. 그녀는 또한 그가 지금 엄청난 고통을 겪고 있을 거라는 것도 알고 있었다. "상심이 크시겠습니다, 라롱드 씨. 뛰어난 연구가이자 활동가였던 부인과 아는 사이였어요. 아주

337

특별하고 귀중한 분을 우린 잃었습니다."
　세르주는 고통스럽게 침을 삼키고는 감사의 표시로 고개를 숙였다. 사람들을 보면서 그는 그들 또한 공포와 피로로 탈진해 있음을 알 수 있었다.
　"리스본 유출사건에 대해 새로운 정보를 발견했습니다."
　"컨소시엄과 관련된 것인가요?" 말콤이 생기를 띠며 말했다.
　"모르겠어요. 분명하지는 않아요. 하지만 그럴 수도 있습니다."
　"어휴," 클래어는 답답해 미치겠다는 듯이 말했다. "그게 도대체 무슨 뜻이죠?"
　세르주는 서류가방에서 프린트물을 꺼냈다. "요약해 드리죠. 서류의 내용은 나중에 자세히 보세요. 원하신다면."
　"빨리 좀 말해 봐요." 러셀이 요구했다. 그는 좌절감으로 폭발하기 직전이었다.
　"우린 포르투갈 정부가 정확히 얼마나 많은 양의 유해물질이 항구에 쏟아졌는지를 알고 있다는 사실을 입증하는 정보를 포르투갈과 브뤼셀에서 얻었어요. 사만 톤이었죠. 오천만 에이커의 땅에 있는 모든 버섯, 곰팡이류를 다 죽이기에 충분한 양이죠. 사람들이 거리로 나와 소란을 피우는 걸 막기 위해 그 엄청난 양을 공개할 수는 없었던 거예요. 불법으로 얻은 정보라서 법정에서 채택이 불가능하지만 않았다면 우린 포르투갈 내각과 고위 공직자들의 절반을 기소할 수 있는 증거를 확보한 셈이에요."
　"좋군요." 클래어는 말했다. "하지만 의문은 남아 있어요. 도대체 누구에게 그 사건에 대한 책임이 있는 거죠? 그게 문제의 핵심이에요."
　"아," 세르주가 말했다. "파산한 파나마 회사의 등록번호를 구했어요. 플라잉 에스메랄다를 소유했던 회사죠."

"우리도 그건 있어요." 클래어는 말했다.

"그리고 소유자의 이름도."

그녀의 눈이 번득였다. "누구죠?"

"파나마사의 제이미 곤잘베즈란 사람이에요." 세르주가 대답했다. "이걸로 뭐 생각나는 사람 없어요?"

모두들 고개를 저으며 어깨를 으쓱했다.

"우린 또 유타 프라데시에 있는 그 물질을 생산한 공장의 이름도 알아냈어요. 그리고 그 회사 이사들의 이름도 전부. 그 이름들 중의 일부는 한 번도 공개된 적이 없는 걸로 들었어요. 이번 건 좀 괜찮지 않나요?"

"그렇군요." 클래어는 인정했지만 별로 기쁜 기색은 아니었다. 온 유럽의 지속성 유기오염물을 반대하는 단체들이 그 회사에 유출에 대한 공동 책임을 지우려고 애썼지만 별 성과는 없었다. 이사들의 이름을 알아냈다고 해서 크게 달라질 것이 있는지 클래어는 의심스러웠다.

세르주가 말을 이었다. "그리고 우리는 노르포크에서 그 물질을 인수할 예정이었던 미국 회사의 등록번호를 알아냈어요." 그는 여기서 말을 멈췄다.

"그래서요?" 여러 목소리들이 합창을 했다.

"장-뤽과 빅터가 이 세 회사가 어떤 사람들과 연결되어 있는지를 알아내기 위해 삼십 분 정도를 허비했죠. 하지만 그 회사들은 주식시장에 공개되지 않은 개인 소유였죠. 내가 이곳으로 출발할 때까지 그들은 아무것도 알아내지 못했어요." 다섯 명의 얼굴이 그를 집어삼킬 듯이 바라보고 있었지만 그는 서두르려 하지 않았다.

"실비가 말하길 당신들이 국제경찰에게 좀 특별한 목록을 얻어 냈다던데," 세르주는 말했다. "컨소시엄에 참여한 개인들과 회사들이 소유하고 있는 모든 회사들과 자회사들의 목록 말이오. 우리 쪽 사람들이 그 회사들의 보안망을 뚫고 들어가 이리저리 헤매면서 밤을 새는 것보다는 - 뭐 그렇게 해봤자 아무것도 얻지 못할 공산이 크지만 - 당신들이 이 이름들과 번호들을 국제경찰이 준 목록과 대조해 보는 것이 더 나을 것 같으오." 세르주는 크고 굵은 글씨로 세 문단이 프린트되어 있는 한 장의 종이를 미국인들에게 건넸다. 러셀이 그것을 받았다.

"좋아요." 러셀은 아주 냉소적인 어조로 말했다. "한번 해보죠." 그는 세르주에게서 돌아서서 동료들에게 말했다. "그 목록들을 꺼내요. 시작하자고요."

38

세르주 라롱드는 아주 멀리서 자신의 이름을 부르는 소리를 들었지만 다시 깊은 잠에 빠져들었다. "제발 좀 일어나요!" 그는 누구의 목소리인지 알 수 없었고 니콜은 어디에 있을까 생각했다. 그러다 갑자기 고통스럽게도 정신이 번쩍 들어 말콤의 눈을 들여다보았다. 세르주는 목에 감긴 이불에 거의 질식할 뻔했고 코는 스펀지 매트리스 아래 카펫에서 올라오는 먼지로 간질간질했다. 그는 일어나 앉아 검은 머리칼을 이마 뒤로 쓸어넘겼다. 입 안이 더러운 솜 같았다.

"몇 시죠?"

"일곱 시 이십 분이에요. 당신네 도움이 필요해요. 우리를 그쪽 팀에 데려다 주시겠소?"

세르주는 간신히 정신을 차렸다. 살아 있는 게 너무 힘들었다. 하지만 그를 이토록 망가뜨린 악당들에게 고통을 줄 수 있을지도 모른다는 희망이 그를 부추겼다.

"무슨 일인데요?"

"뭔가 찾아낸 것 같아요. 하지만 도움이 필요해요. 그쪽 사람들 중에 스페인어 할 줄 아는 사람 있어요?"

"예."

"우린 세르주가 가져온 정보를 컨소시엄에 참여한 모든 회사와 개인들의 자산과 연결지어보려 했어요." 장-뤽 페리노의 아파트에서 클래어가 설명했다. "뫼비우스의 띠가 스파게티 한 접시나 쌓여 있는 셈이었어요. 가장 연관성이 유력한 사람은 윌버 헤이스나 윌리엄 그릴일 것 같은데. 헤이스의 페트로코사는 노란장미라는 해운회사를 소유하고 있는데 탱크선을 많이 가지고 있는 회사죠. 우리는 또 그릴과 유타 프라데시 화학이나 노르포크에서 화물을 받기로 되어 있던 회사의 관계를 알아내려고 애썼죠. 하지만 지금까지는 아무런 수확이 없어요. 우리 능력으로는 안 돼요."

클래어는 윌버 헤이스의 자산 파악을 위해 며칠 전에 프린트한 손때 묻은 서류를 테이블 위에 올려놓았다. 모두들 고개 숙여 그것을 들여다보았다. "당신들이 조사한 바에 따르면, 제이미 곤잘베즈란 사람이, 플라잉 에스메랄다를 소유했다가 지금은 파산한 회사의 소유주라는 거죠? 파나마 전화회사에 조회해 본 결과 파나마

시에는 제이미 곤잘베즈란 사람이 다섯 명 있는데 모두 미들 네임이 달라요. 곤잘베즈가 소유했던 회사는 파나마 사업자번호가 3472-93-36이에요. 우린 파나마 사업자등록 기록을 조회해서 이 파산한 회사에 관해 다른 정보를 구할 수 있는지 알아볼 필요가 있어요. 스페인어가 필요한 건 그 때문이에요.

페트로코사는 다른 여러 회사에도 상당히 관심이 많고 그 중 몇몇은 미국에 등록되어 있고 다수는 다른 나라에 등록되어 있어요. 그들은 소시에다드 JGG라고 불리고 본사가 멕시코시에 있는 한 멕시코 회사의 지분을 가지고 있어요. 우린 이 정보를 가지고 어떻게 해야 할지를 몰라서 브뤼셀에 있는 친구한테 한번 알아봐달라고 부탁했어요."

"그래서요?" 페리노는 자신이 이 프로젝트를 조사하는 경찰들 중 한 사람에 불과하다는 사실로 스스로를 안심시키며 물었다.

클래어는 새로운 프린트물을 제시했다. "JGG 기업은 여러 척의 배를 소유하고 있어요. 세 척의 유조선과 몇 척의 화물선 등 여러 가지 화물을 싣고 라틴아메리카의 바닷길을 왕복하는 배들이죠. 하지만 그들 중 플라잉 에스메랄다는 없어요."

"하지만 그들은 다른 여러 선박회사의 지분을 가지고 있어요. 그들은 파라과이 회사 하나와 가이아나 회사 하나의 지분을 가지고 있죠. 이 나라들의 법규는 선진적인 수준이라고 볼 수 없죠. 그리고 맞아요. 그들은 파산한 파나마의 한 회사의 지분도 소유하고 있었는데 등록번호가 000/34-72/3600이었어요. 지금 우린 새벽 다섯 시 때보다 두뇌회전이 좋으니까 추가된 영과 슬래시와 대시들 가운데 제이미 곤잘베즈의 회사번호인 3472-93-36을 알아보시겠죠? 플라잉 에스메랄다를 소유했던 회사죠." 그녀는 마지막 문장을, 모자 속에서 비둘기를 만들어내는 마술사처럼 과장된 몸짓으로 말했다.

"그렇다면," 페리노는 전혀 동요하는 기색 없이 물었다. "이걸 가지고 이제 뭘 하면 되죠?"

"먼저 우린 파나마나 멕시코나 텍사스에 소재한 이 회사들에 있을 기록들을 살펴봐야 해요. 회사들과 개인들 사이에 얽힌 관계를 증명할 수 있는 기록이 있는지."

"문제없어요." 장-뤽은 손을 비비며 말했다. 빅터는 벌써 회전의자에 앉아 빙글빙글 돌고 있었다.

말콤이 말했다. "두 사람이 조사를 벌이는 동안 클래어와 나는 다리 좀 펴야겠소."

"지금 떠나시려고요?" 장-뤽이 물었다.

"맑은 공기 좀 마셔야겠어요." 클래어가 말했다.

39

뻣뻣해진 다리를 마음껏 펼 수 있게 된 것은 참 기분 좋은 일이었다. 말콤은 편의점에서 이십 달러짜리 지폐를 일 달러와 이 달러짜리 동전으로 바꾸었다. 그들은 계속 서쪽으로 걸어서 가구점과 미장원과 식료품상점을 지나 전화박스가 뒤쪽에 있는 로마식 카페를 발견했다. 멋지게 차려입은 몬트리올 사람들이 카페오레를 마시며 주말의 가십거리들을 주고받는 웅성거림이 비밀 통화를 위한 훌륭한 배경을 만들어 주었다.

"당신이 전화할래요, 아니면 내가 할까요?"

"당신이 하는 게 좋겠어요." 클래어가 말했다. "내가 전화를 걸면 그는 설교를 하려 들 거예요. 사적인 문제가 개입되지 않도록 하자고요."

"그래요." 말콤은 번호를 눌렀다. 신호가 가는 소리가 들렸다. 위성수신 전화여서 전화를 받기까지 좀 기다려야 한다는 것을 그는 알고 있었다. 그래도 스무 번째 전화벨이 울렸을 때 그는 몹시 초조해졌다. 누군가가 어딘가에서 받겠지. 제발 받아라.

서른한 번째 신호에서 목이 잠긴 목소리가 들렸다. "네."

"제프와 통화하고 싶은데요. 전 말콤입니다." 이제 와서 그것이 무슨 소용이 있는 것인지는 알 수 없었지만, 그는 가급적 적은 정보만을 노출시키려 노력했다. 긴 침묵이 뒤따랐다. "여보세요?" 말콤은 침착하게 자신을 가다듬으며 말했다. "들리시나요?"

"클래어의 친구인가요?"

"맞아요, 말콤입니다.

"어디서 전화를 하는 거요? 소란스러운데."

"카페 뒤쪽의 전화박스예요. 아무도 엿들을 수 없도록. 장소도 무작위로 선택했어요. 도시 이름은 당분간 알려줄 수 없고요."

"전화는 안전한 거요?" 제프의 목소리는 좀 더 명확해졌다.

"빅브라더가 지배하는 세상과 다름없어요. 몰래 카메라와 도청 장치가 사방에 설치되어 있고. 현재로서는 내가 구할 수 있는 가장 안전한 통신수단입니다. 그래도 만일에 대비해서 말을 골라서 하는 게 좋겠죠."

"좋아요."

"제프," 말콤은 크게 숨을 들이쉬었다. "당신 도움이 필요해요."

"무슨 일이 벌어지고 있는 거요?"

제프 브래니건은 담담하게 그의 설명을 들을 뿐 말콤이 생명의 위협을 느낀다고 말했을 때도 '내가 그랬잖아요' 라는 소리조차 하지 않았다. 말콤은 컨소시엄을 협박해서 물러서도록 하는 방법을 찾기 위해 필사적인 노력을 하고 있다는 설명으로 마무리했다. 제프는 윌버 헤이스와 플라잉 에스메랄다 사이에 있을 법한 관계에 관한 정보를 더 자세히 말해 달라고 요구했다.

"이게 우리가 얻은 정보의 전부요. 우리가 말하는 동안에도 작업하는 사람들이 있어요."

제프는 시무룩하게 말했다. "헤이스는 셀 수도 없이 많은 배들을 불법적으로 소유하고 있소. 80년대에는 전 세계에서 가장 많은 화물선 사고를 일으켰지. 그래서 벌금을 물어내는 데에 지친 거요. 그 정도로 한심했지. 그래서 90년대에 들어서는 분리와 다변화를 꾀했지. 즉 해외 회사를 지배할 수 있는 지분을 매입해서 그들을 얼굴마담으로 내세우고 자신은 책임을 회피하는 거지. 그에 관한 기록을 축적해 놓지는 못했지만 계속 조사해 봐요. 곤잘베즈란 사람 이외에 리스본에 간 그 배의 배후에 누군가가 있다면 그게 헤이스가 아니라는 법은 없소."

"대단히 고무적인 말이군요." 말콤은 그렇게 말했지만 그가 필요한 것은 치어리더가 아니었다. 그가 필요한 것은 정보였다.

"포기하지 마시오. 거의 찾은 것인지도 몰라요."

"잘 알겠어요, 제프. 그런데 한 가지 더."

"유타 프라데시 정보와 노르포크에서 화물을 받을 예정이었던 회사의 등록번호를 가지고 그릴과 관련이 없는지 알아봐 달라는 거요? 내 말이 맞아요?"

"예, 정확해요. 누군가가 그 회사들과 관련이 있다면 그릴이 가장 유력해요. 농업용 화학제품을 만드는 사람이니까."

생각에 잠긴 두 사람은 잠시 침묵했다. 이윽고 제프가 말했다. "그릴은 유타 프라데시의 하이더라배드에 큰 투자를 했소. 애그리켐이 그곳 화학공장을 소유하고 있죠. 하지만 그는 갈수록 외주를 주고 있소. 내가 입수한 정보에 의하면 그는 자신의 공장을 폐쇄할 예정이고 모든 제품을 독립된 외주 업체를 통해 생산할 계획이오. 보팔과 같은 경우를 당하고 싶지 않고 그렇다고 안전을 위한 투자를 하고 싶지도 않은 거지. 그동안 조사를 해왔소."

말콤은 각성제 주사를 맞은 듯 정신이 번쩍 들었다. "당신 생각에는 정말……"

"확실히는 몰라요. 그러니 속단은 마시오. 클래어에게 안부나 전해줘요."

페리노의 아파트 문을 연 순간 말콤은 안의 공기가 달라진 것을 느낄 수 있었다. "뭐예요?" 클래어가 물었다. "뭘 찾아낸 거죠?"

러셀은 모두들 커피와 도넛을 들며 이야기를 하고 있는 거실로 그들을 데리고 갔다. "윌버 헤이스가, 제이미 제랄도 곤잘베즈사를 소유하고 있고, 그 회사를 통해서 소시에다드 JGG사와 플라잉 에스메랄다호를 소유하고 있어요!"

세르주 라롱드의 도움으로 그들은 멕시코 정부에서 시작해 파나마 기업 등기부와 재무부를 거쳐 다시 파나마 기업 등기부로 돌아왔다. 이제 그들은 헤이스를 혼내줄 회초리를 구한 것이다. "역사상 최악의 곰팡이 제거제 유출사건에 책임이 있는 기업이, 그것도 그 사건을 은폐한 전력이 있는 기업이 송수관을 건설하는 일에 참여하고 있다는 사실을 폭로하겠다는 협박은 그 악마 집단에게 무엇인가를 요구할 수 있을 정도로 충분히 위협적이에요." 러셀이 말했다. "어쩌면 그 프로젝트 자체를 중지시킬 수도 있어요."

하지만 세르주는 아직 기뻐하기에는 이르다는 표정이었다. "캐나다 정부는 완전히 약속을 한 상태입니다." 그는 비관적으로 말했다. "나라면 코베이가 헤이스만 제외하면 다른 컨소시엄 회원사들은 모두 깨끗하다고 선언할 가능성도 있을 거고. 그러니까 헤이스만 빼고 프로젝트를 진행시키는 거죠." 모두가 조용해졌다. "오히려," 세르주가 결론지었다. "헤이스를 잡는 것만 가지고는 당신네들 정체만 탄로 나고 프로젝트는 막지 못하는 수가 있어요."

물보라처럼 아파트의 분위기를 쇄신해 주었던 도취감이 순간적으로 증발해버렸다. 결국 다시 말콤과 클래어가 나설 차례였다.

"또 내가 전화할까요?" 말콤이 말했다. 클래어가 고개를 끄덕였다.

첫 번째 신호에 제프가 응답했다.

"제프? 뭘 좀 찾아냈어요?"

"차분히 앉아서 들어요." 제프는 상황에 걸맞은 진중한 목소리였다.

"잘 들어요. 내가 구한 정보에 의하면 그릴이란 작자는 그 유해물질을 생산한 공장을 소유한 것과 다름이 없어요. 그럴 것 같았어요. 인도 〈환경정의연합〉에서 내게 정보를 보내주는 사람이 하나 있어요. 당신이 워랑갈이란 지명을 말했을 때 왠지 귀에 익다 싶었죠. 하지만 확실치 않았기 때문에 당신들의 기대치를 너무 높이고 싶지 않았소. 어쨌든, 아닐 반디오파디는 - 당신네가 포르투갈 정부에서 얻은 정보에 의하면, 리스본항에 가라앉은 그 물질을 만든 회사의 대주주 말이오 - 윌리엄 그릴 개인과 애그리켐사의 자본에 전적으로 의존하고 있어요. 그리고 그릴생명에서 일하는 내 정보원이 제공한 정보도 이를 뒷받침하고 있소. 그가 제공한 정보는 지금까지 틀린 적이 없소. 정말 믿을 수가 없소! 아니, 정말 믿지만 너무 엄청난 일이오. 그들이 그 회사의 소유관계에 대해 그토록 비밀에 부친 것도 무리가 아니지. 듣고 있소?"

"네." 말콤은 정신이 멍했다.

"좋아요. 두 번째 장으로 넘어가겠소. 노르포크에서 화물을 인수할 예정이었던 회사의 등록번호 역시 그릴의 것이었소. 교묘하게 숨기긴 했지만 그의 것이 맞아요."

"농담이겠죠."

"아니오. 난 그럴지도 모른다고 생각했어요. 높으신 분들에게 최근 그릴의 자산에 관한 많은 정보를 얻었거든요. 하지만 이것 역시 내가 틀릴지도 몰랐기 때문에 당신네가 너무 기대를 크게 할까봐 말을 하지 못했던 거요."

"하지만 왜 소유관계를 숨겼을까요?" 말콤이 물었다. "제 말은, 그는 어차피 화학회사를 운영하고 있고 핵심 원료를 화물로 인수하는 게 문제될 것은 없잖아요?"

"법적인 책임문제 때문이오. 운송은 커다란 골칫거리가 되어버렸소. 운송선박이 공해상이나 항구에서 오염물질을 유출하거나 탱크트럭이 미국 근방에서 사고를 내거나 화물열차가 천연생태계의 주립공원이나 외딴 교외에서 탈선을 하게 되면 천문학적인 금액의 배상금을 물게 되지. 게다가 기업에는 커다란 오점이 되어 미국인들의 신뢰를 잃게 되고 미래의 시장도 잃게 돼요. 그런 기업은 엄청난 양의 유해물질을 유통시키는 회사로 인식되어서 그 기업의 화물이 지나가는 경로에 있는 작은 벽촌마저도 지속성 유기오염물질 반대운동 네트워크에 의해 경각심을 갖게 되고 주의 경계를 지나는 우회도로를 사용하는 허가조차도 받지 못하게 되지. 그러니까 헤이스가 자신의 화물선을 위해서 그랬던 것처럼 수많은 유령회사를 등록시켜 방패로 사용하게 되는 거요. 사고가 나도 그 회사들은 복구에 소요되는 비용을 감당할 자본이 없기 때문에 어떤 정부가 그들을 처벌하려 해도 소용이 없는 거요. 회사는 파산하고 진짜 범인은 아무런 책임도 지지 않는 거지. 그래서 세금이 그 비용을 대신 떠안게 되는 거고."

"그게 정말 합법적으로 가능한가요?"

"만약 유령회사들을 추적해서 법적 책임을 추궁할 수 있는 권력기구가 있으면 그런 방법이 합법적일 수는 없겠죠. 하지만 미국에도, 다른 어떤 나라에도 그런 기구는 없소. 회사가 개인 소유이고, 충분히 작은 규모로 나뉘어져 있고, 스무 가지 이상의 방법으로 은폐되어 있으면, 뭐 발각될 염려는 없는 거요. 내가 십 년 전부터 자료를 축적해온 이유도 이런 편법을 추적하기 위해서였소. 명심해요. 세계화와 외주 생산방식은 떼려야 뗄 수 없는 관계요. 시장 독점이 지금처럼 심한 적도 없었지만, 기업의 법적 책임이 지금처럼 가벼웠던 적도 없었소."

"이상한 일이로군요."

"놀랄 일도 못 돼요. 어쨌든 내 얘기 잘 들어요. 지금부터가 중요해요. 당신들은 그물을 다잡은 거나 다름없소. 아무도 그를 이런 곤경에 빠뜨리지는 못했어요. 당신네들이 해낸 거요."

"이것만으로 가능할까요?"

"당신네가 이 정보를 공개하면 그는 리스본 유출사건에 대해 법적 책임을 지게 될 것이오. 게다가 그와 그의 동료 헤이스는 다스 베이더 이후 가장 음험한 세력으로 비춰질 것이오. 비토리오 마사로는 그들의 사악한 추종자가 될 것이고. 그렇게 되면 그릴은 평생 동안 축적한 권력을 한순간에 잃게 되겠지. 내 생각에 그릴은 그런 파멸을 피하기 위해서는 무슨 짓이든지 하려 들 것이오. 지금은 당신네가 그릴의 사타구니를 쥐고 있는 셈이고 이 사실을 공개할 경우 그는 늑대처럼 울부짖을 거요. 내 정보를 당신들에게 택배로 부치든 팩스로 보내든 이메일로 전송하든 나한테는 최고로 기쁜 일이오. 그 결과는 정말 엄청날 거요. 하지만 치명적인 일에는 치명적인 위험이 따르지. 이봐요, 말콤. 내가 몇 가지 충고 좀 하지. 이 정보를 당신이 직접 공개하지는 말아요. 당신의 모습을 드러내지 말고 당신이 어디 있는지도 그릴이 알게 해서는 안 돼요. 당신들은 엄청난 위험에 처해 있소. 가능하다면 그가 절대로 죽일 수 없는 사람을 통해서 이 일을 공개하는 것이 좋을 것이오. 그런 사람을 구할 수 있겠소?"

"어쩌면," 말콤은 말했다. "어쩌면 버몬트 주지사 존 퍼트냄이 도와줄지도 몰라요. 그릴이 그를 위해 일하던 토지이용계획 담당관 한 명을 죽였어요. 전에 얘기한 적 있었죠."

"퍼트냄이라면 완벽한 선택이오."

"하지만 아직은 우리 편이 아니에요."

"아침 밥맛이 뚝 떨어지는군, 라모나."

존 퍼트냄 주지사의 보건 정책 자문 폴라 맥킨타이어는 부엌 창 밖으로 버몬트 주립 순찰차가 그녀의 집 진입로에 주차되어 있는 것을 볼 수 있었다. "물에 관한 이 기사 말이야," 그녀는 신문을 들고 흔들어 보였다. "뭐가 더 나를 화나게 하는 건지 모르겠어. 기사가 다룬 내용인지, 빠뜨린 내용인지."

"깊이 숨을 들이쉬어요." 라모나는 폴라의 어깨에 다정히 손을 얹으며 말했다.

"기사를 어떤 식으로 써 놓았는지 보라고." 그녀는 신문을 쳐들었다. '미래의 물 수요가 지금의 행동을 요구한다' 는 것이 헤드라인이었고 그 아래에는 에너지 장관 제이슨 스탬퍼의 잘생기게 나온 컬러 사진이 있었다. "투기와 조작과 혼란으로 가득 찬 기사야."

"폴라, 자기 식으로 편집해서 말하지 말고 기사 내용을 말해줄래."

"좋아. 들어보라고. '정치인들과 사업가들은 앞으로 다가오는 날들에 대비해 미국의 물 부족 문제를 해결하기 위해서 손을 좀 더럽히는 것도 마다해서는 안 된다.' 기사는 온통 물 수요의 증가에 관한 얘기고 오갈랄라 저수지 기타 등등의 얘기야. 이것 좀 들어봐. '캐나다는 당연히 우리가 눈을 돌리게 되는 곳이다. 캐나다는 이 대륙의 신선한 물의 삼 분의 이를 보유하고 있기 때문이다. 나프타는 미국이 캐나다의 물을 필요한 곳으로 끌어오는 일에 안성맞춤인 조건을 마련해 놓았다. 이제 남미와 자유무역협정을 추진

중이니 이러한 준비는 더욱 중요해지고 있다.'"

그녀는 고개를 들어 라모나를 보았다. "강물 오염이나, 물 절약이나, 염분제거 기술이나, 물 사용 방법의 변화 등에 대한 말은 한 마디도 없어. 그냥 캐나다에 물이 있으니 뺏어 오자는 식이야. 그러고 나서는 그 뱀처럼 징그러운 제이슨 스탬퍼 얘기로 도배를 했어. 그가 물 위를 걷는 기적이라도 일으키는 것처럼. 미안, 말장난을 하려는 건 아니었어. 그리고 전략적인 자원을 확보하는 게 얼마나 중요한 일인지에 대한 얘기야. 들어봐. '장관의 뛰어난 예지력과 추진력을 배경으로 미국의 전통산업을 이끌고 있는 성실한 기업가들이 이미 일을 추진하고 있으며, 캐나다의 신선한 물을 나눠 쓴다는, 과거에 아무도 생각하지 못했던 새로운 사업 영역을 대담하게 개척하고 있다⋯⋯' 도대체 전통산업을 이끌고 있는 성실한 기업가들이란 게 누굴까요? 그리고 캐나다 물을 나눠 쓴다고? 정말이지⋯⋯" 그녀는 기사 말미에서 익숙한 단어들을 발견하고는 신음소리를 냈다.

"왜 그래?" 라모나가 물었다.

"'캐나다는 광대한 물 자원을 낭비해왔고 강과 호수를 부주의하게 관리해왔다.' 몇 주 전에 난 클래어에게 이와 비슷한 말을 했었지. 계속 들어봐. '무역을 통해 긍정적인 자극을 주면 그들은 좀 더 신중한 물 관리 정책을 수립하지 않을 수 없게 될 것이라는 것이 우리의 생각이다.'" 라모나는 혀를 끌끌 찼다. 폴라는 다음 부분을 한 단어 한 단어 분명하게 읽어나갔다. "'이 글은 미국의 물 부족 문제에 관한 비정기 연재물 중 이 문제의 배경지식을 소개하는 첫 번째 글이다. 여러 주지사들은 가까운 미래에 닥칠 미국의 물 부족 문제를 해결하기 위해 스탬퍼 장관과 협의하고 있으며, 미국 사업가들과도 함께 대책을 마련하고 있다. 이번 연재물은 이 일의 추진 과정을 추적할 예정이다.' 라모나, 어떤 때에는 내가 미국인이라는 게 부끄럽게 느껴져."

윌리엄 그릴은 평소보다 한 시간을 더 침대에서 보내는 호사를 누렸다. 그가 일어나서 언제나 하던 대로 몸 상태를 점검해 보니 몇 주일 동안이나 경동맥에서 느껴지던 심한 고통이 사라졌음을 알 수 있었다. 그는 정상으로 회복하고 있었다. 그는 하품을 하고 줄무늬 파자마 바람으로 거울로 터벅터벅 걸어가서 그의 뺨에 선명하던 붉은 점들이 매력적인 발그레함 정도로 완화되었음을 확인했다. 그는 휴가에서 돌아온 그레타에게 전화를 해 와플과 돼지고기 소시지와 버몬트 메이플 시럽으로 풍성한 아침식사를 준비해 줄 것을 주문했다. 그리고 나서 풀장으로 가 오랫동안 천천히 수영을 즐겼다.

아침식사를 하며 신문을 읽던 그릴은 만족감이 최상의 기쁨으로 극대화됨을 맛보았다. 프랭클린은 물에 관한 기사를 정확히 그릴이 바라던 대로 써 놓았던 것이다. 산책하기 힘들 정도로 태양이 뜨거워지기 전에 그는 이국적인 풀들이 심겨진 공원으로 나가 바람에 나부끼는 키 큰 목초를 헤치며 걸었다. 풀잎의 끝은 색이 변하기 시작했고 그는 해마다 가을이 되면 떠나는 사냥 여행에 대한 기대로 가슴이 부풀었다. 수사슴 한 마리를 아주 큰 놈으로 잡을 생각이었다.

본격적인 하루의 업무를 시작하기 위해 자리를 잡은 그는 윌버 헤이스가 주문한 파이프라인의 질과 퀘벡에 놓여지고 있는 도로의 진행상황에 대한 메줄리의 긍정적인 분석을 읽었다. 그는 버니 포겔에게 전화해서 기쁜 소식을 전해 주었다. 포겔은 무척 좋아했다. 인생은 즐거웠다.

"그렇게 조바심 낼 것 없어, 더그." 산뜻한 모습으로 출근한 카메네프 대령은 책상 뒤에 쇠꼬챙이처럼 꼿꼿이 앉아서 보일에게 말했다. 보일은 화가 난 표정이었다. "코베이는 세르주가 정부 업무로 출장 중이라고 했어. 그게 사실이 아니라면 왜 그렇게 말하겠나? 우리가 원한다면 세르주 문제를 물고 늘어질 수도 있어, 그와 이야기할 것을 고집해서 그를 날려버릴 수도 있겠지. 하지만 왜 지금 그런 무리를 해야 하나? 가보 말이 맞아. 지역 반대세력이 수그러들어 없어지고 몬트리올 반대세력도 겁을 먹고 꼼짝도 못한다면, 그리고 코베이가 내일 협약서에 서명을 하고 법안을 통과시킨다면, 사과 수레를 엎을 이유가 없지 않나?"

카메네프는 잠시 쉬었다가 말을 이었다. "게다가 그릴이 좋아하지 않을 거야." 그는 이제야 생각난 듯이 마지막 말을 덧붙였다.

'진짜 이유는 그거겠지.' 보일은 역겨움을 느끼며 생각했다. 그는 반박하기 위해서 입을 열었지만 카메네프는 그를 무시했다. "알았네, 알았어. 우린 젬마 리차드슨이란 여자가 아무 짓도 못하도록 확실히 해 두어야 하고, 말콤 같은 새끼들이, 그 이름이 뭐더라, 스틸러 부하였던 놈 있잖아, 그리고 그 〈환경정의연합〉 여자가 함부로 날뛰지 못하도록 해 둬야 하지. 하지만 리차드슨은 뭐 앞으로 별 할 말이 없을 것 같고, 설사 몸의 기능이 정상인 상태로 깨어난다고 해도 그녀가 뭘 어쩌겠나? 어떤 남자가 버몬트에서부터 쫓아와서 날 죽이려 했고 내 모든 파일을 파괴했다고 말한다? 그게 뭐야? 어떤 남자? 그가 어디 있는데? LA 경찰은 손도 못 대. 언론도 마찬가지고. NSA와 무역대표부, 백악관 모두 이 일에 깊이 관여하고 있다고. 버몬트에서 인터뷰한 남자가 자신이 저격당한 때에 살해되었다고 리차드슨이 외칠 수도 있겠지. 하지만 그와 동시에 그녀의 살해범은 알리바이가 성립되는 거야. 두 장소에 동시에 있을 수는 없잖아? 그리고 자네가 마사로의 사람은 방화의 흔적을 전혀 남기지 않았음을 맹세했다고 말하지 않았나? 발륨 한 알 먹고 진정하게."

'이 멍청하고 안일한 돌대가리, 전투에서 배운 걸 몽땅 잊어버렸군.' 보일은 아주 부자인 것이 사람을 덜 공격적이거나, 덜 인색하거나, 덜 탐욕스럽게 만들지는 않는다는 것을 관찰을 통해 알고 있었다. 부는 다만 그들을 무슨 일이든 할 수 있다는 착각에 빠뜨릴 뿐이었다. 무엇이든지 돈으로 해결할 수 있다고 생각하는 것이다. 그래서 정말 멍청한 실수를 하게 되는 것이다.

"이봐." 카메네프가 말했다. "자네의 임무가 경계를 늦추지 않는 거라는 거 잘 아네. 자네의 집요함은 내 높이 사지. 우린 모든 걸 깨끗이 처리할 거야. 우리를 이렇게 엿 먹인 말콤을 행복하게 오래 살도록 내버려 둘 수는 없지. 하지만 우린 며칠 후면 협약서를 얻게 돼. 법률 제정은 한 달 후고. 퀘벡인들 일은 퀘벡인들에게 맡기자고. 만약 세르주가 아무 이유 없이 사라졌다면 틀림없이 코베이는 사람을 시켜 그를 찾고 있을 거야."

머릿속으로 계산하느라 보일은 말이 없었다. '대령은 기분이 상했고 내가 계속 반발하면 나를 나무랄 거야.' 하지만 보일이 자신의 일에 대해 가지고 있는 자긍심과 본능이 이대로 포기하도록 내버려 두지 않았다. "대령님, 부탁입니다. 한 가지만 약속해 주십시오. 그릴씨에게 전화하셔서 세르주의 부인에 관한 소문을 말씀해 주십시오. 그런 소문은 하늘에서 뚝 떨어지는 게 아닙니다. 그리고 그게 사실이라면 우린 엄청난 문제에 당면하고 있는 겁니다. 세르주가 언론에 찾아가거나, 혹은 야당 정치인을 만나서 이야기한다면, 그건……"

"전화할게, 더그. 오늘 밤에 전화하기로 되어 있어. 하지만 그 소문이 사실이 아니라면 우린 그를 또 한 번 미치게 만들 거고 그 결과는 우리가 예상할 수 있는 그 어떤 위험보다 더 큰 위험이 될 수 있다는 건 자네도 잘 알고 있겠지?"

"알고 있습니다. 그래도 전 대령님이 전화하셔야 한다고 생각합니다. 당장."

"오늘 밤에 하겠네." 카메네프는 화가 나서 눈을 위협적으로 부라리며 말했다. "이제 겨우 그릴을 진정시켰네. 오늘 오후부터 그를 다시 펄펄 뛰게 만들 생각은 없어. 가보게!"

저녁 여섯 시경, 그릴은 스카치위스키 한 잔을 따라 의자에 등을 기대고 앉았다. 그의 마음은 퀘벡 북부에서 미 중부와 남서부로 이어지는 거대한 인공 강을 따라 쏟아져 내려오는 엄청난 양의 물로 범람하고 있었다. 물은 메마른 들판을 채우고, 그의 은행 계좌를 불리고, 그를 워싱턴의 킹메이커이자 킹으로 만들 것이다. 그는 워싱턴의 조지타운 집에서 훨씬 더 많은 시간을 보내게 될 것이고 따라서 사라에게 그 집을 다시 꾸미라고 해야 될지 생각해 보았다. 아니면 더 큰 저택을 사버린다? 그는 스카치 한 잔을 더 따라서 그의 야심을 실현시킬 수 있을 만큼의 뱃심을 가지고 있는 자신을 축하했다. 심장이 약한 동료들에게 맡겼다면 이 프로젝트는 벌써 엎어졌을 것이다. 그는 닉과 비토리오가 마음을 굳게 먹고 모든 수단을 동원해 준 것이 아주 흡족했다. 약간의 실수도 있었긴 했다. 끔찍하고 위험한 순간들도 있었다. 하지만 결국 모든 게 잘 해결되었고 그것은 그가 눈 하나 깜짝 않고 끝까지 밀고 나간 덕분이었다. 여섯 시 오십오 분에 전화벨이 울렸다. 닉이겠지, 그릴은 생각했다. 하지만 미네아폴리스 지사 책임자 네빌 포인덱스터였다.

"퍼트냄 주지사님이 대기 중입니다, 그릴씨." 그는 공손하게 말했다. "당장 당신과 통화를 해야겠다고 고집을 피우시는군요."

"그분에게 내 전화번호를 가르쳐드리지 그래. 무슨 일인데?"

"말씀을 안 해주시는데요."

"흠…… 내가 여기서 기다리고 있다고 말해줘." 그는 전화를 끊고 의자에 등을 기댔다. 전화벨이 다시 울렸다. "윌리엄 그릴입니다." 그는 단호하게 말했다.

"안녕하십니까, 그릴씨. 전 버몬트주 주지사 존 퍼트냄입니다."

"네, 주지사님." 그릴은 절제된 친밀감을 담아 대답했다. 빨리 처리해버릴 심산이었다. "무슨 일로 전화를 주셨습니까?"

"그릴씨, 당신은 당신네 불량배들을 철수시키고 물 수입 프로젝트를 철회하는 게 좋을 거요."

침묵이 흘렀다.

"그릴씨, 듣고 있소?"

그릴은 고개를 흔들었다. 어떻게 된 일인지 알 수가 없었다. "죄송합니다만, 주지사님, 방금 하신 말씀을 다시 한 번 해 주시겠습니까? 제가 잘못 들은 것 같아서요."

"당신은 제대로 들었소, 그릴씨." 주지사의 날이 선 목소리는 유리도 자를 수 있을 것 같았다. "아주 제대로 이해한 거요."

그의 요구는 너무 뜻밖이고, 너무 괴상하고 부적절해서 그릴은 놀란 마음을 진정시킬 수가 없었다. "주지사님이 우리 프로젝트를 별로 좋아하는 편은 아니라는 건 알고 있습니다. 지난번에 저와 말씀하실 때에도 그점은 분명히……"

"난 비밀리에 프로젝트를 추진하는 것이 못마땅했소." 퍼트냄은 무례하게 그의 말을 끊었다. "그때 난 그렇게 말했소. 하지만 지금 내가 알게 된 건……"

"그리고 내가 그때 당신에게 말한 건," 그릴은 복수하듯이 주지사의 말을 끊었고 그의 목소리는 칼집에서 뽑아든 칼과 같았다. "당신은 이 문제에 대해 선택할 권한이 없다는 거였죠. 이 프로젝트는 백악관과 에너지 장관의 승인을 받은 거라고 말해줬잖소. 당신이 방해할 경우 제이슨 스탬퍼 장관은 당신이 말을 듣도록 강제할 것이라고도 했죠. 그리고 이 프로젝트가 다섯 명의 주지사와 같은 숫자의 상원의원과 무역대표부의 적극적인 지지를 얻고 있다는 말도 했을 텐데요? 이 프로젝트에 반대하는 어떤 시민운동도 국가 안보 문제로 간주되어 NSA에서 다뤄진다는 말도 했고요. 이건 이미 확정된 사안이라고 말씀드렸을 텐데요? 그렇지 않습니까?" 그릴의 혈압은 급상승했고 그의 뺨은 불붙은 듯했다.

"맞아요, 그릴씨. 전부 다. 그리고 정말 혐오스러운 일이죠."

그릴은 퍼트냄이 혐오스럽든 말든 도대체 자기가 알 바는 아니라는 생각이었다. "그래서 도대체 무슨 말씀을 하고 싶은 겁니까?"

"그릴씨, 내 사무실에 어떤 분들이 와 계시오." 퍼트냄은 그 말이 충분히 인식될 때까지 기다렸다. "당신의 퀘벡 지역 정보수집 능력이 의심스럽군요. 무역대표부와 그의 스파이들의 지원을 받고 있다는 건 알지만. 퀘벡시에서 치쿠티미로 가는 길에서 일어난 사고 말이오. 일요일 아침에 몬트리올 기자 한 사람이 목숨을 잃었던. 그 사고로 죽은 사람이 두 명 더 있었소." 퍼트냄은 그릴의 변명을 기다렸으나 그릴은 아무 말이 없었다. 그릴은 너무 놀랐던 것이다. "그 두 사람 중 한 사람은 우연히도 세르주 라롱드씨의 기술 고문이라고 우린 생각하고 있소. 이름은 헬더 페레이라요."

"처음 듣는데요." 그릴은 말했다.

"그리고 나머지 한 사람은, 그릴씨, 라롱드씨의 부인이 확실하오."

잠시 동안 눈앞이 깜깜해졌다. 그릴은 다만 혈관 속에서 피가 미친 듯이 날뛰는 것만을 느낄 수 있을 뿐이었다.

"그릴씨? 듣고 있소, 그릴씨?" 퍼트냄 주지사의 목소리는 멀리서 들려와 점점 커졌다.

"물론 듣고 있습니다. 무슨 말씀인지 도무지 모르겠군요."

"이미 늦었소, 그릴씨."

"친애하는 주지사님," 그릴은 안간힘을 다해 말했지만 그의 목소리는 기어들어가고 있었다. "수수께끼 같은 말씀만 하시는군요. 물론 라롱드씨의 일에 대해서는 유감스럽게 생각합니다. 전 전혀 몰랐습……"

"저를 찾아오신 분들도 그렇게 생각하시더군요." 이번에는 퍼트냄이 그릴의 말을 끊었다. "이분들은 그 기자가 파이프라인 문제를 폭로하기 전에 당신이 그를 죽인 것이라고 하더군요. 하지만 이분들 생각으로는 그 차 안에 타고 있던 다른 사람들이 누구였는지는 당신이 전혀 모를 거라고 하더군요."

"말도 안 됩니다!" 그릴은 노여움으로 기운을 회복하며 대답했다. "난 그런 지시를 한 적이⋯⋯"

"당신은 퀘벡 재무장관에게 살해를 지시했다고 직접 말하기까지 했소. 그것이 퀘벡 반대파에게 보내는 작은 메시지라고."

"도대체 그 사람들이 누구요?" 그릴은 소리를 질렀다. "함부로 중상모략을 하지 말아⋯⋯"

"아내의 죽음을 알게 된 라롱드씨는 몬트리올로 가서 – 이름이 뭐라고 했죠? -〈오노위원회〉사람들과 만났소." 다시 심장은 가일층 미친 듯이 날뛰었고 호흡곤란은 극심해졌다. 그릴은 책상의 옆 모서리를 붙잡아야 했다. "더군다나, 그릴씨," 여기서 퍼트냄 주지사는 아주 천천히 말을 했다. "이분들은 당신이 미국 기자 한 사람을 죽이도록 지시했다고 하더군요. 젬마 리차드슨이란 사람이오. 그녀는 로스앤젤레스 센추리 시티 병원 중환자실에서 이제 막 옮겨졌소. 그 사건에 관해 재미있는 사실을 알고 있는 LA 경찰 한 분이 있지요. 그리고 당신네 보안 관계자들이 우리 토지사용계획 담당관 중 한 명을 처형했다는 말도 들었소. 찰스 에머슨이란 친구였는데 우리에게는 아주 귀중한 사람이었소."

그릴은 밖에 있는 적뿐만 아니라 안에 있는 적과도 처절한 싸움을 벌여야 했다. 그는 점점 현기증이 심해짐을 느꼈다. "퍼트냄 주지사님," 그는 쉰 목소리로 말했다. "모두 전혀 근거 없는 중상으로 한 오라기의 증거도 없는 얘깁니다."

"저는 근거가 없지는 않다고 믿어지는군요. 당신 말대로 입증하기는 어려울지도 모르겠지만. 버몬트 강력반을 시켜서 주말 동안 전소된 에머슨의 집을 샅샅이 검사해 보게 했지만 누가 했는지 몰라도 너무나 감쪽같이 했더군요."

그릴은 간신히 거칠게나마 다시 숨을 쉴 수 있었다.

"하지만 그걸로 끝난 건 아니에요, 그릴씨. 여기 오신 분들이 컴퓨터를 다루는 데에 아주 뛰어나신 분들인 모양입니다. 그리고 라롱드씨가 당신에 대해 절대로 없어지지 않을 적개심을 품고 있다는 것과 내가 지금부터 당신네 프로젝트에 협조하지 않을 거라는 것 외에도 할 얘기가 세 가지나 더 있습니다. 첫째로, 이분들은 당신들이 주고받은 이메일의 상당 부분을 다운받아 놓았습니다."

"그건 범죄 행위요." 그릴은 따지듯이 말하면서 스틸러나 카메네프의 사람들 중 누가 주지사의 사무실에 간 것이 아닐까, 의심했다. "그건 사적이고 면책이 보장되는 정보예요. 그 사람들이 찾아낸 건 법정에서 받아들여지지 않아요."

"여론 재판에서는 그렇지 않죠, 그릴씨. 당신도 여론의 중요성을 인정하시리라 믿소. 두 번째로 당신 동료인 비토리오 마사로가 북동부 주에서 유해물질 폐기 관련 법령을 크게 위반했다는 많은 정보가 있는 것 같소."

"그게 무슨 상관입니까?" 지금 그는 아버지의 인생철학에 매달리고 있었다. 한 치도 물러서지 않는다. 물에 빠진 사람이 뗏목을 붙잡을 때처럼.

"많은 사람들은 그 사실에 놀랄 것이오, 그릴씨. 사람들은 그런 전력을 가진 사람이 이 대륙의 물의 미래를 책임지게 되는 것을 원하지 않을 테니까. 당신은 그를 컨소시엄에서 제외시킬 수도 있겠지. 하지만 세 번째 문제는 그런 방식으로 해결될 수 없소. 징클로리니움이라는 화학물질의 대규모 유출사건에 대한 법적 책임이 걸린 문제요. 1996년에 리스본항에서 강력한 내분비선 교란물질이자 당신네 주력 제품인 곰팡이제거제의 주요 성분이 유출된 사건 말이오."

퍼트냄 주지사는 날카롭게 숨을 들이키는 소리를 들었다. 그리고 전화선의 반대편에서는 침묵이 흘렀다. 이젠 꼼짝 못하지, 이 거만한 악당아. 퍼트냄은 생각했다. "그리고 저를 찾아오신 분들이 방금 전에 내 책상 위에 올려놓은 정보에 의하면 그 사건의 법적 책임은 당신과 컨소시엄 참여자인 윌버 헤이스씨에게 공히 돌아가는 것처럼 보이는군요."

붉은색이 윌리엄 그릴의 눈과 눈꺼풀을 뒤덮었고 귀에서도 혈관의 고동이 느껴졌다. 심장마비는 안 돼. 그는 자신의 몸에 명령했다. 절대로. 하지만 그의 심장은 아무 갈 곳도 없이 포뮬러 원 경주용 자동차의 엔진처럼 과열되었다.

"그릴씨? 듣고 있나요? 포르투갈 정부와 유럽연합위원회의 파일들로 보이는데 - 지금 그 파일들이 내 책상 위에 있소 - 이 파일들에 의하면 항구가 입은 피해를 복구하는 데에 드는 비용이 백억 달러가 훨씬 넘을 것으로 추산하고 있소. 그리고 포르투갈 환경부와 보건부의 연구에 의하면 리스본항의 해양생물 대부분과 사고 지역에서 일정 거리 안에 사는 모든 어린이들이 심각한 피해를 입었다는군요. 이 피해의 비용은 계산할 수조차 없습니다.

당신에게 충고하는데, 그릴씨. 당신에게 전화하기 전에 난 카시아, 풀라스키, 맥파랜드, 알링턴 등의 주지사에게 전화를 하고 이 정보를 모두 알려주었소. 그리고 당신 동료 번팅 허스트씨에게도 전화를 했소. 그에게 내가 알고 있는 것과 앞으로 내가 어떤 일을 할 준비가 되어 있는지도 말해 주었지. 당신도 알고 있겠지만 허스트씨와 나는 알고 지내는 사이요. 그의 은행은 우리 정부와 함께 벌링턴 북부에 있는 새 치즈 협동조합에 투자를 하고 있소. 잠시 후 그가 당신에게 전화를 할 거요. 하지만 그가 뜨거운 부지깽

이보다 더 빨리 이 프로젝트에서 손을 뗄 것이란 걸 내가 먼저 말해 두지. 당신 같은 범죄자와 같이 일을 한다는 불명예를 지역 사회에서 안고 살 수는 없는 노릇이니까. 그리고 난 그에게 다른 동료들에게도 전화해서 만약 이 프로젝트에 반대하는 사람들을 또 해치는 일이 발생하면 내가 직접 이 자료들을 들고 언론에 찾아갈 것이라고 전해달라고 했소. 그는 내 말에 동의하고 그렇게 하겠다고……"

전화선 저편에서 끔찍한 소리가 들렸고 곧바로 수화기가 책상에 부딪히는 것 같은 소리가 들렸다. "그릴씨," 퍼트냄은 대답이 없자 더 큰 소리로 말했다. "그릴씨? 듣고 있는 거요?"

41

가을날의 날씨는 맑았다.
몬트리올 시내 비거 거리의 회의장 밖에는 시위 군중 수백 명이 초록색과 붉은색 글씨의 두 가지 언어로 쓰여진 플래카드를 흔들었다. '물은 인간의 권리', '깨끗한 물은 우리 모두의 것', '환경 정책은 곧 푸른 물' 등의 플래카드들이 지나가는 행인과 끊임없이 이어지는 자동차 행렬 앞에서 흔들리고 있었다. 건물 안에서는 사람들이 커다란 회의실에서 쏟아져 나왔다. 문 밖에 붙은 포스터는 '대륙과 반구적인 관점에서 본 퀘벡의 물을 위한 지리적, 정치적, 경제적, 사회적, 환경적 요구사항' 에 관한 공청회를 알리고 있었다. 연단에서는 붉은 천이 드리워진 긴 테이블 뒤로 위원들이 엄숙한 표정으로 퀘벡 물에 대한 공청회 첫날을 주재하고 있었다.

오전에는 여러 정치인들이, 퀘벡이 주권을 행사하여 퀘벡 물의 가장 큰 수요자가 될 미국을 상대하는 데 주체성을 지켜야 할 필요성을 역설했다. 재무장관 로베르 코베이는 열정적인 연설로 오전 회의시간을 마무리했다. 그의 양복은 구겨지고 시가의 재가 묻어 있었으며 그의 목소리는 가래로 탁했다. 하지만 결의는 분명하고 강하게 표출되었다.

"오늘 오후에는," 그는 자신의 설명을 마치면서 이렇게 말했다. "퀘벡의 푸른 보물을 앞으로 어떻게 사용할 것인지에 관한 상세한 설명을 들으실 것입니다. 지난 육 개월 동안 재무부 내의 추진 팀이 그 계획을 개발해 놓았습니다. 그 계획이 정부가 제안하는 사업의 근간을 이룰 것입니다. 계획에는 퀘벡 정부부처들과 퀘벡의 가장 영향력 있는 사업가들과 여러 미국 기업들 간의 협력에 관한 협약이 포함되어 있습니다. 특히 참여하게 될 미국 기업은 계류 중인 계획의 승인 후에 확정될 것입니다."

〈오노위원회〉를 대표해 연단에 앉은 실비 라크르와 위원과 르네 두부아 위원은 깜짝 놀라 입을 벌렸다. "왜 미국인들의 참여가 필요한가?" 코베이는 수사적으로 질문을 던졌다. "그것은 우리 계획이 미국의 협력을 얻기 위해서는 미국 자본의 참여가 반드시 필요하기 때문입니다."

"창녀 같으니라고!" 두부아는 중얼거렸다.

"돼지 새끼!" 실비가 덧붙였다.

코베이는 말을 계속했다. "위원님들께서는 이 계획의 현명함을 살펴주시고 이 계획이 가지고 있는 단점들을 잘 보완해 주실 줄로 믿습니다. 저는 사업추진 정지조치가 하루속히 해제되어 퀘벡이

다시 사업에 뛰어들 날을 고대하고 있습니다!"

"배신자!"라는 외침이 여기저기서 들렸다. 코베이는 전혀 동요하지 않았다. "몇 달 전에, 퀘벡 정부는 어느 특정 미국 컨소시엄과 제휴하여 이 사업을 추진하려 했습니다. 하지만, 우리 부에서 조사해 본 결과 그 컨소시엄의 몇몇 참여자가 이번 협력 사업에 적합하지 않은 것으로 판명이 되었습니다. 계획이 승인되면 새로운 참여자들이 선정될 것입니다. 퀘벡은 자신의 이름으로 사업 참여자들을 선정해야 합니다, 여러분!" 회의장에 모인 사람들의 대다수는 사건의 전말을 알지 못했기에 코베이의 마지막 말에 환호했다. 점심시간이 선언되었다.

점심시간 후, 피에르 가슬린 차관은 중간 설명을 맡아 세 시간 동안 알아들을 수 없는 기술적인 문제들을 설명했다. 물의 공공관리에 대한 언급은 전혀 없었는데, 이 문제는 환경운동가들의 가장 중요한 요구사항이었으며 코베이도 정부의 발표에 이 문제를 포함시키겠다고 약속했었다. 환경 기준 준수의 중요성에 대해 많은 이야기가 전개되었지만 이를 실현시킬 방법에 대해서는 한 마디도 없었다. 설명이 끝날 즈음에는 무엇이 포함되고 빠졌는지 아무도 기억하지 못했으며 모두들 휴식을 취하고 싶은 마음에 신경도 쓰지 않았다.

르네와 실비는 정부 측의 배신과 주의를 분산시키는 전술에 경악을 금치 못했다. 두 사람은 가슬린에게 질문할 기회를 요청했다. 말끔하게 차려입고 사회를 보던 라발 대학 공대 교수 게탄 라블랭은 하품을 하더니 안경을 케이스에 접어 넣고 오늘 공청회는 여기서 마치겠노라고 말했다.

"당신 전화야, 실비." 조르제는 거실에서 서재로 소리쳤다. 실비는 르네 두부아를 비롯한 여러 위원회 회원들과 긴급 전략 회의를 갖고 있었다. 그녀는 수화기를 들었다.

"실비, 어떻게 지내요? 세르주예요."

"세르주, 잘 지내요?" 세르주와 이야기한 지도 수주가 지났기 때문에 그의 목소리는 그녀에게 아주 복잡한 감정을 불러일으켰다. 회원들은 그의 이름을 듣자 못마땅한 표정들이 되었다.

"난 돌아가지 않기로 했소, 실비. 이제 퀘벡에서 내가 할 일은 없어요." 그는 더듬거렸고, 그녀는 그의 말에 담긴 공포를 이해할 수 있었다.

"이해해요." 그녀는 서둘러서 말했다. "니콜의 가족과는 만났어요?"

"아뇨. 무슨 말을 해야 될지 모르겠어요."

"언젠가는 만날 수 있는 날이 오겠죠. 이제 어떡할 거예요?"

"컨설팅을 해보려고요. 경제 개발이나 사업의 동반 성장 등에 관한. 파리는 사업을 시작하기 아주 적당한 장소예요. 아직도 놀라울 정도로 많은 지인들과 연락이 닿더라고요." 실비는 억지스런 낙관을 감지할 수 있었다.

"잘됐군요, 세르주. 제발 유전자조작이나 해로운 살충제만은 다시는 손대지 말아요. 이제 자신의 사업을 하는 거니까 그럴 필요는 없잖아요."

"그럴게요." 그의 목소리에는 뉘우침이 담겨 있었다. "그쪽 사정은 어때요?"

"별로 안 좋아요. 이제 막 물 공청회 첫날을 마쳤어요. 정부는 우리에게 한 모든 약속에서 뒷걸음질만 치고 있어요."

"뭐라고요?"

"끝날 때쯤에는 너무 화가 나서 집어치우려고 했어요. 완전 속임수예요."

"실비! 포기해서는 안 돼요! 그게 그들이 바라는 바예요."

"그럴지도 모르죠. 하지만 우린 걸려든 거예요. 우리가 계속 참여하면 그들의 속임수만 정당화해 주는 셈이죠."

"알았어요. 하지만 조심해요. 잘못하면 게임의 주도권을 완전히 뺏길 수도 있으니까."

"시끄러워요, 세르주! 당신 충고는 필요 없어요. 당신만 아니었어도 우리가 이런 골칫거리를 ……"

"알아요. 제발. 난 단지 그들에게 당하지 않기를 바랄 뿐이에요."

실비는 마음을 가라앉혔다. "알았어요. 문제는 당신이 돌아와서 당신이 알고 있는 사실에 대해 증언하지 않는다면 우리가 더 이상 싸울 수 있는 수단이 없다는 거예요."

전화선 저편의 침묵은 길고 고통스러웠다.

"그러고 싶소, 실비. 하지만 지금 돌아간다면 난 미쳐버릴 것 같아요. 지금도 어떤 날은 더 이상……"

"휴," 실비는 한참 후에 말했다. "회의를 계속 해야 돼요."

"잠깐. 당신이 알아야 할 소식이 있어요. 당신 동료들에게 전해 줘요. 이번 주에 난 브뤼셀에 있었어요. 우리를 도와줬던 친구를 찾아봤죠. 장마리 오뱅이라는 국제경찰 말이오. 난 정말 그가 어떤 사람인지 궁금했고, 외롭기도 해서, 그래도 인연이 있다고 여겨지는 그를 찾은 거요. 아주 좋은 친구더군요."

"그럴 거라고 생각했어요. 그래서요?" 그녀의 동료들은 기다리다가 지치는 기색이었다.

"그는 〈환경정의연합〉 사람들이 유럽 POP(지속성 유기 오염물) 반대운동 단체에 그 정보를 흘린 뒤로 리스본 유출사건이 어떻게 취급되어왔는지를 추적했다더군요. 국제경찰에 환경범죄반을 신설하고 싶대요. 이 사건을 그 필요성을 설명하는 데에 사용하겠다더군요."

"늦었긴 하지만 잘됐군요."

"그런데 이상한 일이 벌어지고 있대요. 9월 초에 유럽 POP 감시 네트워크가 개최한 대규모 기자회견 기억하죠?"

"물론이죠. 후속 활동에 대한 소식을 기다리고 있어요."

"하지만 못 들어 봤잖아요? 오뱅에 따르면 미국 에너지 장관 제이슨 스탬퍼가 이 주 전에 포르투갈 수상을 찾아왔었대요. 항구 청소를 위해 백억 달러를 지원해 주겠다고 했다는군요. 한 가지 조건을 붙여서."

"무슨 조건?"

"침묵. 완전한 정보 비공개. 사건 자체를 아예 없었던 것처럼."

"어떻게……"

"포르투갈은 가난한 나라요."

"하지만 대륙에 걸친 운동을 잠재울 수는 없어요!"

"그럴지도 모르죠. 하지만 포르투갈 정부는 유럽연합위원회와 언론에 침묵을 대가로 복구를 하는 것이 더 낫다고 설득했다는군요."

"그랬군요." 실비는 절망감이 밀려듦을 느꼈다. "그럼 보복은 못 하겠군요?"

"보복은 없죠. 다시 한 번 힘의 특권이 입증된 셈이죠. 정의는 웃기는 농담일 뿐이고."

"웃기지도 않는 농담이죠." 그녀가 분노를 억누르고 있다는 것을 그는 느낄 수 있었다. "너무 식상한 농담이에요. 이젠 가봐야 해요."

화요일은 환경단체들에 할당된 날이었다. 존퀴에르, 치쿠티미, 타두삭의 시장들은 앞서 한 발언에서 정부가 실제로는 순전히 상업적인 의도로 개발을 하고 있고 환경 재난을 고려하고 있지 않다고 비난했다. 의도적으로 환경여행사업을 고사시키면서 물 수출 산업이 창출할 일자리에 대한 주민들의 지지를 이끌어내려 한다는 것이었다.

다른 환경단체들의 신청서들은 어찌 된 일인지 위원회의 사무실과 회의장 사무실 사이에서 분실되어 버렸다. 딱 맞춘 옷을 입은 은발의 운영위원장은 위엄 있는 태도로 안경 너머 아래층을 내려다보며 행정 직원들의 '엄청난 실수'를 꾸짖었다. 직원들은 목이 잘린 닭들처럼 분실된 문건들을 찾아다니며 발언자 앞을 지나가기도 하고 마이크 줄에 걸려 넘어지기도 하고 질문을 하겠다고 청한 사람을 방해하기도 했다. 청중의 거센 항의에도 불구하고 각 '특별 이해집단'에게는 십 분의 시간제한이 부과되었다. 이런 모든 것이 결합되어 환경단체의 의견을 아주 조리가 없게 들리도록 만들었다.

실비와 르네는 정오가 되자 밖으로 나와 시위대를 감독하던 경찰들과 상의했다. 경찰들은 신호를 주면 이백 명 정도 되는 사람들을 홀 안으로 인도해 주는 일에 동의했다. 만일의 사태에 대비해 경찰들이 저지선에 서 있기는 했지만 소동을 일으킬 것이 분명한 행동이었다. 그러고 나서 실비는 안으로 들어가 자신의 자리에 앉아 언론에 보낼 글을 썼다. 드니 라몽따니 살해사건을 은폐하는 것에 재무장관 로베르 코베이가 공조했다는 내용이었다. 그녀는 공청회 사회자 라블랭 교수를 찾아가서 적은 것을 건네주며 환경운동가들의 신청서가 발견되지 않을 경우, 그리고 다시 한 번 발표가 방해될 경우, 그리고 물 수출에 대한 전면 중단이 유일한 길임을 위원회가 깨닫지 못할 경우 시위대들이 홀을 장악할 것이고 적힌 내용은 언론에 보내질 것이라고 말했다. 그녀는 라블랭에게 이 문제를 로베르 코베이와 상의하는 것이 좋을 것이라고 말했다.

없어졌던 서류들은 몬트리올 공청회의 화요일 오후 시간이 시작되었을 때 신통하게도 1층과 2층 사이의 발코니에서 발견되었다. 서류들은 언론사에 배포되었다. 오비드가 오후의 선두 타자로 나섰다. 그는 정부의 물 정책의 골격이 퀘벡 원주민 국가들의 권리를 얼마나 무시하는 행위인지, 그리고 궁극적으로는 영향권 안의 지역을 어떻게 황폐화시킬 것인지에 대해 설명했다. 전국과 지방의 공공 부문 노조를 대표해서 나온 로레인 베크만은 물을 사유화하는 것은 퀘벡과 북미 대륙에 재난을 가져올 것이라고 주장했다. 널리 알려져 있을 뿐만 아니라 많은 이의 존경을 받고 있는 미셸 에리보는 장기적인 환경 영향에 대해 권위 있는 발언을 하였다. 올라프 군더슨은 물의 공공 소유와 관리, 절약과 재생에 기반한 대안적인 정책을 제시함으로써 연속된 연설의 대미를 장식했다.

다섯 시가 되어 기자들이 기사를 전송하기 위해 자리를 떠났을 때쯤에는 정부의 안은 누더기가 되어 있었다. 사업의 전면중지를 요구하는 것이 위원회의 첫 번째 권고사항이 될 것은 분명했다.

홀을 나서며 실비는 르네에게 냉소적으로 한마디 했다. "이걸로 끝난 건 아니지. 일 년 뒤에 코베이가 똑같은 짓을 다시 하려 들지 않는지, 한번 두고 보라고."

42

몬트리올 공청회가 있은 지 일 주일 후, 이슬이 반짝이는 초원에서 한 마리의 매가 들쥐를 쫓고 있었고 클래어와 말콤은 클래어의 작은 집 밖에 놓인 피크닉 테이블에 앉아 모닝커피를 마시고 있었다. 그들은 아직도 가끔 공포와 분노로 치를 떨 때가 있었다. 클래어는 휴식이 너무 필요했고 또 이번 주부터 시작하는 버몬트의 진상조사위원회의 고문 역을 맡기로 했다. 말콤은 물론 스카이포인트로 돌아가지 않았다. 그의 수의사는 보니와 클라이드를 비행기 편으로 몬트리올로 보내주었고 녀석들은 동물답게 즐거워하며 농가의 삶을 아주 즐겼다. 오늘 아침에 말콤은 언제나처럼 믿지는 않았지만 신에게 감사 기도를 올렸다. 그와 클래어와 러셀과 제럴딘 모두가 거의 확실했던 죽음 또는 아무도 모르는 지구의 어느 구석으로 도망쳐야 하는 운명을 피할 수 있게 해 준 것에 대해. 그는 옷을 차려입고 떠날 준비가 된 클래어를 보았다. 그녀의 지적이고 아름다운 얼굴과 따뜻하고 푸근해 보이는 몸은 너무 절묘해서 눈에 눈물이 고일 지경이었다. 클래어도 그를 보면서 비슷한 생각을 했고, 지금까지 잊고 있었던 여신에게 감사의 기도를 드렸다.

클래어는 말콤에게 행운을 빌었고 그도 그녀의 행운을 빌었다.

상호적인 물 사용에 관한 버몬트주 진상조사위원회는 주정부 건물의 남쪽 동에서 청문회를 시작했다. 회의실은 퀘벡 공청회에 참석했던 사람들의 절반 정도 되는 수를 수용할 수 있는 규모였다. 하지만 위원들을 선택하고 위원회를 이끄는 일을 맡긴 폴라 맥킨타이어 박사는 진짜 중요한 문제에 귀를 기울이고 생각할 수 있을 거라는 믿음을 주는 사람이었기에 퍼트냄 주지사는 아주 만족해했다. 클래어는 발표자 단상에 서 있었다.
　"맥킨타이어 박사님, 존경하는 위원님들, 퍼트냄 주지사님, 그리고 버몬트의 시민 여러분." 그녀는 강하지만 사랑스러운 목소리로 말했다. "저는 먼저, 여러분이 전국을 선도하는 역할을 마다 않고 이번 청문회를 개최하여 이 나라와 이 대륙을 위해서 장기적인 물 사용 계획을 수립하는 작업에 착수하기로 결단을 내린 것에 대해 얼마나 기쁜지 모른다는 것을 말씀드리고 싶습니다. 이 자랑스러운 역할은 강하고, 현명하고, 생각이 자유롭고, 책임감 있는 버몬트 시민들에게 걸맞은 역할입니다." 그녀는 폴라를 쳐다보았고 폴라는 무표정한 얼굴로 윙크를 해주었다. 그녀는 청중들이 등을 곧게 펴면서 그녀의 말에 동조를 표시하며 고개를 끄덕이는 모습을 보면서 웃음지었다.
　두 달 전에 베어폰드 서점에서 그랬던 것처럼, 그녀는 물 위기의 원인을 전 세계적 차원, 대륙적 차원, 지역적 차원에서 설명했다. 하지만 이번에는 이 문제점들을 이용해서 버몬트 사람들로 하여금 물의 사유화 대 물의 공공관리에 관한 토론을 스스로 시작하도록 유도했다.
　"여러분들 중 일부는 물의 공유화와 공공관리의 필요성에 대한 주장을 미국의 경제활동 전통과 화해시킬 수 없다고 생각할지도 모르겠습니다." 모든 사람이 자신에게 직접 말하고 있다고 느낄 수 있도록 그녀는 넓은 회의실을 두루 살피며 열변을 토했다. "그런 분들에게 저는 버몬트는 언제나 공공 복지의 귀중함을 이해해왔다는 것을 상기시켜드리고 싶습니다. 침해될 경우 가장 중요한 개인이 해를 입게 되는 공공의 복지 말입니다. 공동체는 나누고 협력하고 계획하면서 개인들에게 삶의 장을 마련해 준다는 사실을 버몬트는 항상 알고 있었습니다.

물에 대한 이러한 접근은 북아메리카에서 가장 사려 깊고 중요한 환경단체들이 공유하는 생각이고 유엔의 근본적인 원리이기도 합니다. 2002년 봄에 유엔환경프로그램(UNEP)은 그들의 세 번째 지구촌 환경예측(GEO-3)보고서를 발표했습니다. 그때 그들이 말한 내용은 오늘날에 더 잘 적용되고 있습니다. '세계는 지금 기로에 서 있다. 탐욕과 인간성 중 무엇을 선택하느냐가 앞으로 수십 년 동안 수백만 사람들의 운명을 결정할 것이다. 오늘날 우리의 선택이 숲과, 바다와 강, 산과 야생생물, 기타 현재와 미래 세대가 의존하고 있는 생명 지원 체계에 결정적인 영향을 줄 것이다.'

이 보고서는 탐욕에 끌려가는 시장제일주의 접근부터 돌보고 나누며 지속성을 가장 중시하는 접근에 이르기까지, 가능성 있는 여러 가지 미래 시나리오를 제시합니다.

시장제일주의 접근을 취할 경우, 유엔이 예측한 바로는 2032년이 되면 인류의 절반 이상이 가뭄이나 심각한 물 부족을 겪을 것이고 남은 땅과 동물의 70퍼센트가 위험에 처할 것이고 이산화탄소 백육십억 톤이 매년 대기로 방출될 것이라고 합니다.

이와 대조적으로 돌보며 나누는 시나리오를 따르면, 보고서는 다음과 같이 말하고 있습니다. '도시와 고속도로는 땅을 덜 잡아먹을 것이고, 가뭄은 물 관리를 개선하여 막을 수 있을 것이며, 동물들이 살고 있는 땅을 빼앗는 일도 줄어들 것이고, 지구촌의 이산화탄소 배출량도 UNEP가 '탐욕의 정책 노선'이라 명명한 쪽을 택할 때의 절반에 머물 것이다.'

여러분, 지금까지 우리는 '탐욕의 정책', '시장제일주의'의 길에 완전히 접어든 상태입니다. GEO-3에 의하면 첫번째 세계환경정상회의가 리우데자네이루에서 개최된 후 십 년간 쉰여덟 종의 물고기와, 한 종의 포유류와, 한 종의 조류가 멸종했습니다. 그리고 남아 있는 포유류의 사 분의 일과 조류의 팔 분의 일이 멸종 위기 목록에 올랐습니다. 생명의 근원이 되는 숲이 파괴되고 있고, 기름진 토지가 콘크리트 아래나 바다 속으로 사라져 가고 있고, 물줄기들은 말라 없어지거나 오염으로 생명력을 잃고 있습니다. 세계의 바다들은 쓰레기와 독극물로 신음하고 있고, 지나친 남획으로 세계의 큰 어장들은 고갈 직전에 놓여 있습니다."

클래어는 눈을 들어 청중을 바라보았다. "저는 이런 보고서를 읽을 때마다 - 불행히도 저는 매년 이런 보고서를 여러 개 읽게 됩니다만 - 절망감에 사로잡힙니다. 하지만 UNEP의 GEO-3 보고서 대변인인 전 독일 환경부 장관은 상황이 좋지 않기는 하지만 구제불능은 아니라는 점을 강조했습니다. 저는 이 점이 우리를 인도하고 지탱해 주는 지침이 되어야 한다고 생각합니다.

'결단에 의한 행동만이 긍정적인 결과를 성취할 수 있다'고 그는 말했습니다. 그는 지구촌의 정책 결정자들과 지역 주민들이 경제적 빈부 격차와 환경적 재난의 상관관계를 직시하고 환경을 파괴하지 않으면서 가난과 빈곤을 극복할 수 있는 '명확하고 실현가능하며 효과적인 목표'를 설정하도록 촉구했습니다. 또 '우리는 구체적인 행동 계획과 구체적인 사업 계획이 필요하며 그 무엇보다도 명확한 정치적 선언이 필요하다'고 말했습니다." 이제 클래어는 연설의 속도를 늦추고 평소보다 분명한 발음으로 다음 부분을 말하기 시작했다. 이 부분이 앞선 모든 연설의 핵심이었던 것이다. "지금까지 말은 어지러울 정도로 충분히 들었습니다. 우리가 필요한 것은 정치적인 의지입니다. 즉 진짜 계획, 진짜 기구들, 진정한 구속력을 가진 정책과 권력, 경제적인 이익과 불이익 조치, 보조금, 처벌을 포괄하는 제도가 필요한 것입니다. 이것들은 우리의 목표를 성취하기 위한 수단들입니다. 이것들 없이는 그냥 시끄럽기만 한 말잔치일 뿐이며 이미 그런 잔치는 지겹도록 치렀습니다."

짙은 자주색 스타킹을 신은 사라 헌팅턴 그릴은 한때 윌리엄 그릴의 거대한 체육관이었던 곳으로 향했다.

"그릴씨가 오늘은 좀 우울해 보이네요." 티 없이 하얀 제복을 입은 간호원이 그녀에게 인사를 했다.

"참 안됐군요." 사라의 말에는 진심이 전혀 담겨 있지 않았다. "우울하다고요?" 그녀는 뒤틀리고 마비되어 휠체어에 늘어진 남편에게 다가가며 밝은 목소리로 물었다. 그가 움직일 수 있는 몸의 부위는 충혈된 눈뿐이었고 그 눈으로 사라에게 증오가 가득 찬 시선을 보냈다. 윌리엄 에릭슨 그릴은 아무 말도 하지 않았다. 그의 자존심은 상처받은 돼지 같은 소리를 내느니 차라리 아무 말도 하지 않는 편을 택했다.

문이 다시 열렸다. "좋은 아침이에요, 네빌." 사라는 돌아서서 어두운 회색조의 가는 줄무늬 양복을 입은 마르고 창백한 중년 남자에게 손을 내밀었다. 그는 일조량이나 채소 섭취가 부족해 보이는 인상을 주었다. 사라를 향한 그의 긴장된 시선은 기쁨을 담고 있었다. "안녕, 피에르." 그녀는 금발의 장신 거인을 돌아보며 말했다. 그는 그릴생명산업이 고용한 변호사 군단을 이끌고 있었다. 피에르 매그누슨이 그녀와 악수했다. '새 보스군.' 그는 그녀가 성인인지 바보인지 판단할 수가 없었다.

"자리에 앉으시죠." 사라가 말했다. "빌과 함께 이 즐거움을 나눠야 할 것 같아서 법률문제를 여기서 결정짓기로 했습니다." 매그누슨과 네빌 포인덱스터는 사라의 맞은편에 자리를 잡았다. 매그누슨은 서류 한 뭉치를 가방에서 꺼내 테이블 위에 펼쳤다. 사라가 서명해야 할 곳은 빨간 스티커로 표시되어 있었다. 포인덱스터는 그녀에게 만년필을 내밀었다. "이렇게 멋진 아이디어를 내주셔서 고마워요, 네빌. 그리고 지난 두 달 동안 저를 많이 도와주신 것도요."

"천만에요, 그릴 부인."

"그리고 고마워요, 피에르." 사라는 서명을 하며 말을 이었다. "제시간에 모든 일을 잘 처리해 주셔서."

사라는 마지막 서명까지 마쳤다. "가시죠." 그릴은 간호사에게 맡겨두고 세 사람은 모두 자리에서 일어섰다.

벤틀리 한 대가 현관에서 그들을 기다리고 있었다. 그들은 차에 올랐고 사라가 직접 운전했다. 그들이 도착한 곳은 신시내티 대학 캠퍼스의 공학부 대강의실이었다. 거기서 사라는 단상에 올라갔다. 그녀는 무게 있어 보이는 안경과 좋은 양복 차림의 풍채가 당당한 대머리 남자에게 인사했다. 대학의 총장이었다. 그리고 그녀는 키가 크고 날씬하지만 울퉁불퉁한 얼굴에 커다란 눈과 짙은 눈썹을 지닌 남자에게 손을 내밀었다. 황새처럼 생겼다고 생각했다. "당신이 퍼트넘 주지사시군요." 사라가 따뜻하게 말했다.

"당신은 그릴 여사시고요. 마침내 만나 뵙게 되어서 정말 기쁩니다."

"사라라고 불러주세요." 그녀는 그의 옆자리에 앉았다. "당신을 진작부터 알고 있었던 것 같은 느낌이군요." 그들은 벌써 몇 주째 전화통화를 주고받고 있었다.

"신사숙녀 여러분," 총장이 연단의 마이크를 잡았다. "자리에 앉아 주시기 바랍니다. 사라 헌팅턴 그릴 여사의 크나큰 자비가 가능케 한 이 행사를 주재하게 된 것을 영광스럽게 생각합니다. 여러분들이 여사의 말씀을 들으러 오신 것을 잘 알기에 불필요한 말은 여기서 줄이고 바로 여사를 연단으로 모시도록 하겠습니다."

사라는 곧 연단에 섰다. "참석해 주셔서 이 자리를 빛내주시는 여러분들께 감사드립니다. 여러분들 중에 이미 들으신 분들도 있겠지만 지난 팔월 말 제 남편은 비극적인 심장마비를 겪었습니다. 이 일은 일상의 안일함에 빠져 지내던 저의 정신을 번쩍 들게 했습니다." 사실은 감옥보다 가혹한 운명에서 나를 해방시켜 주었지, 그녀는 무한한 안도감을 느끼며 생각했다. "이 사건으로 저는 인생의 우선순위를 재점검하고 미래에 대해서 생각하게 되었습니다. 우연히도 우리 회사의 믿음직한 미네아폴리스 지사 책임자 네빌 포인덱스터씨가, 이 나라와 이 대륙이 직면한 물 위기에 대해 설명을 해 주셔서 전에 알지 못했던 사실들을 많이 배울 수 있었습니다. 네빌씨, 일어나서 인사를 해 주시겠습니까?" 포인덱스터는 이런 공치사에 무척 당황해서 뻣뻣한 자세로 인사를 했다. "그리고 포인덱스터씨는 이 문제에 대한 미국인들의 자각을 일깨우는 운동을 최근에 시작하셨고 지금 제 옆자리에 앉아 계신 존 퍼트냄 주지사님과 저를 연결해 주셨습니다.

　간단히 말해서, 신사숙녀 여러분." 사라는 단도직입적으로 말했다. "저는 이 운동에 동참하기로 결심하고, 퍼트냄 주지사를 명예이사장으로 하는 새로운 재단의 설립을 발표하기 위해 이 자리에 섰습니다. 이 재단의 최고경영자는 포인덱스터씨가 맡아주실 것이며 재단의 첫 번째 사업은 바로 이 대학의 공학부에 수문학과를 개설하는 기금을 기부하는 것입니다. 이를 포함하는 이 기금의 명칭은 '생명을 위한 물'이 될 것이며 십억 달러로 운영될 것입니다."

　톰슨 폭포와 롤로 국립공원 근처의 거대한 비터루트 산맥 몬태나 주 미술라 동서부 지역의 끝자락에서는 목화나무의 잎들이 졌고, 앙상한 검은 가지들이 시든 계곡 여기저기서 불쑥불쑥 얼굴을 내밀고 있었다. 제프 브래니건은 집을 떠나 흙먼지 길을 달려 고속도로로 나오는 중에 나무 사이로 오렌지색을 목격하였다. 그는 차창 밖으로 침을 뱉었다.

　오래된 사슴가죽 재킷과 빛바랜 플란넬 셔츠와 청바지 차림으로 제프는 그의 낡은 포드 브롱코를 존슨 벨 필드의 작은 건물 문 앞에 주차시켰다. 말콤이 나타났다. 그는 걱정스런 표정으로 진흙투성이의 차를 보았다. "맙소사, 제프. 이걸 타고 거기까지 갈 수 있을까요?"

　"타기나 하죠." 브래니건은 시동을 걸고 깊고 우렁찬 엔진소리를 들려주었다. 말콤은 한쪽 눈썹을 치켜올렸다. "사과할게요."

"식은땀이나 닦으시지."

"식은땀이라뇨? 얼어죽겠고만." 그는 팔을 비벼댔다.

"히터가 고장 났소. 겨울이 오기 전에 고쳐야 해요."

"지금이 겨울인 줄 알았는데."

"어떻게 여기서 정착을 하시게 되었죠?" 말콤이 물었다.

"아주 오래 전에 삼림 소방대원이었소. 존슨 벨 필드에서 출동하곤 했지. 지금은 미술라 국제공항이 되었지만. 좋은 직업이었소. 이곳 지리를 잘 알아야 했지. 내 적성에 잘 맞았소."

"그릴은 당신을 아나요?"

"농담하는 거요? 그런 사람이. 난 그가 밟아 죽일 수 있는 벌레보다도 하찮은 사람이오. 하지만 농장 관리자와는 알고 지냈지. 지금은 해고되었소. 그릴생명의 정보원에 의하면 목장은 팔렸소. 어느 백만장자가 그것을 채갔는지 궁금해요. 그것 말고도 커다란 변화가 미네아폴리스에서 일어나고 있는 것 같소. 퀘벡에서 있었던 그 엉뚱한 짓거리로 그 집 재산의 수십억이 날아갔다고 하더군."

"한 양동이의 물에서 물 한 방울 없어진 정도겠죠."

"맞아요."

그들은 오랫동안 말없이 차를 몰았다. 제프의 집으로 이어지는 흙길에 들어서자 그가 말했다. "이곳에 집이 두 군데 있소. 길에서 멀리 떨어지지 않은 대외용 집이 하나인데 사람들은 내가 거기서 산다고 알고 있소. 다른 하나는…… 어, 언덕 측면에 깊숙이 파서 만들었기 때문에 이 마을 사람 중 아무도 보거나 들어보지 못한 곳이오. 비축 물자를 보관하기 적당하다고 할 수 있겠죠. 한동안 숨을 필요가 생기면 멀리 도망가지 않아도 되니까."

그들은 통나무집 옆에 차를 세우고 나무 난로에 불을 지펴 커피를 끓였다. 말콤이 말했다. "제프, 어떻게 이 은혜를 갚아야 할지 모르겠어요."

"별것 아니오. 재난은 피해야지."

한동안 침묵이 흘렀다. "적어도 연기는 시켰죠." 말콤이 말했다.

"그래요." 제프는 대답했다. "당신 말이 맞을지도 몰라. 지방정부가 가장 높은 값을 부르는 자에게 물을 파는 일을 환경운동가들이 다 막아내는 것은 기적이라고 할 수 있지."

"그리고 카메네프와 스틸러, 헤이스가 조만간 우리를 쏴 죽이러 오지 않는 것도. 퍼트냄과 허스트가 다른 컨소시엄 회원들에게 약속을 받아내긴 했지만. 지난번에 퍼트냄이 스피커폰으로 번팅 허스트와 통화를 했었는데 그자가 화내는 걸 한 번 들어보셨어야 해요. 핵반응이 일어나는 것 같았죠."

"그걸 들을 수 있다면 어떤 돈이라도 지불하고 싶군. 프린트물들은 전부 잘 감춰놓았겠죠?"

"물론. 컨소시엄 건과 포르투갈 건."

"그게 그 사람들을 묶어 놓을 수 있을지도 모르겠소."

"아마도. 거기다 퍼트냄과 허스트가 우리에게 안 좋은 일이 생기면 그걸 공표하겠다고 협박해 두었으니까." 하지만 말콤은 닉 카메네프와 더그 보일의 자존심과 권력 지향성, 군바리 성격에 대해 생각하고 있었다. "하지만 그것도 안 통할 수도 있어요."

"휴. 그럼 당신이 원하는 대로 비상 탈출 계획을 세워 둬야겠군, 친구. 만일을 대비해서 말야."

"좋아요." 말콤이 웃었다. "그렇게 하는 것이 밤에 두 다리 뻗고 자는 데에 도움이 되겠죠."

"다른 집도 보여줄게요. 갑시다." 두 사람은 재킷을 집어 들고 마지막 남은 한 자락 햇빛을 붙잡기 위해 밖으로 나섰다.(끝)

주식회사 물

바르다 버스타인 지음 최승찬 옮김

초판 1쇄 찍음 2007년 11월 21일
초판 1쇄 펴냄 2007년 11월 27일
펴낸이   김영조
펴낸곳   달팽이출판
등록   2002년 2월 28일 제 22-2112호
주소   137-070 서울시 서초구 서초동 1435-17 대흥빌딩 6층
전화   02-523-9755   팩스   02-523-9754
이메일   ecohills@dreamwiz.com

ISBN 978-89-90706-19-5 03840
ⓒ달팽이출판, 2007
책값은 뒤표지에 있습니다.